imaginist

想象另一种可能

理
想
国

imaginist

太阳的阴影
深入非洲的旅程

HEBAN

RYSZARD KAPVŚCIŃSKI

[波] 雷沙德·卡普希钦斯基 著

毛蕊 译

民主与建设出版社
·北京·

© 民主与建设出版社，2025

图书在版编目(CIP)数据

太阳的阴影 / (波)雷沙德·卡普希钦斯基著；毛蕊译. -- 北京：民主与建设出版社, 2025.4. -- ISBN 978-7-5139-4903-3

Ⅰ. I513.65

中国国家版本馆 CIP 数据核字第 20250JB149 号

HEBAN (THE SHADOW OF THE SUN)
Copyright © 1998 by Ryszard Kapuściński
Originally published in Poland by Czytelnik, Warsaw, in 1998
Introduction copyright © 2025 by Rene Maisner
Afterword copyright © 2001 by Geoff Dyer
All rights reserved.

北京市版权局著作权合同登记号 图字：01-2024-5367

太阳的阴影
TAIYANG DE YINYING

著　　者	[波]雷沙德·卡普希钦斯基
译　　者	毛　蕊
责任编辑	王　颂
特约策划	雷　韵
装帧设计	LitShop
内文制作	马志方
出版发行	民主与建设出版社有限责任公司
电　　话	（010）59417749　59419778
社　　址	北京市朝阳区宏泰东街远洋万和南区伍号公馆4层
邮　　编	100102
印　　刷	山东韵杰文化科技有限公司
版　　次	2025年4月第1版
印　　次	2025年5月第1次印刷
开　　本	787毫米×1092毫米　1/32
印　　张	14.25
字　　数	262千字
书　　号	ISBN 978-7-5139-4903-3
定　　价	79.00元

注：如有印、装质量问题，请与出版社联系。

目录

序言：我们星球的微粒 / 勒内·迈斯纳   i

开端，碰撞 —— 1958年，加纳   1

去库马西的路   17

氏族结构   31

我，白人   45

蛇心   57

内在的冰山   69

杜瓦勒医生   81

桑给巴尔   93

解剖政变	127
1967年，我的小巷	139
萨利姆	151
1975年，拉利贝拉	163
阿明	177
伏击	189
要过节了	199
关于卢旺达的讲座	211
夜之黑晶	235
这些人在哪里？	247
井	259
在阿卜杜拉-瓦里奥村的一天	271

冲出黑暗	283
冷却的地狱	303
慵懒的河流	339
迪乌夫太太回家	351
盐与金	365
看哪,耶和华驾着轻快的云	377
奥尼查的大坑	389
厄立特里亚的景象	399
在非洲,在树荫下	409
后记:深入内陆的旅程/杰夫·戴尔	425
人名、地名、专有名词译名对照	431

序言：我们星球的微粒

文_勒内·迈斯纳[1]

亲爱的中国读者们：

在雷沙德·卡普希钦斯基的所有作品中，《太阳的阴影》是波兰乃至全世界读者最喜爱的作品之一。那些曾深入了解非洲的读者——包括长期在非洲居住、工作或旅行的朋友们——常常说："非洲就是卡普希钦斯基在《太阳的阴影》中所描绘的样子。"我有几位华沙的朋友被这些非洲故事深深吸引，读完这本书就购买了前往非洲某国的机票。

作为波兰通讯社（Polska Agencja Prasowa）的记者，雷沙德·卡普希钦斯基曾在非洲工作多年。1958年，26岁的他

---

[1] 本文作者勒内·迈斯纳（Rene Maisner）女士系雷沙德·卡普希钦斯基的女儿。在父亲担任拉丁美洲特派记者期间，她与父母一同生活在墨西哥。她曾学习西班牙语及拉美历史与文学，之后攻读艺术史，并从事摄影工作。自20世纪70年代中期以来，她一直生活在加拿大。——编者注

成为波兰首位也是唯一一位常驻非洲的记者，被派往加纳报道该国的独立庆典——加纳是继苏丹后非洲第二个获得独立的国家，这一事件也标志着殖民主义时代在该国的结束。

《太阳的阴影》正是从这位年轻记者在非洲的初次印象开始：他在那里仿佛找到了家的感觉，喜欢那里的人们，迷恋那里的美景。与此同时，作为一名训练有素、广泛涉猎各个人文学科的历史学者，他努力去理解当地的传统、风俗、各种不同的文化与生活方式，并学习了斯瓦希里语和其他当地语言的一些日常用语，因为他希望能与当地人直接交流，甚至能成为他们中的一员。

在二十世纪五六十年代的非洲，英语和法语的报刊随处可见——这两种语言，卡普希钦斯基是在旅途中自学的。但正如他后来所说，随着时间的推移，非洲变得越来越"非洲化"，越来越多的报刊和广播节目开始使用当地的语言，这些语言对于欧洲人来说往往难以理解。但这种大规模的变化是后来才发生的，那时他已不再是非洲常驻记者，尽管他仍时常回到这个大陆的各个角落，有时停留几个月，有时只有几天。

《太阳的阴影》中描绘的事件跨越了将近四十年，从1958年首次前往非洲，到二十世纪的最后十年。在遍访非洲的旅程中，卡普希钦斯基深入了许多外人难以抵达的地方——

跋涉漫长的路途，穿越没有道路的荒凉之地，付出了巨大的努力，只为到达那些偏远的地区。作为波兰通讯社的记者，他尽一切努力亲临战地，前往刚刚发生政变或其他社会政治危机的地方。

这本书中呈现的那个包罗万象的非洲，源于他对周遭环境中丰富的主题和细节的敏锐感知。书中既有对卢旺达历史背景和冲突的深入讲解，也有记者们九死一生、充满戏剧性的海上历险，还有关于非洲蜥蜴在天花板上捕食蚊子的漫画式的描述。有丰富的热带植物景观：交错生长的丛林、摩天大楼般巨大的猴面包树、阳光炙烤的草原上唯一能提供荫庇的树木；也有对野生动物的生动描写：从最微小的昆虫，到凶猛的食人狮，以及主宰动物世界的大象；还有对非洲本地生活情境的各种幽默观察——当然，他在诙谐地描摹这些场景时，始终没有忽略非洲人民的尊严感。

这本书中交织着各种历史事件、个人经历、印象和反思，涉及非洲各个民族、氏族、部落的历史及其与邻里的共生关系，也有不少篇幅谈及非洲人被贩卖为奴的历史及其对这片大陆长久的影响。在本书及其他作品中，卡普希钦斯基严厉谴责了种族主义以及任何形式的优越主义。他对任何形式的不平等和不公正都极为敏感，无论受到伤害的是个人、社会群体，还是整个国家。在非洲，他意识到自己因为肤色而天生就属于特权阶层，这让他深感痛苦。

序言：我们星球的微粒

他尽力去接近本地人，试图与他们建立平等、友好的关系。他天生具有亲和力，常常被当地人邀请到他们的家中——简陋的棚屋或贫民窟中的泥坯房——而这些地方通常是白人无法接触到的。

卡普希钦斯基认为，同理心——即对他人的敏感和共情能力——是记者最重要的品质之一，只有这样才能作为目击者真实地报道人们的生活，无论是偶遇的路人，还是特意去采访的对象。每个人都应该被尊重、理解和共情。他在讲述非洲的生活时，一以贯之的是对他人命运的关切，尤其是对那些最贫穷、最边缘化的人群。他始终认为，作为一名记者，他的职业使命是为那些没有机会被倾听、无法为自己辩护的人们发声。他承担起了这一职责：认为自己有义务去讲述那些生死存亡边缘的艰难人生，去呈现人们所受到的压迫和不公正。他在非洲和其他地方都为穷人发声。

他还认为，记者应遵守的最重要的原则之一，就是确保他所报道的对象不受到任何伤害。所以，记者在写作时应时刻考虑到他们的报道会对受访者及其社群产生的影响。正如他所说，人是世界上最脆弱、最易受损的存在。记者可以离开、回家，但报道中的主人公们必须继续在他们的社群中，在他们的村子和城镇中生活。因此，他认为他的报道不应破坏受访者与社群之间的关系。

不过，在某些文章中，他也流露出对人性愚蠢的低容忍度，并通过讽刺和荒诞的手法进行了批评。

非洲的生活条件极其艰苦，人们每天因为缺水缺粮、无家可归、缺乏医疗资源而挣扎，还要面对政治压迫和武装冲突的困境——这一切经常使他们的生活变得难以为继。

在非洲各地生活期间，卡普希钦斯基观察到极为严酷的自然环境对人类生活的毁灭性影响。（如今，当我重读《太阳的阴影》时，我意识到气候变化已经波及北半球，对于许多人来说，非洲人的经历已经变得越来越真切可感。）酷热、干旱、疟疾、粮食短缺、淡水匮乏、火灾、蝗灾——人们常常面临生死存亡的考验。自然环境的恶化往往意味着，整个村庄的人和他们的牲畜生存的唯一方式就是找到一个新的定居点——前提是他们能及时到达那里。

由于恶劣的气候条件，很多非洲人失去了他们的栖息地、家园和牲畜——这些往往是他们唯一可以依赖的东西。于是，他们被迫前往城市，寻找更多的生存机会。时至今日，国际援助仍主要集中于城市，而无法深入更远的地方，因为非洲依然缺乏可通行的公路，卡车无法抵达偏远的村庄，尤其是在雨季。

从农村迁移到城市，或者更确切地说是城市的边缘（郊区），往往意味着丧失最基本的人际纽带——血缘和社

序言：我们星球的微粒

群关系，随之而来的是自我认同的丧失：我们是谁，根在何处，祖先的土地在哪里。身份与自我认同感的缺失，是如今许多人面临的巨大不幸。在全球范围内，社会和政治冲突、战争的爆发迫使人们逃离家园，前往尽可能安全的地方，然而他们也因此被连根拔起，成为外来者，成为移民。

然而，仿佛是与这些巨大的难题相对，卡普希钦斯基根据自己的经验得出了一个看似荒诞的结论：对非洲人最大的痛苦，也是最大的生命威胁，来自一种小小的昆虫——蚊子，或者更确切地说，是蚊子传播的疾病：疟疾。在《太阳的阴影》中，他讲述了自己感染疟疾的经历，那场病几乎让他丧命。他也描述了在沿途的城镇和村庄中遇到的病人，他们疟疾发作，只能躺在地上。他无法帮助他们，唯一能做的就是把他们的遭遇讲给我们听：让世界知道他们的命运。

卡普希钦斯基在综合与分析方面具有极高的天赋。他能够用短短几句话清晰地描述复杂政治局势的来龙去脉。他也擅长用引人入胜的方式讲述事件、冲突及其历史根源。他讲故事的时候富有节奏，会自然而然地强调一句话中的关键词。他有一种亲切的幽默感，会通过自己在特定情境中发现的有趣细节来保持对方的兴趣。当然，当他谈论一些严肃的话题，或是讲述悲剧和危险的状况时，他也会为自己所目睹的事情深深触动。他细致观察，感同身受；他从不轻视任何人或任何事。

而他写作就像他说话一样：简洁、直接。当我读他的书时，我仿佛能听到他的声音，仿佛他正在充满激情地向我讲述。

书里的一些故事，我曾听他讲过，或者从那些当时曾经和他在一起或者曾将他从困境中解救出来的人们那里听说过。父亲常提醒我们，孤身一人在非洲生存下来的机会微乎其微。非洲的生活是以集体为核心，在社会群体中进行的。

《太阳的阴影》中有很多次谈到一天结束时的宁静时光，当村子里所有人坐在树荫下，听彼此讲述这一天发生的事情。在非洲，晚间讲故事的传统是一种口述历史的仪式。在这种日常仪式中，讲述者和听众互相传递自己的故事，借此补充或延续他们社群的历史章节。这些故事构成了社群的身份认同，并将它与周遭世界以及那种难以捉摸却能感知到的非洲精神相连接。

现在，我希望您在阅读这本书的时候，想象自己身处非洲，坐在一棵金合欢树的树荫下，周围是一群与您一样专注聆听的人们。卡普希钦斯基就坐在旁边，用柔和、平静但充满情感的节奏讲述他在非洲的生活、他对这个不同世界的看法、他在艰难时刻的行为，以及他对各种话题的思考。我们的生存也取决于我们如何讲述自己和周围的世界，以及我们听到了什么样的故事。

正如卡普希钦斯基所说，我们所有人都需要同样的东西。他写作的目的，正是为了搭建一座桥梁，连接书中所写的人和阅读的人。我们每个人每天都在通过自己的行动创造着我们个人的历史，而通过这种努力，我们创造了社群、社会以及整个人类的历史。

愿您在聆听卡普希钦斯基的声音时，能够体验到许许多多丰富的情感、感受和思考。愿您像书中所写的那些非洲居民一样，通过讲述和保存您的个人历史——作为我们地球历史的一颗微粒——去创造，去拯救，从而生存下去。

在理想国团队所付出的巨大努力下，卡普希钦斯基的《与希罗多德一起旅行》和《十一个时区之旅》的新译本2025年初已经出版，而《太阳的阴影》的首个中文译本也即将问世，这与这三部作品才华横溢的译者——马睿、刘伟和毛蕊的付出是分不开的。我必须要强调的是，卡普希钦斯基对译者始终十分敬重，将译者视作自己作品的共同作者。

衷心祝愿各位在阅读《太阳的阴影》时能获得美好的感受，度过一段愉快的时光。如果雷沙德·卡普希钦斯基的作品能够得到您的喜爱，那么我也将感到很幸福。

2025年2月

HEBAN

RYSZARD KAPUŚCIŃSKI

开端，碰撞——1958年，加纳

最先引人注目的是光。到处都是光线，到处都是明亮的。阳光洒遍每个角落。就在昨天，还是被水浸透的秋天的伦敦。流淌着雨丝的飞机。冷风和昏暗。而这里，从清晨开始，整个机场都沐浴在阳光下，我们所有人——都在阳光下。

过去，人们徒步、骑马或乘船游历世界，旅途让他们习惯了变化。大地的风貌从眼前缓慢流转，世界的场景以难以察觉的速度悄然改变。旅途常常持续数周甚至数月。人们有时间适应不同的环境，熟悉新的景物。气候也是分阶段、逐渐变化的。旅行者从寒冷的欧洲到达炎热的赤道地区之前，已经经过了温暖宜人的拉斯帕耳马斯[1]、烈日之下

---

[1] 拉斯帕耳马斯，西班牙城市，位于大西洋中加那利群岛的大加那利岛上，距离非洲海岸约二百公里。——译者注（本书脚注若无特殊说明，均为译者注）

的马哈拉[1]和炙热的佛得角[2]。

如今,这样的循序渐进已荡然无存。飞机带着你冲破冰雪严寒,当天就把你抛入烈火焚烧的赤道深渊。你还没来得及揉揉眼睛,就已经置身潮湿酷热的"地狱"[3]之中。你会立刻汗如雨下。如果冬天从欧洲飞来,你会忙着脱掉大衣和毛衣。这是北方人抵达非洲后第一个入乡随俗的举动。

北方人。有没有想过,北方人其实是这个星球上的绝对少数群体?加拿大人和波兰人,立陶宛人和斯堪的纳维亚人,一部分美国人和德国人,俄罗斯人和苏格兰人,拉普兰人和因纽特人,埃文克人和雅库特人——名单不算长。我不知道是否达到了五亿人,而这甚至还不到全球总人口的十分之一。绝大多数人都生活在温暖的气候中,在阳光下度过一生。人类最早的起源也在阳光充足的地区,最早可循的人类踪迹就发现于那些温暖的国度。不妨看看《圣经》中描述的伊甸园是什么样的气候?那里四季如春,甚至可以说相当炎热,不然亚当夏娃怎么会终日赤身裸体,哪怕是在树荫下也丝毫不觉得冷呢?

---

1 马哈拉,苏丹共和国南部的达尔富尔地区。
2 佛得角共和国,位于北大西洋的佛得角群岛上,扼欧洲与南美洲、南非间交通要冲。
3 原文为piekła,典出但丁《神曲》,引申为"烈火、酷热之地"。

还在飞机的舷梯上，就已经体验到一种新奇——热带的气味。新奇吗？但这扑面而来的香气，分明就是弥漫在平斯克[1]佩莱兹大街上卡兹曼先生商店里的气味，那家店专卖舶来品和其他稀奇的玩意儿：杏仁、丁香、椰枣、可可、香草和香叶，论个卖的香蕉和橙子，论斤称的豆蔻和藏红花。又或者德罗霍贝奇[2]？在舒尔茨的肉桂色铺子里？那些"光线昏暗却又琳琅满目的商店里面弥漫着浓烈的油漆、火漆、焚香的味道，弥漫着遥远国度和珍稀原料的芬芳"[3]。然而，热带的气味却又有所不同。很快就能感受到它的沉重和黏腻。正是这种气味，让人立刻意识到自己正处在地球上的这样一个地方：在这里，繁盛而不知疲倦的生物体永不停歇地运转着，孕育、繁衍、开花，同时也在生病、分解、蛀朽、腐烂。

　　这是流汗的躯体和晒干的鱼的味道，是腐肉、烤木薯、新鲜花朵和枯萎海草的味道，总之，这是一种既令人愉悦又刺激感官的气味，既吸引人又让人抗拒，勾得人心痒又

---

[1] 平斯克，白俄罗斯西南城市，当地重要的河港，卡普希钦斯基的故乡。

[2] 德罗霍贝奇，乌克兰利沃夫州的城市，布鲁诺·舒尔茨出生和度过一生的地方。

[3] 出自波兰作家、画家布鲁诺·舒尔茨（Bruno Schulz, 1892—1942）的短篇小说《肉桂色铺子》。

令人厌恶。这种气味会从附近的棕榈林飘来,从炙热的土地中升起,飘浮在城市腐臭的沟渠上空。它不会离开,因为它是热带的一部分。

最终,最重要的发现——人。这里的人,当地人。他们与这里的景色、光线和气味是如此契合,仿佛融为一体。人与景形成了一个不可分割、互补且和谐的共同体。一种同一性。仿佛每个种族都被深深嵌入自己的风景与气候之中。人类塑造环境,而环境也塑造人类的容貌。在这些棕榈树、藤蔓、灌木和丛林中,白人显得格格不入,像是怪异的侵入者。苍白,虚弱,汗湿的衬衫,黏在一起的头发。不断被口渴、乏力和忧郁折磨。他总是在害怕,害怕蚊子、阿米巴虫、蝎子、蛇——任何移动的东西都让他充满惊惧、忧虑和恐慌。

而当地人则恰恰相反。他们凭借力量、优雅和耐力,自然而从容地行动,一切都按照环境与传统所规定的节奏进行着,不慌不忙。反正人这一生无法包揽一切成就,总得给别人留点什么吧?

我在这里已经一个星期了,试图了解阿克拉[1]。这座城

---

[1] 阿克拉,加纳首都。

市就像是从灌木丛和丛林中爬出来的一个小镇，经过不断的自我复制与过度扩张，最终停在了几内亚湾的海岸边。阿克拉是平坦的，大多是简陋的低矮平房，偶尔有两层以上的楼房。这里没有复杂的建筑风格，没有奢华和排场。普通的灰泥墙，墙面是奶油色、浅黄和浅绿。墙上布满水痕。雨季刚刚过去，留下了无尽的斑点、马赛克、奇异地图和繁复花纹组成的星空图，如同抽象的拼贴画。市中心的建筑很紧凑，车水马龙，人声鼎沸，而生活就在街头上演。街道是车行道，两旁是露天的排水沟。没有人行道。汽车和人群混杂在一起，行人、汽车、自行车、手推车，还有牛和羊——所有的东西都一起流动。沿着整条街道的两边，在排水沟的后面，家庭生活和经济生活的场景正在展开。妇女们在捣木薯泥，在炭火上烤芋头，煮着各种食物，兜售口香糖、饼干和阿司匹林，洗衣服并晾晒。仿佛有一条规定，要求所有人早上八点必须出门，待在街上。实际原因并非如此：房子太小了，破旧又拥挤。室内没有通风，空气滞闷，气味也难闻，几乎无法呼吸。此外，待在街上还可以参与社交生活。妇女们不停地交谈，喊叫，手里比划着，放声大笑。站在锅盆旁边，她们有绝佳的观测点，可以看到邻居、行人、整条街，听到争吵和闲话，关注正在发生的各种事情。一整天，人们都在人群中活动，呼吸着户外的空气。

街上驶过一辆红色的福特轿车，车顶安着喇叭。一个沙哑又极具穿透力的声音正在招呼大家参加集会。集会的焦点是克瓦米·恩克鲁玛——大救星，加纳总理，国父，非洲领袖，所有被压迫人民的领导人。恩克鲁玛的照片随处可见——报纸上（每天都有），街头海报上、旗帜上、长及脚踝的波盖勒细棉布[1]裙子上。那是一个中年男人充满活力的面容，或微笑或严肃，镜头角度暗示这位领导人目标远大，在展望未来。

"恩克鲁玛是救世主！"年轻教师乔·扬波激动的声音中满是崇敬，"你听他的演讲了吗？他就像一位先知！"

是的，我听过。他来这里参加体育场的集会。与之同行的还有一些年轻的部长们，个个精神抖擞，给人留下他们十分快乐且一直乐在其中的印象。大主教们将手中的杜松子酒洒在讲坛上，这是献给神灵的祭品，是与神沟通的方式，请求他们的庇护与赐福，这也意味着大集会正式开始了。这样的集会当然有很多成年人，但孩童也不在少数，从母亲背在背上的婴儿，到刚会爬的幼童，再到小学生、中学生，各个年龄段都有。小孩子由年长些的孩子照看着，而年长些的孩子又由更大几岁的大孩子照看。年龄的等级

---

[1] 波盖勒细棉布，一种高级密织细棉布。

制度得到了严格遵守,服从是绝对的。四岁的孩子对两岁的孩子掌有完全的管理权,而四岁的又必须听从六岁孩子的管理。多亏这种大孩子管理小孩子的机制,成年人就可以专心做自己的事,比如认真听恩克鲁玛的演讲。

救世主的演讲很短。他说,最主要的就是要获得独立,独立以后,其他的自然会随之而来,所有的美好幸福均来源于独立。

他身材魁梧,动作果断,面容棱角分明,眼睛大而有神,目光扫过只能看见黑压压的头顶的人海,神情如此专注,仿佛他想把每一张面孔都数清楚。

集会结束后,讲台上的人混入了(下面的)人群,场面变得热闹拥挤,然而几乎看不到任何安保或警察。乔挤到一个年轻人面前(途中告诉我这位是部长),问明天能否去找他。那位年轻人淹没在周围嘈杂的人声中,并没有听清乔说的是什么,有些敷衍地说:好啊,好啊。

第二天,我找到了矗立在皇家棕榈[1]林中的教育与信息部的新大楼。那天是星期五。星期六的时候,我在自己的小旅馆里记录下了前一天的情景:

畅通无阻。既没有警察,也没有秘书,甚至没有大门。

---

[1] 皇家棕榈,一种高大的羽状叶棕榈树,原产于古巴,被广泛用于园林装饰。

掀开花门帘走进去。部长办公室笼罩在一片温暖的昏暗光线中。他站在办公桌旁整理文件。把一些揉成团扔进纸篓,另一些抚平后收进文件夹。一个瘦小的身影,穿着运动衫、短裤、凉鞋,左肩上搭着肯特布[1],动作有些紧张。

这是科菲·巴克,教育与信息部部长。

他是加纳乃至整个英联邦最年轻的部长。三十二岁,在这个位子上已经三年。他的办公室位于三楼。这里的职位高低是和楼层对应的。职级越高,楼层越高。因为楼上有穿堂风,而楼下的空气就像石头一样纹丝不动。所以小公务员都在一楼办公,司长们在二楼,稍微有点风,只有顶楼的部长们才能享受到令人渴望的习习凉风。

什么人都可以来找部长。什么时候来都可以。如果有人要办事,就来阿克拉,打听一下某某部长(比如农业部)在哪儿,然后到那儿掀开门帘,坐到办事人员面前,告诉他来这里的事由。要是部里没人,也可以去他家里找他。其实去家里更好,还能得到一顿午餐和饮品。人们对白人的政府办事机构总是敬而远之。但现在大家是自己人,不必拘束。我的政府,必须帮我解决问题。想要解决问题,必须让他们了解问题所在。想要让他们了解,就得来这儿解释。最好是面对面,直接说清楚。来办事的人络

---

[1] 肯特布,西非特别是加纳的一种传统布料,经常织有几何图形和繁复的花纹。

绎不绝。

"您好!"科菲·巴克问,"您从哪里来?"

"从华沙。"

"您知道吗,我差点就去那里了。我已经走遍了欧洲:法国、比利时、英国、南斯拉夫,都去过。我在捷克斯洛伐克等着去波兰,但克瓦米发电报让我回来参加我们执政党——人民大会党——的党代会。"

我们坐在桌子旁,他的办公室没有门,窗户也没有安装玻璃,取而代之的是百叶窗,窗板条的缝隙里透进微弱的风。狭小的房间里堆满了文件、档案和小册子。墙角摆着一个保险柜,墙上挂着几幅恩克鲁玛的肖像,书架上放着一台老式苏联收音机。收音机里传来嗡嗡声,巴克把它关上了。

我想让他讲讲自己的故事。巴克在年轻人中有很高的威信。他是个很好的运动员,擅长足球、板球,还是加纳乒乓球冠军,年轻人喜欢他。

"稍等一下,"他打断我,"我得打个电话到库马西[1]。我明天在那儿有比赛。"

他给邮局打了电话,但对方没有帮他接通,而是让他等着。

---

[1] 库马西,加纳第二大城市。

"昨天我去看了两场电影,"他一边举着电话听筒一边对我说,"我想看看他们放了什么。他们放的这些电影,其实是不应该让学生看的。我得发布命令,禁止年轻人看这些东西。今天早上,我去市里的书摊视察了。政府给教科书定了很低的价格,但有人反映书商私自提价。我去看了看他们是不是卖得比指导价格高。"

他又拨通了邮局的电话。

"听着,你们那边到底在忙什么?我还得等多久?你们不知道我是谁吗?"

听筒里传来一个女人的声音:"不知道。"

"你是哪位?"巴克问道。

"值班接线员。"

"好,我是教育与信息部部长,科菲·巴克。"

"哇,您好呀,科菲!我马上帮您转接。已经接通库马西了。"

我看他那小架子上放着的书,有海明威、林肯、库斯勒和奥威尔。一本《简明音乐史》,一本便携版《美国英语词典》,还有一些侦探小说。

"读书是我的爱好。我在英国的时候买了《大英百科全书》,正在一点一点地读。我吃饭的时候必须看点书,面前必须有一本书打开。"

过了一会儿,他又说:"更大的爱好是摄影。随时随地拍。我有十几部相机。每次去商店看见新款相机,就忍不住买下来。我给孩子们买了投影仪,给他们放照片。"

他有四个孩子,最大的十岁,最小的三岁。所有孩子都在上学,最小的也不例外。如果一个三岁的小孩已经是一个学生了,这也并不是什么新鲜事。要是他在家淘气,妈妈就会把他送到学校去,自己可以省很多心。

科菲·巴克自己三岁的时候就上学了。他的父亲是一位教师,希望能多照看这个孩子。他小学毕业后就去了海岸角[1]上初中。后来他成了一名教师,然后又当了公务员。1947年年底,恩克鲁玛在美国和英国完成了学业,返回加纳。巴克听了这个男人关于独立的演讲,于是写了一篇题为《我对帝国的憎恨》的文章。他被开除了,因为上了黑名单,谁都不愿意雇用他,他只能在城里无所事事。然后他就遇见了恩克鲁玛。他被任命为《海岸角每日邮报》(*Cape Coast Daily Mail*)的主编。

当时巴克二十岁,写了一篇文章《我们呼唤自由》,进了监狱。除了他,恩克鲁玛和几位活动家也被捕了。他们被关押了十三个月,最终被释放。

而如今,这些人组成了国家政府。

现在他说的都是大事:加纳只有百分之三十的人会读

---

[1] 海岸角,加纳南部城市,中部区首府,濒几内亚湾。

会写。我们计划在十五年内消除文盲。缺少教师、书籍和学校，都是要面对的难题。学校分为教会学校和公立学校两类，但所有学校都要由政府管理，执行统一的教育政策。除此之外，有五千名大学生在海外留学。这些大学生多数会回国，但往往已经和人民失去了共同语言。看看那些反对派吧，他们的领袖都是牛津和剑桥毕业的。

"反对派想要什么？"

"我哪儿知道？我们认为反对派是必要的。反对派领导人在议会中是拿政府给的工资。我们同意所有的反对党、反对团体和小团体组成一个大党，这样他们的力量会更强大。我们的立场就是，任何人只要有意愿，都有权利在加纳创立政党，但前提是不以种族、宗教或部落为依据。我们这里任何党派都可以使用宪法允许的手段来争取政治权力。但是，你明白，即便如此我们还是不知道反对派想要什么。他们召开集会大喊：'我们是牛津毕业的，可那个科菲·巴克连中学都没上完。他现在是部长，我们却什么都不是。等我当了部长，巴克给我当勤杂工我都嫌他蠢。'但人们不会听这种话，因为像科菲·巴克这样的人，在这里比所有反对派的人加起来都要多。"

我说我准备走了，因为马上要到午饭时间。他问我晚上有什么安排。我说我打算去多哥[1]。

"去那儿干吗?"他手一挥,"来我们的派对玩吧。广播电台今晚有一个。"

我没有邀请函。他翻出来一张纸,在上面写道:"请接待来自波兰的记者雷沙德·卡普希钦斯基参加派对。(落款)科菲·巴克,教育与信息部部长。"

"拿着,我也会去,到时候我们拍点照片。"

晚上,我在广播电台大楼门口的保卫处受到了热情的欢迎,坐到了特地为我安排的桌子旁。派对正酣时,一辆灰色"标致"停在了舞池边(舞池设在花园里),车上走下来的是科菲·巴克。他穿着和在部里时一样的衣服,除了腋下夹着一件红色运动服,因为那天夜里他还要去库马西,得多穿点儿。这里的人对他都很熟。巴克是负责中小学、高校、报刊、广播、出版社、博物馆的部长,这个国家所有科教、文艺和宣传相关事务都归他管。

我们很快就混入了人群。他刚坐下喝了杯可口可乐,又马上站了起来。

"走,给你看看我的相机。"

---

[1] 多哥共和国,西非国家,西面与加纳相邻,南面有一小段海岸线面向几内亚湾。

他打开了汽车后备厢,拿出一个箱子,把箱子放在地上,跪下打开。我们开始把相机拿出来,一一摆在草地上。总共十五部。

这时,两个微醺的小伙子走了过来。

"科菲,"其中一个抱怨道,"我们买了票,但这里的人不让我们留下,说我们没穿西装。那当时为什么卖票给我们?"

巴克站起身回答说:"听着,我可不是为了这种小事来的。这儿有好多人,让他们去管你们这点事。我头上有国家大事要处理。"

那两人摇摇晃晃地走开了,我们继续拍照。只要他脖子上挂着相机一出现,很多桌旁的人就招呼他去拍照。

"科菲,给我们拍一张!"

"给我们拍!"

"我们也来一张!"

他在不同的桌子中间转悠,看中那些漂亮的女孩,安排她们站好,叫她们笑,然后打开闪光拍一张。他叫得出她们的名字:阿贝娜、艾福卡、艾希。她们伸手和他打招呼,不起身,耸耸肩,在这里这是俏皮的风情信号。巴克继续往前走,我们拍了很多照片。然后他看了看手表。

"我得走了。我得赶上比赛。"

"你明天过来吧,我们一起把照片洗出来。"

标致的车灯闪了几下,消失在夜色中,而派对依旧旋转着,或者说摇摆着,直到黎明。

去库马西的路

阿克拉的汽车站最像什么?像一个临时停靠在路边的大型马戏团车队。五彩斑斓,乐声喧闹。这些汽车更近似于大篷车,而不是在欧洲和美国高速公路上行驶的那种豪华肖松[1]大巴。

阿克拉的大巴就像挂着木制车厢的卡车,车顶靠四周的立柱支撑。车厢没有侧壁,行驶途中凉风可以自由穿过。在这种气候下,风是宝贵的资源。如果你想租房子,问房东的第一个问题就是:"这里有穿堂风吗?"房东会立刻把窗户敞到最大,一阵舒适的气流随即扑面而来。你深呼吸——终于又活过来了。

---

[1] 肖松(Chausson),一家法国汽车制造公司、汽车零部件供应商,成立于1907年。

在撒哈拉沙漠里，统治者的宫殿有着最精妙的结构，到处是开口、缝隙、拐角和连廊，而这一切的设计和建造，都是为了提供尽可能好的通风效果。在正午的酷热中，统治者会躺在软垫上，享受从这些通道吹来的稍微凉爽的空气。风是具有经济价值的：最昂贵的房子建在通风最好的地方。空气在静止的时候一文不值；一旦流动起来，立刻就增值了。

这些大巴车都涂上了鲜艳的色彩，画满了图案。在车头和车身两侧，鳄鱼露出坚牙利齿，蟒蛇盘踞着随时准备出击，树上跳跃着成群的狒狒，草原上狮子追逐着四散的羚羊。到处都是鸟群……还有各种链子和花束。都是一些俗气的装饰，但充满了想象和生命力。

但最重要的还是上面的标语。它们周围装饰着花环，字体很大，远远地就看得清。这些标语的内容涉及上帝、人类、责任和禁忌，旨在鼓励或警戒世人。

非洲人的精神世界（我意识到使用"非洲人"这个词汇，是将它极大地简化了），是异常丰富且复杂的，他的内心生活充满了深刻的宗教性。他相信，有三个截然不同又彼此关联的世界同时存在着。

第一个是他置身其中的世界，是可以触摸和看见的现实世界，由活着的人、动物和植物，以及无生命的物体——石头、水和空气等组成。第二个是祖先的世界，那些在他出生之前就已经去世的人，似乎并没有完全死去，没有彻底消失。也就是说，在形而上的意义上，他们依然存在，甚至能参与、影响、塑造人们的现实生活。所以，和祖先维持良好的关系是生活顺遂的条件，有时甚至是生存的条件。最后，第三个世界，是极为丰富的精神灵魂的王国，它们独立存在，同时也存在于每一个生命体、每一件事物之中，于万物之中，无处不在。

统御这三个世界的是至高无上的存在——上帝。正因如此，很多大巴车上的标语都提到了他不容置辩的超越性，如"上帝无处不在""上帝知道""上帝是奥秘"。也有一些更贴近世俗的标语："笑一笑""告诉我我很美""打打闹闹更亲密"，诸如此类。

刚来到停着几十辆大巴车的广场，一群孩子就围了上来，争先恐后地喊："去哪儿啊？去库马西？塔克拉迪？还是塔马利[1]？"

"去库马西。"

那些招揽去库马西的生意的孩子会拉住乘客的手，兴高采烈、蹦蹦跳跳地领他去正确的车。他们这么高兴，是因为只要找到乘客，就可以从司机那儿得到一根香蕉或者

---

[1] 塔克拉迪和塔马利分别为加纳重要港口和加纳第三大城市。

一个橙子作为奖励。

乘客上了车，找位子坐下。这时候，如果他是一个完全不了解非洲的外来客，可能马上就会发生两种文化的碰撞，乃至冲突。这个人会开始左顾右盼，欲言又止，终于开口问："几点开车？""什么几点开车？"司机会非常疑惑地回答："什么时候人坐满了，什么时候开。"

欧洲人和非洲人的时间概念完全不同，他们理解时间、对待时间的方式也不同。在欧洲人的观念中，时间客观存在于人类之外，它在你的外部，是可以衡量的、线性的。根据牛顿的观点，时间是"绝对的、真实的、数学的时间，因其自身特性，在均匀地流逝，与任何外界事物无关"。欧洲人认为自己是时间的仆人，依赖于时间，受它制约。一个人若想生存、开展活动，必须遵守时间不可撼动、不可更改的铁律和规定。必须遵守期限、日期、天数和小时。人在时间的轨道中运转，无法在其之外存在。时间给人施加了严格的规定、要求及标准。人类与时间之间存在着不可调和的冲突，而这场冲突永远以人类的失败告终——时间消灭了所有人。

而非洲人对时间的理解完全不同。对他们来说，时间要松弛得多，是一个更开放、灵活、主观的概念。是人类在影响时间的形成，控制它的进程和节奏（当然，要先得到祖先和神明的允准）。时间甚至是人类可以创造的东西，因为时间的存在是通过事件的发生来呈现的，而事件发生与否，取决于人。如果两支军队没有交战，那么这场战斗就不会发生（而时间也不会显现，不会存在）。

时间的出现是因为人类的活动，当你停止行动或者根本不采取任何行动时，它便会消失。时间是一种在人的影响下不断复苏的物质，如果人不给予它能量，它就会休眠乃至消散。时间是消极的存在，最关键的是，它取决于人。

这和欧洲的思维方式完全相反。

放到实际情境中——比如你今天下午要去村子里开会，到达会议地点后发现空无一人，问"几点开会"这样的问题就毫无意义，因为答案早就预先写好了："人齐了就开会。"

这也就是为什么非洲人上了车不会问什么时候开。他进入车厢，找个空位子坐好，马上进入一种状态，他在这种状态下度过了生命中的大部分时间：他静静等待。

"在'等待'这件事上，这些人有一种惊人的天赋！"一位在这里生活多年的英国人告诉我，"天赋、耐力，还有一种特殊的本能！"

非洲人相信，一种神秘的能量在世间循环流淌，当它靠近并充盈你时，便会赋予你启动时间的力量——某些事情将会发生。然而，在这之前，人们必须等待；任何其他行为都是疯狂且徒劳的。

这种静静等待是什么样的？人们知道接下来会发生什么，因此会尽量找一个最舒适的地方安顿下来。有时他们会躺下，有时坐在地上、石头上，或者蹲着。他们停止交谈。一群静静等待的人是沉默的，不发出任何声响。身体变得松弛、瘫软，如释重负。肌肉放松，脖子僵硬，脑袋一动不动。他们不再四处张望，对什么都不关心。有时他们的眼睛是闭上的，但只是有时。更多的时候，他们的眼睛是睁开的，但眼神空洞，没有一丝生气。我曾长时间观察处于这种状态的人群，我可以确定，那是一种深度的生理休眠：不吃，不喝，也不排尿。他们对肆意灼烧的阳光毫无反应，对落在眼皮和嘴唇上的烦人苍蝇也无动于衷。

此时，他们的脑袋里发生了什么？

我完全不知道。他们在思考吗？在做梦？在回忆？在做计划？在祷告？还是超脱于尘世之外？不得而知。

终于，经过两个小时的等待，满载的大巴车开出了车站。在颠簸的道路上，乘客们被颠醒，重新活了过来。

他们有的拿起饼干,有的剥香蕉,有的把擦完汗水的手帕细心地叠好。司机一只手握着方向盘,另一只手比划着,说个不停。大家时不时会爆发出一阵笑声,司机笑得最响,其他人稍微小声一些。也许他们这么做,只是出于礼貌?

继续往前开。和我同车的这些人,应该是第二代,甚至是第一代能够在非洲乘坐交通工具出行的幸运儿。因为千万年来,在非洲只有步行。他们以前并不知道车轮是什么,也不知道怎么使用它。他们就靠走,靠着双脚前行,而所有需要携带的东西就背在背上,肩膀上,以及在大多数情况下,顶在头上。

那么,非洲内陆国家湖泊上的船只又是怎么来的?这些船在海港被拆分,零件被人们顶在头上搬运到湖边,再组装起来。在非洲大陆的腹地,城市、工厂、矿井设备、电力厂和医院都是这样搬运而来的。十九世纪的技术文明也是这样被搬到非洲内陆——一块一块地,靠非洲人顶在头上。

而北非甚至撒哈拉的居民都更幸运一些,他们至少可以利用役畜——骆驼。但无论是骆驼还是马都无法在撒哈拉以南的非洲生存,它们会死于采采蝇传播的病毒,以及潮湿的热带气候中的其他疾病。

非洲的问题在于人与环境之间的矛盾，在于广袤的大地（超过三千万平方公里）与它赤足光脚、手无寸铁的居民之间的巨大反差。无论往哪个方向看，到处都是遥远、荒凉、杳无人烟的空间，无边无际。你得走上数百甚至数千公里，才能遇到其他人（不能说遇到"另一个人"，因为单独一个人是无法在那种条件下生存的）。任何信息、知识、技术成果、财富、货物、他人的经验都无法渗透进来，它们找不到流通的路径。没有参与世界文化的交流存在。即便偶尔有，也只是偶然的事件或节日庆典。而缺乏互通有无的交流，任何社会都难以前行。

这里最常见的是，人数不多的群体、氏族和部落完全与世隔绝，被遗忘和散落在无边无际、条件艰苦的土地上，面临疟疾、干旱、酷暑和饥荒的致命威胁。

另一方面，在小型群体中生存活动，使他们更容易逃离危险的地方，比如干旱或流行病肆虐的地区，从而得以幸存。这些小型族群采取了过去轻骑兵在战场上所使用的战术：机动性、避免正面冲突、躲避和智胜。这使得非洲人成为了永远"在路上"的人。即使过着定居的生活，住在村庄里，他们仍然"在路上"。因为整个村庄也在行走：水源枯竭了，土壤不再肥沃了，或者暴发流行病了——他们就得上路，寻找生存的希望，期待更好的生活。一直到城市生活的出现，才为这种生存模式带来了更多的稳定性。

非洲的人口构成了一个巨大的、纵横交织、覆盖整个大陆的网络，处于不断的运动之中，像波涛一样起伏，会在某一处汇聚，又在另一处四散，如同一匹色彩丰富的布料，一块五彩斑斓的挂毯。

这种被迫的人口流动性导致非洲内陆没有古老的城市，至少没有像欧洲或中东那种一直延续至今的城市。同样与欧亚不同的是，很多社群（也有人认为是所有社群）如今所占据的土地都并非他们的故土。

所有人都是来自他乡的移民。他们共同的世界是非洲。他们世世代代一直在其中迁徙和流动（在非洲的某些地方，这一过程至今仍在持续）。因此，这个文明的一个显著特征是它的暂时性、过渡性以及缺乏物质的连续性。昨天才搭建起来的茅屋，今天已经消失；三个月前还在耕种的田地，现在已经荒芜。

在这里，真正生生不息并将各个社群联系在一起的，是家族传统和仪式的连续性，是对祖先的深刻崇拜。因此，非洲人与他亲近的人之间的联系，更多的是精神上的共同体，而不是物质或领土上的共同体。

大巴车逐渐驶入茂密高大的热带雨林深处。在温带地区，生物展现出一种秩序和规律：这里是松树林，那里是橡树，更远是桦树。即便在混交林中，也能感受到清晰与秩序。然而，在热带地区，生物却呈现出疯狂的状态，处于一种野性的繁衍与增殖的狂喜。这里给人带来的冲击是它那种咄咄逼人、不断膨胀的生命力，绿色植物不断喷涌而出，树木、灌木、藤本植物、攀缘植物，所有绿色的元素都在伸展、推挤、刺激、争抢，相互交织、缠绕、丛生在一起，只有最锋利的钢刀，且需要费一番苦功，才能从中劈出通道、小径和隧道。

由于没有轮式交通工具，过去在这片广袤的大陆上也没有道路。二十世纪初，第一批汽车被引入时，几乎没有路可以行驶。砾石路和沥青路在非洲还是新鲜事物，只有几十年的历史。在很多地区，它们仍然非常稀罕。取而代之的是小道——供人或牲畜通行，但通常是共用的。以小道为主的交通解释了为什么这里的人习惯于排成一列行走；即便今天走在宽阔的马路上，他们也排成一列。这也是为什么一大群人同行也会沉默不语：前后排成一列是很难聊天的。

要走这样的小路，必须是这方面的地理专家。如果不熟悉就会迷路，如果迷路就会很长时间找不到水和食物，然后就会死。但问题在于，不同的氏族、部落和村庄可能有纵横交错的小道，而不了解这些的人可能会顺着他们以为正确的小道走，却被引入陷阱，误入歧途，导致死亡。

丛林中最神秘也最危险的，就是小道。人会不断被刺藤和树枝刮伤，还没到目的地已经遍体鳞伤，肿胀发炎。最好带根木棍，因为小道上可能有蛇（这种情况时常发生），得用木棍把它赶走。另一个问题是护身符。生活在与世隔绝的热带森林中的人们，天然地不信任外来者，而且迷信。所以他们会在这些小道上挂上各种护身符，用来驱赶恶灵。当你碰到蜥蜴皮、鸟头、草束或鳄鱼牙的时候，根本不知道该怎么办：是冒险继续走，还是掉头回去？因为这些警示符号的背后可能隐藏着真正的危险。

每隔一段时间，大巴车会在路边停下，因为有人要下车。如果下车的是带着一两个孩子的年轻女性（这里几乎看不到不带孩子的女性），那就会看到无比灵巧优雅的一幕。这个女人先用花布巾把孩子裹起来绑在身上（孩子一直在睡，没有反应）。然后她蹲下，把那个跟自己寸步不离、装满了吃的和其他物品的盆或大碗稳稳放在头上。接着她挺直身板，动作犹如杂技演员，迈出在悬崖钢丝上的第一步：试探并迅速找到平衡。她左手拿着睡觉时用的编织垫，右手牵着另一个孩子的手，迈着匀称、平稳的步伐踏入一条丛林小道，那里通往一个我可能永远无法理解的世界。

大巴车上坐在我旁边的是个年轻男人,他在库马西一家公司做会计,但我没听清那家公司的名字。"加纳独立了!"他激动又兴奋地说,"明天整个非洲都会独立!"接着又说,"我们自由了!"

他向我伸出手来,这个手势意味着:现在黑人可以毫无顾虑地和白人握手了。"您见过恩克鲁玛了?"他好奇地问,"是吗?那您可真是个幸运的人!您知道我们会怎么对付非洲的敌人吗?"

他"哈哈哈"放声笑,但并没有说具体要怎么做。

"现在最重要的是教育。教育,培训,获取知识。我们太落后了,太落后了!但我觉得全世界都会来帮我们的。我们必须和发达国家平等!我们不仅要自由,还要平等!现在我们呼吸自由的空气。这就是天堂。真的太棒了!"

他的热情在这里很常见。加纳带头成为独立运动的榜样,引领了整个非洲,他们为此感到激动和骄傲。

我另一边的邻座(车上每排有三个座位)则不同。他很内向,沉默寡言。这里的人们通常都很开朗健谈,乐于分享各种观点和故事。而到目前为止,他只告诉我他没工作,找工作遇到了困难,但没说是什么困难。

终于,茂密的森林开始消退,这意味着快到库马西了,他决定和我说说心里话。原来,他遇到了麻烦。他病了。并不是一直生病,但就是间歇性地,时不时会发作。他去看过很多当地的专家,但没有一个能帮他。问题在于,他的脑袋里,头骨下面,有动物。不是说他看到了这些动物,或者想着它们、害怕它们——不,完全不是这样。他的问题是,这些动物就在他的脑袋里,它们在那儿生活,奔跑,吃草,捕猎,或者只是睡觉。如果是一些温顺的动物,比如羚羊、斑马、长颈鹿,他还可以忍受,甚至觉得它们挺可爱。但有时会来一头饥饿的狮子。它饿了,它愤怒——于是它咆哮。这时,狮子的吼声简直会震裂他的头颅。

氏族结构

我来库马西并没有任何明确的目的。通常人们认为有目标是件好事，这样人就有追求，有方向。但另一方面，人在这种情况下就像戴上眼罩的马：只知道自己的目标，而忽略了其他的一切。而那些"其他的"——广阔，深邃——往往更加有趣和重要。毕竟，进入另一个世界就是进入一个谜团。这个谜团可能蕴藏着无数迷宫和角落，充满了谜题和未知。

库马西坐落在绿树和鲜花之间，位于平缓的山丘上，就像一座巨大的、允许人们定居其中的植物园。这里的一切似乎都对人类充满善意——气候、植物，还有这里的人。清晨虽然只有短短几分钟，但却美得令人惊叹。周围一直是黑夜，忽然间，太阳从里面游了出来。游？这个动词似乎暗示着某种缓慢的过程。但实际上，太阳就像一颗球被人从山后猛地抛出。你立刻看到那团火球，它离你那么近，甚至让人感到一丝恐惧。而且这团火球还在朝你移动，越来越近。

太阳的出现就像发令枪，整个城市即刻开始运转。仿佛人们整夜都蹲守在他们的起跑线上，现在太阳一声令下，他们立刻迈开脚步，奔向前方。没有任何过渡阶段，也没有准备时间。街上顿时挤满了人，商店开门，篝火和厨房冒出炊烟。

库马西的热闹与阿克拉不同。库马西的热闹是地方性的、区域性的，仿佛封闭在自己内部。这座城市是阿散蒂王国[1]（属于加纳）的首都，它警觉地守护着自己的独特性，守护着五彩斑斓、充满生命力的传统文化。在这里，你会遇到氏族首领漫步在街头，或者目睹源自远古时代的仪式。本地文化中充满魔法、巫术和咒语的世界，在这里也很活跃。

从阿克拉到库马西的路程，不仅是从大西洋海岸深入非洲腹地的五百公里，也是进入那些相较于沿海地区，殖民痕迹更少的地区的旅程。非洲幅员辽阔，鲜有通航的河流，缺少通车的公路，再加上恶劣且致命的气候，都在一定程度上阻碍了它的发展，但它们也构成了一道抵御外来

---

[1] 阿散蒂王国，十八世纪初至二十世纪中叶非洲加纳中南部的阿肯族王国。

入侵的天然屏障，使得殖民者无法深入内陆。他们只能留守在海岸边，依赖他们的船只、武装防御工事、粮食储备和金鸡纳霜[1]。在十九世纪，如果有人——比如斯坦利[2]——敢于从东到西横穿整个非洲，这样的壮举会成为世界新闻和文学持续多年的话题。正是因为这些交通上的障碍，许多非洲的文化和习俗得以原封不动地保存至今。

从形式上讲——仅仅是形式上——殖民主义在非洲的统治始于柏林会议[3]（1883年至1885年），当时几个欧洲国家（主要是英国和法国，还有比利时、德国和葡萄牙）瓜分了整个大陆，这种状态一直持续到二十世纪下半叶非洲解放。然而，事实上，殖民渗透早在十五世纪就开始了，并在接下来的五百年中蓬勃发展。这一征服过程中最无耻、最残忍的阶段，是持续了三百多年的非洲奴隶贸易。三百多年的突袭、追猎、围捕和伏击，通常是由白人与他们的非洲和阿拉伯同谋者协力组织的。数百万年轻的非洲人被运走——在噩梦般的条件下，挤在船舱里——横渡大西

---

1 奎宁的旧称。一种提取自金鸡纳树树皮的生物碱，用于治疗与预防疟疾。
2 亨利·莫顿·斯坦利（Henry Morton Stanley, 1841—1904），著名美籍英国探险家，成为《先驱报》记者后被派往非洲寻找失踪的利文斯顿。后再度深入中非探险，并创下多项纪录。1899年获封爵士。
3 柏林会议，指1884年11月15日由俾斯麦主持，在德国首都柏林举行的列强瓜分非洲的会议。

氏族结构

洋，在那里用汗水为新世界的财富和繁荣奠基。

非洲——饱受摧残且毫无还手之力——被掏空了人口，摧毁了家园，几乎沦为废墟。大片土地变得荒芜，灌木丛覆盖了原本开满鲜花、阳光明媚的地区。但殖民时代在非洲人的记忆和意识中留下的最痛苦、最难以磨灭的痕迹，还是长达几个世纪的蔑视、羞辱和苦难在人心深处埋下的自卑和伤痕。

第二次世界大战爆发之时，殖民主义达到了顶峰。然而这场大战的进程及其象征意义，实际上推动了这一体系的崩溃和终结。

为什么会这样？只要到种族思维的黑暗国度稍加探访，就可以解释很多事情。在殖民时代，种族和肤色的差异是欧洲人与非洲人关系的核心、本质和主要形式。每一件事——每一种交流、从属和冲突——都被转化为"黑人-白人"的概念框架；当然，白人更优越、更高级、更强大。白人是"先生"和"大人"，是"老爷"（sahib）和"主人"（bwana kubwa）[1]，是上帝派来主宰黑人的毋庸置疑的统治者。非洲人被灌输：白人是不可侵犯、不可战胜的，白人是一个团结又坚固的力量。这是支撑殖民统治体系的意识

---

[1] Sahib和bwana kubwa分别是阿拉伯语和斯瓦希里语中"大人、老爷、主人"的意思。

形态，它巩固了一种信念，即任何质疑或反抗都是毫无意义的。

然而，突然之间，被征募到英国和法国军队中的非洲人看到，在他们参与的这场欧洲战争中，白人在互相残杀，互相射击，互相摧毁城市。这是一种启示、震动和冲击。法军中的非洲士兵看到，他们的法国殖民统治者被打败了。英军中的非洲士兵看到，帝国的都城伦敦遭到了轰炸。他们看到惊慌失措的白人，四处逃窜的白人，哭号求饶的白人。他们还看到衣衫褴褛、饥肠辘辘地哀求一块面包的白人。当他们向东进军，与英国白人一起攻打德国白人，他们时不时会看到身着条纹囚服的白人，只剩白骨的白人，身首异处的白人。

目睹白人战争的景象，非洲人所受的震撼尤为强烈，因为非洲居民（除了极少数例外；比利时殖民的刚果就没有这样的例外）被禁止前往欧洲，甚至不能离开非洲大陆。他们只能根据殖民地里白人的奢华条件来想象白人的生活。

另外，二十世纪中叶的非洲居民，除了邻居、村长或者殖民统治者告诉他的事情之外，几乎没有任何信息来源。所以，他了解的世界，就是自己在附近所见，或是晚间篝火旁听到的故事。

这些"二战"老兵后来从欧洲返回非洲，很快加入了各种争取国家独立的运动和政党。这些组织的数量迅速增长，如雨后春笋般涌现。它们的取向各异，目标也各不相同。

来自法属殖民地的人们最初提出的诉求比较局限。他们还没有谈论自由，只希望所有殖民地居民都能成为法国公民。巴黎拒绝了这一要求。当然，那些接受法国文化教育并达到其标准的人，所谓"进化者"（evolue），可以成为法国公民。但这样的人只有极少数。

来自英属殖民地的人们更加激进。他们的灵感、动力和纲领来源于十九世纪下半叶至二十世纪初非裔美国知识分子——奴隶的后代——描绘的大胆的未来愿景。他们提出了名为"泛非主义"的理论思想，其主要倡导者包括社会活动家亚历山大·克鲁梅威尔、作家杜波依斯和记者马库斯·加维（来自牙买加）。他们所持观点有所不同，但在两点上达成了共识：一，世界各地的黑人，无论是在南美洲还是在非洲，都属于同一个种族和文化，应该为自己的肤色感到自豪；二，整个非洲应该独立并统一。他们的口号是"非洲属于非洲人"！在另一个同样重要的纲领上，他们产生了分歧：杜波依斯主张黑人应该留在他们居住的国家，而加维认为所有黑人，不管身在何方，都应该回到非洲。

他甚至一度贩卖海尔·塞拉西一世[1]的肖像,声称这就是返回非洲的签证。加维于1940年去世,从未亲眼见过非洲。

加纳的年轻活动家、理论家克瓦米·恩克鲁玛成为泛非主义的热情支持者。1947年,他在美国完成学业后回国。他创立了政党,吸纳了很多"二战"老兵和年轻人。在阿克拉的一次集会上,他喊出了战斗口号:"独立,现在就要!"在当时殖民统治下的非洲,这句口号犹如引爆炸弹。十年之后,加纳成为撒哈拉以南第一个独立的非洲国家,阿克拉也立刻成为整个非洲大陆所有运动、思想和活动的非正式中心。

这里到处是解放的热潮,你可以遇到来自全非洲的人,还有世界各地的记者。他们来到这里是因为好奇心、不确定以及欧洲各国首都日益增长的恐惧——非洲是否会暴乱?是否会洒满白人的鲜血?他们会不会组建军队,装备上苏联人提供的武器,带着仇恨和复仇的冲动,挺进欧洲?

早上,我买了一份当地的报纸《阿散蒂先锋报》(*Ashanti Pioneer*),然后去找他们的编辑部。经验告诉我,

---

[1] 海尔·塞拉西一世(Haile Selassie I, 1892—1975),原名塔法里·马康南,埃塞俄比亚帝国(1941年前称阿比西尼亚帝国)末代皇帝。曾领导埃塞俄比亚超过半个世纪,推行各项改革,推动了埃塞俄比亚国家的现代化进程。

在这样的编辑部里待一小时，比花一周时间走访各个机构和名流能了解的东西都多。这次也不例外。

在一个破旧的小房间里，熟过头的柠果和印刷油墨的味道奇异地混合在一起。一个开朗的大胖子热情地欢迎了我，仿佛他对我的到来已经恭候多时了。（他开口就说："我也是记者。"）他名叫奎西·阿穆。

见面时问候的过程和气氛对于后续的交往至关重要，所以这里的人特别注意见面打招呼的方式。最重要的是从一开始、从第一秒就表现出巨大的、发自内心的喜悦和热情。首先，你伸出手，握手。但不是那种正式、克制、点到为止的握手，恰恰相反——你的动作幅度要很大，要用力挥动手臂，仿佛你不只是想平静地握手，而是想把对方的手扯下来。如果对方的手完好无损，那就说明他也熟悉整个问候仪式和规则，他也会幅度很大地做出同样的手势，朝着你挥动的手迎上来。这时，两只充满巨大能量的手在半路相遇了，以惊人的迅猛势头碰撞到一起，抵消了彼此的反作用力。与此同时，当两只手开始一起挥动，你们会发出一连串响亮、悠长的笑声。这意味着你们对这次见面感到高兴，并且彼此充满好感。

接下来是一大篇寒暄的问答："您最近怎么样？身体好吗？家人好吗？所有人都身体好吧？爷爷呢？奶奶呢？叔叔呢？阿姨呢？"诸如此类。因为这里的家庭往往非常庞大而且分支众多。根据习俗的要求，每听到一个肯定的回答，都要用一连串响亮而热烈的笑声作为回应，而这反过来也要求对方发出相似的甚至更为热烈的笑声。

经常看到两个人（或者更多人）站在街上，迸发出爽朗的大笑。这并不是说他们在给对方讲笑话。他们只是在打招呼。如果笑声停止了，那么意味着问候仪式结束，可以进入正题了，或者只是双方暂时安静下来，让疲惫的内脏休息片刻。

我和奎西完成了整套盛大又欢乐的问候仪式，开始了关于阿散蒂王国的话题。阿散蒂人一直抵抗英国人直到十九世纪末，而且非常值得一提的是，他们从未完全屈服。即使现在，加纳独立了，他们也和恩克鲁玛及其沿海地区的支持者保持距离——他们并不十分看重这些人的文化传统。阿散蒂人珍视的是自己丰富的历史、传统、信仰和律法。

在整个非洲，每个较大的社群都有自己独特的文化、原始的信仰体系和习俗，有自己的语言和禁忌，所有这些都非常复杂、深奥且神秘。这就是为什么伟大的人类学家从不使用"非洲文化"或"非洲宗教"这样的说法，因为他们知道这样的东西并不存在，非洲的本质在于其无穷无尽的多样性。他们将每个民族的文化视为一个独立、唯一且不可复制的世界。他们也是以这种方式写作的：如E. E. 埃文斯·普里查德写的努尔人，马克斯·格拉克曼写的祖鲁人，乔治·托马斯·巴斯登写的伊博族，等等。而在当时，欧洲人的思维是倾向于做简化和分类的，他们喜欢把所有非洲的东西塞进一个袋子里，并满足于简单的刻板印象。

"我们相信，"奎西告诉我，"人由两部分组成：从母亲那里继承的血和父亲赋予我们的灵。血缘因素是更强的部分，因此孩子属于母亲和她的氏族，而不属于父亲。如果妻子的氏族命令她离开丈夫并回到娘家所在的村落，她会带上所有的孩子一起走（因为妻子既住在娘家村子里，也住在丈夫家里，但她在丈夫那里只是作客）。有这种可以回到娘家氏族的机会，哪怕她被丈夫抛弃，也不会无家可归。如果丈夫像暴君一样对待她，她也可以自己搬出去。但这些是极端的情况，因为通常家庭是一个强大又有活力的蜂巢，每个成员都各司其职。

"家庭总是很庞大的，通常有几十个人。丈夫、妻子（们）、孩子们、表亲。家庭成员会尽可能多地聚在一起，共度时光。大家在一起的时间是所有人最珍视的。住在一起或者比邻而居也非常重要：有很多工作只能集体完成，否则就很难生存下去。

"孩子在家庭中成长，但随着年龄的增长，他会发现社会环境的边界更宽广了，他周围还生活着其他家庭，许多这样的家庭组成了氏族。氏族由所有相信他们拥有共同祖先的人组成。只要我相信你和我拥有同一个祖先，那我们就同属一个氏族。这个观念也带来了极其严重的后果。比如，同一个氏族的男女不能有性接触。这是最严格的禁忌之一。在过去，打破这个禁忌的双方都会被判处死刑。即使在今天，这仍然是严重的罪过，因为会激怒祖先的灵魂，并给整个氏族带来许多不幸。

"氏族的首领是族长，由长老会召集的氏族大会选出。长老包括村长、小氏族的头领、各种有职务的人。每次可能会有几个候选人并经过多轮投票，因为这个选举很重要：族长的位置至关重要。从当选的那一刻起，族长就成了圣人。从此以后，他不可以赤脚走路，不可以席地而坐，别人也不可以触碰他或者说他的坏话。族长来了——从远处就能看到撑开的伞。族长有一把巨大的、装饰华丽的伞，由专门的仆人撑着；小氏族的头领也会撑伞，不过是从集市上的阿拉伯人那儿买的普通伞。

"氏族族长是极其重要的职务。阿散蒂人信仰的核心是祖先崇拜。一个氏族包括了大量的成员，而我们能看到和接触到的只是其中一部分——生活在世间的这一部分。其他的——大多数——是祖先，虽然他们已经在某种程度上离开了我们，但实际上仍然会参与我们的生活。他们在注视我们，观察我们的一言一行。他们无处不在，看见一切。他们可以帮助我们，也可以惩罚我们；可以赐予我们幸运，也可以让我们陷入灾难。他们决定着一切。所以，和祖先保持良好的关系是整个氏族乃至每个成员平安顺遂的前提。而这种关系的质量和密切程度，正是由氏族族长来负责。他是氏族的两个组成部分——祖先世界和生者世界——的中间人和联络者。他向在世的人传达祖先的意志和决定，与此同时，如果在世的人违背了传统或律法，他也向祖先祈求宽恕。

"为了求得宽恕，人们会向祖先献祭：以水或棕榈酒浇地，献上食物，宰羊上供。但这一切可能都不够。如果祖先依然愤怒，在世的人将会遭受持续的苦难和疾病。乱伦、杀戮、自杀、抢劫、冒犯族长和施行巫术，都会引起祖先最大的愤怒。"

"自杀？"我很惊讶，"怎么惩罚一个自杀的人呢？"

"我们的律法规定要斩下他的头颅。自杀是犯忌的。氏族律法的首要原则就是每个罪行都要受罚。如果有罪不罚，整个氏族都会陷于灾难，面临灭顶之灾。"

这里有众多的小酒馆，我们坐在其中一家的露台上，喝着芬达。显然，这种饮品在这里垄断了销售。吧台后面，一名年轻的女服务员头枕着胳膊打盹。天气炎热，让人昏昏沉沉。

"族长还有很多其他的职责，"奎西接着说，"他要化解纠纷，解决冲突，所以他也是法官。在农村地区尤为重要的是，首领还负责分配土地给各个家庭。他不能把这片土地赠予或出售，因为土地是祖先的财产。祖先们就在这片土地中，生活在其中。族长只能将土地分配给人耕种。如果某块田地不再肥沃，他会为这家人指定另一片土地，而这片田地就要休耕，为未来积蓄力量。土地是神圣的。土地赐予人们生命，凡是赐予生命的都是神圣的。

"族长享有最高的尊敬。他周围有一群长老组成长老会，在未征求后者意见或得到同意的情况下，他不能单独做出任何决定。这就是我们理解的'民主'。每天早上，长老会的每位成员都会去族长家里向他问好。通过这种方式，族长就知道自己领导有方，也有长老们的支持。如果某天早上长老们没有来拜访，那就意味着他已失去威信，得下台了。发生这种情况，通常是因为族长犯了'五罪'之一：酗酒、暴食、与巫师勾结、对待村民不公、未征求长老会意见擅自行事。如果他失明、得了麻风或者失去心智，他也必须下台。

"几个氏族会组成联盟，这就是欧洲人所说的'部落'。阿散蒂部落是八个氏族的联盟，首领是同样由长老会辅佐的阿散蒂国王。这样的联合不仅仅是因为共同的祖先，它还是一个地理、文化和政治的共同体。有时，这样的共同体非常庞大，人口过百万，甚至超过了某些欧洲国家。"

我犹豫了很久，但最后还是问他："给我讲讲巫术吧？"我犹豫是因为这是一个大家不太愿意提及的话题，经常都是以沉默带过。

"现在已经不是所有人都信这个了，"奎西回答说，"但还是有很多人相信。确切地说，很多人是害怕不信的后果。我的祖母就认为巫婆是存在的，她们晚上会在田野里孤零零的高树上聚会。有一次我问祖母：'你见过巫婆吗？'她笃定地说：'那是不可能的。夜里巫婆们会用蜘蛛网把整个大地缠绕起来。她们手里拿着蛛丝的一端，另一端缠到世界上所有的门上。如果有人想要开门出去，就会碰到蜘蛛网。巫婆会觉察到，然后立刻消失在黑夜里。早上你只能看到树枝和门把手上垂下来的一段段蛛丝。'"

我，白人

在达累斯萨拉姆[1]，我从一个已经回欧洲的英国人手里买了一辆旧路虎。那是1962年，坦噶尼喀[2]在几个月前刚刚独立，很多殖民时期在此工作的英国人失去了工作、职位甚至房子。在他们越来越冷清的俱乐部里，总能听到有人在讲，早上他走进部委里自己的办公室，在他的办公桌后面坐着一个当地人，面带微笑地说："不好意思。很遗憾。"

这种大换岗的权力交接被称为"非洲化"。有些人对此表示欢迎，认为是解放的标志，另一些人则对这一进程愤愤不平。谁在高兴，谁在反对，这是显而易见的。伦敦和

---

[1] 达累斯萨拉姆，坦桑尼亚原首都、第一大城市，东非重要港口，在斯瓦希里语中意为"平安之港"。
[2] 坦噶尼喀，坦桑尼亚的大陆部分，濒印度洋。

巴黎当初为了鼓励公务员去殖民地工作，为那些愿意外派的人提供了优越的生活条件。曼彻斯特邮局一个不起眼的小职员，一旦来到坦噶尼喀，就会得到一幢带花园和游泳池的别墅、汽车、仆人和回欧洲休假等待遇。殖民地的官僚可是个美差。如今，殖民地的居民在一夜之间独立，原封不动地接管了殖民地政府。他们甚至非常用心地确保一切不变，因为这个国家机器给了官僚们非凡的特权，而新上任的当权者们当然不愿放弃这些特权。昨天还是贫苦、卑微的人，今天就成为天选之子，位高权重，盆满钵满。非洲国家的这种殖民起源——欧洲官僚拿着高得离谱的薪酬，而这一制度被当地人不加改变地继承了下来——导致在独立后的非洲，权力斗争变得异常激烈和残酷。就在一瞬间，通过一场政变，新的统治阶级诞生了——官僚资产阶级，他们不生产任何东西，只是管理社会并享受特权。二十世纪的法则，即极速变化的法则，在这里也同样适用：过去，一个社会阶层的形成可能需要几十年甚至几个世纪，而在这里，仅仅几天就足够了。法国人带着一丝嘲讽观看这场新阶层中的职权争夺，称之为"肚皮政治"（la politique du ventre），因为政治地位与巨大的物质利益紧密相连。

然而这里是非洲，幸运的新贵们不能忘记古老的氏族传统，而其中最重要的一条规则就是：你拥有的一切都要与氏族的其他成员、与同宗的兄弟手足分享——也就是与我们所说的"表亲"分享（在欧洲，表亲的关系已经相当淡薄和疏远，但在非洲，母系的表亲比丈夫还要重要）。所以，如果你有两件衬衫，给他一件；你有一碗米饭，分他半碗。谁违背了这个规则，谁就会被排挤，被逐出氏族，成为令人嫌恶的孤立个体。个人主义在欧洲是一种被珍视的价值观，在美国甚至是最受推崇的；但在非洲，个人主义是不幸和诅咒的代名词。非洲的传统是集体主义的，因为只有团结一致的群体才能应对自然界不断涌现的挑战。而在集体中生存的一个条件，正是分享我所拥有的哪怕最微不足道的东西。有一次，我被一群孩子围住了。我手里只有一块糖，孩子们一动不动地盯着它。最后，他们中年纪最大的女孩拿起糖果，小心地咬开，公平地分给了每个孩子一小块。

如果有人取代了白人成为部长，得到了他的别墅、花园、薪资和汽车，消息很快就会传到这个幸运儿的家乡，像闪电一样传遍附近的村子。快乐和希望在他的表亲们心中翻涌。很快，他们就会开始朝首都进发。在那里他们会毫不费力地找到这位幸运的亲戚。他们会出现在他家门口，向他问好，按照礼仪洒些杜松子酒在地上，感谢祖先带来这样的命运转折，然后他们就会在他的别墅、庭院和花园里安顿下来。再过不久你就会看到，这座原本安静的官邸——曾经住着一位沉默寡言的英国老人和他的妻子——变得热闹起来。从早上开始，院子里燃起篝火，妇女们在木臼中捣制木薯，成群的孩子们在花坛边追跑打闹。晚上，整个大家庭围坐在草地上吃晚饭，因为尽管新生活开始了，但旧的习惯依然存在，从古老的贫穷时代延续下来：每天只吃一顿饭，而且是在晚上。

那些工作更需要东奔西走，对传统也少一些敬畏的人，会试图掩盖自己的行踪。有一次，我在多多马[1]遇到一个街边卖橙子的小贩（收入很低），他曾在达累斯萨拉姆往我家里送过水果。偶然相遇我很高兴，问他为什么会在离首都五百公里的地方。他解释说，他不得不躲避他的表亲们。一直以来他都和他们分享一切，但最终他受够了，于是逃跑了。"我这段时间还能有点钱，"他开心地说，"直到他们找到我为止！"

这种独立后获得升迁的例子，在当时的达累斯萨拉姆还不算多。在白人区，白人仍然占主导地位。因为和非洲大陆这一区域的其他城市一样，达累斯萨拉姆由三个相互

---

[1] 多多马，坦桑尼亚中部城市、今坦桑尼亚首都，位于达累斯萨拉姆以西约五百公里。

隔离的城区组成（通常由一片水域或空地相隔）。最靠近海边的、最好的区，当然是属于白人的，这就是牡蛎湾：这里有豪华的别墅、鲜花盛开的花园、柔软蓬松的草坪和铺设整齐的砂石小径。这里的生活的确富足奢侈，尤其是你什么都不需要自己动手做：一切都由安静、懂得察言观色、悄无声息地行动的仆人来照料。在这里，人们悠闲地散步，像是在天堂里一样：不慌不忙，轻松自在，心满意足地享受着保存于此处的世间美好。过了桥，在潟湖对岸，离海更远的地方是石头建造的热闹商业区。这里的居民是印度人、巴基斯坦人、果阿人以及来自孟加拉和斯里兰卡的移民，统称为"亚洲人"。尽管他们当中也有几个大富商，但大多数人过着普通的生活，没有什么奢华之处。他们都忙于做生意：买卖、中介、投机。他们总在算账，没完没了地算，重新算、摇头、争吵。数百家商铺大门敞开着，商品堆放到人行道和大街上。布料、家具、灯具、锅碗、镜子、小饰品、玩具、大米、糖浆、香料——琳琅满目。在商店门前，印度人会坐在椅子上，一只脚盘在椅座上，手不停地抠着脚指头。

每周六下午，这个狭窄拥挤的城区的居民会涌向海边。他们会穿上节日的盛装——女人身披金闪闪的纱丽，男人穿上整洁得体的衬衫。他们开车去海边，一辆车里挤满了全家人，大家一个叠一个地坐在膝盖上、肩膀上、头上：

十到十五个人。他们把车停在海边陡峭的崖岸上。这时，涨潮的海浪拍打着海岸，发出震耳欲聋的声响。他们打开车窗，呼吸海风，放松心情。在他们面前这片汪洋的另一边，就是他们的祖国——印度。此时他们甚至已经不再熟悉那个国度。他们会在海边待上十几分钟，也许半小时。然后，拥挤的车队会驶离这里，海岸又恢复了空旷。

离海越远，气温越高，干旱和沙尘也越严重。就在那边的沙地上，在光秃秃的贫瘠土地上，坐落着非洲区的泥坯屋。非洲区的各个地方沿用了桑给巴尔[1]苏丹的奴隶村庄的名字——卡里亚库、哈拉、马盖马尼、基农多尼。名字各不相同，但泥坯屋的条件都是一样的差，居民生活贫困，也看不到改善的机会。

对于非洲区的人们来说，独立的意义就在于他们现在可以自由穿行于这座十万人口城市的主街，甚至可以大胆前往白人区。表面上，从来没有明令禁止他们进入白人区，因为非洲人总是可以去那里，只是必须要有明确的目的：去工作，或者收工回家。警察的眼睛能轻易分辨出这个人是匆忙赶去工作的，还是漫无目的闲逛的可疑人士。每个人都根据肤色被分配了角色和位置。

---

1 桑给巴尔，坦桑尼亚联合共和国的组成部分，由桑给巴尔岛、奔巴岛和二十多个小岛组成，现为东非重要驳运港。十九世纪时阿曼人曾在桑给巴尔及东非沿海建立桑给巴尔苏丹国。

有些批评种族隔离的人强调，这一制度是南非的白人种族主义者发明并实施的。但我现在意识到，种族隔离是一个更加普遍的现象。它的批评者认为这是强硬的布尔人[1]引入的制度，目的是统治黑人并把他们限制在被称为"班图斯坦"[2]的隔离区。种族隔离意识形态的支持者则辩解说：我们支持所有人过得越来越好并且平等发展，但要根据肤色和族裔背景分别发展。这套说法充满了欺骗性。任何了解实情的人都知道，所谓"平等发展"的口号背后，隐藏着极大的不公：一边是白人占据了最肥沃的土地、最好的工业设施和城市的富裕片区；另一边是黑人在贫瘠、半沙漠的土地上挣扎求生。

　　种族隔离的概念异常狡猾，以至于随着时间的推移，它最大的受害者也开始从中看到某些好处、某些自力更生的机会，认为待在自己的地盘上更舒适。因为非洲人可以说："不仅仅是我们黑人不能进入你的地盘，你们白人要想安然无恙，不受任何威胁，最好也别闯到我的地盘来！"

---

[1] 布尔人，南非和纳米比亚的白人种族之一，是以十七世纪至十九世纪移民南非的荷兰裔为主，融合法国、德国移民而形成的非洲白人民族。
[2] 班图斯坦制度又称"黑人家园制度"，是南非政府为推行种族隔离政策而对南非班图人实行政治隔离的制度，它将非洲人的保留地限制到最小程度，并试图制造非洲人在保留地上自我管理的假象。

我作为波兰通讯社的记者来到这座城市，打算在这里待上几年。在街头巷尾转了一圈，我很快意识到自己已陷入种族隔离的网络之中。首先，我再次感受到了肤色问题。我是白人——在波兰，在欧洲，我从未思考过这一点，甚至从未意识到。但在这里，在非洲，肤色成了最重要的标志，对普通人来说甚至是唯一的标志。白人，即殖民者、掠夺者、入侵者。我征服了非洲，征服了坦噶尼喀，屠杀了我面前这个人的部落和他的祖先。我让他成了孤儿。不仅如此，还是一个备受屈辱又无力回击的孤儿。永远挨饿，疾病缠身。是的，当他现在看着我的时候，他一定在想：白人，那个夺走我一切的人，用鞭子抽打我祖父的背，强奸了我的母亲。现在他就站在你眼前，好好看看他！

我无法在自己的良心里解决罪恶感的问题。在他们眼中，作为白人，我就是有罪的。奴隶制、殖民主义、五百年来的伤害——这一切都是白人所为，不是吗？白人？那么也包括我。我吗？我无法唤起那种净化、解脱的情感：感到自己有罪，表现出忏悔，道歉。与之相反，起初我试图反击："你们被殖民了，我们波兰人也是！我们被三国瓜分，足足一百三十年。而且也是白人。"他们笑了，拍拍脑门，然后走开了。我惹恼了他们，因为他们怀疑我在编故事。我知道，尽管我确信自己无罪，但对他们来说，我就是罪人。这些赤脚、饥饿、不识字的男孩在道德上比我更有优势,这是被诅咒的历史赋予受害者的。他们,黑人,从来不曾侵略过任何人,不曾占领过他人领土,也不曾把别人当作奴隶。他们可以带着优越感看我。他们是黑皮肤的种族,纯洁的种族。我站在他们中间,没有任何发言权。

我不管在哪里都感到不适。白皮肤享有特权,但也把人关进了种族隔离的牢笼。一个镀金的笼子,牡蛎湾,但依然是个笼子。社区很漂亮,鲜花盛开,但是无聊。的确,你可以在高大的椰树下漫步,欣赏盛开的三角梅和雅致的山牵牛,以及覆满厚厚海藻的岩石。但除此之外呢?还有什么?这里的居民是殖民官员,他们唯一的想法是熬到任期结束,买些鳄鱼皮或犀牛角作为纪念品,然后离开。他们的妻子要么谈论孩子的健康,要么谈论刚刚过去或即将举办的派对。而我每天都要发稿!写什么?从哪里找素材?这里只有一份小报——《坦噶尼喀标准报》(*Tanganyika Standard*)。我去了他们的编辑部,但在那里碰到的也是牡蛎湾的英国人。他们已经在打包收拾行李了。

我又去了印度区。但在那里能做什么?去哪儿看看?和谁交谈?天气酷热,不可能长时间行走:无法呼吸,腿脚发软,整件衬衫都湿透了。实际上,这样走上一小时,就会让人觉得受够了,剩下的唯一愿望是:找个地方坐下,一定要在阴凉处坐下,最好有风扇。在这种时刻你会想：北方的人们是否知道，那片灰暗、寡淡、永远阴沉的天空是多么珍贵？它有一个巨大的、美妙的优点——没有太阳。

我的主要目标当然是非洲区的郊区。我记下了一些名字，也有执政党"坦盟"（TANU，坦噶尼喀非洲民族联盟）的办公地址。但我找不到那个地方。所有的小巷都长得一样，沙子没过脚踝，孩子们挤得不让人走，嬉笑着挡住道路，充满好奇——在这些外人难以进入的狭窄小巷里，白人确实是个奇观。每走一步，我都会丧失一点自信。我长时间感受到那种凝视，那些无所事事坐在屋前的男人们专注的目光，一直跟随着我。女人们不看，她们转过头去——她们是穆斯林，身披宽松的黑色布依布依[1]，严密地遮住了身体和部分面庞。这里有一个矛盾的情况在于，即使遇到一个当地人，想和他多聊一会儿，我们也没有地方可去。好的餐馆是欧洲人去的；不好的餐馆是给非洲人开的。彼此都不去对方的地盘，没有这种习惯。如果身处一个不符合种族隔离规则的地方，每个人都会觉得难受。

有了这辆强劲的越野车，我就可以上路了。此行的原因：十月初，与坦噶尼喀接壤的乌干达将获得独立。独立

---

[1] 布依布依（bui-bui），东非沿海穆斯林妇女的服装，多为宽大的黑色长袍。

的浪潮席卷了整个大陆：仅在1960年这一年，就有十七个非洲国家摆脱了殖民统治。这一进程尽管势头有所减弱，但仍在持续。

从达累斯萨拉姆开到乌干达首都坎帕拉[1]——独立庆典将在那里举行——如果昼夜兼程，尽量以最快速度行驶，需要三天时间。一半的路程是柏油路，另一半则是土路，这种叫作"非洲砂纸"的红土路面，表面凹凸不平，只能沿着凸起部分以极快的速度行驶，就像电影《恐惧的代价》[2]里展示的那样。

和我一同前往的是希腊人莱奥，他既是中介，也是记者，给雅典的几家报纸供稿。我们带了四个备用轮胎、两桶汽油、一桶水和一些食物。我们黎明出发，一路向北开，右手边是印度洋，但从路上看不到，左手边先是恩古鲁山脉，然后就一直行驶在马赛人的草原上。沿途两边，除了绿色就是绿色：高高的草丛，茂密的灌木，犹如撑开伞盖的大树。就这样一路开到了乞力马扎罗山和它附近的两座小城——莫希和阿鲁沙。我们在阿鲁沙向西转弯，朝着维多利亚湖的方向开。两百公里后，问题开始出现。我们驶

---

[1] 坎帕拉，乌干达首都，东非历史较为悠久的城市。
[2] 《恐惧的代价》（*Le Salaire de la peur*），1953年上映的一部剧情片，曾获得戛纳金棕榈奖和柏林金熊奖。

入了广阔的塞伦盖蒂草原[1],这里是世界上最大的野生动物聚集地。放眼望去,到处是成群的斑马、羚羊、水牛和长颈鹿,它们在吃草、嬉戏、漫步、奔跑。路旁有一动不动的狮子,稍远一点是一群大象,在更远处的地平线上,豹子在阔步狂奔。这一切都太不真实了,令人难以置信。我们仿佛看到了世界的诞生,那一刻天地已经形成,水、植物和野生动物也已存在,但亚当和夏娃还未出现。这个刚刚诞生的世界,一个没有人类的世界,也就是没有罪恶的世界。此时此刻在此地目睹这一切,是一种巨大的震撼。

---

1 塞伦盖蒂草原,位于坦桑尼亚西北部。东非大裂谷从坦桑尼亚穿过,形成南北走向的两条平行裂谷,中间是一片水草茂盛的草原,为野生动物的繁衍栖息提供了理想场所。

蛇心

很快,旅途中的现实状况和难题就将我们从亢奋和狂喜中拉回了地面。第一个最重要的问题是:该走哪条路?因为当我们驶入这片广袤的平原时,原本宽阔的道路突然开始分岔,变成了几条看起来一模一样的土路,通往完全不同的方向。没有任何路标、指示牌或箭头。平坦如桌面的草原上长满了高高的草丛,没有山丘或河流,没有任何自然的地标,只有无穷无尽、越来越难以辨认、错综复杂、令人困惑的土路之网。

这里甚至没有十字路口。每隔几公里,有时甚至是几百米,就会出现新的岔路,像海星、编织扣或绳结一样朝四面八方混乱地延伸着。

我问希腊人该怎么办,他不确定地环顾四周,用同样的问题回应我。我们漫无目的地开了很久,随意选择那些似乎是通向西边的路（也就是维多利亚湖的方向）。但只需走几公里，突然间，毫无理由地，选中的小路就开始拐弯，不知会通向哪里。完全迷失方向时，我会停下车，思考——现在该往哪儿走？而且我们既没有详细的地图，也没有指南针。

过了不久，新的难题出现了，因为正午时分到了，这是一天中最热的时候，整个世界仿佛陷入死寂。这时，动物们都躲在树荫下。但水牛群却无处可躲。它们体型庞大，数量众多。每个牛群可能有一千头牛。在正午最炎热的时候，这样的水牛群会完全静止。此刻有一群正好静止在我们想走的路上。我们慢慢开近，眼前矗立着上千头黑压压的、雕塑般的庞然大物，牢牢扎根在地面上，仿佛石化了一样。

牛群中蕴藏着巨大的力量，一旦在我们附近爆发，那就是死神的力量。它就像山崩，只不过是被炽热、狂暴、沸腾的血液所驱动。伯恩哈德·格日梅克[1]讲过他怎样乘坐小型飞机，在塞伦盖蒂草原连续数月观察非洲水牛的习性。一头落单的水牛根本不理会飞机盘旋的轰鸣声，它就自顾自地安静吃草。但是当格日梅克飞近大型牛群时，情况就

---

[1] 伯恩哈德·格日梅克（Bernhard Grzimek, 1909—1987），德国动物学家、作家、编辑和动物保护主义者，曾任法兰克福动物园园长。

完全不同了。只要牛群中有一个"含羞草",一个过于敏感、胆小的家伙,听见引擎声就开始躁动,想要逃跑,整个牛群会立刻陷入恐慌,纷纷四散奔逃。

我们面前恰好站着这样一个牛群。该怎么办?停下来等。可是要停多久?掉头回去吗?现在掉头为时已晚:我害怕一掉头,它们就会冲过来。它们是无比迅猛、固执且耐力很好的动物。我画了个十字,慢慢地,缓缓地,挂着一挡,半踩着离合器,驶入了牛群。牛群庞大,似乎延伸到了地平线。我留意着领头的公牛。那些站在车前的牛开始慢悠悠地挪动身体,让车通过。但仿佛经过了精心计算似的,它们只挪到刚好够车通过的程度,然后便多一厘米也不让了,汽车一路轻轻扫过它们的侧身。我浑身湿透了。感觉就像在一条布满地雷的路上行驶。我用余光瞥了一眼莱奥,他闭着眼睛。一米又一米,一米又一米。整个牛群静静地站着,几乎一动不动。成百上千双黑溜溜的、凸出的眼睛嵌在硕大的脑袋上。这些眼睛湿润、呆滞,不带一丝神情。这段路程仿佛没有尽头,但最终,我们终于回到了安全的彼岸——牛群被甩在了身后,它们像一个浓重而深邃的黑点,在塞伦盖蒂平原的绿色背景上越来越小。

随着时间的推移,我们越走越远,不停地兜圈子、迷路,感到越来越不安。从早上开始,我们就没有遇见任何人。我们也没有找到公路,甚至连路标都没有见过。令人恐惧的炎热每分每秒都在加剧,仿佛这条路,甚至所有可能的路,都直接通往太阳,而我们正不可避免地驶向一个时刻,那时我们将作为祭品在太阳的祭坛上被点燃。灼人的热浪开始颤抖,波动。一切都变成了流动的,每个画面都在晃动,扭曲,像一部失焦的影片。地平线离我们越来越远,渐渐消失不见,仿佛遵循着潮汐涨落的规律。金合欢树那灰蒙蒙的伞盖有节奏地摇曳着,变换着位置,仿佛有一群疯子扛着它们在这里游荡,不知该去哪里。

但最糟糕的是,那张错综复杂的道路网也开始抽搐、流动起来,它把我们困在这个阴险的陷阱中已经好几个小时了。这个网络,这一整个复杂的几何形状,之前虽然我也无法解读,但它起码是草原表面上一个固定不动的元素,而现在它自己却开始摇晃和漂移?它要漂向哪里?它要带着我们这些深陷其中、迷茫无措的人去哪里?莱奥、越野车和我,还有我们的道路、草原、水牛和太阳,我们一起漂向某个未知的、发光的、炽热的空间。

突然,发动机熄火了,车猛地停了下来——莱奥看到我有些不对劲,拧动了车钥匙熄火。"我来吧,"他说,"我来开。"我们就这样一直开,直到炎热消退,远远地看到两座非洲茅屋。我们开了过去。那是两个空屋子,没有门也没有窗,里面摆着木头床。这些茅屋显然不属于任何人,就是为过路的旅人准备的。

我不知道是怎么躺到那张木床上的，我已经半死不活。太阳在脑子里嗡嗡作响。为了克服困劲儿，我点了一根烟。烟的味道不太好。我想把它掐灭。当我下意识地顺着手的方向看了一眼地板，我发现我差点就把烟揿在一条盘在木床下的蛇的头上。

我僵住了。整个人呆住了，没有迅速缩回手，那根烟就那么悬着，在蛇的头顶上继续燃烧。慢慢地我回过神来，意识到自己已成为致命毒蛇的俘虏。我只知道一点：绝对不能动。它会扑上来咬我。这是一条灰黄相间的埃及眼镜蛇，在泥地上蜷缩成一个规则的圆盘。它的毒液会迅速致命，而我们在这种情况下——没有药物，距离医院至少有一天的路程——必死无疑。或许此刻这条眼镜蛇正处于僵直状态（据说这是这类爬行动物典型的无知觉和昏睡状态），因为它一动不动地盘在那儿。上帝啊，我该怎么办？——我疯狂地思考，已经完全清醒了。

"莱奥，"我轻声地喊他，"莱奥，有蛇！"

莱奥在车里，正在拿行李。我们沉默着，不知道下一步怎么办，但是没时间了，如果眼镜蛇从僵直状态中苏醒过来，它随时会发起攻击。我们没有任何武器，没有枪也没有刀，什么都没有。最后我们决定，让莱奥从车上拿一个汽油桶，用它来压住眼镜蛇。这个主意很冒险，但面对这突如其来的状况,我们想不出其他办法。必须做点什么。我们的不作为只会让眼镜蛇占据主动。

我们车上是那种英军用的汽油桶,它们很大,边缘坚硬且突出。身材魁梧的莱奥拿起一个汽油桶,蹑手蹑脚地走进茅屋。眼镜蛇一动不动地卧着。莱奥抓着油桶的把手,高高举过头顶,等待着。他站在那里,计算,瞄准。我躺在床上一动不动,紧张地准备着。突然之间,莱奥抱紧汽油桶,用全身的力量向蛇扑去。与此同时,我也把整个身体压在了莱奥身上。我们心里清楚,这几秒钟决定了我们的生死。但事实上,我们是在事后才想到这一点的,因为在汽油桶、莱奥和我一起压向眼镜蛇的那一刻,小屋变成了地狱。

我从未想过一个生物体内能蕴藏如此巨大的力量,如此可怕的、滔天的、宇宙般的力量。我本以为汽油桶的边缘会轻易地切断蛇的身体,根本不可能!我很快意识到,被我们压在身下的不是一条蛇,而是一条钢铁铸造的、剧烈颤动的弹簧,既无法折断,也无法粉碎。眼镜蛇疯狂地扭动身体,猛烈地拍打地面,愤怒和狂暴让小屋里灰尘四起。它粗壮有力的尾部猛烈击打着,泥土地面开始飞溅起碎土块,我们几乎睁不开眼睛。某一刻,我惊恐地想到:我们无法制服它了,这条蛇会从我们下面挣脱出来,受伤,愤怒,撕咬我们。我更加用力地压在莱奥身上,他的前胸抵在汽油桶上发出低吼，他快要喘不过气来了。

终于，仿佛过了一辈子那么漫长的时间，眼镜蛇的拍打慢慢失去了力量，频率也逐渐变低。"看，"莱奥说，"血。"从地板的裂缝中——看起来像碎裂的陶土盘子——渗出一道细细的血流。眼镜蛇的力量在减弱，汽油桶的颤动也逐渐平息，这种颤动刚才一直让我们感受到它的痛苦和仇恨，让我们始终处于恐慌之中。现在，一切都结束了，当我和莱奥重新站起来，当茅屋中尘土开始消散，当我再次看到那条迅速渗入地面的血流时，我并没有觉得满意或喜悦，反而感到一种空虚，甚至更多。我感到悲伤，因为那颗曾在地狱深处跳动的心脏——我们刚才因为奇怪的巧合来到这个地狱——那颗心脏停止了跳动。

第二天，我们开上了一条宽阔的、铁锈色的红土路，这条路呈一个弯弯的拱形围绕着维多利亚湖。我们沿着它开了几百公里，穿过了郁郁葱葱、植被繁茂的非洲土地，到达了乌干达的边境。其实也根本没什么边境，就是路边有个简朴的岗亭，门上方的木板上刻着"乌干达"的字样。岗亭里没人，门也是锁着的。那些鲜血流淌的边境工事要在以后才会筑起。

继续往前开，已经是夜里了。那些我们在欧洲称之为"黄昏"和"傍晚"的时光，在这里都只持续短短的几分钟，甚至根本不存在。只有白天，然后就是黑夜，就好像有人一下子就把太阳的开关按掉了。是的，直接就是黑夜。一瞬间我们就来到了夜最黑暗的核心。如果是在穿越丛林时遇到它，我们必须立刻停下来：什么都看不见了，就好像有人突然在你脑袋上套了个黑口袋。我们失去了方向感，不知身在何方，在这样的黑暗中，人们交谈时谁也看不见谁。想要大声唤人，却不知道他也许就站在身边。黑暗将人们分隔开，却更加剧了他们想要在一起、在一个社群中形成共同体的渴望。

　　黑夜降临是非洲人最愿意聚在一起的时候。没有任何人想在这时候自己待着。自己？这代表了不幸，是来自地狱的惩罚！这里的孩子们也不会早早睡觉。全家人、全氏族、全村人——所有人要一起踏入梦乡。

　　我们开车穿越乌干达的时候，这个国家已经在夜的窗帘后沉沉睡着。维多利亚湖应该就在附近，还有安科累王国和托罗王国[1]、穆本德[2]的牧场、默奇森瀑布[3]，应该都在附近。这一切就像煤渣般沉淀在黑夜的底部。夜晚寂静无声。汽车的前灯深深地穿透了黑暗，一群疯狂的苍蝇、马蝇和

1　安科累王国和托罗王国均为今乌干达西南部地区曾经存在的小国。安科累王国由欣达人建立，托罗王国由托罗人建立。
2　穆本德区位于乌干达中部。
3　默奇森瀑布，卡巴雷加瀑布的旧称。该瀑布位于维多利亚尼罗河下游。

蚊虫在光芒中旋转飞舞，它们不知从哪儿突然冒出来，在短暂的一瞬间，在我们眼前演绎它们生命的角色：昆虫狂舞，然后被疾驰中的汽车的前盖无情地撞碎。

偶尔才会在这毫无区别的漆黑中出现一片绿洲般的光亮，一个路边的小亭子，从远处闪着五颜六色的灯光，就像在集市上一样：一间名叫"杜卡"的印度小商店。在一堆堆的饼干、一包包茶叶、香烟和火柴的后面，在一罐罐沙丁鱼罐头和一块块肥皂的后面，可以看到老板被白炽灯照得发亮的头顶。一个静静坐在那儿的印度人，他带着希望，耐心地等待着晚到的客人。这些小店的灯光仿佛随着我们的吩咐忽起忽灭，为我们照亮了整条前往坎帕拉的路，犹如空无一人的街道上的孤独路灯。

坎帕拉正在为庆典做准备。再过几天，10月9日，乌干达将迎来独立。复杂的协商和斡旋一直持续到最后一刻。有关非洲各国内政的一切都是错综复杂的。这是因为欧洲殖民者们曾在俾斯麦的领导下，在柏林会议上瓜分非洲，强行将十九世纪中叶非洲大陆上的一万多个王国、联邦、自治部落划分成了四十个殖民地。这些国家和部落之间有着漫长的彼此冲突和交战的历史。然而，就像这样，没有任何人征求他们的意见，突然间他们就被划入了同一个殖民地，受同一个（而且是外来的）统治者的管理，服从同一套法律。

而现在,去殖民化的时代开始了。过去那些被外来统治者所冻结或干脆忽视的民族关系,突然间活跃起来,并且再次成为重要的现实问题。解放的机会出现了,但有一个条件,那就是昔日的敌人和对手必须组成一个国家,成为国家共同的管理者、爱国者和守卫者。前殖民宗主国和非洲解放运动的领导人们达成了一项原则:如果某个殖民地内部爆发血腥冲突,该地区将无法获得独立。

去殖民化的进程被要求以宪法规定的方式,在圆桌会议上进行,避免出现大规模的政治权力斗争,同时要确保一件最重要的事情:非洲与欧洲之间的财富和商品流通不受过多干扰。

在一跃成为自由王国的过程中,许多非洲人面临着艰难的抉择。他们内心有两种记忆、两种忠诚,彼此之间展开了痛苦而且难以解决的争斗。一方面,是对自己部族和民族历史的根深蒂固的记忆,他们知道在需要时该寻找哪些盟友,憎恨哪些敌人;而另一方面,则是要进入独立的现代国家的大家庭,而它的先决条件就是摒弃一切盲目的民族利己主义。

这正是乌干达面临的问题。在当前的边界内,是一个年轻的国家,只有几十年的历史。然而在这片领土上,有过四个古老的王国：安科累王国、布干达王国[1]、布尼奥罗王国[2]和托罗王国。它们之间的恩怨和冲突史就像凯尔特人和撒克逊人、归尔甫派和吉伯林派[3]之间的斗争史一样复杂。

布干达是这四个王国中最强大的，它的首都蒙戈成了如今坎帕拉的一个区。蒙戈同时也是一座山丘的名字，王宫就矗立在蒙戈山上。而坎帕拉则是一座美丽非凡的城市，到处都是鲜花、棕榈树、杧果树和圣诞红，它坐落在七座绿树成荫的平缓小山之上，其中一些缓坡直接通到湖边。

曾经，人们在这些山丘上相继建造了王宫：如果国王去世，就会留下废弃的宫殿，然后在下一个山丘上修建新的王宫。这样做是为了不打扰已故的国王继续执政，尽管他是在另外的世界继续统治。这样一来，就是整个王朝拥有统治权，而现任国王只不过是临时代表。

1960年，在解放前两年，自认为不受布干达国王统治的人们创建了乌干达人民大会党（Uganda People's

---

[1] 布干达王国，非洲大湖地区的一个古老王国，位于今乌干达境内，南临维多利亚湖，北抵基奥加湖，主体民族为干达人。

[2] 布尼奥罗王国，位于今乌干达境内，国王卡巴里加曾在十九世纪末领导著名的抗英战争。

[3] 归尔甫派和吉伯林派，又称教宗派与皇帝派，指中世纪意大利中部和北部分别支持教宗和神圣罗马帝国的派别。十二到十三世纪，双方的分裂和斗争对意大利城邦的历史有着重要影响。

蛇心

Congress，简称UPC），这个党派赢得了第一次大选。年轻的政府官员米尔顿·奥博特[1]是该党的领导人，我还在达累斯萨拉姆的时候就认识了他。

前往坎帕拉的记者们被安排住在城外老医院的简易房里（由伊丽莎白女王捐赠的新医院正在准备落成典礼）。我们是最先到达的，这些简易房洁白、干净，里面还都是空的。在大楼的大门口，我拿到了房间钥匙。莱奥开车去北边看默奇森瀑布了。我很羡慕他，但我要留下来收集报道的素材。我找到了我的简易房，它有点远，坐落在一个小坡上，周围是茂密的肉桂树和罗望子树。我的房间在长长的走廊的尽头。我走进房间，把箱子和包放好，关上了房门。就在那一刻，我看到屋里的床、桌子、柜子都飘到了空中，越飘越高，飘到了天花板底下，然后开始快速地旋转。

我失去了意识。

---

[1] 米尔顿·奥博特（Milton Obote, 1924—2005），乌干达政治家，1962年至1966年间出任该国总理，后两度出任总统。

内在的冰山

我睁开眼睛,看见一面白色的大屏幕,在浅色背景上有一张黑人女孩的脸。她的眼睛盯着我看了一会儿,然后就和这张脸一起消失了。过了一会儿,屏幕上又出现了一个印度人的头。他一定是俯下身看着我,因为一下子我就看到他的头离我很近,好像放大了好几倍。

"谢天谢地,你还活着,"我听到了这么一句话,"但是你生病了,得了疟疾,脑型疟疾。"

我立刻就清醒了,甚至想坐起来,但是发现我没有力气,只能无力地躺着。脑型疟疾是非洲热带的恐怖疾病,过去得了这种病的结局都很悲惨。现在它依然是威胁,甚至是致命的威胁。我们来这里的路上,在阿鲁沙附近经过了得这种病死去的人的墓地,这是几年前那场传染病留下的印记。

我努力想要看看周围的一切。我以为的白色屏幕其实是我躺着的这个房间的天花板。我是在刚刚开业的穆拉歌医院里，属于它的首批病人。那个女孩是护士，名叫朵拉，而那个印度人是医生，名叫帕特尔。他们告诉我，一天之前是莱奥叫了救护车把我送到这里来的。莱奥去了北部看默奇森瀑布，他在三天后回到了坎帕拉。进入我房间后，他发现我倒在地上不省人事。他立刻跑去门口传达室求助，但那一天正好是乌干达宣布独立，整座城市都在载歌载舞，人人都拿着啤酒和棕榈酒庆祝。迷茫无助的莱奥不知道该怎么办。最后他自己开车去了医院，叫来了救护人员。所以，我现在才能够躺在这里，躺在这间处处散发着清新、平静和秩序的隔离病房中。

疟疾即将发作的第一个征兆，是突然无缘无故感到躁动不安。总觉得哪里不对劲。如果你相信有鬼神的话，会觉得这是恶灵上身，对你下了诅咒。这个恶灵缠住了你，让你无力还击，把你钉在原处。不一会儿，你开始反应迟钝，无精打采，笨重呆滞。一切都让你觉得烦躁。尤其是光，你讨厌光线。其他人也让你烦躁——他们吵闹的声音、难闻的气味、粗笨的触碰。

但你并没有太多时间去体会这些感受。因为很快，有时甚至是毫无预警地，疟疾来了。那是一种突如其来的、剧烈的寒冷，极地般的寒冷。仿佛有人把你从萨赫勒[1]和撒哈拉的热浪中带走，赤身裸体地扔进了格陵兰和斯匹次卑尔根[2]的冰川高原，被狂风暴雪包围。这一阵剧烈的冲击，是一个巨大的震撼。就在一秒钟的时间里，你就感到寒冷，刺骨的、穿透一切的、令人毛骨悚然的寒冷。

你开始颤抖、摇晃、挣扎。你立刻就意识到，这种颤抖与你之前经历过的任何寒冷都不同，不是冬天在外面冻得瑟瑟发抖，而是一种剧烈的抽搐和痉挛，仿佛随时会把你撕成碎片。为了活命，你开始呼救。这时候什么能带来最大的缓解？其实唯一能立即帮到你的是：有人帮你盖上东西。不是简单地把毯子被单盖在身上就行，关键是要让这个东西把全部重量都压在你身上，把你紧紧包裹起来，像是要把你压瘪碾碎一样。此时此刻，你最渴望的就是这种被碾压的感觉。你多么希望有一辆压路机从身上碾过去！

有一次，我在一个穷困的村子里得了疟疾，那里没有任何可以盖的暖和被子。村民们把一个大箱子放在我身上，然后静静地坐在上面，等待我最可怕的颤抖结束。最可怜的是那些得了疟疾，也没有任何东西可以盖在身上的

---

1 萨赫勒，非洲北部撒哈拉沙漠和中部苏丹草原之间的一个长条形地带。
2 斯匹次卑尔根，挪威斯瓦尔巴群岛中最大的岛屿，靠近北极。

内在的冰山

人。经常会在路边、丛林或泥坯房里看到他们，半昏迷地躺在地上，浑身是汗，神志不清，身体被折磨得痛苦地抽搐，像是翻腾的波浪。然而，即便被层层毛毯、外套和大衣包裹着，你仍然牙齿打颤，痛苦地呻吟，因为你能清楚地感受到，这种寒冷并非来自外部——外面可是四十几摄氏度的高温！这种冷来自你自己。那些格陵兰和斯匹次卑尔根的冰原就长在你的身体里，所有的冰盖、冰层和冰川都在你体内流动，穿过你的血管、肌肉和骨骼。如果你还有力气感受到任何情绪的话，这种想法可能会让你充满恐惧。但这种想法很快也会过去，几个小时后，疟疾发作最痛苦的高峰逐渐消退，你会开始陷入极度的疲惫和虚弱状态。

疟疾发作不仅痛苦，而且和所有的痛苦一样，它也是一种神秘体验。你进入了一个世界，一个你片刻之前还一无所知的世界，并且发现它其实一直就在你周围，直到最终将你完全掌控，让你成为它的一部分：你在自己身上发现冰冷的洞窟、裂隙和无底的深渊，它们的存在让人充满痛苦和恐惧。但这种体验终会过去，鬼魂离你而去，飘远，消失不见，而留在原地、埋在各种奇异感受的大山之下的，是一个悲哀的人。

一个人在刚刚经历了严重的疟疾后，就像一堆人形的碎片：躺在汗水中，仍然发着高烧，手脚不能动弹。他浑身疼痛，头晕恶心，疲惫无力，整个人软塌塌的。这样的人被抱在怀里时，仿佛没有骨头和肌肉。要过很多天以后，他才能重新站起来。

疟疾每年在非洲折磨着数千万人，在湿地、低洼的沼泽地区最为猖獗，每三名儿童就有一名死于疟疾。疟疾有很多种，有些是轻症，可以像流感一样挺过去。但即使是轻症，也会让每一个患者元气大伤。一个原因是，在这种恶劣的气候条件下，最轻微的不适也会变得难以忍受；另一个原因是，非洲人经常营养不良，身体消瘦，忍饥挨饿。我常常在这里碰到一些昏昏欲睡、反应迟钝的人。他们在街上、路边，一坐或一躺就是几个小时，什么都不做。跟他们说话，他们也听不见；看着他们，却感觉他们看不见你。你也不知道他们是在无视你，还是就这么懒洋洋地躺着无所事事，还是正在受疟疾的折磨？你也不知道该做什么，该怎么看待这一切。

我在穆拉歌医院躺了两周。疟疾时不时发作，但是越来越轻，也不那么痛苦了。我做了穿刺，被扎了很多针。帕特尔医生每天都会来给我做检查，他告诉我，等我康复了，他会介绍他的家人给我认识。他出身一个富裕家庭，家族在坎帕拉和其他几省拥有几家大商店，供得起他在英国接受教育，所以他在伦敦读完了医学专业。那他的祖先又是怎么来的乌干达呢？十九世纪末，他的祖父和几千个年轻的印度人被英国人运到了东非，修建从蒙巴萨到坎帕拉的铁路。

那时正是殖民扩张的新阶段，殖民者们要向非洲大陆的深处进发，占领它的腹地。如果看看以前的非洲地图，就会发现：沿着海岸线标注着数十乃至数百个港口、城市和定居点的名字，而剩下的，是一整片广袤无际、未经测量的空白，其中百分之九十九基本上是处女地，只是偶尔在某些地方标记着一个白点。

欧洲人一直留在沿海地区，守着他们的海港、小餐馆和轮船，偶尔才不情愿地深入内陆。因为那里没有路，而且他们害怕敌对的部落和热带疾病——疟疾、昏迷、黄热病、麻风。尽管在沿海地区待了四个多世纪，但他们始终抱着一种临时心态，只考虑眼前的利益和轻松的掠夺。实际上，他们的港口只是吸附在非洲躯体上的吸盘，是运走奴隶、黄金和象牙的出口。他们想把一切运走，而且成本越低越好。因此，许多欧洲人的"寄存处"看起来就像以前利物浦或者里斯本最穷的街区。在属于葡萄牙的罗安达[1]，葡萄牙人在四百年间不曾修建一口饮水井，也没有在街道上安装路灯。

1　罗安达，安哥拉首都，濒临大西洋本戈湾。

修建通往坎帕拉的铁路，标志着殖民宗主国开始采取一种更具经济意识的新思维，特别是在伦敦和巴黎。当时，非洲已被欧洲列强瓜分完毕，他们可以安心地在那些土地肥沃、物产丰富的殖民地投资，种植咖啡、茶叶、棉花、菠萝，或者在其他地方开采钻石、黄金和铜，这些都有可能带来丰厚的收益。万事俱备，只欠交通。过去那种一切都靠搬运工顶在头上的运输方式已经行不通了，必须修建公路、铁路和桥梁。可是，谁来干这些活呢？他们没有引进白人劳工：白人是老爷，不能干体力活。也不可能雇用当地的工人，因为根本没有这种人。当地人对打工赚钱毫无兴趣，因为他们还没有金钱的概念（几个世纪以来，这里的贸易都是以物易物，比如用枪支、盐或高支棉换取奴隶）。

后来，英国人开始推行强制劳动制度：部落酋长必须送来一定数量的免费劳工。这些人被安置在劳动营中。非洲地图上那些劳动营密集分布的区域，表明殖民主义在那里已经扎根。然而，在此之前，英国人都是寻找一些临时解决方案。其中之一就是从另一个英国殖民地——印度——引进廉价劳工到东非。就这样，帕特尔医生的祖父先是被带到肯尼亚，后来又到了乌干达，最终就在那里定居下来。

有一次来检查的时候,帕特尔医生告诉我,随着铁路的修建逐渐远离印度洋海岸,深入到茂密的丛林,印度劳工开始受到一个严重的威胁:狮子开始攻击他们。

正值壮年的狮子通常不喜欢捕猎人类。它们有自己的捕猎习惯,偏爱某些食物和口味。它们喜欢羚羊和斑马的肉,也喜欢长颈鹿,但是长颈鹿又高又大,很难捕获。它们也不挑剔牛肉,所以牧民晚上会把牛群关进用荆棘搭建的栅栏里。这种被称作"戈马"(goma)的栅栏并不总是有效的防线,因为狮子十分擅长跳跃,可以从上方轻松跃过,或者巧妙地从下面穿过去。

狮子在夜间捕猎,通常是成群结队地进行,设置埋伏和陷阱。猎食之前,狮群内部会分配角色。负责追捕的狮子会将猎物驱赶到埋伏地点。雌狮最为活跃,它们常常发起攻击。雄狮则最先享用美味:它们饮用最新鲜的血液,吃掉最好的部位,舔舐肥美的骨髓。

白天的大部分时间,狮子会休息,消化食物,打盹。它们懒洋洋地躺在金合欢树的树荫下。如果不去招惹,它们是不会主动攻击的。即便有时候人类靠近,它们也只是站起来走开。但这样做也非常危险,因为这种掠食者一跃而起只需一瞬间。有一次在穿越塞伦盖蒂草原的途中,我们的车胎爆了。我本能地跳下车去换轮胎。突然,我意识到周围高高的草丛中,几只雌狮正伏在血淋淋的羚羊残骸旁边。它们盯着我们看，但没有动弹。我和莱奥坐在越野车里，车门紧锁，等着看它们会做什么。一刻钟后，它们站了起来，优雅平静地走进了丛林。

狮群出发捕猎时，会发出响彻草原的吼声，宣告行动开始。这吼叫让动物们惊慌失措。唯独大象对这战斗打响的号角无动于衷：大象谁都不怕。其他的动物则落荒而逃，寻找能躲藏的地方，或者被吓得呆立在原地，只能等着捕食者从黑暗中蹿出，给予致命一击。

狮子作为灵巧且危险的猎手，捕猎生涯大约会持续二十年。之后，它们开始衰老。肌肉变得松弛，奔跑速度减慢，跳跃距离也越来越短。它很难再追上胆小的羚羊和跑得快又机警的斑马。它经常挨饿，逐渐成为狮群的负担。这对它来说也是个危险的时刻——狮群从不同情老弱病残，它可能变成狮群的牺牲品。它越来越害怕年轻的狮子会撕咬它。它渐渐脱离狮群，慢慢落在后面，最终形单影只。饥饿折磨着它，但它已经追不上任何动物。这时留给它的只有一条路：捕猎人类。这样的狮子在这里被称为"食人狮"，是周围居民的噩梦。它会潜伏在女人们洗衣服的小溪边，孩子们上学要走的小路旁（因为它太饿了，所以白天也会猎食）。人们害怕离开自己的泥坯房，但它甚至在那里也会发动袭击。它无所畏惧，毫不留情，并且仍然相当强壮。

帕特尔医生继续说，就是这种狮子开始袭击修建坎帕拉铁路的印度工人。他们住在帆布帐篷里，这种帐篷轻而易举就会被猛兽撕碎，然后它们会从熟睡的人中拖出新的受害者。这些工人无人保护，也没有武器。而且，在非洲的黑夜中和狮子搏斗没有任何胜算。帕特尔医生的祖父和他的工友们在夜里会听到被撕碎的人的惨叫，而狮子正毫无畏惧地在帐篷附近大快朵颐，饱餐之后就消失在暗夜之中。

医生总是愿意抽出时间和我交谈，尤其是在疟疾发作后的几天里，我无法阅读，印刷的文字模糊不清，字母仿佛漂浮在无形的波浪上。有一次他问我："你见过很多大象吗？""天啊，"我回答说，"见过几百头！""你知道吗？很久以前，葡萄牙人来到这里开始收购象牙，他们发现非洲人并没有很多象牙。为什么呢？象牙明明是坚固耐用的材料。既然很难捕猎活象——以前人们通常是把大象赶到事先挖好的陷阱里——那为什么不从早已死去的大象身上取走象牙呢？他们把这个想法告诉了非洲中间商，得到的答案却令人惊讶：没有死去的大象，也没有埋葬大象的地方。这个谜题引起了葡萄牙人的兴趣。大象是怎么死的？它们的尸体在哪里？坟冢又在哪里？这关系到象牙，关系到巨大的财富。

"非洲人长久以来一直守护着大象如何死去的秘密。大象是神圣的动物，它的死也是神圣的。而所有神圣的一切，都笼罩在密不透风的谜团中。最令人惊叹的是，大象在动物世界中没有天敌。没有任何动物能战胜大象。它（以前）只能自然死亡。死亡通常发生在黄昏时分，当大象来到水边时。它们站在湖边（有时候是河畔），每头大象把鼻子伸到远处饮水。但是，当一头年老、疲惫的大象无法抬起鼻子，为了汲水，它不得不慢慢往更深处走。它的腿开始陷入淤泥，越来越深。湖水开始将它拽入深不见底的内部。它会挣扎一段时间，试图摆脱淤泥，回到岸边，但它庞大的身躯太重了，而湖底的吸力又如此强大，最终它失去了平衡，栽倒，永远消失在水中。

"所以，"帕特尔医生说道，"在我们的湖底，藏着大象永恒的坟墓。"

杜瓦勒医生

我在达累斯萨拉姆的公寓位于一栋房子的二楼,有两间房,还有厨房和浴室,房子四周环绕着椰树和郁郁葱葱的芭蕉树,就在大洋路附近。一间房里有桌子和椅子,另一间房里摆着床,床上挂着蚊帐;这顶蚊帐的存在显得有些隆重,因为它看起来就像一顶婚礼头纱,但它的作用更多的是摆设,而不是阻挡蚊子:蚊子总能钻进来。这些小而顽强的侵略者每晚都会制订一些折磨受害者的行动计划。比方说,它们一共有十只,但从来不会同时出动——那样的话你就能一举消灭它们,然后在接下来的夜里安枕无忧——不,它们轮流上阵。首先,一只侦察兵蚊子率先出发执行任务,而其余的显然在静静观察接下来会发生什么。这只蚊子白天养足了精神,现在用疯狂的嗡嗡声折磨你,终于,你困倦又愤怒地开始追捕它,除掉了入侵者,然后安心地躺下，以为可以继续睡觉了。但你才刚刚关上灯，下一只蚊子就开始了它的盘旋、绕圈和螺旋式俯冲。

通过长年累月（主要是夜里）对蚊子的观察，我得出一个结论：这种生物体内一定根植着一种自杀本能、一种无法抑制的自毁欲望，以至于当它们看到自己的雌性前辈们死去（袭击人类并传播疟疾的是雌性蚊子），不仅没有气馁或放弃，反而显得更加兴奋和不顾一切，一个接一个地冲向注定的、迅速的死亡。

每当结束长途旅行后回到公寓里，我都会给生活在那里的一切带来巨大的混乱和不适。因为我不在的时候，公寓并不是空着的。我刚刚关上门离开，它就已经被一大群好动、拥挤、惹是生非的昆虫据为己有了。蚂蚁、蜈蚣、蜘蛛和蟋蟀的军队，从地板和墙壁的裂缝中、从窗框和角落里、从地板下出来得见天日，一团团的苍蝇和飞蛾也飞了进来，屋子被一群我既形容不出也叫不上名字的最微小的小东西占据了。所有的这一切都在扇动着翅膀，抖动着下颚，摇动着后腿。一直以来，最令我惊讶的就是一种红蚂蚁，它们会突然不知从哪儿冒出来，它们的队伍迈着整齐且有节奏的步伐，迅速地进入某个小橱柜中，吃掉那里所有甜的东西，然后整个队伍迈着同样整齐的步伐离开自己的美味食堂，消失得无影无踪，根本不知道它们去了哪里。

这次从坎帕拉回来也是一样。当我出现的时候,聚集在此的一部分来客毫不迟疑就走了,另一部分则不情不愿、闷闷不乐地离开了。我喝了杯果汁,翻看了信件和报纸,就去睡觉了。早上我艰难地从床上爬起来——没有力气。更糟糕的是,现在是旱季,这意味着可怕的、致命的高温从清晨就开始了。我强忍着虚弱,写了几条关于乌干达独立最初几周局势的报道,送到了邮局。电报都在邮局发送。负责接收的工作人员会在本子上记录日期和时间。然后,报道会通过电传机发送到我们在伦敦的办事处,再从那里发往华沙:这样做是最经济的。最让我惊讶的是当地电传员的熟练程度,他们在电传纸带上敲下波兰语文章,一个错误都没有。有一次我问他们,这是怎么做到的。他们回答说,因为他们就是这样被训练出来的,他们要打的不是单词或句子,而是字母。所以对他们来说,电报是用什么语言写的都无所谓,他们传送的是符号,不是意义。

尽管离开坎帕拉已经有一段时间了,我的状态不仅没有好转,反而越来越糟。我跟自己说,这只是疟疾的后遗症,再加上旱季难以忍受的高温。我感到体内有一种前所未有的强烈的燥热,但我以为这只是外界的炎热在体内沉淀并辐射到全身。我全身都被汗水浸透了,但其他人也一样——汗水让人们免于在这炽热的火堆上被烤焦。

杜瓦勒医生

这种痛苦又萎靡的情况持续了一个月,有一天夜里我醒了,感觉到枕头湿了。我打开灯一看就愣住了,枕头上全是血。我跑到浴室照镜子,看到满脸都是血。我感到嘴里有什么东西黏黏的,有一股咸味。我洗了一个澡,但是一直到早上我都没再睡着。

我记得主街独立大道旁的一栋房子门上挂着一个医生的招牌:约翰·莱尔德。我去了那里。医生是一个又高又瘦的英国人,着急地在自己堆满了行李和包裹的房间里转来转去。两天之后他就要回欧洲了,但他给了我一位同行的名字和地址,让我去找这位医生。离这里不远,火车站边上有一个当地的诊所,我可以在那里找到他。莱尔德医生说他这位同行名叫伊恩·杜瓦勒,还特意加了一句,是个爱尔兰人(好像在医学领域,特别是在这个国家,国籍比专业更重要)。

诊所位于一栋老旧的铁皮简易房里,当坦桑尼亚还是德国殖民地的时候,这里曾是德国人的兵营。楼前聚集着一群无精打采的非洲人,他们可能在受着各种疾病的折磨。我走进楼里,找杜瓦勒医生。接待我的是一个憔悴的中年男人,但从接触的第一时间我就感受到,这是个真诚又温暖的人。他的存在、笑容和真诚仿佛一剂良药在我身上起了作用。他和我说,我们下午的时候去大洋路医院,因为只有那里有X光设备。

我知道情况很糟糕,但我把一切都归咎于疟疾。我非常希望杜瓦勒医生能够确认我的自我诊断。杜瓦勒医生亲自为我做了X光检查,当我们走出X光室,他把手扶在我的肩上,我们在长满了棕榈树的平缓山丘上散步。那里很舒服,有棕榈树的叶子遮阳,还会有阵阵微风从海上吹过来。

"是的,"杜瓦勒终于开口并且轻轻按了按我的肩膀,"这肯定是肺结核。"

然后他就一言不发了。

我的腿开始发软,然后变得越来越沉,沉得任何一条腿都抬不起来。我们站住了。

"我们送你去医院。"他说。

"我不能去,"我说,"我没有钱"。

在医院待了一个月花的钱,已经比我一个季度的工资都多了。

"那你就必须回国。"

"我不能回国。"我立刻回答道。我感到身体里在发着高烧,我很想喝水,觉得十分虚弱。

我立即决定把一切都告诉他。这个人从一开始就让我感到信任,我相信他会理解我。我说,这次来非洲是我一生中最重要的机会。这种事情在我的国家还是第一次:我

杜瓦勒医生

们在黑非洲从来没有设过常驻记者。我能得到这个机会也全靠编辑部的巨大努力,但编辑部也很拮据,因为在我的国家每一块美元都跟黄金一样贵重。如果我向华沙报告了病情,他们也无法为我支付住院的费用,那就只能叫我回去,而一旦回去就不可能再来了。我告诉他,在非洲工作是我毕生的梦想,现在这一切即将破灭。

医生静静地听着。我们继续在棕榈树、灌木丛和鲜花丛中散步,置身于热带美景之中。然而对我来说,此刻的一切美景都已变成灾难和绝望。

沉默持续了很久。杜瓦勒医生在思考,最终他说:"那就只有一个办法了。你早上去的是市里的诊所。贫困的非洲人都在那儿治病,因为是免费的,但条件很简陋。我很少去那边,因为这么大的国家,只有我一个呼吸科专科医生,肺结核在这里又很普遍。你的情况其实比较典型,疟疾削弱了你的抵抗力,得过疟疾后很容易患上其他疾病,经常就是会得肺结核。明天我会把你加到诊所病人的名单上。我有这个权限。我会把你介绍给医务人员,你每天过去打针。我们试试看。"

杜瓦勒医生说的医务人员,确切地说是两个人,他们俩也是全部的医务人员,负责所有的工作:打扫卫生,打针,此外就是导诊。他们会放一部分患者进来,与此同时,出于我不清楚的原因,在另一些人还没迈进铁皮房的时候就开始驱赶他们(这里不存在收受贿赂的嫌疑——人们都没钱)。

年长些的大胖子叫埃杜,年轻些的叫阿卜杜拉希,他身材矮小,但肌肉结实。在非洲很多地方,人们会根据孩子出生时发生的重大事件来给他们起名字。"埃杜"(Edu)这个名字来自"教育"(education),因为在他出生那天,他们村开了第一所学校。

在那些基督教和伊斯兰教尚未完全扎根的地方,人们给孩子起的名字是无穷无尽的。这些名字反映了成年人的诗意,他们会根据孩子出生的时刻或者环境来命名,比如"凉爽的清晨"(因为孩子在黎明出生)或者"金合欢树影"(因为孩子在树下出生)。在这些还没有文字的社会中,人们通过名字来记录历史大事,无论是过去的还是当下的。如果孩子在坦噶尼喀取得独立的时候出生,那么他就叫"独立"(斯瓦希里语为Uhuru)。如果父母是尼雷尔总统[1]的支持者,他们可能会给孩子也起名为"尼雷尔"。

就这样,历史不是靠书面记录,而是靠口述留存下来,这种传承具有非常个人化的特点——通过名字表达我对社群的认同,我的名字传颂了民族记忆中的一件光辉壮举,

---

[1] 即朱利叶斯·尼雷尔(Julius Nyerere,1922—1999),坦桑尼亚第一任总统。

而我是其中的一部分。

基督教和伊斯兰教的进入使得这种充满诗意和历史感的命名传统，逐步缩减为《圣经》和《古兰经》中几十个常见的名字。从此，人们的名字变得统一，只有诸如詹姆斯、帕特里克，或者艾哈迈德、易卜拉欣。

埃杜和阿卜杜拉希简直是金子般闪闪发光的好人。我很快就和他们成了朋友。我努力营造着我的生命掌握在他们手中的感觉（事实也是如此），而他们则以最严肃认真的态度认定了这件事。当我需要帮助时，他们会抛下一切来帮我。我每天四点以后过去，那时暑热已经减弱，诊所也关门了，他们俩在打扫老旧的木地板，掀起数不尽的尘土。一切都遵照杜瓦勒医生要求的那样进行着。在医生诊室的玻璃柜里有一个很大的金属罐子（由丹麦红十字会捐赠），里面装着一种名为PAS的灰色大药片。我每天要吃二十四片。当我一边数药片一边把它们装到包里时，埃杜从煮沸的水中取出一只巨大的金属注射器，装上针头，从药瓶中汲取两厘米的链霉素。然后，他高高抡起胳膊，像要投掷标枪一样做了一个大幅度的摆动，一下子把针头扎进我的身体。我每次都会跳一下，发出一声尖叫，埃杜和在旁边看着的阿卜杜拉希就会放声大笑，这已经成了我们的仪式了。

在非洲，没有什么能比对一件确实好笑的事共同发出大笑更能拉近人与人之间的距离了，比如这个白人会因为打针这点小事突然跳起来。这就是为什么我和他们会为了这件事一起哈哈大笑，尽管埃杜打针的时候很用力，扎得挺疼的。

在这个偏执、扭曲、种族不平等的世界里，在这个一切都由肤色（甚至肤色的色调）来决定的世界里，尽管疾病让我在身体上受了点罪，但却给我带来了一个意想不到的好处。因为疾病让我变得虚弱无助，降低了我作为白人的优越地位，使我从高高在上的存在变成了一个可以被平等对待的人。现在，他们可以像对待兄弟一样对待我，因为尽管我还是白人，但已经是一个被削弱、有缺陷、有瑕疵的白人了。在我与埃杜和阿卜杜拉希的关系中，出现了真心实意的情感，这是只有平等的人之间才会出现的情谊。如果他们面对的是一个强壮、健康、威严的欧洲人，这种关系是难以想象的。

最重要的是，他们开始邀请我去他们家。一来二去，我成了这个城市非洲区的常客，比以往任何时候都更深入地了解了他们的生活。在非洲，人们总是以最高礼遇来待客。谚语"客人来家里，就是上帝来家里"在这里几乎是字面意义上的。主人会从很早之前就为客人来访做准备，打扫房间，烹制最好的饭菜。我说的是像埃杜这样的人，在市里的诊所上班。我认识埃杜的时候，他的状况还不错。

说"不错",是因为他有一份稳定的工作,而这样的人并不多见。城里的大部分人都在打零工,而且工作机会很少,或者很长时间找不到工作。非洲城市中最大的谜团其实是:这么多人靠什么生活?靠什么,以及怎么活着?他们来到这里并不是因为城市需要他们,而是因为农村——贫穷、饥饿、生活无望的农村——将他们赶了出来。所以,他们是寻求救助的逃难者,是被命运诅咒的难民。如果你看到一群从干旱和饥荒地区最终来到城市边缘的人,会从他们的眼里看到惊惶和恐惧。在这里,在这些贫民窟和泥坯屋中,他们将寻找自己的黄金国。他们会在这里做什么?下一步要怎么办呢?

埃杜和他几个同氏族的表兄弟也是如此。他们都是坦桑尼亚内陆说桑戈语[1]的人,以前都在村子里干农活。后来土地种不出庄稼了,于是几年前他们来到了达累斯萨拉姆。他们的第一步就是找这里说桑戈语的人,或者其他友好部落的人。非洲人对于所有部落之间是友是敌都了如指掌,就像今天的巴尔干地区一样。

他们顺藤摸瓜,终于找到了一位同胞的家。那个街区名叫"卡里亚库",布局规划还算有序,都是笔直的沙路。

---

[1] 桑戈语,恩格班迪语的一种方言,在乍得、中非、刚果等地使用。

建筑千篇一律而且简单,大多数都是所谓"斯瓦希里式房屋"。这是一种苏联风格的筒子楼,每层有八到十二个房间,每间房住一户人家。厨房、厕所和洗衣房都是公用的。房间拥挤得难以想象,因为每户人家都有很多孩子,简直像个幼儿园。全家人都睡在铺着薄草垫的黏土地板上。

埃杜和他的表兄弟们就来到这样一栋房子前。还离着有些距离,埃杜就大声喊:"霍迪(Hodi)!"在这样的街区,房子都没有门,或者有门也是开着的,但是不能未经询问就进到别人家里,所以他还离着老远就开始喊"霍迪",也就是"我能进来吗"。如果有人在屋里,就会回应"卡里布(Karibu)",这是"请进、欢迎"的意思。然后埃杜他们就进去。

这时,一系列漫长的传统问候就开始了。这也是一个相互盘查的时刻。因为双方都想要快点确定他们之间到底有什么氏族亲戚关系。他们郑重地进入由每一个氏族和部落的家谱树组成的茂密森林。外人是无法在其中找到来龙去脉的,但对埃杜和他的同伴来说,这是一个重要的相聚时刻:因为近亲会帮上大忙,远亲就要差得多了。但即使是后者,埃杜他们也不会空手而归,他们一定能在这儿找到栖身之所。地上总能腾出点地方——尽管天气暖和,但还是没法在外面睡觉,因为蚊子、蜘蛛、蠼螋等热带昆虫会来叮咬骚扰。

杜瓦勒医生

第二天是埃杜在城里的第一天。尽管周遭的一切对于他都是全新的世界,但他走在卡里亚库的街上并没有觉得新奇,也没有觉得兴奋。而我就不一样了。每次来到一个远离市中心的街区或偏僻小巷,孩子们会拔腿就跑然后藏在角落里。这不奇怪。他们平时要是不听话,妈妈就会吓唬他们说:"你最好乖点儿!不然'穆宗古'就会吃了你!"穆宗古(mzungu)是斯瓦希里语里"欧洲白人"的意思。

有一次我在华沙给孩子们讲非洲的故事。一个小男孩站起来问我:"您见过很多食人族吗?"他不知道,当一个非洲人从欧洲回到卡里亚库,给孩子们描述伦敦、巴黎以及其他居住着穆宗古的城市,一个和他年纪相仿的小男孩也会站起来问:"您在那儿见过很多食人族吗?"

桑给巴尔

我在向西行驶——从内罗毕前往坎帕拉。星期日的清晨道路空旷，一路穿过起伏的丘陵地带。前方的阳光在路面上形成了一片片闪烁、颤动的湖水。但当我靠近时，光芒就消失了，沥青路面瞬间变成了灰色，随后又暗下去，但很快下一片湖水又亮了起来，接着又是另一片。旅途仿佛变成了一次穿越光之水域的航行，这些水域像舞厅里疯狂旋转的灯球一样，突然亮起又熄灭。道路两侧是茂密浓郁的桉树林和"Tea and Bond"公司广阔的茶叶种植园，时不时在柏树和雪松之间会闪现一栋英国农场主的别墅。突然，远远地，在道路的尽头，我看到一个闪亮的球体，它开始迅速变大，越来越近。我才刚来得及把车停在路边，一队摩托车和汽车就疾驰而过，中间有一辆黑色的奔驰，我看到里面坐着乔莫·肯雅塔。肯雅塔很少待在内罗毕的总理办公室，大多数时间他都在距离首都一百六十公里的加图杜私人庄园里。他最喜欢的消遣是在那里观看肯尼亚各民族舞蹈团的表演，这些舞蹈团会来为他们的领袖献艺。尽管鼓声和舞者的欢呼声非常吵闹，但是肯雅塔经常会坐在扶手椅上、手撑着拐杖睡着。只有当表演完毕，舞蹈演员们踮着脚尖走下台，现场又恢复寂静时，他才会醒过来。但是他，肯雅塔，现在在这里？星期日的清晨？他的车队这样疯狂疾驰，一定是出了什么大事！

我不假思索地掉头追上车队。一刻钟后，我们进入了城市。车队开到了总理府大楼下，这是位于内罗毕市中心城市广场的一幢现代化的二层建筑。但警察拦住了我的去路，我只得停车。街道空荡荡的，周围没有人可以打听消息。但不管怎么样，看起来内罗毕市内并没有发生什么大事：整座城市睡眼惺忪，星期日早晨的慵懒和空旷笼罩着一切。

我想了想，觉得应该去菲利克斯那里看看，他估计知道是怎么回事。菲利克斯·纳加尔是法新社驻东非办事处的主任，他住在内罗毕豪宅区里奇韦的一栋别墅里。菲利克斯是个名人。他什么都知道。他的信息网遍布各地，从莫桑比克到苏丹，从刚果到马达加斯加。他自己很少出门，要么就是在家监督厨师——他家里有全非洲最美味的菜肴；要么就坐在别墅客厅的壁炉前看侦探小说。他嘴里永远叼着雪茄，好像从不把它拿下来，除非是他要往嘴里送一口烤龙虾或者尝一口开心果冰激凌。他家里的电话时不时就会响起，纳加尔拿起听筒，在一张纸片上记录着什么，然后走到房子的另一头，那边的电传机旁坐着他的助手们（通常都是他在非洲找到的又帅又年轻的印度人）。他流畅地把报道内容念给他们听，一气呵成，不做任何修改。然后他就会回到厨房，搅一搅锅里的菜，或者回到壁炉前继续看小说。

我来的时候他正坐在沙发上，和往常一样，嘴里叼着雪茄在看侦探小说。

"菲利克斯，"我刚迈进门就大喊，"肯定出事了，肯雅塔回内罗毕了！"我又给他讲了我在去乌干达的路上看到车队的事。

纳加尔跑到电话旁开始给四面八方打电话，而我打开了收音机。这是一台多年来我梦寐以求的顶级无线电收音机，可以接收几百个电台，甚至包括轮船上的广播。一开始我只调到一些播放宗教仪式、主日布道和管风琴音乐的电台，还有一些广告、用不同语言播出的节目以及宣礼者的呼喊声。突然间，在噪声和杂音中，一个微弱的声音传了过来："……桑给巴尔苏丹的暴政永远结束了……血腥的独裁统治……由革命总司令签署，元帅……"

桑给巴尔

然后又传来新的噪声和杂音，断断续续的句子以及当地很流行的"肯尼亚山"乐队的旋律。我们就听到这么多，但已经得知最重要的事：桑给巴尔天翻地覆了！肯定是头天夜里发生的。这就解释得通为什么肯雅塔急着赶回内罗毕了。革命可能会席卷肯尼亚乃至整个东非，可能会把它变成第二个阿尔及利亚、第二个刚果。但是此刻，对我们来说，对我和菲利克斯来说，要做的只有一件事：到桑给巴尔去。

我们开始给东非航空打电话，工作人员告诉我们最快去桑给巴尔的飞机是周一的。我们预订了机票，但是一个小时后他们来电话说，桑给巴尔机场关闭，所有航班都停飞了。怎么办，我们怎么才能到桑给巴尔呢？今天晚上有一班飞达累斯萨拉姆的飞机，从那里去岛上就很近了，只有四十公里海路。这时候其他在内罗毕的记者都来到了菲利克斯家门口。有美国人、英国人、德国人、俄罗斯人和意大利人，一共四十人。我们所有人都决定乘那班飞机去。

在达累斯萨拉姆，我们住进了帝国酒店。这是一栋古老的建筑，有一个很大的露台，从上面可以眺望海湾。海面上停泊着桑给巴尔苏丹的白色游艇。年轻的苏丹贾姆希德·本·阿卜杜拉就是坐这艘游艇逃跑的，丢下了宫殿、财宝和红色的劳斯莱斯。游艇上的船员向我们讲述了岛上发生的屠杀。到处都是尸体,街上鲜血横流。暴众在抢劫、强奸、纵火烧房子。没有人是安全的。

桑给巴尔暂时切断了和世界的联系。他们的电台每小时广播一次:任何试图在岛上降落的飞机都会被击落,任何靠近的船只或轮船都会被击沉。我们推测,他们用这种方式发出警告,是因为害怕有人介入。我们无能为力,只能干坐着收听公报,陷入无穷无尽的等待。到了早上,我们听到消息说,英国的军舰正在开往桑给巴尔。路透社的汤姆搓着手,盼着直升机能把他接到船上,然后跟着第一支登陆的海军陆战队上岛。我们所有人心里想的都是一件事:如何上岛。我的情况是最糟糕的,因为我没有钱。在这种革命、政变及战争的情况下,大的通讯社是不在乎开支的。需要多少钱他们就给多少,只要能拿到第一手的新闻。美联社、法新社或者BBC的通讯记者会租用飞机、轮船,或者为了用几个小时的汽车就去买一辆,只要能够到达事发地点。在这样的竞争中我根本没有机会,只能寄希望于意外和运气。

下午,一艘渔船停靠在酒店附近,运来了几个美国记者,他们的脸晒得通红。早上的时候他们试图乘这条船上岛,他们已经很接近了,但是岸边突然开始向他们疯狂扫射,他们不得不放弃,掉头回来。海路也被封锁了。

吃完午饭，我开车去机场看看情况怎么样。大厅里都是记者，到处是一堆堆的摄像机和行李箱。大多数记者都在椅子上打盹，还有一些在吧台喝啤酒，他们汗流浃背，被酷热折磨得筋疲力尽，不修边幅。一架飞往开罗的飞机起飞了，周围突然静了下来。一群牛穿过起飞跑道。除此之外，在这个燥热又寂静的空间里，在世界尽头的这片无人的荒地上，没有一丝生命的迹象。

我已经准备回城里了，但就在这时，纳加尔突然出现，他拦住我，把我拉到一旁。他环顾四周，确保没有人在偷听，可是周围明明只有我们俩。他小心地、神秘地耳语说，他和阿诺德（NBC的摄像）租了一架小型飞机并且雇了一个同意去桑给巴尔的飞行员，但是他们现在不能走，因为那里的机场仍在关闭。他们已经去过塔台了，并且和桑给巴尔的机场塔台取得了联系，询问能否飞过去，但那边的回复是，不能，他们会开火的。

纳加尔在向我讲述这一切的时候很紧张，我注意到他把刚点燃的雪茄扔了，又慌里慌张地掏出一根新的。

"你怎么看？"他问我，"你觉得应该怎么办？"

"那架飞机是什么样的？"我问他。

"赛斯纳，四人座。"

"菲利克斯，"我说，"如果我能帮你搞定降落许可，你是不是能带上我一起？"

"当然了！"他立刻就同意了。

"好，给我一个小时。"

我说这些话的时候，知道自己是在虚张声势，但后来事实证明，也不能完全算虚张声势。我跳上车，返回城里。

在市中心独立大道的中段有一栋四层板楼，四周都是凉爽通风的镂空阳台，这就是新非洲大酒店。酒店楼顶有一个巨大的天台，上面有吧台和小桌子。最近那里是非洲的密谋之地，聚集着来自非洲各地的逃亡者、难民和移民。通常可以在一张桌子旁看到来自莫桑比克的蒙德拉内、赞比亚的卡翁达和津巴布韦的穆加贝，另一张桌子旁坐着来自桑给巴尔的卡鲁梅、马拉维的奇西扎和纳米比亚的努乔马。坦噶尼喀是最早独立的国家之一，各个殖民地的人都会涌向这里。晚上，天气变得凉爽些，阵阵清凉的海风吹来，天台上挤满了人，他们在这里探讨、制订计划、盘点军备力量和胜算。这里成了某种指挥中心，或者说一个临时的舰桥。记者经常来这里打探消息。我们已经认识了所有的领导人，知道该和谁坐在一起。我们知道，开朗外向的蒙德拉内乐于交谈，而神秘矜持的奇西扎甚至不想开口。

在天台上总是能听到从下面传来的音乐声。来自波兰罗兹的亨里克·苏博特尼克先生在楼下两层的地方开了一家

"天堂俱乐部"。第二次世界大战爆发后,苏博特尼克去了苏联,后来穿过伊朗,坐船到了蒙巴萨。他在这里得了疟疾,本来应该加入安德斯军团并登陆欧洲的他,最后就留在了坦噶尼喀。他的俱乐部里总是人山人海,也总是很吵。来自遥远的塞舌尔的脱衣舞女郎米莉亚姆吸引了很多顾客。她的绝活是用一种特殊的方式剥香蕉皮和吃香蕉。

"亨里克先生,您知道吗?"我问正好走到吧台旁的苏博特尼克,"桑给巴尔天翻地覆了。"

"我知不知道?"他惊讶地反问,"我什么都知道!"

"亨里克先生,"我又问道,"那您觉得,卡鲁梅在那儿吗?"

阿贝德·卡鲁梅是非洲设拉子党的领导人。尽管这个代表非洲人的党派在最近的选举中赢得了多数选票,但政府是由伦敦支持的阿拉伯少数民族党派——桑给巴尔民族党组建的。对此无比愤怒的非洲人发动了政变,推翻了阿拉伯人的政权。这就是两天前刚刚在这个岛上发生的事情。

"卡鲁梅在那儿吗?"

苏博特尼克哈哈大笑的样子让我马上就明白了:他肯定在那儿。

这对我来说就足够了。

我回到机场,和菲利克斯悄悄溜走,不能让任何人发现我们去哪儿。我们来到了塔台。菲利克斯请求其中一位值班人员打电话与桑给巴尔机场塔台取得联系。那边刚一接通，我立刻抢过话筒问是否能够和卡鲁梅说话。他现在不在，但待会儿应该会过来。我放下听筒，决定等待。大概十五分钟后，电话打回来了。我立刻听出了他低沉洪亮又带点沙哑的声音。卡鲁梅在世界各地当了二十年普通海员，现在哪怕是趴在别人耳边说悄悄话，他也像打雷般响亮，仿佛惊涛骇浪发出的咆哮。

"阿贝德，"我说，"我们这儿有一架小飞机，三个人：一个美国人、一个法国人和我。我们想飞到你那儿去。有可能吗？我保证，我们绝对不会胡写。我发誓，绝无谎言。你能不能让他们在我们落地时别向我们开枪？"

在一段长久的沉默后我又听到了他的声音。他说，我们可以飞过去，并且他们将在机场等我们。我们飞快地跑向飞机，不一会儿，我们就已经在天空中、在大海上了。我坐在飞行员旁边，菲利克斯和阿诺德坐在后面。机舱里寂静无声。我们当然很高兴，因为我们成功地打破了封锁并且即将成为第一批上岛的人，但与此同时，我们并不知道前面等着的将会是什么。

一方面，以往的经验告诉我，这种危机情况一般都是远观时比接近后显得更糟糕、更危险。我们的想象力会贪婪地吸收哪怕一丁点耸人听闻的消息、一丝最微弱的危险信号或最淡的火药味，然后立即将这些蛛丝马迹繁殖扩大到令人不安的规模。另一方面，我了解那些平静而沉闷的深水开始搅动、沸腾，进入普遍的混乱、迷茫与疯狂无序的时刻——在这种时候，很容易因为没听到或及时注意到一些事情而在混乱或意外中丧命。这样的日子是属于偶然性的；它成为历史真正的主宰者。

几十分钟后，我们离机场越来越近了。桑给巴尔这座古老的阿拉伯小城犹如一枚精雕细琢的白石胸针，远处是椰树林、枝繁叶茂的丁香树、玉米田和木薯地，所有这一切都被明亮的金色沙滩环抱着，其间点缀着一处处碧蓝的小海湾，里面停泊着摇曳的渔船。

靠近地面时，我们看到了武装人员分列在跑道两旁。我们松了一口气，因为他们并没有用枪瞄准，也没有向我们开枪。他们大概有几十个人，一看就知道很疲乏，衣衫褴褛，有的人还半裸着。飞行员将飞机停在了主楼前面。

卡鲁梅不在，但有人上前自我介绍说是卡鲁梅的助手。他们说会送我们到酒店，并要求飞机立刻飞走。

我们坐上两辆警车往城里去，路上很空，几乎看不到任何人。我们经过了一些损毁的房屋，一个破破烂烂的小商店。进城时要通过一道宏伟的大门，城门后紧接着出现了狭窄的街道，窄得只够一辆汽车勉强通行。如果有人恰好从对面过来，他只能闪进路边的门洞里等车开过去。

但此刻的城市静悄悄的；家家户户紧闭大门，有的门从门框上被拽了下来，窗子也都关得紧紧的。一个写着"马詹拉勒·叶尚·沙阿"的招牌被扯下来了；"努尔巴依和儿子们"店铺的橱窗被砸碎了；旁边空无一人的"巴甲特和儿子们"店铺和瑞士菲福莱柏表店的情形也差不多。

这时有几个赤脚的农民经过，其中一个手里拿着步枪。

"这是我们的一个问题。"我们的一位向导说。他名叫阿里，之前在丁香种植园工作。"我们只有几十把从警察那儿没收来的旧步枪。自动武器非常少。主要的武器还是砍刀、匕首、撬棍、棍棒、斧头和锤子。反正你们待会儿自己看吧。"

我们在位于荒废的阿拉伯区的桑给巴尔酒店住了下来。这栋房子建造得很巧妙，到处都有阴凉和凉风。我们坐在吧台边，准备喘口气休整一下。一群陌生人走过来打量，跟我们打招呼。突然又走进来一个精神矍铄的老太太。她开始不停地问这问那，我们为什么来这里，我们是从哪儿来的。她走到我面前，我告诉她我来自波兰，她拉起了我的手，没有放开，然后开始流畅地背诵：

> 清晨的林间草地闪闪发光，
> 寂静抚摸着高挑的树木，
> 叶子颤抖着窃窃私语，

草叶向微风低头弯腰。[1]

纳加尔，阿诺德，我们的随行人员，赤脚起义军，所有酒店大堂里的人都惊讶地愣住了。

> 如此的宁静与美好，
> 就像这奇怪的世界周遭，
> 仿佛你刚刚从这里走过，
> 长衣角轻轻拂过小草。

"斯塔夫？[2]"我不大确定地问她。

"当然了，就是斯塔夫，莱奥波德·斯塔夫！"她高兴地说，"我叫海莱娜·特伦贝茨卡，是从波多莱[3]来的。我在这旁边有一家名叫'皮加勒'的宾馆。您过来吧，您在那儿能碰见卡鲁梅和他的人，因为我那儿啤酒免费！"

桑给巴尔发生了什么？我们为什么会在这里，在一个

---

1 原文为波兰语。后同。
2 老妇人背诵的是波兰诗人、作家莱奥波德·斯塔夫（Leopold Staff, 1878—1957）的诗《纯洁的白桦树》（"Dziewicze brzozy"）。
3 波多莱（Podole），也称"波多里亚"，东欧历史区域，在今乌克兰和摩尔多瓦境内。

由几位赤着脚、拿着砍刀的起义军士兵看守的酒店里？（这些起义军的首领拿着一把步枪，不过我不确定枪膛里是否有子弹。）

如果有人认真地看看详细的非洲地图，就会发现这块大陆是被许多岛屿所包围的。有些岛屿很小，小到只有非常专业的航海地图才会记录它们，但有些又很大，在普通的地图上就可以找到。大陆西面的岛屿有：格里特群岛和克肯纳群岛，兰皮奥内岛和兰佩杜萨岛，加那利群岛和佛得角群岛，戈雷岛和费尔南多波岛，圣多美岛和普林西比岛，特里斯坦-达库尼亚岛和安诺本岛；东面有：舍德旺岛和吉夫顿岛，萨瓦金岛和达赫拉克群岛，索科特拉岛，奔巴岛和桑给巴尔岛，马菲亚岛和阿米兰特群岛，科摩罗群岛，马达加斯加群岛和马斯克林群岛。而实际上，这样的岛屿还有很多很多，没有几百也有几十个，因为有些岛屿进一步延伸形成了整个群岛，还有一些岛屿被珊瑚礁和沙滩组成的奇异世界所包围，只有在退潮时才露出水面，展示令人眼花缭乱的色彩和形状。岛屿和海角这么多，仿佛造物的过程在这里被中断了，这件艺术品从未完成，而我们今天可见和可触摸的大陆只是非洲从海洋中浮现出来的一部分，其余的仍留在海底，而这些岛屿正是其露出海面的山峰。

可以想象这一地质现象对历史产生的影响。非洲长期以来既是令人惧怕的所在，又充满了诱惑。一方面，它让外来者心生恐惧，一直未被了解和征服。几个世纪以来，非洲内陆的地理特点，比如恶劣的热带气候、曾经无法治愈的致命疾病（疟疾、天花、昏迷、麻风等）、道路和交通不便，以及非洲居民的激烈抵抗，一直在有效地保卫着这片大地。非洲的难以接近造就了它的神话：康拉德的《黑暗之心》始于这片大陆阳光明媚的海岸，外来者刚刚走下船、踏上陆地的那一刻。但与此同时，非洲也用丰盛战利品的幻想吸引着外来者。不管是谁，只要前往非洲的海岸，那么他就开始了一场最具冒险性的终极游戏、一场生死赌博：十九世纪上半叶，抵达非洲的欧洲人有超过半数死于疟疾。但还是有很多人活了下来，摇身一变成了大富翁，载着满船的黄金、象牙以及（最重要的）黑人奴隶回到了家乡。

正因为这些海员、商人和掠夺者的国际往来，分散在非洲沿海的岛屿才进入了人们的视野。这些岛屿成了他们的停靠点、避难所、港口和工厂。首先，这些岛屿很安全：它们位于足够远的地方，非洲人摇摇晃晃的木船到不了，同时它们又足够靠近陆地，可以建立和保持联系。

这些岛屿的重要性在奴隶买卖时期得以凸显，因为很多都被改造成了集中营，奴隶们被囚禁在这里，等待船只把他们运往美洲、欧洲和亚洲。

自十五世纪中叶开始，奴隶贸易持续了大约四百年。它又是什么时候结束的呢？官方说法是十九世纪中叶，但在某些地方其实更晚，比如在尼日利亚北部一直到1936年才结束。奴隶贸易在非洲历史上占据着中心地位。数以千万计的（统计数据不同，大概在一千五百万至三千万）的非洲人被掠走，并在极为恶劣的条件下被运送到了大西洋彼岸。据统计，有一半的奴隶在这样的旅途中（一般要航行两三个月）因饥饿、闷热和缺水死亡，有时候一船人都会丧命。那些保住性命的人后来就在巴西、加勒比地区以及美国的甘蔗和棉花种植园中劳作，创造着另一个半球的繁荣与财富。奴隶贩子（主要是葡萄牙人、荷兰人、英国人、法国人、美国人、阿拉伯人以及与他们合作的非洲人）让非洲大陆变得人烟稀少、田地荒芜：即使在我们所处的时代，这片土地的大片区域依然荒凉，甚至变成了沙漠。非洲至今未能从这场灾难、这场噩梦中重新站起来。

奴隶买卖还对人心产生了破坏性的后果。它在非洲居民之间撒播仇恨的种子，扭曲了人际关系，煽动战争。强者试图压制弱者，并在市场上出售他们——国王贩卖臣民，胜者贩卖俘虏，法院贩卖罪犯。

而这种买卖在非洲人的内心留下了最深且始终疼痛的一道伤疤——低人一等的自卑感：我，黑皮肤的人，可以被白人商贩、侵略者从家中掳走，铐在木桩上，塞到船舱里，拉到集市上去卖，然后被鞭子抽打着辛苦卖命。

贩奴者认为，黑人不是人，人类可以分为"人"和"次等人"，人可以对次等人为所欲为，最好是剥削他们的劳动，然后把他们消灭。这些奴隶贩子的笔记和记录（以原始的形式）呈现了后来的种族主义和极权主义的整个意识形态，其核心观点是"他者是敌人，更是非人"。这套异常卑劣和野蛮，充满了嫉妒和仇恨的哲学，早在几个世纪之前——在它尚未启发科雷马和奥斯维辛集中营的时候，当"毛尔蒂"号、"普罗格雷苏"号、"玛丽安"号以及"彩虹"号的船长们在船舱里看着窗外的棕榈林和热浪滚滚的海滩，当他们在歇尔布罗岛、夸莱岛或者桑给巴尔岛等待下一批黑人奴隶装船时——就已经形成了。

奴隶贸易事实上是一项全球性的"事业"，因为欧洲、北美洲和南美洲，以及许多中东和亚洲国家都参与其中。在这场贸易中，桑给巴尔是一颗悲伤的黑色星星、一个阴沉的地址、一个被诅咒的岛屿。长年累月，不，应该说是几个世纪以来，从非洲内陆——刚果、马拉维、赞比亚、乌干达和苏丹——刚刚掠来的奴隶会被运送到桑给巴尔。为了防止逃跑，他们会被粗绳捆绑。他们还得充当搬运工，把那些价值连城的宝贝——成吨的象牙、棕榈油、野生动物的毛皮、宝石和乌木搬到港口，再运到船上。

这些被木船从内陆运到岛上的奴隶被"陈列"在集市

上出售。集市叫"穆库纳兹尼",离我住的酒店不远,现在是圣公会主教堂。奴隶的价格也各不相同,从一美元的小孩到十二美元年轻漂亮的姑娘。这个价格相当昂贵,要知道在塞内冈比亚,葡萄牙人可以用一匹马换十二个奴隶。

他们把最健康、最结实的壮劳力从穆库纳兹尼运到港口,很近,不过几百米的距离。然后,他们从港口乘坐专门用于运输奴隶的船只,要么被送往美洲,要么前往中东。当市场上的交易结束时,甚至没人愿意为那些身患重病的人支付几分钱,他们会被抛弃在布满岩石的海岸上:这里会有成群的野狗啃噬他们。而那些最终能够恢复健康和体力的人就留在桑给巴尔,成为大片大片的丁香树和椰子树种植园的阿拉伯人主人的奴隶。许多这些奴隶的后代都将参与革命。

清晨时分,当海风清爽、天气也还算凉爽的时候,我就出发进城了。我后面跟着两个拿着砍刀的年轻人。他们是保安、护卫还是警察?我没有试图去和他们交流。他们的砍刀很简易,做工粗陋,对他们来说显然是个问题。该怎么携带这些砍刀?骄傲凶狠地,还是小心谨慎地?一直以来,砍刀是苦工、贱民的工具,是低贱身份的标志,然而,从几天前开始,它却已经成为威望和权力的象征。那些拿着砍刀的人必定属于胜利者的阶级,因为战败者都是手无寸铁的人,毫无还击之力。

从酒店出来,立刻就会走入那种古老的阿拉伯城镇里典型的狭窄小巷。我说不清为什么这些人要把城市建得如此狭窄拥挤,仿佛一个人要骑在另一个人脑袋上才行。这是为了不让人们去太远的地方吗?还是为了便于保卫城市?我不知道。但从另一个角度看,这些挤在一起的石块,这层层叠叠的石头墙垣、回廊、壁龛、屋檐和屋顶,让城市即便在正午的酷暑中也保留了一丝凉爽,有遮阴的角落和阵阵微风,仿佛在一座冰封的宝库中一样。

他们在规划街道时也经过了深思熟虑并且富有想象力。因为根据街道的布局和建造方式,无论你走哪条路,无论朝哪个方向走,最后都会来到海边,来到宽阔的林荫大道上,这里比密集的内城更宽敞,更惬意。

此刻的城市空空荡荡,一片死寂。和从前,甚至和几天之前都形成了鲜明的对比。因为在桑给巴尔你可以碰到来自半个世界的人。几个世纪以前,来自伊朗设拉子[1]的穆斯林难民在这个已有非洲人定居的岛屿上住了下来,时间流逝,他们与当地居民融合,但仍然保留着某种独立性:毕竟,他们不是非洲人,而是来自亚洲。后来,波斯湾的阿拉伯人开始涌入。他们打败了统治岛屿的葡萄牙人,并

---

1 设拉子,伊朗第六大城市,伊朗最古老的城市之一。

夺取了政权，统治长达二百六十年。他们占据了最有利可图的行业——奴隶和象牙买卖，成了最好的土地和最大的种植园的主人，拥有大型海上舰队。慢慢地，印度人、巴基斯坦人以及（以英国人和德国人为主的）欧洲人占据了贸易中的关键地位。表面上看，这个岛是由阿曼阿拉伯人的后代苏丹统治的，但实际上是英国的殖民地（官方正式名称为"保护国"）。

桑给巴尔茂密繁盛的种植园吸引着来自内陆的人。他们在这里找到了收丁香、采椰子的工作，越来越多人留下来，开始在这里定居。在这样的气候和普遍的贫困下，从一个地方搬到另一个地方并不是难事：他们几个小时就可以搭起一座小木屋，并且把自己的全部家当，把衬衫、锅盆、水瓶、肥皂和垫子都放进去。这样，一个人很快就有了片瓦遮身，最重要的是，他在这片土地上拥有了属于自己的地方，现在就可以四处看看有什么可吃的了。但这件事可困难多了。实际上他们只能在阿拉伯人的种植园中找到工作，一切资源都在阿拉伯人手里。多年来，从内陆新来的定居者一直将这种秩序视为天经地义，直到某个领导者、煽动者在这个地区出现，告诉他们，这个阿拉伯人和他们不一样，而"他者"这个概念会带来可怕的、魔鬼般的后果，因为他者是陌生人，是吸血者，是敌人。这个新来的定居者曾经视作永恒的、由神灵和祖先所设立的世界，现在变成了对他不公、使他受辱的现实世界,他想要继续生存,就必须做出改变。

煽动民族情绪这种做法的吸引力就在于它简单易行:他者是显而易见的,每个人都看得到并且记住了他的形象。不需要读书,不需要思考,不需要讨论,只需要看见他不一样,就够了。

桑给巴尔日益紧张的种族对立由两方构成:一方是统治者阿拉伯人(占总人口的百分之二十),另一方是被统治者:来自内陆和岛屿的非洲黑人——小农和渔夫,难以确定数量的大批流动劳工、家仆、赶驴人和搬运工。

我所写的这种情况,同时也发生在阿拉伯世界和黑非洲争取独立的过程中。这对桑给巴尔又意味着什么呢?这里的阿拉伯人说:我们渴望独立(他们的理解是:我们想在这里当统治者)。非洲人说同样的话:我们渴望独立。但是他们却赋予了这句口号完全不同的意义:因为我们是这里的大多数,所以政权应该掌握在我们手中。

这就是对立与冲突的核心。这时候英国人还火上浇油。因为英国人和波斯湾的苏丹们关系不错(桑给巴尔苏丹的血统可以追溯到这个地方),而且他们担心非洲政变,所以就宣称桑给巴尔是阿拉伯世界的一部分,而不是非洲的一部分,并且在承认其独立地位的同时认定政权属于阿拉伯人。这引起了阿贝德·卡鲁梅所领导的非洲设拉子党的反对，但他们的抗议是合法的、遵守法律规定的，因为尽管他们是反对派，但他们是议会的反对派。

这时，一个来自乌干达的年轻人——约翰·奥凯洛出现在桑给巴尔，他刚刚二十五岁。和非洲经常出现的情况一样，他有（或者假装有）很多份工作：石匠、瓦匠、粉刷匠。他是个半文盲，但很有个人魅力，具有天生的使命感。他在采石或者砌墙的时候，有几个简单的想法浮现在脑子里，成了他的驱动力："上帝将桑给巴尔赐给了非洲人，他向我承诺，现在这个岛会回到我们手中。""我们必须打败并赶走阿拉伯人，不然他们不会让步，会继续压榨我们。""我们得知道应该往面包的哪一面抹黄油：不要指望那些有工作的人支持我们，只有饥饿的人才会支持这件事。""我们不会像卡鲁梅或者其他政客那样把所有人都卷入战争。人民是伟大的，如果我们输了，他们被杀，那实在太可惜了！""我们得等英国人离开，我们拿他们没办法。等到只剩下阿拉伯人的时候，第二天我们就行动。"

这些想法深深占据了他的内心，他经常必须独自待在树林里，因为只有在那里他才能安心沉浸在思考中。与此同时，在桑给巴尔独立前一年，奥凯洛开始单枪匹马组建自己的秘密军队。他在岛上的村庄和小镇四处奔波，组建了超过三千人的部队，并且当即开始操练。有些部队开展使用铁钩、刀子、木棒和矛的技能培训，其他的部队练习如何使用镰刀、砍刀、铁索和锤子作战。还包括摔跤、拳击和投石等附加课程。

在起义前夕，奥凯洛任命自己为元帅，将几个最亲近的助手任命为军队的将军，他们大多数是种植园工人或前警察。

在菲利普亲王以伊丽莎白二世女王的名义将这座岛的政权移交给阿拉伯人后三周，约翰·奥凯洛元帅采取了行动，并在一夜之间夺取了桑给巴尔的统治权。

中午之前，菲利克斯、阿诺德、我和我们的护卫驱车前往元帅的指挥部。这是一栋阿拉伯式房子（我不知道它之前的用途），院子里聚集着几十个人。女人在火上煮着木薯和蔬菜，烤着鸡肉和羊肉串。我们的向导推着我们穿过人群往屋里走。人们不情愿地让开，怀疑地看着我们，但目光中也有几分好奇，因为这时候按说白人应该找地方躲起来才对。在一个东方式的大厅中，奥凯洛坐在乌木扶手椅上，抽着烟。他的肤色非常黑，脸庞硕大，五官轮廓分明，头上戴着一顶警帽：他们已经攻下了警用仓库，里面有一些步枪和制服。这顶帽子的帽檐用蓝色的布缠着（我也不知道蓝色在这里代表什么）。奥凯洛看上去有点心不在焉，仿佛他自己也惊魂未定；他好像根本没看见我们。人们围着他，推搡着，向他身边挤，所有人都在说着什么，手里还比划着什么。简直是史无前例的混乱,也没有任何人试图控制局面。想要和他谈谈显然是不可能的。我们只有一个诉求,就是发给我们继续待在岛上的许可证。带我们来这儿的人和他说了。奥凯洛应许地点了点头。过了一会儿,他似乎忽然想到了什么,因为他掐了烟,要送我们出去。他先把一支老式步枪背在身上,手里又拿起一把。一只手先调整了一下腰里别着的手枪,然后又拿起另一支。就这样全副武装,他把我们推到前面,把我们带到院子里,像是要处决我们似的。

上次得病后一直困扰我的一个症状,是让人疲惫不堪的反复高烧。一到晚上我的体温就会升高,那种感觉很奇怪,仿佛我的骨头在散发高温。就好像有人在我的骨髓里放置了金属线圈,然后通了电。线圈加热到发白,整副骨架在经历一场看不见的、在内部燃烧的大火。

根本睡不着。在达累斯萨拉姆这样的夜晚,我就躺在房间里,看蜥蜴狩猎。那些经常在公寓里溜达的蜥蜴很小,很灵活,皮肤是砖红色或浅灰色的。它们身手敏捷,毫不费力地在墙上和天花板上窜行。它们从来不会深思熟虑地、沉着地移动。一开始,它们一动不动地站着,仿佛僵住了,然后突然间,它们飞快地弹出去,扑向一个只有自己看得到的目标,然后再次僵住不动。只有从它们快速搏动的腹部才能看出，这次冲刺，这样将自己的身体抛向一个无形的终点，真的耗尽了它们的精力，现在必须要喘口气、休息，在下一次闪电般的冲刺前恢复体力。

晚上，房间里开灯的时候，捕猎就开始了。蜥蜴关注和袭击的对象是各种昆虫——苍蝇、爬虫、飞蛾、蜻蜓和它们最喜欢的蚊子。蜥蜴会突然出现，仿佛是有人用弹弓把它们射到墙上的。它们环顾四周，但是头一动不动：它们的眼睛像天文学家的望远镜一样，在独立轨道上运动，能够看到前后左右的一切。这时，一只蜥蜴突然发现了一只蚊子。它朝那个方向发起行动。蚊子察觉到危险，腾空而起，开始逃窜。有趣的是，蚊子从不往下逃，不会去钻地板上的空隙，而是迅速飞到空中，紧张愤怒地盘旋着，然后一路向上狂奔，最终停在天花板上。它肯定不知道也没有提前预料到，这个决定会要了它的命。因为它贴在天花板上，头朝下，会失去方向感，弄错上下左右。结果，它非但没能迅速从对它来说是危险领域的天花板脱身，反而掉进了一个无法逃脱的陷阱。

此时的蜥蜴对着这只在天花板上的蚊子，可以开心地舔舔嘴了；它已胜券在握。但它没有骄傲松懈，它始终保持专注、警惕和决心。它跃上天花板，开始绕着蚊子跑，画出一个又一个越来越小的圈。它在这儿肯定是施了某种魔法、法术或者催眠的招数，因为虽然蚊子原本可以逃向攻击者无法接近的任何空间，但它却被蜥蜴包围得越来越紧，而蜥蜴依然按照自己的节奏轻松前行：跳跃、静止，跳跃、静止。蚊子在某一刻会惊悚地发现，它已经没有任何活动空间了，蜥蜴就在它身边，这个想法让它更加震惊无助，最后，这只听天由命的、落败的蚊子只能束手就擒，被蜥蜴一口吞下。

所有和蜥蜴交朋友的尝试都是徒劳。它们是一种极度缺乏信任且容易受惊的动物，沿着自己的路径我行我素（当然，此处用"窜"比"行"更准确）。我们交友失败其实也是某种隐喻：它证实了不同的个体或许可以共存，生活在同一屋檐下，但却没办法相互理解，找不到任何共同语言。

在桑给巴尔，我无法观察蜥蜴们的突袭，因为这里晚上会熄灯，我只能在黑暗中耐心等待白天的到来，在半梦半醒间无所事事地等待第一缕曙光。这些时间漫长又空虚，非常难熬。

昨天黎明时分（这里的黎明从来不是鱼肚白，而是立刻五颜六色，如火光一般），街上响起了小铃铛的声音。一开始很遥远且沉闷，随后越来越近，铃声也变得清晰、有力又高亢。我向窗外望去，在狭窄的小道上看到了一个卖热咖啡的阿拉伯人。他头戴一顶刺绣的穆斯林小帽，穿一件松松垮垮的白色阿拉伯长袍，一只手拿着带壶嘴的圆锥形金属容器，另一只手拎着一个装满瓷质咖啡杯的篮子。

早上喝咖啡是这里长久以来的习惯，穆斯林总是用咖啡和晨祷开始新的一天。卖咖啡的铃声穿过大街小巷，是他们传统的闹钟。这闹钟声一响，人们就会从床上弹起来，走出家门，等待那个拿着芬芳浓郁的现磨咖啡的人出现。早晨的第一杯咖啡也是人们相互问好的时刻。他们相互说着昨晚过得很愉快，愿真主保佑，今天也将是美好的一天！

我们自从来到这里就没见过卖咖啡的人。现在，仅仅过去了五天，他又出现了：生活又回到了原有的轨道，回到了正常和日常的秩序。人类内心深处对于正常生活的坚持和英勇追求，是美好而又鼓舞人心的；无论如何，这种追求几乎是种本能。这里的普通人把政变、军事接管、革命和战争等政治灾难视作自然界的现象。他们对待这类事件的态度是一种漠不关心的顺其自然和宿命感，就像对待突起的狂风和风暴一样。对于这些事，他们无能为力，只能等待，躲在家中并且时不时抬头看看天空，看闪电是否已经消失，乌云是否已经散去。如果是的话，就可以走出家门，回到刚刚中断的事情——回到工作、旅行和阳光中。

在非洲，正常生活被颠覆是一件很容易发生的事，而且发生得很快，因为这里的一切都是暂时的、不持久的、轻薄脆弱的，所以一个村子、一片农田或者一条路可以一瞬间被毁掉，但是没过多久又会重新建起来。

我们通常是在上午去邮局寄出报道。一共有十个人，因为后来又有七名外国记者被放了进来。邮局装饰着精美的阿拉伯花纹，是一座颇有历史的小建筑：很多伟大的旅行家，比如利文斯通、斯坦利、伯顿、斯皮克、卡梅隆和汤姆森，都从这里发出过电报。邮局里摆着的电传打字机也会让人回到那段逝去的时光。打字机裸露的内部结构看起来像是中世纪市政厅塔楼上古老大钟的机芯，有许多齿轮、轮盘和杠杆。

合众国际社（United Press International，UPI）的约翰是个金发、高个儿、永远一脸困惑的家伙。他看完刚刚收到的电报，挠了挠头。我们一走出邮局，他就把我拉到一边，给我看了那张令人不安的纸。编辑部通知约翰，夜里在肯尼亚、坦噶尼喀和乌干达爆发了军事政变，他必须立刻到那些国家去。"立刻，"约翰喊道，"马上。可是怎么去啊？"

这个消息让人大为震惊。军事政变！尽管我们不知道任何具体细节，但是听起来情况非常严重。不到一周之前，桑给巴尔政变了，而今天是整个东非！显然，非洲大陆进入了动荡不安的战乱、起义、变革的时期。但是我们,住在桑给巴尔酒店的人们,现在面临另一个问题:怎么从这里出去呢?继续留在这儿没有意义,因为奥凯洛元帅的人不想让我们去城外的任何村镇,不让我们去之前发生过战乱的任何地方,不让我们去那些可能关押着俘虏的处所。而在城里,到处是一片平静,昏昏欲睡,日子一天天地过去,无事发生。

我们回到酒店后开了一个会,约翰把电报上的信息告诉了大家。所有人都想回到大陆去,但没人有办法。这座岛与世隔绝,我们没有任何交通工具。更糟糕的是,一直害怕被干涉的当地人,似乎把我们关在这里当作人质了。唯一一个能帮我们的人是卡鲁梅,而他行踪不定,他最常去的地方是机场,但现在甚至在那里都没有人见过他。

唯一的出路就是走海路。有人在旅行指南上看到,从这儿去达累斯萨拉姆有七十五公里。坐船肯定是一趟舒适的旅程,但从哪儿去弄船呢?木船肯定行不通。因为也不能让当地的船主知道——他们要么在监狱里(如果还活着的话),要么不敢帮忙,或者可能还会举报我们。而最大的危险是,元帅手下那些没有经验、碰巧凑在一起的士兵,现在分散部署在整个海岸线上,看到任何船只就会开枪射击——毕竟,没有任何人真正控制他们。

正在开会的时候,邮递员送来一封新电报。编辑部催促约翰，说军队占领了机场和政府大楼，这三个国家的总理已经消失不见了，他们可能在哪儿藏着，但也不确定他们是不是还活着。我们被困在岛上，听着这些令人震惊的消息，只能又气又无奈地咬紧牙关。这次会议毫无结果地结束了。两个英国人，路透社的彼得和坦噶尼喀电台的艾丹，到城里去找他们的熟人，希望通过他们找到离开这里的办法。绝望之下，没有人想放过一丝一毫的机会。

傍晚的时候彼得和艾丹回来了，再次召开会议。他们找到了一个老英国人，他正在寻找机会离开这儿，打算卖掉自己那艘状态良好的快艇。快艇就停在附近的港口，在一处隐蔽的海湾里。等到晚上，这个人会借着夜色掩护，带我们走小路去那边。到时候我们先躲在快艇上，等夜深了那些守卫睡着。这个老英国人、老殖民者说："黑人就是黑人。不管怎么样，睡觉是必须的。""等到午夜，我们就启动马达逃跑。夜里太黑了，哪怕有人开枪，也未必能打中。"

他们说完了，大家陷入了沉默。然后有人开口发言了，和每次一样，总有支持者和反对者。大家提出了许多问题并加以讨论。但凡有别的选择，我们都会重新考虑，因为这个乘快艇逃跑的主意太冒险、太疯狂了，但我们已经被逼到墙角，想要不惜任何代价，对，任何代价，逃出这个绝境。脚下的土地在燃烧，时间越来越少。桑给巴尔？我们带着当初想来这里的时候一样大的决心,要离开这里。只有菲利克斯和阿诺德表示反对。菲利克斯认为这个主意太蠢了,他老了,不想冒这个险;而阿诺德是心疼他那些昂贵的摄影器材,担心会保不住它们。为了不引起怀疑,他们答应在我们去海上的时候替我们继续支付酒店的账单。

晚上来了一个身材矮小、头发花白的老先生,他穿着传统的英国殖民官员服装,一件白色衬衫、宽大的白色短裤和白色长筒袜。我们跟在他身后,在浓稠的黑暗中,他模糊的身影在前面若隐若现。最后,当脚下终于踩到了木板,我们知道,码头栈桥到了。老先生压低声音,让我们顺着台阶上快艇。哪儿有台阶?哪儿有快艇?眼前什么都看不见。但是这位老殖民长官用命令的口吻说服了我们,而且这附近很可能埋伏着元帅的人。身材魁梧的澳大利亚人马克满头大汗,第一个往快艇上走。开会的时候他曾说过自己会开帆船,所以由他掌舵。船用锁链拴在码头上,他有钥匙可以开锁,也知道如何发动引擎。马克一只脚落在船底,"哗啦"一声,所有人都低声提醒他轻点!轻点!然后我们依次上了船,先是英国人彼得和艾丹,然后是德国人托马斯,美国人约翰、意大利人卡洛、捷克人雅莱克和我。每个人都在一片漆黑中摸索着船的形状,用手感受着船舷的边缘、隔板的布局,然后在长凳上摸索着找个地方，如果没有，就在地板上找。

老英国人迅速消失不见，就剩我们自己了。到处看不到一点灯光。一切沉浸在寂静之中，静得让人害怕。只能偶尔听到海浪拍打在码头上溅起的浪花声，还有非常遥远的地方传来的神秘莫测的大海的声音。为了不被元帅的人发现，我们一直默默地坐着。约翰有一块夜光手表，时不时拿出来传递一下——一个微型发光点从一只手交到另一只手中，时间从22点30分来到23点，又到了23点30分。我们就这样在最深的黑暗里等待着，半睡半醒，僵直呆坐又焦虑不安。直到约翰的手表显示凌晨两点——马克拉动缆绳，发动了引擎。引擎像一只突然受惊的野兽，发出咆哮和呜咽声。小船摇晃着抬起船头，向前方驶去。

桑给巴尔港口位于离大陆最近的海岛西岸。所以逻辑上我们应该向西开，达累斯萨拉姆也在西南方向。但目前我们只希望能够离港口越远越好。马克开足马力，快艇开始微微颤抖，在平静光滑的水面上飞快地行驶。一切依然笼罩在黑暗之中，从海岛那边也没传来任何枪声。出逃成功，我们安全了。一想到这个，我们都从僵直的状态中摆脱出来，心情也舒畅了。就这样，我们幸福地在海上行驶了一个小时。然后，突然一切都改变了。

一直很平静的水面突然剧烈地晃动起来。海浪高高卷起，重重地拍打在船舷上，仿佛有人用巨大而有力的拳头愤怒地击打我们的快艇。那拳头带着坚定的决心、疯狂的暴怒、盲目的力道和冰冷的规律。狂风卷着暴雨，那种只在热带地区才会有的暴雨，瀑布、水幕般的大雨。周围依然是一片漆黑，我们彻底失去了方向感，根本不知道自己在哪儿，该往哪儿走。甚至在片刻之后，这些都变得不重要了，因为这艘快艇在越来越大、越来越高的浪涛中摇摆，大浪是如此的危险与疯狂，完全不知道一分钟后、一刹那之后会发生什么。快艇先是随着一声巨响被大浪高高卷起，在看不见的风口浪尖停了片刻，又迅速跌进轰鸣作响的深渊，落入咆哮如雷的黑暗。

这时，引擎被海水浇得熄火了。如同坠入地狱，小船被抛向四面八方，不受控制地在原地打转，毫无招架之力。下一个大浪打过来可能就把它掀翻了。每个人都惊惶地等待着，紧紧攥着船舷。有人惊恐地发出哀号，有人求上帝救命，有人躺在甲板上呻吟着把胆汁都吐了出来。暴风雨一次次地泼在我们身上，晕船让我们把身体里能吐的都吐出来了，如果说身体里还残存着什么，那就是动物般冰冷的恐惧。船上没有救生圈也没有救生衣，每一个拍过来的浪头都可能置我们于死地。

引擎还是打不着火，无法启动。突然风中传来彼得的吼声：原油！他想起来，这种引擎不仅需要汽油，还需要和汽油混合在一起的原油。他和马克开始一起在储物箱里寻找，找到了一瓶，把它加到了油箱里。马克几次拉动缆绳，终于打着了引擎。所有人发出欢呼，尽管暴风雨依然在疯狂肆虐，但至少点亮了一丝希望。

黎明时分，天空阴沉，云低低地挂在天边，但是雨停了，天也终于亮了。我们环顾四周，想看看自己在哪儿。但是周围只有海水，浩瀚深邃的水，还在翻滚。远处的地平线一会儿升起一会儿落下，以一种匀速的、规律的节奏跳动着。后来，当太阳高高升起，我们看到了地平线上一条深色的线。陆地！我们朝着那个方向开了过去。眼前出现了一片平坦的海岸，棕榈树、一群人以及他们身后的小屋。原来，我们又回到了桑给巴尔，只不过离城市很远。我们不熟悉大海，不知道是这个季节的季风把我们卷走了，幸而又把我们刮回了这里，而不是把我们刮去波斯湾、巴基斯坦或者印度。如果真是那样的话，我们没有一个人可以幸免于难，不是在途中渴死就是因为饥饿而自相残杀。

所有人下了快艇，半死不活地瘫在沙滩上。我无法平静下来，开始询问周围的人怎么才能到城里去。一个骑摩托车的人答应把我送过去。我们穿过充满香气的绿荫隧道，行驶在香蕉树、杧果树和丁香树之间。之前被海水浸泡得发白、咸湿的衬衫和裤子，现在都被炙热的空气烤干了。一个小时后我们到达了机场，我希望能在那里见到卡鲁梅，说不定他能帮助我前往达累斯萨拉姆。突然间我看到跑道上停着一架小飞机,阿诺德正在往机舱里装他的设备,菲利克斯站在机翼的阴影中。当我跑向他时,他看了我一眼,和我打了个招呼说:"你的位子空着呢。等着你呢。上飞机吧。"

解剖政变

根据1966年在拉各斯记录的笔记：

1月15日星期六，军队在尼日利亚发动政变。凌晨一点，该国所有军事单位拉响了警报。各部队开始执行指定任务。有效发动政变的难点，在于必须在五个城市同时进行：除了联邦首都拉各斯，还有伊巴丹（尼日利亚西部）、卡杜纳（尼日利亚北部）、贝宁城（尼日利亚中西部）和埃努古（尼日利亚东部）等四个地区首府。该国国土面积三倍于波兰，居住着五千六百万人，政变由一支仅有八千余名士兵的军队完成。

星期六，凌晨两点。

拉各斯：巡逻军队（戴着头盔，身穿野战军服，手持自动步枪）占领了机场、电台、电话通信中心和邮局。根据军队的命令,发电厂关闭了非洲区的照明。城市在沉睡,街上空无一人。星期六的夜漆黑一片,又闷又热。乔治五世国王街上停着几辆吉普车。这是一条小街,它的尽头通往拉各斯岛(整个城市也是因此得名)。街道的一边是体育场,另一边是两栋别墅。其中一栋是联邦总理阿布巴卡尔·塔法瓦·巴勒瓦的官邸,另一栋住着财政部部长费斯图斯·奥科蒂-埃博赫酋长。军队包围了两栋别墅。一队军官冲进总理官邸叫醒了他,把他押了出来。另一队军官逮捕了财政部部长。汽车纷纷驶离。几个小时后发出的政府通告宣布,总理和他的财政部部长"下落不明"。直到今天巴勒瓦后来的命运都不得而知。有人说他被囚禁起来了,还有很多人坚称他被杀了。人们还说,奥科蒂-埃博赫也被杀了,并且都说他不是被射杀的,而是被"整死的"。也许这个版本并不那么符合事实,但这体现了公众对这个人的态度。奥科蒂-埃博赫是一个极端残忍、粗暴又贪婪的人。他身材高大得吓人,笨重又肥胖。他通过腐败敛聚了数不尽的财富,人们对他痛恨至极。巴勒瓦则与他截然相反——和善、谦逊、冷静。他瘦瘦高高,是苦行僧式的虔诚穆斯林。

军队占领了港口,包围了议会。官兵在沉睡的城市的街道上巡逻。

凌晨三点。

卡杜纳：在尼日利亚北部行政区首府的郊外，坐落着该地区总理艾哈迈杜·贝罗的官邸，四周是高高的围墙。在尼日利亚，名义上的国家元首是纳姆迪·阿齐克韦博士，政府首脑是塔法瓦·巴勒瓦，但这个国家的实际统治者是艾哈迈杜·贝罗。整个星期六，贝罗都在接待访客。最后一批客人是晚上七点来的一群富拉尼人。六小时后，一队军官在总理官邸对面的灌木丛里架设了两门迫击炮。这群人的指挥官是丘库马·恩泽库少校。凌晨三点，迫击炮发射了一发炮弹。炮弹在总理官邸屋顶爆炸，火光冲天。这是进攻的信号。军官们先是冲进了官邸的警卫室，其中两名在与总理安保人员的搏斗中丧生，其余冲进了熊熊燃烧的官邸。他们在走廊上遇到了正从卧室跑出来的艾哈迈杜·贝罗。贝罗被射中太阳穴，倒地而亡。

城市在沉睡，街上空无一人。

凌晨三点。

伊巴丹：这个在丘陵之上依山而建的城市几乎全是平房，被称为"全世界最大的乡村"，居住着一百五十万居民；尼日利亚西部行政区总理塞缪尔·阿金托拉酋长的官邸坐落于其中一座缓坡上。该地区三个月来一直在发生血腥的战斗，全城实行戒严，阿金托拉的官邸被严密保护了起来。军队发起进攻,开始枪战,然后是近身搏斗。一队军官冲进官邸。阿金托拉身中十三弹,倒在了露台上。

凌晨三点。

贝宁城:军队占领了广播电台、邮局和其他重要单位,封锁了城市各个出口。一队军官解除了保卫该地区总理丹尼斯·奥萨德巴伊酋长官邸的警察的武装。没有一声枪响。不时会有一辆载着士兵的绿色吉普车驶过街道。

凌晨三点。

埃努古:尼日利亚东部行政区总理迈克尔·奥克帕拉博士的官邸被悄无声息地包围了。除了总理,他的客人——塞浦路斯总统马卡里奥斯大主教——也在里面休息。叛军指挥官保证了这两位要员的行动自由。埃努古的革命是礼貌客气的。其他部队占领了电台、邮局,并封锁了城市的所有出入口,这座城市仍在沉睡。

政变在尼日利亚五个城市同时高效进行。在几个小时之内,这支小军队成为这个非洲大国和强国的实权统治者。一夜之间,数百人的政治生涯以死亡、被捕或亡命天涯告终。

星期六——早上、中午、晚上。

拉各斯城苏醒过来，对昨夜发生的事情一无所知。像往常一样，城市的一天开始了——商店开门，人们上班。市中心没有军队的踪迹。但在邮局，我们被告知这里切断了与外界的所有通信渠道。不能发电报。城里开始有些传闻了，说巴勒瓦被逮捕了，军队发动了政变。我开车来到伊科伊（拉各斯一个区）的兵营。吉普车巡逻队从大门出来，全副武装，带着机关枪。一群人聚集在大门对面，一动不动，一声不吭。靠在街上制作和售卖简餐为生的女人们，已经铺开了一片冒着炊烟的摊子营地。

城市的另一头正在召开议会。政府大楼前有很多士兵。他们在入口处搜查我们。三百一十二名议员中，只有三十三人到场。只有一位部长出现——R. 奥卡福尔。他提议推迟议事。在场的议员要求他解释：出了什么事？现在是什么情况？这时，一支军事巡逻队进入大厅——八名士兵，他们驱散了聚集的人群。

电台只播放音乐，没有新闻公告。我去找法新社记者达维德·劳雷利。我们俩都快哭了。对记者来说，这是至暗时刻：我们有值得全世界关注的新闻要报道，却无法传递出去。我们一起去了机场。机场戒备森严，由海军部队把守，似乎空无一人——没有旅客，也没有飞机。回城的路上，我们在一个军事检查站被拦下：他们不让我们回城。

开始了漫长的交涉。士兵们很有礼貌,也很客气,很镇静;一名军官赶来,最终给我们放行。我们回到了城里,街区一片漆黑:还没有恢复通电。只有小商贩在她们的货摊上点着蜡烛或者油灯,从远处看,街道就像万灵节的墓园[1]。即使已经是晚上了,这里也是雾蒙蒙的,潮湿闷热,让人喘不上气来。

星期日 —— 新政权。

城市上方盘旋着直升机,除此之外,这是平静的一天。此类政变(越来越频繁)一般是由一小队军官策划的。他们住在平民无法进入的军营。他们的行动严格保密。民众在事后才知晓一切,而且往往只能依靠传闻和揣测。

而这一次,情况很快就明朗了。就在午夜前,新的国家元首 —— 四十岁的陆军指挥官约翰·托马斯·阿吉伊-伊龙西少将 —— 发表广播演讲,说军方"同意接管政权",宪法及政府将被中止。现在由最高军事委员会掌权。国家的法律和秩序将得到恢复。

---

[1] 波兰人会在万灵节(11月1日)前后为故去的亲人扫墓,并在墓地点亮蜡烛以寄托哀思。

星期一——政变的原因。

大街小巷充满了节日的气氛。我的尼日利亚朋友们碰到我，拍拍我的肩，开怀大笑；他们兴高采烈。我穿过市中心广场——人们载歌载舞，一个男孩在铁皮桶上打节拍伴奏。一个月前，我在达荷美亲眼见证了一场类似的政变，那里的街道上也是这样欢歌笑语地欢迎军队。最近这一波军事政变在非洲很受欢迎，引发了极大的热情。

首批对新政府表示支持和效忠的声明涌向了拉各斯。"1月15日，"此地最大的党派之一，统一进步大联盟（United Progressive Grand Alliance）发表决议称，"将成为载入我们伟大共和国史册的一天，在这一天，我们第一次实现了真正的自由，尽管尼日利亚在五年前就已宣布独立。但我们的政客们疯狂敛财，玷污了尼日利亚在外的声誉……我们的国家出现了一个统治阶级，他们把权力建立在自相残杀、消灭所有异见者的基础上……我们欢迎新政府，因为它仿佛是上帝派来解救这个国家的，它会让人民摆脱黑色帝国主义，摆脱暴政和歧视，摆脱那些自称代表尼日利亚的人的欺骗和邪恶野心……我们的国家不能成为那些掠夺国家的饿狼政客的容身之所。"

"普遍的无政府状态和群众的失望，使这次政变成为必然，"青年组织"齐克运动"（Zikist Movement）发表决议说，"自从独立以来，基本人权被政府残忍地践踏，人民被剥夺了在自由和尊严中生活的权利。他们不被允许拥有自己的观点。有组织的政治暴力和政治谎言使所有选举变成了闹剧。政客们忙着偷窃,而不是为国家服务。失业和剥削不断加剧,一小撮当权的封建法西斯分子对人民的虐待毫无底线。"

就这样,在"二战"后短暂的历史中,许多非洲国家已经走到了第二阶段。第一阶段是快速去殖民化,获得独立。其特点是普遍的乐观主义和欢欣鼓舞的情绪。人们坚信,解放将意味着头顶更结实的屋檐,更多的米饭,人生中第一双鞋。奇迹将会出现——面包、鱼和葡萄酒会成倍增长。这样的事情并没有发生。相反,人口数量急遽增长,但没有足够的粮食、学校和工作。悲观幻灭很快取代了乐观主义。民众的痛苦、愤怒和仇恨全部转向了精英阶层,那些人迅速而贪婪地填满了自己的口袋。在一个私营经济不发达的国家,种植业掌握在外国人手里,银行又属于外国资本,从政是唯一一条致富道路。总而言之,底层民众的贫困和幻灭,加上上层精英的贪婪和私欲,造出了剑拔弩张的毒性气氛,而军队觉察到了;他们举起保卫受害者和受辱者的大旗,走出军营,夺取了权力。

星期二 —— 战鼓齐鸣。

今天的拉各斯《每日电讯报》(*The Daily Telegraph*)刊登了一篇来自尼日利亚东部的通讯：

"埃努古。当尼日利亚东部行政区总理迈克尔·奥帕拉博士被捕的消息传到了他的家乡本代地区，所有村庄 —— 奥乎库、伊贝凯、伊贝雷、阿克伊、奥哈菲亚、阿比丽巴、阿巴姆和尼克波罗 —— 开始敲响战鼓，召集部落勇士。他们听说，他们的同胞奥克帕拉博士被掳走了。起初，他们认为这是执政联盟的特工所为，决定开战。所有拥有马车的人都把自己的车借给了勇士们。几个小时后，尼日利亚东部行政区首府埃努古就被手持剑、长矛、弓箭和盾牌的部落勇士大军占领了。勇士们唱着战歌，全城回荡着鼓声。在这种情况下，人们向勇士战队的首领们解释，是军队夺取了政权，奥克帕拉博士还活着，只是被软禁在家中。勇士们听到这个消息，表示满意，然后陆续返回自己的村庄。"

1月20日，星期四 —— 前往伊巴丹。

我开车去了尼日利亚西部行政区，想知道那里的人们对政变的看法。在拉各斯的各个路口都有士兵和警察检查来往的汽车和行李。从拉各斯到伊巴丹要驶过一百五十公里绿意盎然的公路，穿越平缓的丘陵地带。过去几个月的内战期间，许多人在这条路上丧生。你永远不知道在下一个弯道会遇到谁。路边沟渠里躺着烧毁的车辆，通常是挂着政府牌照的高级轿车。我在一辆轿车旁停下来——车里有烧焦的尸骨。沿路所有的城镇都留下了战争的印记：被烧得只剩下骨架的房屋，洗劫一空的商店，摔成碎片的家具，四轮朝天的卡车，冒烟的废墟。每个地方都是空荡荡的，人们都逃走了，四散到不知道哪里去了。

我来到阿金托拉的府邸。它位于伊巴丹郊区，在郁郁葱葱的部长别墅区中，现在完全是一片死寂。部长们那些宏伟、奢华又俗气的别墅都被毁了，一个人也没有，甚至连仆人都不知去向。有的部长被杀了，有的逃去了达荷美。阿金托拉的府邸前有几个警察，其中一个带着步枪，领我参观了这栋别墅。别墅很大，很新。入口处的大理石地板上有一摊已经凝固的血迹，旁边还扔着一件血迹斑斑的阿拉伯长袍。散落着一堆撕碎的信件，还有两把塑料冲锋枪，可能是阿金托拉的孙子们的玩具。墙上布满弹孔，庭院里都是碎玻璃，士兵们攻入宅邸的时候，把窗上的防护网扯得七零八落。

阿金托拉当时五十五岁，身材壮硕，宽大的脸上有巴洛克般繁复的文面。过去几个月他一直待在府邸，这里有重兵把守。五年前，他还是一名中产阶级律师。担任总理一年后，他已经坐拥几百万。他直接把政府账户上的钱转到自己的私人账户。在尼日利亚,无论是拉各斯、伊巴丹还是阿贝奥库塔,他走到哪儿都有自己的房子。他有十二辆豪华轿车,都闲置着,但他喜欢从自家阳台上看着它们。他的部长们也都迅速致富。我们处在一个靠政治来获得巨额财富的世界,或者更确切地说,是靠政治流氓行径——分裂政党,操纵选举,杀害反对派,向饥饿的人群开枪。要理解这一切,必须把这种财富放在令人不寒而栗的贫穷的背景下,放在阿金托拉统治的这个国家的背景下——这个国家被烧毁,掏空,血流成河。

下午,我回到了拉各斯。

1月22日,星期六——巴勒瓦的葬礼。

尼日利亚联邦军政府发布了前总理阿布巴卡尔·塔法瓦·巴勒瓦的死讯:

"星期五早晨,据拉各斯附近奥塔村的农民报告称,他们在丛林里发现了一具男尸,疑似塔法瓦·巴勒瓦。尸体呈坐姿,背靠一棵树,身着一件宽大的白色长袍,脚边有一顶圆帽。当天,尸体由专机送回塔法瓦·巴勒瓦的家乡巴乌奇(位于尼日利亚中部)。除了飞行员和无线电操作员外,机上只有士兵。塔法瓦·巴勒瓦的尸体在大批民众的见证下,被葬在一个穆斯林墓园中。"

据日报《新尼日利亚人报》(*New Nigerian*)报道,尼日利亚北部的人民不相信他们的领导人艾哈迈杜·贝罗已经死亡。他们确信贝罗在真主的庇护下逃往了麦加。

今天,一个名叫尼奇·奥涅布希的尼日利亚大学生朋友告诉我:"我们的新领导人伊龙西将军拥有超自然力。有人向他开枪,但子弹射出后就改变了方向,甚至根本都没碰到将军。"

1967年,我的小巷

我在拉各斯租的公寓一直被盗。这不仅发生在我离开时间较长的时候——去乍得、加蓬或者几内亚。即使我只是去附近的城镇短期旅行,必须去趟阿贝奥库塔或者奥绍博,我知道回来一定会发现窗户从窗框上被卸了下来,家具东倒西歪,橱柜被翻得乱七八糟。

这间公寓位于拉各斯岛的市中心。拉各斯曾是奴隶贩子的集结地:这一黑暗、可耻的历史起源,在这座城市的氛围中留下了不安和暴力的痕迹。身在此处,你会不断地意识到这一点。有一次我乘出租车,正在和司机聊天,他突然不说话了,紧张地左顾右盼,观察街上的情况。我出于好奇问他:"怎么了?"他压低声音说:"这地方不好!"我们继续往前开,他放松下来,才又和我聊天。过了一会儿,路边走过来一群人,看到他们,司机再次沉默,四处张望，加速。我又问他："怎么了？"他回答说："很坏的人！"再开出去一公里，他才又平静下来，回到我们之前的话题。

在这样一位司机的脑子里，一定印着一张城市地图，就像警察局墙上挂的那张一样。各种颜色的警示灯不断亮起、闪烁、跳动，标示着危险区域、抢劫地点和其他犯罪高发地点。这样的警示灯在我居住的市中心的地图上尤其多。当然，我本可以选择伊科伊，那里住的是尼日利亚有钱人、欧洲人和外交官，是安全的富人区，但那个地方太假了，排外、封闭，处处戒备森严。我想要住在一个真正的非洲城市，在非洲的街道上，非洲的房子里，不然怎么可能了解这座城市、这片大陆？

然而，白人住在非洲区并非易事。首先欧洲人就会强烈不满。一个有我这种想法的人一定是疯了，要么就是心智不健全。他们试图劝阻我，告诫说：你会没命的，唯一不确定的是你怎么死——可能被杀，也可能在那种恶劣条件下自己活不下来。

但非洲方面对我这个计划也没表现出什么热情。"首先，这里有个具体的难题——到底住在哪儿？这种非洲社区特别贫困而且拥挤，只有破破烂烂的小房子、泥坯屋、贫民窟，没有通风，经常断电，到处是灰尘、恶臭，还有很多虫子。你能去哪儿住？能找到一个单独的住处吗？而且你怎么生活？就说取水吧，得从街上有水泵的那一头自己打水回来。这种事都是小孩子来做的。有时候女人也会。男人？从来不。这儿有一位白人先生，和孩子们一起在水泵前面排队打水。哈哈哈！这是不可能的！再说，就算你找到了一个独立的单间，总得关上门工作。但关上门？这是不可想象的。我们都和家人生活在一起，都是集体生活，孩子、大人、老人，从来不分开，哪怕是死了，我们的灵魂也要留在活人中间。把自己关在房间里，不让别人进去？哈哈哈，这是不可能的！"当地人非常温和地跟我解释，"而且，我们这里也不安全。经常有坏人晃来晃去。最坏的就是那些小子，一群无法无天的暴徒，他们打人、抢劫，就像一群可怕的蝗虫，所到之处，席卷一空。他们很快就会嗅到，这里住了一个落单的欧洲人。对他们来说，欧洲人就是有钱人。到时候谁能保护你呢？"

但我心意已决，没有听取这些劝告。也许部分是因为我对那些一来就住进"小欧洲"或者"小美国"（即豪华酒店）的人不以为然，他们离开后会吹嘘自己到过非洲，但实际上他们从未到过非洲。

终于，机会来了。我认识了一个名叫埃米里奥·马德拉的意大利人，他在离梅西大街不远的小巷子里有一间废弃的农用工具仓库（白人都在逐渐关停他们的生意），在这个仓库旁边，确切地说是在仓库上面，有一个两居室的用人房空着，他很乐意把它租给我。一天晚上，他开车把我送到这里，帮我把东西搬了上去（顺着安装在楼外的金属楼梯爬到二楼）。屋子里很凉爽，令人愉悦，因为早上埃米里奥打开了空调。冰箱也可以正常使用。这个意大利人向我道了晚安就匆匆消失了，第二天一大早他就要飞回罗马——在最近的军事政变后，他担心会有进一步的动荡，想把一些钱带回国去。

我打开行李，开始收拾东西。

一个小时后，灯灭了。

我没有手电筒。更糟糕的是空调也停了，除了一片漆黑之外，这里很快变得又热又闷。我打开窗，一股腐烂水果、烧焦的油、肥皂和尿混合在一起的味道扑面而来。尽管大海离得不算远，但在这个封闭狭窄的巷子里感受不到一丝微风。这时是三月，一个酷热难当的月份，夜晚似乎比白天更热，更让人喘不上气。我从窗口探出头去，楼底下的小巷里，有人躺在编织垫上，也有人干脆躺在地上，半裸着身体。女人和孩子都睡了，几个男人背靠泥坯屋的墙壁坐着，盯着我看。我不知道他们的目光意味着什么。他们想要认识我？帮助我？还是杀了我？

我想我是无法在这样闷热的房间里熬到天亮的，于是就下了楼。两个男人站了起来，其他人一动不动地盯着我。我们都汗流浃背，疲惫不堪；光是在这种气候条件下生存本身就是不可思议的。我问他们，这里是不是经常停电。他们不知道。我又问，可以找谁来维修。他们用我听不懂的语言互相交谈起来。然后其中一个人走开了。时间一分一秒地过去。过了很久。最后他回来了，还带来两个年轻人。他们说，可以修好，要十英镑。我同意了。不一会儿，我房里的灯就亮了，空调又开始工作。几天后——电路又坏了，又是十英镑。然后是十五英镑，二十英镑。

说起被盗——起初，每次回到被洗劫的公寓我都会怒火中烧。被盗，首先就是被羞辱，被愚弄。但随着时间的推移，我渐渐明白，把被盗视为羞辱和愚弄，在这里是一种心理上的奢侈。生活在一片赤贫的街区，我意识到盗窃，哪怕是小偷小摸，也可能是死刑判决。盗窃如同谋杀。我们小巷里住着一个孤独的女人，她唯一的财产是一口锅。她从菜贩那里赊来豆子，煮熟后用酱汁调味，再卖给路人，以此维持生计。对很多人来说，一碗煮豆子就是每天唯一的一顿饭。有天晚上，我们被一声凄惨的尖叫声惊醒。整个巷子都骚动起来。那个女人绝望地来回跑，歇斯底里地痛哭道：小偷把她的锅偷走了，她失去了赖以为生的东西。

我的许多邻居都只有一样东西。有的人有一件衬衫，有的人有一把砍刀，有的人有一把不知道从哪儿弄来的镐。有衬衫的人可以找到一份当夜班保安的工作（没人想要一个半裸的保安）；有砍刀的人可以去伐木除草；有镐的人可以挖水渠。其他人只有自己的一身肌肉可以出卖。他们指望有人需要他们当搬运工或信使。但所有这些工作机会都很渺茫，竞争却十分激烈。而且，这些工作往往只是零工——干一天，干几个小时。

因此，我这条巷子、相邻的街巷和整个街区，挤满了无所事事的人。他们早上起床，找一些水来洗脸。然后，那些有点钱的人给自己买早餐：一杯茶和一块干面包。但大多数人什么都不吃。中午之前热得让人难以忍受，必须找一个阴凉的地方。阴影每小时随着太阳移动，而人随着阴影移动——跟着阴影爬行，将自己藏进它的阴翳和凉爽之中，这就是他每天真正的工作。饥饿。很想吃点东西，但什么都没有。从附近的小酒馆飘来烤肉的香味。这些人为什么不冲进小酒馆呢？毕竟，他们年轻又健壮。

终于，他们中有一个忍不住了，突然传来一声尖叫：一个街头摆摊的女人——有个男孩从她的摊位上牵走了一串香蕉。这个被偷的小贩和其他摊主一起追，终于把他抓住了。警察不知从哪儿冒了出来。这里的警察随身携带着大木棍，他们用棍子痛殴这个男孩。男孩躺在街上，蜷缩着，试图挡住警棍的殴打。街上瞬间就围了一大群人，这里很容易就会有一大群人看热闹，因为无所事事的人对于任何事件、混乱或骚乱都很关注，他们就希望能分散一下注意力、看点什么或者做点什么。他们围得越来越近，仿佛警棍落下的砰砰声和男孩的呻吟会给他们带来真正的乐趣。他们用尖叫和呼喊刺激并鼓动着警察。在这里，如果抓到一个小偷，人们恨不得立刻把他撕成碎片，千刀万剐。这个男孩呻吟呜咽着，拿着香蕉的手已经松开了。离得最近的围观者们一下子朝香蕉扑了过去，你争我抢。

然后一切又恢复了正常。卖香蕉的小贩还在抱怨和咒骂，警察们都走了，被打得遍体鳞伤的男孩艰难地爬向藏身之处，他又疼，又饿。围观者也都散开了，回到了自己在墙根下、屋檐下，回到了阴凉的地方。他们会一直在那里待到晚上。在这样酷热又饥饿的一天过后，他们无精打采，目光呆滞。但是，内心的麻木和呆滞不失为一种解脱，否则人就无法在这里生存，因为他天性中生物性的、兽性的那一部分，会啃噬掉他身上一切属于人类的东西。

傍晚时分，巷子里又稍稍有了些生气。居民们聚到了一起。其中有些人得了疟疾，一整天都只能待在这儿；还有一些人刚从城里回来。有些人今天运气还不错：他在某处找到了工作，或者遇到了亲戚，对方分了一些零钱给他。这些人今天可以吃晚饭了：一碗浇了辣椒酱的木薯，或许还有一个煮鸡蛋或一片羊肉。有的人会分一点吃的给那些孩子，他们眼巴巴地看着大人一口一口吞咽食物。任何分量的食物都会立刻消失得无影无踪。人们吃掉所有的东西，一粒渣都不剩。任何人都没有食物储备，因为即使有多余的粮食，也没有地方可以存放。他们的生活是暂时的，就活在当下，每一天都是一道要闯的难关，他们的想象力不超越此时此刻，他们不制订任何计划，也没有任何幻想。

谁要是有一先令，就会去酒吧。这里酒吧很多——在背街小巷、十字路口、广场上。有时候这些地方很简陋，墙壁是波纹铁皮板搭起来的，门就用印花棉布帘子代替。即便如此，我们也会觉得自己好像进了一个游乐场，应该纵情作乐。老式收音机里播放着音乐，天花板上吊着一个红灯泡。墙上贴着从杂志上剪下来的电影女明星的彩色照片。吧台后面通常站着一个高大肥胖的女人，她是老板娘。她这里只卖一样东西，酒吧里唯一的东西——自酿啤酒。这里的酒吧有各式各样的自酿啤酒：香蕉的、玉米的、菠萝的、棕榈酿的。一般来说，每个老板娘会专门酿一种。一杯这样的啤酒有三个优点：第一，含有酒精；第二，能解渴；第三，杯底有浓稠的沉淀物，这对饥肠辘辘的人来说是一种食物替代品。所以，要是有人一天只赚了一先令，最有可能就是把它花在酒吧里。

在我的小巷里，很少有人长期定居。在这里经过的人都是城市里永恒的游牧民，在混乱的、尘土飞扬的街巷迷官中流浪。他们很快就会离开,不留一丝痕迹地消失,因为他们从来没有真正拥有过任何东西。他们搬走,要么是因为被工作机会的幻景所诱惑,要么是被突然暴发的流行病吓到,要么是因为交不起房租,被泥坯屋和露台的房东赶走。他们生活中的一切都只是暂时的、流动的、脆弱的。存在,又不存在。即使存在,又能存在多久?这种永恒的不确定性导致我的邻居们生活在一种持续的警惕中,一种不断增长的恐惧中。他们逃离了农村的贫困,来到城市,希望在这里能过得更好。那些找到亲戚的人,可以指望得到一些支持,让自己在这里立足。但是,这些以前的村民中很多人没有找到亲戚,也找不到同族的人。他们有的人甚至听不懂大街上说的语言,不知道如何开口打听任何事。尽管如此,城市的力量依然吞噬了他们,成了他们唯一的世界,从第二天开始他们就离不开这里了。

他们开始搭建一座遮身的屋顶,一个小角落,一个属于自己的地方。因为这些移民没有钱——他们来自传统农村,没有钱的概念——他们只能在贫民窟周边找地方。贫民窟的建造是个非比寻常的景象。市政府通常会划拨一块最差的土地用于这个目的:松软的泥地、沼泽,或者贫瘠的沙地。在这样的土地上会出现第一个棚屋,然后旁边又会搭起第二个,然后一个个地搭起来。就这样,自发地,一条街道形成了。在这条街的附近又出现了另一条街。最终它们会相遇，形成一个十字路口。现在两条街道都会开始蔓延，分岔，交错，再分岔。一个街区就这样形成了。但首先，人们收集建筑材料。不可能弄清楚这些材料是从哪儿来的。从地里挖出来的？从云彩里拽下来的？但有一点是肯定的：这群身无分文的人什么都不买。他们头顶着、背扛着、胳膊下夹着瓦楞铁皮、木板、胶合板、塑料、硬纸板、金属车身、板条箱，所有这些东西都被他们拼在一起，组装、钉牢、粘牢，最后造出一个介于棚屋和简易房之间的东西，它的墙壁就是临时拼凑的、五颜六色的壁画。

由于划给他们的通常是沼泽地或粗糙的砂石地，人们会用象草席、香蕉叶、洒椰叶或稻草铺好地面，这样就有地方睡觉了。这些街区，这些巨大的非洲纸雕艺术；是由一切东西构成的。正是它们，而非曼哈顿或巴黎的拉德芳斯，代表了人类的想象、巧思和幻想的最高成就。没用一块砖、一根钢筋或一平方米玻璃，就建造了一整个城市！

和许多偶然发生的自然现象一样，贫民窟街区的生命周期也很短暂。一旦它蔓延得太快，或者城市决定在这个地点兴建其他建筑，它的命运就到头了。我曾经目睹了一个贫民窟的消亡，就在离我的小巷不远的地方。贫民窟一直延伸到了海岛的岸边，军政府认为这是不可接受的。清晨，载着警察的卡车就开来了，周围立刻聚集了人群。警察冲进贫民窟，把住户赶了出来。哭喊声震天；一场骚乱。

这时，巨大的、鲜黄色的履带式推土机出现了。片刻之后，随着机器的前进，成堆的灰尘和碎片被扬起，一条又一条街道被拆除，留下一片片被碾平的空地。那天，小巷里挤满了房屋被毁的难民。有一阵子人满为患，嘈杂不堪，闷得更加喘不上气了。

有一天，我家里来了一位客人。他是一名中年男子，穿着白色长袍，名叫苏莱曼，来自尼日利亚北部。他曾为我的意大利房东做过夜班看门人。他对这条小巷和整个街区都很熟悉。他非常腼腆，不想在我面前坐下。他问我需不需要值夜班的人，因为他刚刚丢了工作。我说我不需要，但他给我留下了很好的印象，于是我给了他五英镑。几天之后，他又来了。这次，他坐下了。我给他倒了一杯茶，然后就开始聊天。我向他诉苦说，我家经常被偷。苏莱曼认为这很正常。盗窃的确让人难过，但却是减少不平等的一种方法。他肯定地告诉我，我被偷其实是好事，甚至是他们的一种友好姿态——他们用这种方式告诉我，我对他们来说是有用的，因此，他们是接受我的。基于此，我应该感到很安全才对。他又问我，在这里有没有受到过威胁？我承认，的确没有。原来如此！只要我允许自己被偷，那我在这儿就是安全的。一旦我报警并且警察开始追捕，那我最好就赶紧从这儿搬走吧。

一周后,他又来了。我给他倒了茶。他用神秘的语气悄悄跟我说,要带我去扬卡拉市场,在那儿我们可以买点合适的东西。扬卡拉市场是巫师、草药师、占卜师和驱魔师出售各种护身符、辟邪符、占卜棒和灵丹妙药的地方。苏莱曼从一个摊位走到另一个摊位,仔细查看,询问。最后,他让我从一个女人那里买了一簇白公鸡羽毛。这东西挺贵的,但我没有提出质疑。我们回到了小巷。苏莱曼把羽毛整理好,用一根线把它们系起来,挂在了我门框的上方。

从那一刻起,我家里再也没有东西消失过。

萨利姆

在黑暗中，我突然看到两只发光的眼睛。它们离我很远，在快速移动着，就像是关在笼子里躁动挣扎的动物的眼睛。我坐在撒哈拉沙漠瓦丹绿洲边缘的一块大石头上，这里位于毛里塔尼亚首都努瓦克肖特的东北方向。一个星期以来，我一直试图离开这里，但无济于事。去瓦丹很难，但想从瓦丹离开更难。没有铺设好的道路，也没有定期的公共交通工具往返。每隔几天——有时是几周——一辆卡车会经过，如果司机愿意带你一起走，你就走；否则，你只能留下来，等待下一次机会，不知道要等多久。

坐在我身边的毛里塔尼亚人起身动了动。夜晚的寒气已经降临，经过了一天地狱般的太阳炙烤后，这种突如其来的寒意几乎让人感到刺骨的疼痛。这种寒冷是皮衣或毯子无法抵御的。而这些人只有破旧的马衣，把自己严严实实裹在里面,像雕像一样一动不动地坐着。

一根黑色的管道从附近的地面伸出,管道的末端是一个长满铁锈和盐晶的吸泵装置。这是这个地区唯一的加油站,如果有车经过,一定会在这里停下来。这个绿洲也没有其他吸引人的地方了。通常情况下,这里的日子千篇一律,就像沙漠里单调的天气:永远是那颗炽热又孤独的太阳和万里无云的荒凉天空。

毛里塔尼亚人看到还在很远处的车灯,开始相互交流起来。他们说的语言我一个词也听不懂。他们可能在说:太好了,终于来了!终于来车了!我们等到了!

这是对漫长等待的补偿。已经很久了,他们耐心地盯着凝固住的、一动不动的地平线,那里已经很久没有出现过任何移动的物体,没有任何可以吸引人的注意力、让人从无望等待的麻木中苏醒过来的生命迹象。一辆卡车(普通轿车不可能在这种地形上行驶)的到来,并不会从根本上改变人们的生活。这辆车通常会在这里停一会儿,然后很快离开。然而,即使是这种短暂的停留,对他们来说也是极其必要的:这给了他们的生活一点多样性,为以后的闲聊提供了话题,最重要的是,它既是另一个世界存在的物质证据,也是一种令人欣慰的肯定,那个世界既然送来了机械使者,就一定知道他们的存在。

也许他们正在进行一场例行的激烈争论：它能不能到？因为在撒哈拉沙漠的这些边缘地带旅行是一场冒险，是不停地抽签赌博，是永恒的不确定。在这片荒凉的广阔区域，到处是裂缝、凹坑、凸出的巨石、起伏的土丘、滚落的石块、滑溜的砾石，卡车只能以每小时几公里的蜗牛速度前行。每个车轮都有自己的驱动力，每个车轮都会在这里打转，在那里停下，上坡，下坡，绕弯，一点点地摸索着，寻找可以抓牢的地方。大多数时候，这些坚持不懈的努力，伴随着全力运转的、发烫的发动机发出的哀鸣，以及车身危险的左摇右晃，会让卡车成功地向前移动。

但毛里塔尼亚人知道，有时卡车会在离绿洲一步之遥的地方陷入绝境。当暴风把一座座沙坡刮到路上时，汽车前行的路被阻断了。在这种情况下，要么人们设法挖开道路，要么司机找别的路绕行，或者干脆掉头回到来时的路上。那么，毛里塔尼亚人就只能等待，直到另一场暴风把沙丘推到更远的地方，把道路清理出来。

然而，这一次，那双闪亮的电眼越来越近。一时间，它们的光芒开始勾勒出隐藏在黑暗中的椰枣树的树冠、泥屋的破旧墙壁，以及睡在路边的山羊和绵羊，最后，在金属的轰鸣声中，一辆巨大的"贝利埃"卡车拖着一大片尘土停在我们面前。"贝利埃"卡车是法国制造的，适合在沙漠中行驶。它们的轮胎又宽又大，引擎罩上有格栅。由于它们巨大的车型和引擎罩凸出的格栅,这些卡车从远处看很像老式蒸汽火车的车头。

司机——一位黝黑、赤脚的毛里塔尼亚人,身穿长及脚踝的靛蓝色长袍——踩着梯子从驾驶舱爬下来。和他的大多数同胞一样,他身材高大,体格壮硕。大块头的人和动物能够更好地忍耐热带的暑热,这就是为什么撒哈拉沙漠的居民大都身材魁梧。自然选择法则在这里发挥了作用:在极端艰苦的沙漠条件下,只有最强壮的人能活到成年。

绿洲边上的毛里塔尼亚人立刻围住了司机。爆发了一阵嘈杂的高声问好、寒暄和祝福。喧闹的问候一波又一波。每个人都在大喊大叫,挥舞着双手,就像在一个吵闹的集市上讨价还价似的。他们在和司机攀谈的过程中,时不时会指指我。我看起来非常糟糕——脏兮兮的,胡子拉碴,最重要的是,被撒哈拉夏天如噩梦般的酷暑折磨得憔悴不堪。一位经验丰富的法国人早些时候告诫过我:"这里的阳光就好像有人拿刀子捅你。捅进你的后背,捅进你的脑袋。"正午时分,太阳像尖刀一样扎下来。

司机看了我一眼,什么都没说,但过了一会儿他用手指了指车,然后大声喊:"走了!上车!"我飞快地爬上副驾驶,重重地关上了车门。我们立刻就出发了。

其实我并不知道我们要开去哪里。眼前的沙子在车灯的照射下一闪而过,尽管一直是同一片沙漠,但沙子中夹杂着砾石和岩石碎片，呈现出不同的色调。车轮一会儿在花岗岩上颠簸，一会儿又陷进了坑洞和石缝。在漆黑深邃的夜里，只看得到两个亮点在沙漠的表面滑行，呈现出两个清晰的圆形轮廓。除此之外，什么都看不见。过了一会儿，我开始怀疑我们根本没有目的地，只是盲目地径直朝前开，因为任何地方都没有看到路标、路牌、路桩，没有任何有路的痕迹。我得问问这个毛里塔尼亚人。我指着我们眼前的黑夜，问："努瓦克肖特？"

他看了我一眼，笑了起来。"努瓦克肖特？"他重复这个名字，仿佛我问的是巴比伦空中花园——美丽，但对于我们这些卑微的人来说，太高不可攀了。由此我推断，我们不是去我想去的方向，但我不知道该怎么问他我们去哪儿。我非常希望能和他建立一些联系，能够和他更熟络一些。"我叫雷沙德。"我指着自己说。然后我又指指他。他明白了我的意思，说："萨利姆。"说完又笑了一下。车里陷入了沉默。我们一定是来到了比较平缓的地段，因为卡车开得稳当多了，而且越开越快（到底有多快，我并不知道，因为车里所有仪表都是坏的）。我们又这样一言不发地开了一段时间，直到我终于睡着了。

突然的寂静把我惊醒。发动机熄火了，卡车一动不动。萨利姆踩着油门，转动钥匙点火。电池正常，点火器也没问题，但发动机还是一声不吭。新的一天开始了，天已经大亮。他开始在驾驶室周围寻找能打开引擎盖的撬棍。我觉得这很奇怪而且可疑：一个司机居然不知道如何打开引擎盖吗？过了一会儿他终于弄明白了，只要扳动引擎盖外面的拉杆就可以。他一下子蹲到盖子上，开始认真观察里面的发动机。他盯着里面纵横交错的结构，那神情仿佛是人生中第一次看到。他碰碰这儿，摸摸那儿，但他的动作像一个外行。他时不时爬回驾驶室，转动钥匙点火，但发动机依然像墓地一样一声不响。他找到了一个工具箱，但是里面没多少东西。他拿出一把锤子、几个扳手和螺丝刀。然后，他准备拆发动机。

我从副驾驶跳下来。在我们周围，目之所及全是沙漠。除了沙子，只有散落其间的深色石块。附近的地面上嵌着一块巨大的黑色岩石。在正午之后的几个小时里，在阳光的照射下，它会像炼钢炉一样散发出热量。这里的景色如同月球表面，地平线是一条完美的水平直线，勾勒出地球的尽头：大地结束之后只有天空，除了天空还是天空。没有山峰，没有沙丘，没有一片树叶。当然，也没有水。水！在这种情况下，水是人们立即会想到的问题。因为在沙漠里，一个人每天早上睁开眼睛，首先看到的就是敌人的面孔——燃烧的太阳。看到这个会条件反射地触发他自我保护的本能——伸手拿水。喝水！喝水！只有这样，才能在永无休止的沙漠困境中获得一点胜算，这个困境就是和太阳进行的殊死搏斗。

我决定去找找水，因为我身上一点水也没有了。我在驾驶室里什么也没找到。但也有所发现：在卡车下面的储物箱中，左右两边各绑着两个水袋。水袋是用剥下来的山羊皮制成的，鞣制粗糙，简陋地缝合在一起，还能看出动物原来的形状。一只山羊的腿是水袋的吸嘴。

我暂时松了一口气，但是只有一瞬间。我开始计算。没有水，人可以在沙漠中活一天；有时候可以撑两天，但很艰难。计算方法很简单：在那样的条件下，人一天会流失大约十升汗液，想要活下去，必须喝下相同数量的水。没有水，你会马上开始感到口渴。在炎热干燥的地区，真正的、长久无法缓解的口渴是一种痛苦的折磨，比饥饿更难以忍受。几小时后，你会变得无精打采，虚弱无力，失去方向感。你开始语无伦次地说胡话。当天晚上或者第二天，你会发高烧，然后很快死掉。

如果萨利姆不和我分享他的水，我想，我今天就会死。但即使他这样做，这点水也只够我们俩再喝一天，也就是说，我们明天都会死，最晚后天。

为了尽量克制自己不去胡思乱想，我决定去看看这个毛里塔尼亚人在干什么。萨利姆满身油污，汗流浃背，还在拆发动机，拧下螺丝，拔掉电线，但他所做的一切都毫无章法，没有意义，就像一个生气的小孩在破坏一个不会动的玩具。轮胎挡泥板和保险杠上散落着他拆下来的无数弹簧、线圈、阀门和电线，有些已经掉在了地上。我把他一个人留在那儿，自己走到卡车的另一边，那里还有些阴凉。我背靠着轮胎，坐在地上。

萨利姆。

我对这个人一无所知，而他掌握着我的生杀大权。至少今天是这样。我想，如果他赶我走，让我离开卡车和水——而且他手里有锤子，口袋里肯定还有刀，除此之外，他还比我高大强壮很多——如果他命令我离开，让我自己往沙漠里走，那我甚至撑不到天黑。我觉得，这是很有可能会发生的事，毕竟，他会因此延长自己的生命，或者，如果救援及时赶到，他甚至可能因此保住自己的性命。

显然，萨利姆不是一个专业的司机，至少不是专业开"贝利埃"卡车的司机。他对这一带也不怎么熟悉。可话说回来，我们又有谁能真正了解沙漠呢？这里随时出现的暴风雨和飓风会将沙丘移动到任何地方，任意变化着地标，不断改变着地貌。在这个地区，有点钱的人会雇佣别人来替他工作，替他完成任务。也许这辆卡车的真正司机就雇了萨利姆来帮他把车开到其中一个绿洲。在这里，没有人会承认有什么事是自己不知道或者不会干的。如果你拿着一个地址去问出租车司机，问他知不知道那个地方在哪儿，他会毫不犹豫地说知道。然后他就开始在全城绕圈,一圈又一圈,因为他根本就不知道该往哪里走。

太阳越升越高。沙漠,这个纹丝不动、死气沉沉的海洋,吸收了太阳的光芒,变得越来越烫,开始燃烧。一切变成地狱的时刻即将到来——天空、地球、我们。据说约鲁巴人[1]相信,如果一个人的影子离开了他,他就会死掉。此时所有的影子都在慢慢收缩,变小,变淡。影子在消失。令人恐惧的正午时分就要来临,这是人和物都没有影子的时刻,它们存在,但又不存在,只剩一片发光的、燃烧的白色。

我以为这一刻已经来了,但突然我注意到面前出现了一幅截然不同的景象。毫无生气的地平线——被热浪压得似乎什么都不可能出现——突然焕发生机,绿意盎然。放眼望去,远处矗立着高大的棕榈树,沿着地平线,整片整片的棕榈树林郁郁葱葱,没有间断。我还看到了湖泊,是的,巨大的湛蓝色湖泊,水波荡漾。那里还有枝繁叶茂的丛林,一大片新鲜浓郁、饱满多汁的绿色。这一切都在不停地振动、闪烁、跳动,仿佛被淡淡的薄雾笼罩着,边缘柔和,若隐若现。无论是在这里,在我们周围,还是在那

---

[1] 约鲁巴人,西非尼日利亚第二大民族。

边，在遥远的地平线上，空气中都弥漫着深邃的、绝对的静谧：没有一丝风声，棕榈树林中也没有鸟鸣。

"萨利姆！"我喊道，"萨利姆！"

他从掀开的引擎盖子后面探出头来，看着我。

"萨利姆！"我又喊了他一声，用手指着树林和湖泊，指着那一片鲜翠欲滴的沙漠花园，撒哈拉天堂。

萨利姆往那边看了看，无动于衷。在我脏兮兮、汗水浸透的脸上，他一定看到了惊讶、迷惑和狂喜，但还有别的什么，显然让他警觉起来，他走到卡车边，解开了一个水袋，喝了几口，一言不发地把剩下的递给我。我抓住那个粗糙的羊皮袋，开始喝水。突然头晕目眩，我把肩膀靠在卡车储物箱上，以免摔倒。我从羊腿的吸嘴处拼命把水吸进嘴里，眼睛一直死死地盯着地平线。但当我感到口渴缓解了、内心的狂躁也平息下来时，绿色的地平线也开始消失。那片绿开始褪色，变得苍白，轮廓缩小，越来越模糊。当我喝光了袋子里的水时，地平线再次变得平直，空旷，一片死寂。这水，撒哈拉沙漠中肮脏难闻的水，被污染过的已经发热的水，因为混了泥沙变稠的水——正是这水救了我的命，也夺走了我眼前天堂的模样。萨利姆自己把水递给了我，这是这一天中最伟大的事。我不再害怕他了。我觉得自己很安全——至少在我们还有一口水的时候。

我们后半天都躺在卡车底下，在它微弱、泛白的阴影中。在这个被燃烧的地平线包围的世界里，萨利姆和我是唯一的生命。我察看了手臂半径范围以内的地面、手边够得着的石块，寻找会动的东西，任何会抽搐、跑动、爬行的东西。我记得撒哈拉沙漠中生活着一种小虫子，图阿雷格人把它们称为"恩古比"（Ngubi）。当天气特别热时，恩古比会被干渴折磨，想要喝水。

不幸的是，周围哪里都没有水，只有滚烫的沙。所以这种小虫子为了喝到水会爬到比较高的地方，可能是一片倾斜的沙丘，然后不辞辛劳爬到顶峰。它付出的巨大努力和艰辛，都是西西弗斯[1]式的，因为炙热而松散的沙子不断崩塌，将它推回沙丘底部，回到它艰难的起点。所以用不了多少时间，小虫子就开始出汗了。最后，它的身体后部会膨胀出一大粒汗珠。这时，恩古比停止攀登，把身体团成一个团，把脸埋进自己那滴汗珠里。

喝水。

萨利姆的纸袋里有几块饼干。我们喝光了第二个羊

---

[1] 西西弗斯是希腊神话中的人物，因触犯众神，被罚将一块巨石推上山顶，而每次到达山顶后巨石又滚回山下，如此永无止境地重复下去。

萨利姆

皮袋里的水。还剩两袋。我想写点什么，人在这种时刻经常会写点什么。但我没有力气。我并不觉得疼痛。只是所有的一切都变得空虚。在这片空虚之中，又生长出了新的空虚。

然后，在黑暗中，出现了两只发光的眼睛。它们一开始离得很远很远，在快速移动着。然后，发动机的轰鸣声越来越近，我看见一辆卡车，听到一种我听不懂的语言。"萨利姆！"我喊他。几张和他相似的黝黑的脸，正在俯身看着我。

1975年，拉利贝拉

埃塞俄比亚中部是广袤的高原，无数悬崖和峡谷纵横交错其中。雨季时，湍急的河流沿着这些深谷流淌。其中一些到了夏季会干涸，消失，露出干裂的河床，风在上面扬起黑色的尘土——被太阳烤干的泥浆。在这片高原之上，时而会有三千米高的山峰兀自突出，但它们与白雪皑皑的阿尔卑斯山脉、安第斯山脉或喀尔巴阡山脉却毫无相似之处。这些高山由风化的石头组成，呈铜褐色，山顶平坦而光滑，甚至几乎可以当作天然的机场。乘飞机从这些山峰上飞过，可以看到建在上面的没有水源和电灯的简陋茅草屋和泥坯屋。你立刻会想到：那里的人怎么生活？靠什么生活？他们吃什么？他们为什么要待在那儿？正午时分，在这样的地方，大地的温度一定就像滚烫的煤渣，灼烧他们的脚，把一切都变成灰烬。是谁把他们流放到这样一个高耸入云的地狱？为什么？他们犯了什么错？我从来没有机会爬到这些孤零零立在山顶的定居点去寻找答案。而在这片高原上，也没有一个人能够告诉我关于那些人的故事，那些在高耸的云层边、在人类的边缘艰难求生的可怜人。他们出生时便无人知晓，过不了多久可能就会死掉——不为人知，甚至没有名字的生命。然而那些在山脚下的人们活得也并不轻松，他们的命运也没有好到哪儿去。

"去沃洛，"特费里和我说，"去哈勒尔盖吧！你在这儿什么都看不着，去了那儿什么都看得到。"

我们坐在特费里位于亚的斯亚贝巴[1]家中的露台上，眼前是高墙下的花园，喷泉发出轻柔的水声，周围生长着繁茂的紫色三角梅和明艳的黄色连翘。特费里提到的地方距离这儿有几百公里，那些省份的居民正死于大规模饥荒。在这里，在这个露台上（此刻从厨房里飘出了烤肉的香气），简直难以想象。而且，该如何理解"大规模群体死亡"？人永远都是自己死去的，死亡是他一生中最孤单的时刻。"群体死亡"意味着，一个人正在孤单地死去，而与此同时，另一个人也在孤单地死去，还有第三个、第四个……只是巧合，而且往往是违背其意愿的巧合，他们中的每一个人，都在孤单地经历着自己独一无二的死亡时刻，

---

[1] 亚的斯亚贝巴，埃塞俄比亚首都。

而在他们身边还有很多人也在这一刻经历着同样的事情。

这是二十世纪七十年代中期。非洲刚迈入最黑暗的二十年。内战、叛乱、政变、屠杀，以及萨赫勒地区（西非）和东非（特别是苏丹、乍得、埃塞俄比亚和索马里）数百万人开始遭受的饥荒，这些都是危机的征兆。充满了希望与美好前景的五六十年代已经过去，在那个时期大多数非洲国家都摆脱了殖民主义，成为独立国家。在那个时期，世界上主导的政治经济学观点认为，自由几乎会自动带来繁荣，只要获得自由，曾经的贫穷之地立刻会摇身一变，成为处处流淌着牛奶与蜂蜜的世界。那个年代最伟大的智者们都坚信这样的观点，似乎没有理由不相信它们，特别是这些预言听起来是那么诱人。

事与愿违。在新独立的非洲国家中，处处是权力之战，部落、种族冲突、军队力量、腐败的诱惑、黑帮的威胁，一切都为夺权所用。与此同时，这些国家也呈现出其脆弱的、无法履行基本国家职能的特点。当所有这一切在非洲发生时，世界正经历着冷战，东方和西方也将其战争扩展到了非洲地区。冷战的一个显著特点，就是那些弱小的、依赖外部援助的国家，它们的问题和利益完全被忽视。这些国家的政务和事件要严格服从大国的利益，而不被赋予任何独立的价值和重要性。除此之外，还有传统的欧洲中心主义对待非白人文化和社会那种傲慢、嚣张的态度。每次我从非洲回来,人们问我的不是"坦桑尼亚的坦桑尼亚人怎么样",而是"坦桑尼亚的俄罗斯人怎么样"。没有人问我利比里亚的利比里亚人过得怎么样,他们问的都是"美国人在利比里亚过得怎么样"。(但不管怎么说,这也比德国旅行探险家汉斯·克里斯托弗·布赫遇到的情况强多了。他和我抱怨说,在完成了对大洋洲最偏远的社会的夺命之旅后,人们问他最多的问题是:"在那儿吃什么?")没有什么比这种不屑一顾、这种傲慢的轻视更令非洲人难过的了。这是羞辱和贬低,是一记响亮的耳光。

特费里是一家运输公司的老板。他有几辆破旧的"贝德福德"卡车,用来运输棉花、咖啡和皮革。这些卡车既去沃洛也去哈勒尔盖,所以他同意我和他的卡车司机们一同前往。这对我来说是唯一的机会,因为去那些地方既没有大巴车,也没有飞机。

在埃塞俄比亚的道路上行驶非常艰难,而且经常会有风险。旱季的时候,车子行驶在陡峭山峰上开辟出的狭窄的碎石路上,经常打滑,道路边上就是几百米高的悬崖。在雨季,山路根本无法通行,横穿平原的道路变成了泥泞的沼泽地,车子很可能会被困在那里好几天。

在夏季的高原上开几个小时的车,人会被灰尘熏得黢黑。与此同时,由于天气炎热,浑身被汗水浸透,一天结束时,我们身上就覆盖了一件厚厚的尘土盔甲。这种由微小的微观颗粒组成的尘土,形成一种炙热的烟霾,渗透到衣服里并侵入身体的每一个缝隙,过了很久都难以把它们完全洗掉。眼睛是最受折磨的。这些卡车司机的眼睛经常肿胀发红,常常抱怨头疼,而且年纪轻轻就可能失明。

我们只能在白天行驶。因为从黄昏到黎明,道路的管理权在一伙频繁出没、横行霸道的黑帮手里,他们被当地人叫作"索马里土匪",什么都抢。这样一群年轻的土匪谁来抢谁,以前还会把抓住的人吊死在路边,后来他们进步了,不再使用这么夺人眼球的处理方式。这是一场殊死搏斗,因为如果土匪将受害者丢弃在贫瘠无水的荒野中,这些可怜人就会渴死。因此,城镇的出口处都设有警务站。警察会盯着手表或者直接看看太阳,计算我们在下一次天黑之前能不能赶到下一个城市(也就是到下一处有警察的地方)。如果他们觉得到不了,就会让我们回去。

我坐上了一辆特费里从亚的斯亚贝巴发往北部的卡车,这辆卡车去沃洛省,在德希埃和拉利贝拉附近去拉皮革。计算一趟旅程有多少公里是否有意义呢?在这里,距离是用从起点A到终点B之间所用的小时和天数来计算的。比如从德希埃到拉利贝拉的路程是一百二十公里,但是整个行程可能要花上八个小时（这还是在我能搞到一辆非常好的路虎越野车的情况下，对此我深表怀疑）。

在这样的情况下，我可能得花上一两天，甚至更长的时间才能到目的地。因为这里的一切都说不准。当地的卡车大都锈迹斑斑，破旧不堪，在根本不能称之为路的道路上，在一片尘埃和炎热的包围中，这些卡车总是出故障，而想要找到配套的零件维修，就得返回亚的斯亚贝巴。所以，道路上的一切永远是未知：我们出发，行驶，但是何时到达（以及是否到达），或者何时返回（以及是否能返回），永远是个问号。

我们要去的地方常年干旱，牛群因缺少牧草和水而死亡。牧民们从死去的牛尸骨上剥下皮革，以微薄的价格出售。这点钱够他们维持一段时间，如果以后他们去不了国际救援营，就会悄无声息死在这片炙热荒野中。

黎明时分，我们出了城，离开了包围着城市的翠绿桉树林，离开了路边的加油站和警务站，来到一片被阳光淹没的高原上，踏上了一条前一百公里都是柏油路面的公路。特费里之前告诉我，开车的萨赫鲁是一位值得信赖、沉着冷静的司机。萨赫鲁沉默寡言，不苟言笑。为了活跃气氛，我轻轻撞了一下他的肩膀，他转过身来时，我冲他笑了笑。萨赫鲁也露出了笑容，他笑得真诚，还有点害羞——他不确定这样的相互微笑是否会让我们的关系有点过于亲密了。

越远离城市,这个国家就越荒芜,越死寂。只有偶尔看到孩子们放着几头瘦骨嶙峋的牛,还有弯着腰、驮着一大捆干树枝的妇女。我们路过的茅草屋几乎都是空的,周围也不见人,不见任何动静。景色静止了,就像一幅画,完成之后一直摆在那里,不再改变。

突然,路中间出现了两个年轻力壮的男人,手里端着自动步枪。萨赫鲁面如死灰,脸色虽然还算镇定,眼神中却充满恐惧。萨赫鲁把车停下,那两个人一言不发地爬上了车斗,用手敲了敲驾驶室的顶,示意我们开车。我低头坐着,尽量不表现出我吓得魂快没了。我偷偷看萨赫鲁,他握着方向盘,身体僵硬,又害怕又阴郁。我们大概开了一个小时,什么事也没发生。阳光明媚,天气炎热,驾驶室里被飞扬的尘土弄得很昏暗。突然那两个人又开始敲车顶。萨赫鲁乖乖把车停下。他们一言不发地跳下车,走到卡车后面,消失在野地里。我们甚至都没看到他们去了哪个方向。

下午,我们开到了小镇德卜勒西纳。萨赫鲁把车停在路边,立刻就有一群人把我们围住了。这些人衣衫褴褛、瘦骨嶙峋,个个都光着脚。很多是小伙子和孩子。这时,立刻有一名警察拨开人群来到我们面前,他穿着一套破旧的黑色警服,上衣的扣子只系了一粒。他会说一点英语,立刻用英语说:"把你们所有东西都带走!所有东西!他们都是小偷!"然后用手一个一个地指着围在我们周围的人:"这个是小偷!这个是小偷!"我的目光随着警察手指的方向望过去,他的手指顺时针移动着,在每一张脸上都会停留一下。"这个是小偷,"警察接着说,当他指到一个身材魁梧的男孩时,他的手颤抖了,高声喊道,"先生,这个是大坏蛋,大贼!"

围观的人非常好奇地看着我。他们面带微笑,从他们脸上看不出一丝的愤怒,也没有嘲讽,反而是一种尴尬,甚至是谦卑。"而我,不得不和他们待在一起,先生。"警察为自己感到难过。仿佛是在为他的悲惨命运寻求最卑微的补偿,他向我伸出手说:"先生,您能帮帮我吗?"他想要让他的请求听起来更合理,又补充说:"我们这里都很穷,先生。"他指指自己,指指那些"小偷",又指指德卜勒西纳那些东倒西歪的泥坯屋、破烂不堪的道路以及这个世界。

我们往小镇里面走,来到了这里的集市。集市上有售卖大麦、豆子和小米的摊位,还有售卖羊肉的摊位,旁边是卖洋葱、西红柿和红胡椒的摊位。其他地方还有卖面包和羊奶酪的摊位,卖糖和咖啡的摊位。还有卖沙丁鱼罐头、饼干和薄饼的,应有尽有。但是,本该是人声鼎沸、摩肩接踵、热闹非凡的市中心大集,却是一片寂静。摊位上的女性小贩们一动不动,只是偶尔懒洋洋地赶一下苍蝇。到处都是苍蝇。它们聚成黑压压的一片,气急败坏,来势汹汹。我们在躲避这些疯狂向我们扑来的苍蝇时,不小心闯入了街边的另一个世界——一个被遗弃的、陷入无尽痛苦的世界。在满是灰尘、脏兮兮的地上,躺着一些饿得瘦骨嶙峋的人。他们是周围村子里的村民。干旱夺走了他们的水,烈日灼伤了他们的庄稼。绝望的他们来到这个小镇上,希望能喝到水并且找一点吃的。虚弱的他们没有力气做任何事,只能以一种最安静、最服从的方式死去——饿死。他们的眼睛半睁半闭,毫无生气,也不带感情。我不知道他们是否能看见什么,也不知道他们的眼睛望向何方。在我站着的地方附近,躺着两个妇女,她们瘦弱的身体因为疟疾的折磨而颤抖着。这些身体的颤抖是这条街上唯一的动静。

我拉了一下司机的袖子,说:"咱们走吧。"我们穿过市中心集市,穿过摆在那里的一袋袋面粉、肉块和一瓶瓶矿泉水:大饥荒不是因为缺乏食物,而是非人道的原因造成的。国家本来有足够的粮食,但旱灾一来,物价上涨,贫苦农民买不起粮食。当然,政府本可以干预,世界也本可以发声,但是由于担心自己的名誉扫地,统治者不愿承认国内发生了饥荒,拒绝接受帮助。当时,埃塞俄比亚有一百万人死亡,但先是国王海尔·塞拉西一世隐瞒了这一情况,后来夺走了他王位和性命的人——门格斯图少校[1]——也隐瞒了这一情况。战争让他们势不两立,谎言却将他们连在一起。

山路崎岖且荒凉,既没有汽车,也没有牛群。炙热的灰色大地上有一些牛的尸骨。在一棵金合欢的树荫下,妇女们拿着大陶罐等待着:也许会有一辆开往镇上的水罐车路过这里,司机出于怜悯会停下车,把水龙头拧开一会儿?

傍晚的时候我们到达了德希埃,再开一天就可以到拉利贝拉。一路上千沟万壑,十分炎热,行驶其中如同在炼钢炉里。四周空荡荡的,没有任何动物和植物。但是只要一停车,就会有一大群苍蝇围住我们。就好像它们一直在这儿等着我们似的。嗡嗡嗡的声音震耳欲聋,仿佛在宣告胜利的喜悦:你们终于来了!抓住你们了!这里这么多苍蝇是哪儿来的呢?这里怎么还会有生命存在?

我们终于开到了拉利贝拉。拉利贝拉是世界八大奇迹之一。如果不是,那应该把它算上。想要见到拉利贝拉的

---

[1] 门格斯图·海尔·马里亚姆(Mengistu Haile Mariam, 1937—),埃塞俄比亚前总统。

真容，本来就是一件难事。雨季时这里没有任何可通行的道路，旱季时开到这里也容易不了多少。只有乘飞机才能到达，还要在飞机能飞的情况下。

从路上什么都看不见。确切地说，只能看到一座普通的村庄。村子里有很多小男孩跑出来，每个都在央求你选他当向导，因为这是唯一的赚钱机会。我的向导名叫塔德塞·米雷勒，是个小学生。但现在因为饥荒，学校关了，所有地方都关了。村子里不断有人死去。塔德塞说，他已经几天没吃东西了，但是还有水，所以他就喝水。也许他在哪儿得到了一把谷物或者一块饼？他承认他得到了一把谷物。"但是，"当他提到这件事的时候十分担心，"除此之外什么都没了。"接着他又求我说："先生！""我听着呢，塔德塞。""救救我吧，我需要有人救救我！"他看着我的时候我才发现，他只有一只眼睛。在这张疲惫不堪、备受折磨的孩子的脸上，只有一只眼睛。

塔德塞在某一瞬间抓住了我的手。我以为他想跟我要点什么，但他只是拉着我的手，以防我掉到悬崖下面去。从我站的地方可以看到下面有一座岩石雕刻而成的教堂。一个凿刻在山体内部的三层楼高的建筑。我继续往下走，同样是在这座大山里，但从外面看不到的地方，又雕刻出一座教堂，又一座教堂，巨大的教堂，一共十一座。这个建筑奇迹是十二世纪时阿姆哈拉人的国王圣拉利贝拉所创造的，阿姆哈拉人曾是（现在也是）东方正统教会基督徒。国王把这些教堂建在山里，这样一来，入侵这些地区的穆斯林就无法从远处看到它们。即使看到了，由于它们是这座山不可分割的一部分，穆斯林也无法拆除或移动它们。圣母玛利亚教堂、救世主教堂、圣十字架教堂、圣乔治堂、圣马可堂和圣加百列堂，都通过地下隧道相互连接。

"先生，你看！"塔德塞一边说，一边用手给我指救世主教堂前的院子。其实我自己已经看到这幅景象了。在我们所站之处下面十几米的地方，在教堂的院子里和楼梯上，一群残疾的乞丐缠作一团。尽管我不喜欢"缠作一团"这个说法，但我无法找到其他词来代替，因为这个词最能描述这个场面。下面那些人紧紧地挤在一起，残缺的肢体、躯干和瘦弱的身躯交错缠绕，形成了一个蠕动爬行的生物，从这个生物里面伸出了几十只胳膊，而在没有胳膊的地方，有数不清的嘴巴向上张开，等待着有人朝里面投喂吃的。我们从一个教堂走到另一个，下面这个纠结在一起、不断发出呻吟、奄奄一息的巨型生物就跟着我们爬动，时不时地从它身上掉下一个已经不能动弹的成员，被其他人抛弃了。

这里已经很久没有朝圣者来施舍了，而这些残疾人也无法从这些岩石悬崖中走出去。

"先生,您看见了吗?"当我们返回村庄的时候,塔德塞问我。他说这句话时的语气,仿佛这就是我此行唯一真正应该看到的东西。

阿 明[1]

我曾经考虑过写一本关于阿明的书,因为他是关于犯罪与低文化水平之间关系的鲜明案例。我去过乌干达很多次,见过阿明不止一次;我有一系列关于他的阅读书目,还有一堆我自己的笔记。他是非洲当代史上最著名的独裁者,也是二十世纪世界上最出名的独裁者之一。

阿明来自一个很小的民族——卡夸族,这个民族的领地被苏丹、乌干达和扎伊尔[2]一分为三。卡夸族人不知道他们到底属于哪个国家,不过他们也无所谓,因为他们关心的是另一件事:在这个没有公路、没有城市、没有电力、没有耕地的偏远地区,如何在贫困和饥饿中活下去?那些

---

[1] 伊迪·阿明·达达(Idi Amin Dada, 1925—2003),通称其为阿明。
[2] 扎伊尔,今天的刚果民主共和国。

有点主见、脑筋活络且运气不错的人,都会尽可能远离这里。但并非每个方向都是好的。那些向西逃的人,命运会更加糟糕,因为他们会陷入最茂密的扎伊尔丛林。那些向北跑的人也选错了方向,因为他们会进入撒哈拉沙漠的沙石地带。只有向南跑才有希望:卡夸人会在那里找到乌干达中部的肥沃土地——繁茂绚丽的非洲花园。

阿明的母亲生下儿子之后,背着襁褓中的婴儿一路来到了那里。她来到了仅次于卡帕拉的乌干达第二大城市(其实是个城镇)金贾。和当时成千上万的移民,以及如今成千上万的移民一样,她来到这个小镇,希望能活下去,能活得好一点。她没有职业技能,没有熟人,也没有钱。但还是有各种方式可以谋生:做小买卖,酿造啤酒,拿一口锅在路边卖吃的。阿明的母亲有一口锅,她就用它来煮小米,把一份份小米盛在香蕉叶上出售。她每天的收入是一份给自己和儿子的小米。

这个女人,带着她的孩子,从贫穷的北部村庄来到南部较为富裕的城镇,成了如今构成非洲最大问题的群体的一员。这个群体涉及数千万人,他们离开农村,涌入过度膨胀的城市,却找不到自己的归宿,也找不到事做。在乌干达,人们称他们为"盲流"(bayaye)。你会立刻注意到他们,因为正是他们组成了街上的拥挤人群,而且这里的人群和欧洲的截然不同。在欧洲,街上的人通常都有明确的目的地。人群有方向，节奏往往很匆忙。而在非洲的城市里，只有一部分人会这样。其他人哪儿也不去：他们无处可去，也没有理由去任何地方。他们随波逐流，坐在树荫下发呆、打盹。他们无事可做，也没有人在等待他们。他们经常饿肚子。街上最小的热闹，比如争吵、打架、抓小偷，都会立刻吸引这些人聚在一起围观。因为他们无处不在，又无所事事，不知道自己在等待什么，不知道自己靠什么生活——他们是世界的旁观者。

背井离乡是他们身份的主要特征。他们肯定不会回农村了，城市里又没有容身之处。他们只能这么熬着。凑合待着。"凑合"是对他们脆弱又不稳定的处境的最佳描述：凑合活着，凑合睡觉，凑合吃一口。这种虚幻又临时的存在让盲流们始终如惊弓之鸟，活在恐惧之中。作为外来者，作为来自另一种文化、宗教、语言的不受欢迎的流民，这种处境也放大了他们的恐惧。他们是外来的、多余的，争夺着空空如也的锅盆里的食物，争夺着并不存在的工作。

阿明就是典型的盲流。

他是在金贾的街上长大的，在这个小镇上驻扎着英国殖民军队"皇家非洲来福枪团"（King's African Rifles）的兵营。早在十九世纪末，大英帝国的缔造者之一卢加德将军[1]就发明了这种军队模式。卢加德从与驻扎地居民相对陌生的部落中招募雇佣兵,组建了这支军队:他们是被派到这里的占领军,意在牢牢控制当地人。卢加德心中的理想士兵应该是来自尼罗河流域(苏丹)的年轻高大的男子,他们应该热衷战争、坚忍不拔、残酷无情。他们被称为"努比亚人",这个名字在乌干达会激起又恨又怕的情绪。但是,在很长一段时间里,这支军队中的军官和士兵都是英国人。有一次,一名军官发现了一个年轻力壮、身材魁梧的非洲人在军营附近闲逛。这个非洲人就是阿明。他很快就被征召加入了这支军队。对于这些没有工作、没有未来的人来说,参军就像中了彩票一样。他只勉强上完了小学四年级,但由于他服从命令并且努力超预期完成长官交给的任务,他开始迅速晋升。他还获得了乌干达重量级拳击比赛的冠军,以拳击手的身份一举成名。在殖民时期,军队经常被派往各地进行镇压——镇压茅茅人[2]起义军、图尔卡纳部落的战士,或者独立的卡拉莫琼人[3]。阿明在这些远征行动中脱颖而出:他组织埋伏和袭击,对敌人毫不留情。

---

1 弗雷德里克·约翰·迪尔特里·卢加德(Frederick John Dealtry Lugard, 1858—1945),曾在多地任殖民总督,又被称为"卢吉男爵"。
2 茅茅人,肯尼亚1951年出现的反对英国殖民统治的武装组织。
3 卡拉莫琼人,乌干达东北部东尼罗河流域的畜牧民族。

当时是二十世纪五十年代，非洲即将进入独立时代。非洲化进程开始了，在军队中也是如此。但英国和法国的军官们想尽可能长时间地保持控制权。这些军官为了证明自己是不可替代的，便从听命于他们的非洲下属中提拔三等兵，这些人也许并不机智，但都很听话，一夜之间他们就从下士和中士变成了上校和将军。中非共和国的博卡萨、达荷美的索格洛、乌干达的阿明都是这样的例子。

1962年，乌干达成为独立国家，阿明也在英国人的提拔下成为将军和军队副司令。他左顾右盼寻找机会。他的确已经拥有很高的军衔和职位了，但他是一个卡夸族人，一个无论如何不会被当作纯正乌干达人的小民族。当时军队中的大部分人都来自兰戈部落，总理奥博特也来自那里。兰戈人和阿乔利人总是高高在上，瞧不起卡夸人，认为他们愚昧落后。如今的非洲内部，是一个充满种族偏见、憎恶和宿怨的偏执世界。种族主义和排他主义不仅存在于最明显的分界线上（白人和黑人），在肤色相同的人之间也同样存在，而且往往更加尖锐、激烈和残酷无情。毕竟，世界上大多数的白人并不是死于黑人之手，而是死于白人之手；同样，二十世纪大多数黑人的生命也是被其他黑人而非白人夺走的。在乌干达，由于种族偏见，人们并不在意一个人是聪明、善良、诚实还是愚昧、狡诈、恶毒，人们只关心他来自哪里,是巴里、托罗、布索加还是南迪部落。这是他们对人进行分类和评价的唯一标准。

在独立后的最初八年,乌干达由米尔顿·奥博特统治。奥博特是一个极自负的人,喜欢吹嘘,目空一切。当媒体披露阿明偷走了扎伊尔反蒙博托[1]游击队交给他保管的钱财、黄金和象牙时,奥博特召见了阿明,命令他写一份解释声明,确保自己不会受到牵连,然后就飞往新加坡参加英联邦总理会议了。阿明意识到总理一回国就会立刻下令逮捕他,于是他抢先一步,发动军事政变,夺取了政权。理论上,奥博特没有担心的必要,因为阿明在军中的势力毕竟有限,对他构不成明显的威胁。但是,从1971年1月25日夜里占领坎帕拉军营的那一刻起,阿明和他的亲信们就采取了一种残忍的突袭战术:没有警告,直接射杀。他们的目标很明确:兰戈族和阿乔利族的军人。突袭让所有人都无招架之力,没有人来得及抵抗。第一天,军营中就有数百人死亡。屠杀还在继续。从那以后,阿明总是采用这种方法:他先开枪。不仅仅是射杀敌人;这对他来说是不言而喻的。他更进一步,不假思索地消灭那些他认为有可能成为敌人的人。后来,阿明在国内实行的恐怖统治也依赖

---

[1] 蒙博托·塞塞·塞科(Mobutu Sésé Seko, 1930—1997),扎伊尔共和国总统。

于广泛使用酷刑。在死亡之前,人们往往惨遭折磨。

所有这些酷刑和折磨都发生在一个偏远的国家,在一座小城中。刑讯室设在市中心的建筑物里。窗户是打开的——这里是热带地区。从楼下的街上走过时,会听到里面传出的哭喊、呻吟和枪声。无论谁落入施暴者手中,就会消失得无影无踪。很快,那种在拉丁美洲被称为"失踪人口"的人数开始急剧增加。他们走出家门,再也没有回来。如果家人前来讨个说法,警察只会问:"Nani?"(斯瓦希里语"谁"的意思)。谁?从此之后,这个人就只是一个问号。

乌干达开始演变成一个悲剧的、血腥的舞台,台上只有一个演员——阿明。在发动政变的一个月内,阿明先是任命自己为总统,然后是元帅,最后是终身元帅。他往自己胸前挂的勋章、奖章越来越多。但他平时习惯穿普通的迷彩军服,这样士兵们就会说"他和我们一样"。他会根据自己当天的穿着来选择开什么车。他穿西装去参加宴会时,开黑色奔驰;穿运动服兜风时,开红色玛莎拉蒂;穿迷彩军服时,开路虎军用越野车。最后那辆车看起来像是来自科幻电影,车身外竖起一丛天线,支着各种电线、电缆、反光灯,车内有手榴弹、手枪、刀。因为害怕被暗杀,他开车总是全副武装。他曾躲过几次暗杀。其他人都在暗杀中丧生,他的副官和随从无一幸免。只有阿明掸掸衣服上的尘土，整理好自己的军装。为了不露行踪，他总是随机挑选要开的车辆。有时人们在街上走着，会突然发现坐在一辆卡车里手握方向盘的是阿明。

阿明不相信任何人，所以连他身边最亲近的人也不知道他今晚会睡在哪里，明天又会去哪里住。他在城里有好几处住所，维多利亚湖边还有几处，在其他省份也有。要确定他的行踪，既困难又危险。他直接和下属沟通，决定和谁谈话，想要见谁。对于许多人来说，这样的见面是以悲剧收场。阿明如果怀疑某人，就会请他过来。他会表现得亲切友善，还请客人喝可口可乐。这位客人离开时，刑讯人员已经在等着他了。后来，再也没有任何人知道这个人的下落。

阿明通常是用电话跟下属联系，有时也用无线电。当他宣布政府或军队中的职务任免时（这种任免变化层出不穷），都是通过电台。

乌干达只有一家广播电台、一份小报（《乌干达阿尔戈斯报》）、一台专门拍摄阿明的摄像机，以及一名只在庆祝活动中露面的摄影记者。所有一切的注意力都集中在元帅身上。阿明穿梭于各处，就好像随身携带着整个国家；除了他以外，没有任何事发生，什么都不存在。没有议会，没有政党、工会或其他组织。当然，也没有反对派，那些被怀疑是反对派的人都被折磨至死了。

阿明的后盾是军队。这支军队是他按照殖民模式建立的，这也是他唯一知道的方式。他们中的大多数人来自非洲偏远落后地区的小部落、小民族，这些地方位于乌干达和苏丹的边境。不同于说班图语的当地人，他们说的是苏丹语。他们没受过教育，头脑简单，也无法和其他人沟通。这也正是阿明的用意所在——这些人感到被排挤，被孤立，只能服从于阿明。每当一卡车这样的士兵过来，就会引起恐慌，街道上空无一人，村子里也空空荡荡。这些野蛮、暴怒、常常酩酊大醉的士兵抢劫一切能抢的东西，殴打所有碰到的人。毫无原因，毫无理由。他们在集市上抢走摊贩的货物（如果有的话，因为阿明统治时期也是货架上空空如也的时期。有一次我去坎帕拉的时候，有人建议我带上灯泡——酒店里有灯，却没有灯泡。）这些士兵们抢走农民的粮食、牲口、家禽。总能听到他们在大喊："Chakula！Chakula！"（斯瓦希里语"吃、吃饭"的意思）。食物，丰盛的食物——一大块肉、一串香蕉、一大碗豆子，也只够安抚他们一小会儿。

阿明还有个习惯，喜欢去视察分散在全国各地的驻军部队。士兵们在广场上集合，听元帅讲话。阿明喜欢长篇大论，一讲就是几个小时。他每次还会带上一个在当地有头有脸的人物，通常是他怀疑有叛国、间谍或政变企图的军官或文官。这个人已经被打得不省人事,被五花大绑,拖到讲台上。聚集的人看到这一幕,兴奋得快疯了,开始号叫。阿明用英语高声喊着:"我们该怎么处理他?"底下的人群也用英语高喊:"杀了他!现在杀了他!"

军队随时处于战备状态。阿明很早以前就授予自己"大英帝国歼灭者"的头衔,他现在决定要解放那些仍在殖民奴役枷锁中痛苦呻吟的兄弟们。他开始了一系列熬心费力、耗资巨大的军事演习。他的军队演练解放南非共和国。步兵营冲进了"比勒陀利亚"和"约翰内斯堡",炮兵部队轰击了敌军在"伊丽莎白港"和"德班"的阵地。阿明站在名为"指挥所"的别墅天台上,用望远镜观察战事。他对金贾步兵营的速度很不满,他们早就应该攻下"开普敦"了。他跳上一辆车,精神抖擞又神情凝重地从一个指挥部赶到另一个指挥部,斥责军官,煽动士兵投入战斗。一粒粒子弹落入维多利亚湖,溅起高高的水柱,吓退了惊慌失措的渔民们。

阿明是一个精力无限的人,永远兴奋,永远没法静下来。他偶尔作为总统召集政府会议时,只能短暂地参与其中。他会很快感到无聊,从椅子上站起来,然后离开。他的想法天马行空,说话杂乱无章,没有完整的句子。他读英文很费力,斯瓦希里语也说得一般。他说卡夸族方言很流利,但是很少有乌干达人会说这种语言。然而,正是这些缺点让他在盲流群体中很受欢迎：他是他们中的一员，是他们的"血中之血，骨中之骨"。

阿明没有朋友，也不允许任何人与他有长期或亲密的关系：他担心这样的关系会更方便组织阴谋或暗杀行动。特别是他经常更换两个秘密警察部门的负责人，这两个部门是公共安全部（Public Safety Unit）和国家调查局（State Research Bureau），是他为了恐吓国民而专门设置的。为国家调查局效力的是那些关系更近的苏丹盲流，包括卡夸人、路格巴尔人、马迪人及其亲属努比亚人。这个机构在乌干达散播恐惧。它的影响力源于这样的一个事实：每个成员都可以直接接触到阿明。

有一天，我在坎帕拉市中心闲逛。这里空荡荡的，很多摊位都废弃了。阿明已经洗劫并且毁掉了这个国家。街上没有行人和汽车。阿明之前从印度店主那里没收了商店，现在这些店铺也都半死不活，或者干脆用木板、铁板把门钉了起来。突然，通向湖边的街道上跑来一群孩子，嘴里喊着"Samaki! Samaki!"（斯瓦希里语里"鱼"的意思）。人们立刻围拢过来，喜悦之情溢于言表，因为有东西吃了。渔夫们把捕到的鱼扔到一张桌子上，人们看到这些鱼，突然都安静了下来。这些鱼又大又肥。这个湖里以前从来没有这么大、这么肥的鱼。大家都知道，阿明的刽子手们一直以来都把被害人的尸体扔到湖里，鳄鱼和食肉鱼类都以这些尸体为食。一辆军用卡车这时经过，围在桌旁的人安静了下来。士兵们看到了聚集的人群，也看到了桌上的鱼，停下了车。他们相互交谈了一会儿，把车倒回到桌子旁，跳下车，打开了后挡板。我们这些站在近处的人可以看到车斗的地板上躺着一具男人的尸体。而众目睽睽之下，士兵们把鱼扔到车斗里，把那具赤脚的死尸扔到桌上，然后在一阵肆无忌惮的疯狂笑声中扬长而去。

阿明的统治持续了八年。据不同的信息渠道统计，这位元帅一生中杀害了十二万至三十万人。最终，他把自己逼上了死路。阿明有一个执念，就是对邻国坦桑尼亚总统朱利叶斯·尼雷尔的憎恨。1978年，他向这个国家发起了进攻。坦桑尼亚军队进行了反击。尼雷尔的军队进入了乌干达。阿明逃到了利比亚，然后又因其在传播伊斯兰教方面所作的贡献得以在沙特阿拉伯定居。阿明的军队四分五裂，一部分回到了自己的家乡，一部分又当起了土匪。坦桑尼亚军队在这次战争中的损失呢？一辆坦克。

伏击

我们从坎帕拉驱车北上,前往乌干达与苏丹的边境。车队最前面是一辆吉普车,驾驶室上方伸出一挺重机枪,紧随其后的是一辆载有士兵的卡车,然后是几辆小轿车,最后是一辆敞篷的日本皮卡车,我们三个记者就坐在里面。我很久没有在如此舒适的条件下旅行过了,由一队士兵护送,还有重机枪开道!当然,这一切不是为我准备的。这次是穆塞韦尼政府三位部长的和谈之旅,他们此行是前往该国北部地区平息叛乱。从1986年到现在,约韦里·穆塞韦尼已经执政两年了,他刚刚宣布,会赦免那些自愿放弃武器投降的人。这些武装分子是伊迪·阿明、米尔顿·奥博特和蒂托·奥凯洛的旧部,这三大独裁者近几年相继逃往了海外。如今,他们留下的这些军队抢劫杀人,焚烧村庄,掠夺牲畜,在北部省份大肆杀戮和恐吓,可以说,他们控制了半个乌干达。穆塞韦尼的军队力量过于薄弱，无法在军事上与叛军抗衡。因此，总统提出了和解的口号。他是该国二十五年来第一位以和解、协商及和平的态度与对手对话的领导人。

在我们车里除了两名当地记者和我之外，还有三名士兵。他们把AK-47挂在赤裸的肩膀上（天气很热，他们脱掉了上衣）。他们三个的名字分别叫作奥诺姆、塞马拉和孔科提。其中最年长的是奥诺姆，十七岁。我有时会读到美国或欧洲的一个孩子开枪打死了另一个孩子，或者是一个孩子杀害了同龄人或成年人。这样的新闻通常伴随着恐惧和愤怒的评论。然而在非洲，儿童之间的大规模杀戮从很早以前就开始了，而且多年来一直如此。实际上，这片大陆上的现代战争，在很大程度上，一直是儿童的战争。

在那些冲突持续了几十年的地方（如安哥拉或苏丹），大多数年长的人早已被杀，或者死于饥荒和传染病；只剩下孩子们，是他们在打仗。在非洲各国血腥的混乱中，出现了成千上万的孤儿，忍饥挨饿，无家可归。他们寻找任何可以给自己提供食物和住所的人。在军队驻扎的地方最容易找到吃的，因为士兵们有最多的机会获得食物：在这些国家，武器不仅是战争的工具，也是生存的手段——有时是唯一的手段。

被遗弃的无家可归的儿童涌向军队驻扎的地方，那里有兵营、营地和交通站。他们在那里帮忙，干活，成为军队的一部分，成为"军团之子"。他们会得到武器，并迅速接受战争的洗礼。他们的老兵前辈（也是儿童）常常游手好闲，当面临与敌人交战的时候，就把这些小孩派上前线，投入战火。这些儿童之间的武装冲突尤为激烈和血腥，因为孩子没有自我保护的本能，感受不到或理解不到死亡的可怕，他们还不具备那种只有长大后才会有的恐惧。

儿童战争是因为技术进步才成为可能。如今的手持自动武器轻便小巧，新一代的武器越来越像儿童玩具。老式毛瑟枪对于儿童来说太大、太重、太长了。小孩的胳膊太短，很难自如地扣动扳机，也很难瞄准。现代枪支解决了这些问题，消除了这些不便。它的尺寸非常适合男孩的身材，如果拿在一个体格魁梧健壮的成年士兵手中，倒反而显得有些幼稚可笑。

由于儿童只能使用手持式短程武器（他们无法发射炮弹或驾驶轰炸机），儿童战争中的冲突形式是没有缓冲的、近距离的碰撞，乃至野蛮的肉搏：孩子们隔着一步就互相射击。这种冲突的伤亡情况通常都非常可怕。因为死去的并不仅仅是当场倒下的人。在这样的战争条件下，伤员也会大量死亡——失血过多、感染、缺医少药。

经过了一整天的车程，我们到达了小镇索罗蒂。一路上，我们经过了许多被烧毁的村庄和居民区，它们几乎都被洗劫一空。士兵拿走了所有能拿的东西——不仅是当地居民背在身上的东西，不仅是他们的家具和家用物品，干活用的工具和吃饭的容器，还有所有的管道、电线和钉子，所有的窗户、门板，甚至屋顶。像蚂蚁啃食骨头一样，一波接一波流窜的、失控的掠夺者把这个国家洗劫一空，拿走了所有能够拿得动、搬得走的东西。索罗蒂镇也成了一片废墟，加油站被摧毁，水泵被拆走，学校的长凳也被抬走了。许多房屋只剩下房梁，虽然也有幸免于难的，比如我们那天晚上住的酒店。那里已经有一群当地的名流要员在等候着我们了，其中有商人、教师和军人，他们身边还围着一群好奇的路人。一轮寒暄问候开始了，伴随着相互拍肩膀和大笑的声音。

索罗蒂是居住在这片土地上的伊特索人的首府。他们说尼罗-哈米特语，有一百多万人口，分为许多部落和氏族，主要靠养牛为生。奶牛是他们最大的财富，不仅是财富的象征，还被认为具有神性。奶牛的存在，它的出现，将人类与一个无形的、更高层次的世界联系在一起。伊特索人给奶牛起名字，他们认为每头牛都有自己的个性和特点。伊特索男孩到了一定年龄就会得到一头牛来养。在一个特殊的仪式上，他还会接受这头奶牛的名字，从此以后他就和奶牛叫同一个名字。这个孩子会和他的奶牛一起玩要，空闲时间也和它待在一起，对它负责。

在迎接我们的人群中，有我在六十年代认识的一位熟人，时任部长的卡斯伯特·奥布瓦诺尔。能见到他我很高兴，我们立刻就开始交谈起来。我想让他带我四处转转，因为我是第一次来这个地方。我们一起出发散步。但我很快就发现，这件事会带来很大的困扰。因为这里的女性看到有男性走过，就要退到路边跪下。她们要双膝跪地，等待着，直到这个男人走过来。按照这里的习俗，男人应该向她们问好。而作为回应，她们要问自己能为这个男人做点什么。如果男人的回答是什么都不用做，那么女人就继续跪着等待，直到这个男人走远，她们才能站起来，去自己要去的地方。后来，当我和卡斯伯特坐在他房子前的长椅上，刚才的场景又重现了：那些路过的女人走到我们面前，跪下，然后静静地等待着。有时候我的朋友忙着说话，没有注意到她们，她们就一动不动一直跪在那里，直到他终于向她们问好并祝她们一路顺利，她们才会起身离开。尽管已经是晚上了，但依然很热，空气潮湿而滞闷。只有蟋蟀依然在不知疲倦地叫着，隐藏在夜的深处。

最后，我们在当地政府的邀请下去了此地唯一一家营业的酒吧，酒吧的名字叫"2000俱乐部"。楼上有一间供重要客人使用的贵宾室。我们坐在一张长条桌旁。女服务员们走了进来，都是年轻、高挑的女孩。每个服务员都跪在客人身边,并告诉客人自己叫什么名字。然后她们走出房间,再回来时,端着一个冒着热气的巨大陶罐,罐子里装满了当地的一种热啤酒——"玛尔瓦"。玛尔瓦酒要用一根长长的空心芦苇喝,这根芦苇叫作"艾皮"。然后,这根艾皮开始在客人间传递。每个人喝几口,再把艾皮传给他的邻座。与此同时,服务员们一直在往罐子里加更多的水或玛尔瓦酒:她们加的是什么,以及艾皮在客人手中传递的速度,决定了这场狂饮的醉酒程度。索罗蒂和这里的其他地方一样,是艾滋病发病率最高的地区之一,而当时人们普遍认为艾滋病毒可以通过唾液传播。每次伸手去拿艾皮,都有可能是和生命告别。我该怎么做?拒绝?如果真的拒绝,那会被认为是极大的羞辱,是蔑视主人的表现。

早上,我们刚要出发离开,来了两位荷兰传教士,他们一个叫阿尔贝特,一个叫约翰。他们疲惫不堪、满身尘土,想来索罗蒂"看看从大世界来的人们":在这个偏远地区生活了十多年后,对他们来说,坎帕拉已经是大世界了。他们不去欧洲,也不想离开教堂和传教所(他们住在靠近苏丹边境的地方),担心回来时只能看到光秃秃的烧焦的墙壁。他们传教的区域是一大片炎热的草原,夏季干燥,雨季满眼绿色,是乌干达东北部的大省,居住着许多人类学家热衷研究的卡拉莫琼人。坎帕拉人说起他们这些卡拉莫琼兄弟时（卡拉莫琼既是地名，也是民族的名称以及人名），总是不耐烦又很难为情。卡拉莫琼人裸体而行，而且至今依然坚持这一习俗，他们认为人体是美丽的（他们的确身材健硕，体型苗条紧致）。他们的这种坚持还有另一个理由：以前到他们那里的所有欧洲人很快就都病死了。卡拉莫琼人由此得出结论：穿衣会致病，穿上衣服就等于给自己判了死刑（在他们的宗教中，自杀是最大的罪）。因此，他们对于穿衣服总是非常恐惧。阿明认为裸体行走会丢非洲人的脸，所以就颁布了法令，命令他们穿上衣服，如果抓到有人裸体，他的军队会当场扫射。卡拉莫琼人害怕极了，他们翻遍了所有能找的地方，找出一块布、一件上衣或者一条裤子，然后把它们捆成一卷，随身携带。一听说有军队的人过来了，或者有政府官员在附近，他们就会暂时穿上衣服，等到安全了再如释重负地把衣服脱掉。

卡拉莫琼人以养牛为生，牛奶是他们主要的营养来源。他们与特索人有血缘关系，同样视奶牛为珍宝和神。他们相信，上帝把世界上所有的奶牛都赐给了他们，而他们的历史使命就是夺回这些奶牛。这种"抢牛大战"既是出征掠夺，也是民族使命和宗教责任。年轻人要想成为男子汉，就必须参加抢牛。远征抢牛在当地的传说、故事和神话中被不断讲述。他们有自己的英雄、历史和神秘主题。

阿尔伯特神父描述了远征抢牛的场景。他说，卡拉莫琼人排成纵队，步伐整齐，队形紧凑有序。他们沿着熟悉的战斗道路前进。每支队伍大概有两三百人。他们唱着歌，或者有节奏地高喊着口号。他们的情报人员早先已经确定另一个部落的牛群在哪里吃草。他们的目标是掠走这些牛。当他们到达目的地，一场战斗就会打响。卡拉莫琼人都是训练有素、无所畏惧的战士，所以他们通常都能获胜并带走战利品。

"问题在于，"艾尔伯特神父说，"过去这些队伍是手持矛和弓箭。冲突发生时，会有几个人丧生，其余的人投降或逃跑。而现在呢？这些队伍里仍然是裸体的男人，但他们现在全副武装，配备了各种自动武器。他们一来就开火，屠杀当地居民，扔手榴弹摧毁他们的村庄，尸横遍野。这些仍然是传统的部落冲突，跟几个世纪前没什么两样，但它们造成的后果却是过去无法相比的，如今受害者的数量要大得多。"他最后总结道，"这里没有任何现代文明，没有电灯，没有电话，也没有电视。现代文明唯一带来的就是机枪。"

我问两位传教士，他们的工作怎么样，有没有遇到什么困难。

"这是个非常复杂又艰苦的地区，"约翰神父说，"这里的人问我们，在我们的宗教中有多少个神，我们是不是有专门掌管牛的神。我们和他们解释，我们的神只有一个，上帝。他们听了以后很失望,对我们说:'我们的宗教更好,我们有一个专门掌管奶牛的神,奶牛才是最重要的!'"

我们在中午前出发,往更北的地方走,我们的皮卡又是在车队的最后面,但没走多远,就听到了爆炸声、枪声和可怕的尖叫声。我们行驶在一条狭窄的红土路上,到处是坑洞和车辙,路两边长满茂盛的象草,足足有两米高,像两堵墙。

我们中了埋伏。

我们蜷缩在车里,不知道该怎么办。待在车里?还是跳车?

伏击是非洲最常见的一种战斗形式。对于组织伏击的人来说,它有很多优势。首先,可以出其不意:在路上开车的人不可能一整天都保持警觉和专注,特别是在这种气候和路况条件下,他们很快就感到疲劳并且昏昏欲睡;其次,目标不断靠近,而伏击者一直在其视线之外,所以很安全;第三,伏击不仅是为了击败敌人,更重要的是获得宝贵的战利品——汽车、制服、给养、武器。伏击的形式也很适合那些由于酷热、饥饿和口渴(叛军和士兵一直生活在这种状态中)而难以进行长途行军,并且需要快速重新集结的人。一组武装人员可以占据草丛中阴凉、舒适的地方并安心躺下,等待着猎物自投罗网。

他们采取两种战术：一种是"打了就跑"，这种方法还会给遇袭者回过神来还击的机会；第二种是"打个不停"（就是一枪接一枪），遇袭者一般就毫无生还机会了。

最后，我们从车里跳了下来，跑到车队最前面。袭击者用火箭炮击中了卡车。车厢里躺着一名死去的士兵，还有两名负了伤。前挡风玻璃被击碎；一名护送我们的士兵的袖子里渗出鲜血。阵脚大乱。人们沿着车队来回奔逃，毫无头绪，也没有意义。没有人知道接下来会发生什么，下一秒会发生什么。也许我们的敌人就在附近，躲在两米高的茂密草丛后面，看着我们歇斯底里的骚动，冷静地瞄准我们？我们根本不知道等着我们的是什么，不知道落入了谁的股掌之中。我下意识地开始察看草丛，想看看里面是否有瞄准我们的枪口。

最后，卡车挂着倒挡，一路往索罗蒂方向退，因为道路非常窄，卡车无法掉头。我们继续走。但军官们决定不坐车了，而是慢慢步行，跟在手持武器、随时准备开枪、为我们开路的士兵后面。

要过节了

我恳求坎帕拉的记者戈德温带我去他家乡的村子。村子挺近的,离市区大概五十公里。其中一半的路程,是沿着维多利亚湖岸边一条向东通往肯尼亚的主干道。这条公路两旁到处都是全天候营业的商店、酒吧和小旅馆,总是熙熙攘攘,即使在正午都不会完全停止。在露台上、拱廊里、遮阳伞下,裁缝弯腰踩着缝纫机,鞋匠在修补皮鞋和凉鞋,理发师给客人剪发做造型。妇女们一整天都在打木薯泥,旁边的人在烤香蕉,在支起的小摊上卖鱼干、多汁的木瓜,或者用草木灰和羊脂自制的肥皂。每隔几公里,就有一家汽车和自行车修理店、一家轮胎修理店,或者一个汽油销售点(根据所在地不同的经济条件,它也许是一个真正加油站,也可能只有一张桌子,上面摆着几瓶或几罐汽油在等着顾客来)。

在这条路上的任何地方，哪怕你只是稍做停留，马上就会被一群孩子包围，一起围上来的还有当地妇女，她们都是小贩，出售旅行者可能会需要的所有东西：瓶装的可口可乐，一种被当地人叫作"瓦拉几"的自酿酒、饼干和蛋糕（一包包的，也论块卖）、米饭和高粱饼。这些妇女小贩是站在远处、无法离开摊位的女摊主的竞争对手，后者必须时刻看守摊位——到处都是小偷。

这些公路也是宗教多样性和信仰自由的地方。我们会经过一座富丽堂皇、装潢精美的清真寺，是由沙特阿拉伯出资建造的；往前走，是一座简朴得多的小教堂；再往前走，是基督复临安息日会信徒的帐篷，他们在整片大陆上游荡，警告人们世界末日即将来临。那座屋顶用稻草扎成圆锥形的建筑又是什么？那是干达人至高之神卡通达的神庙。

我们时不时会遇到路障（这可能只是一根铁丝或绳子）以及警务站和军队的哨岗。即使你远离首都、没有收听广播（这里没有报纸，也没有电视），这些人的行为也可以告诉你当前的国家局势。如果车还没停稳，士兵和警察们不问青红皂白，立刻大喊大叫、拳打脚踢，那就意味着这个国家正处于独裁统治之下，或者发生了战争；如果他们马上面带微笑地走上来，和我们握手并彬彬有礼地说："您肯定知道，我们挣得很少。"这就意味着我们正驶过一个稳定、民主的国家，实行自由选举，并且尊重人权。

在非洲的大路和小道上，卡车司机才是世界的主人。小轿车太弱了，无法在这些崎岖颠簸的道路上行驶。它们中的一半很快就会卡在沿途的某个地方（尤其是在雨季），而且很多车马上就报废了。而卡车几乎可以到达任何地方。它有强劲的发动机、宽大的轮胎，以及像布鲁克林大桥一样坚固的悬架系统。这些车辆的驾驶员知道他们所拥有的是珍贵的宝贝，这是他们的力量所在。在路边的人群中，你可以通过他们的一举一动，一眼认出谁是卡车司机。他们每个人都像国王一样。停下卡车后，他甚至都不用从座位上下来，反正所有东西都会送到他面前。如果一辆卡车在一个村庄停下，马上就会有一群疲惫憔悴的人涌过来祈求帮助，他们想去某个地方，但却无能为力。于是，他们在路边等待，希望能等来一个机会，希望有人能收点钱带他们走。没有人指望得到同情。卡车司机显然也不熟悉这种滋味。他们在公路上行驶，沿途不断有背着重物的妇女在热带灼人的阳光下赶路。如果司机心中有一丝怜悯、想帮助她们，他将不得不每隔一段时间就停下来，永远也到不了目的地。正因如此，司机和路边行走的妇女之间的关系是绝对冷漠的——他们彼此视而不见，擦肩而过。

戈德温要工作到傍晚，所以这次我们没法看到从坎帕拉向东行驶的道路上的完整景象（其实，在其他郊区的道路上也会看到类似的）。我们出发得很晚，已经是夜里了，同一条路看起来和白天截然不同。

一切都被淹没在最深的黑暗中。唯一能看到的是道路两旁微弱、摇曳的火光——小贩们在摊位上摆放的油灯和蜡烛。其实更多的时候，这些都算不上摊位，只是一些直接摆在地上出售的零碎东西，不知道从什么犄角旮旯淘来的，摆成很奇怪的组合：牙膏旁边摆着一小堆西红柿，防蚊液旁边是一包香烟，打火石旁边是一罐茶叶。戈德温说，在过去独裁统治的年代，与其待在灯火通明的房间里，还不如在路边点根蜡烛待着。一看到军队来了，立刻熄灭蜡烛，消失在黑暗中。等士兵们到达时，一个人影都看不见了。蜡烛是好东西，因为你可以用它看到一切，自己却隐藏在黑暗里。在灯火通明的房间，情况恰恰相反，因此更危险。

最后，我们离开了主干道，拐上了一条坑洼不平的土路。在车灯的映照下，只能看到两堵郁郁葱葱、浓密茂盛的绿墙之间有一条狭窄的隧道。这就是潮湿热带地区的非洲，一片浓郁繁茂的绿色，肆意生长，无休止地发芽、繁殖、发酵。穿过这个错综复杂、岔路口令人困惑的隧道迷宫，一栋房屋的墙突然出现在我们的路上。这就是道路的尽头。戈德温停下车，关掉了引擎。车厢里一片寂静。天色已晚，连蟋蟀都噤了声，周围显然也没有狗。只有蚊子还在嗡嗡地叫个不停，它们很愤怒，仿佛等我们等得已经不耐烦了。戈德温敲了敲门。门开了，十几个睡眼惺忪、赤裸上身的孩子涌到了院子里。接着，一位身材高挑、神情严肃的女人走了出来，她的一举一动都显得庄严又喜悦，她就是戈德温的母亲。我们寒暄问好后，她把所有孩子带到一个房间里，在另一个房间的地上给我们铺上了睡觉用的垫子。

清晨从窗户向外看时，我觉得自己置身于一个无边无际的热带花园中。周围长满了棕榈树、香蕉树、罗望子树和咖啡树——房屋被交织缠绕的植被的汪洋淹没。高大的草丛和疯长的灌木从四面八方涌来，肆意占据了地盘，几乎没有给人留下什么空间。戈德温的院子很小，我在任何地方都没有看到路（除了我们来时的那条），最重要的是，我看不到任何房子，尽管戈德温之前和我说，我们要去的是一个村庄。在非洲植被茂密的地区，村庄并不是沿着道路分布的（道路往往根本就不存在），他们的房屋分散在一大片地区，彼此相距很远，只有那些覆盖着茂密灌木的小路连接着它们，不熟悉的人根本发现不了。要想了解这些小路的布局、走向以及连接方式，必须成为本村的村民，或者至少对这里非常熟悉。

我和孩子们一起去挑水;挑水是他们的任务。离他家大约两百米远的地方有一条小溪,溪边长满了牛蒡和芦苇,水流非常细小,所以小男孩们要花费很大力气和很多时间才能把这些水桶装满。装满水后,他们把水桶顶在头上,这样一滴水都不会漏掉。但他们走路时要全神贯注,小心翼翼地努力保持他们瘦小身体的平衡。

其中一个桶里的水是早上洗脸用的。他们洗脸的时候要注意避免浪费。他们从桶里捧一把水,然后慢慢地在脸上涂抹开,而且不能太用力,不然水就会从指缝间流走。他们不需要毛巾,因为从早上开始太阳就炙烤着,脸很快就干了。然后,每个人都从灌木丛中折一根树枝,把树枝的一端啃碎,这样就做成了一把木头刷子。他们用这把刷子仔细地刷牙。有些人会几个小时一直刷,这对他们来说就像嚼口香糖一样。

因为今天是双节临门(既是星期天,又有客人从城里来),戈德温的母亲准备了早餐。平常村里人每天只在傍晚的时候吃一顿饭,旱季的时候两天才吃一次,除非饿得不行了。早餐有茶、玉米饼,还有一碗"马托克"(用煮熟的青香蕉做的一道菜)。孩子们就像鸟巢中的幼鸟:他们眼巴巴地盯着那碗马托克,当妈妈允许他们吃时,他们把所有东西都填进嘴里,一口吞下。

我们一直都在院子里。最引人注目的是正中间摆着的一块长方形石板，这是他们的祖坟，当地人把它称作"马西罗"。非洲各族的殡葬风俗千差万别。有的森林部落直接将尸体埋在丛林里，让它成为野兽的大餐；有的民族把尸体埋葬在朴素的墓穴之中；另一些则把尸体埋在他们居住的房子的地板下面。但是在大多数情况下，他们会把尸体埋在离家很近的地方，比如院子或者花园里，只要在身边就好，这样就能感受到支持与安慰。人们仍然相信祖先灵魂的存在，相信祖先庇佑的力量，相信祖先对他们的关心、鼓励和仁慈，这也是人们的心安之处和信任之源。当他们在我们身边时，我们会更有安全感；当我们不知道该做什么时，他们会给我们建议；更重要的是，他们会阻止我们迈出错误的一步或者走上错误的道路。每家每户都存在着两个维度的世界：一个是看得见、摸得着的，另一个是隐藏的、神秘的、神圣的。如果有可能的话，人们会尽量经常回到自己的家乡、自己的源头，从中汲取能量并增强认同感。

除了祖先的坟墓，院子里另一个引人注意的就是厨房。厨房由三面土墙围成，里面放着三块被烟熏得乌黑的大石头，摆成一个三角形。上面架着一口锅，下面烧着木炭。这是早在新石器时代就发明出来的最简单的烹饪装置，而如今依然很实用。

当时还是上午，天气虽然炎热，但还可以忍得过去，戈德温去拜访了邻居，之前他同意我可以陪他一起去。这些人住在简陋的泥坯屋里，屋顶是波纹铁皮板，到了中午，这些金属板就像滚烫的火炉一样散发热气。门通常是用胶合板或铁板做成的，松松垮垮地挂着，没有门框。其实这个门也只是摆设，因为既没有把手，也没有门锁。

这里的人把从城里来的人看作绅士、富翁和老爷。虽然城市离这儿并不遥远，但它已经属于另一个更好的世界、一个富饶的星球了。而且，无论是城里人还是乡下人都明白这一点，所以城里人不能空手而来。这就是为什么城里人每次回村里都要花费大量的时间和金钱来准备礼物。以前我一个城里的朋友在买东西的时候，马上就会解释说："这个我得带回乡下。"他走在大街上，看到卖的东西就会想："我回村里的时候，可以把这个作为礼物。"

礼物，礼物。不停地送礼就是这里的一种文化。但这次戈德温没来得及买东西，所以他会悄悄地把一沓乌干达先令放进邻居们的口袋里。

我们首先拜访了斯通·辛格文达和他的妻子维克塔。斯通今年二十六岁，他平常就待在家里，有时他会在建筑工地打点零工，但现在找不到任何工作。维克塔有工作，她种了一块木薯地，他们就靠这块地生活。维克塔每年生一个孩子。他们结婚四年了，有四个孩子，第五个孩子也快出生了。这里有款待客人的习俗,但斯通和维克塔没有——他们拿不出任何能够待客的东西。

他们的邻居西蒙就不一样了,这个人立刻端出一小盘花生放在我们面前。西蒙是有钱人:他有一辆自行车,靠这辆自行车也有一份营生。西蒙是骑着自行车做买卖的货郎。这个国家的大路很少,卡车也很少,数百万人生活在没有公路、卡车也到不了的村庄里。这些人的生活最困难,也是最贫穷的。他们住在离市场很远的地方,根本无法把当地生长的蔬菜水果,比如木薯或山药块、几串青香蕉或一袋高粱背到市场上去卖。东西卖不出去,他们就没有钱,没有钱就买不到任何东西——一个令人绝望的闭环。但是就在此时,西蒙骑着他的自行车出现了。他的自行车上安装有各种各样的自制装置:后备厢、袋子、夹子和支架。这辆自行车是用来运货,而不是用来骑的。西蒙(这里有成千上万像他这样的人)用这辆自行车为妇女们(因为这些妇女都是做小买卖的)把货物运到市场上,只收一点小钱(小钱,因为这里的经济活动仅能维持基本生计)。西蒙说,离公路、卡车和市场越远,贫困就越严重。最糟糕的是,农民们因为离得太远,无法把货物运到市场。而那些欧洲人只看到城市里的人,开车也只在宽阔的公路上,他们根本无法想象我们的非洲是什么样子。

阿波罗是西蒙的邻居,年龄不明,非常瘦,话很少。

要过节了

他站在门口，正在一块板子上熨衬衫。他的熨斗是烧木炭的，又大又旧，锈迹斑斑。他的衬衫更旧。怎么来形容这件衬衫呢？我肯定得用上艺术评论家、难以捉摸的后现代主义者，以及至上主义、视觉艺术和抽象表现主义专家们所使用的那种语言。这是一件拼布工艺、拼贴画和波普艺术的杰作，是我们一路从坎帕拉开来的途中所遇到的那些勤奋裁缝们最活跃想象力的呈现。这件衬衫肯定已经缝补过很多次了，上面布满了大小、颜色和质地各样的补丁，已经无从得知这件衬衫最开始、最原始的样子，是什么颜色、什么质地的。它在经过了那么多改动和变形之后，最终呈现为摆在阿波罗面前的熨衣板上的样子。

布干达人非常注意整洁和衣着。和他们的同胞——厌恶穿衣、只以人类裸体为美的卡拉莫琼人——完全相反，布干达人穿衣服非常讲究，他们上衣的衣袖长至手腕，下装则必须盖住脚踝。

阿波罗说，如今内战结束了固然很好，但也有不好的，那就是现在（九十年代）咖啡的价格跌了，而他们就是靠种咖啡为生的。现在根本没有人想买咖啡，也没有人为了买咖啡而来这儿了。咖啡都浪费了，地里杂草丛生，而他们也没钱了。他叹了一口气，继续小心翼翼地用熨斗在那件满是补丁的衬衫上游走，仿佛是在危险暗礁中驾着小船航行的水手。

当我们站在这儿聊天时,从茂密的香蕉林中走出了一头牛,牛的身后跟着几个顽皮的牧童,走在最后的是一位农村老头,他的名字叫卢莱·卡波戈扎。他曾经在1942年参加过缅甸战役,他将这件事列为一生中唯一值得一提的大事。后来他就一直住在村里。现在他和其他人一样,在这里受穷。"我吃什么?"他自问自答,"木薯,不管日夜都吃木薯。"但他开朗乐观,面带微笑地指着奶牛。年初的时候,他们几家人凑了点钱,在市场上买了一头牛。奶牛在村里吃草,那里草也足够多。到圣诞节的时候,他们就要宰了这头牛。到时候所有人都会来。大家会确保牛身上的每样东西都公平分配。他们把大部分牛血作为献祭来祭奠祖先(牛血是最宝贵的祭品)。牛的其他部位立刻就会被烤了或者煮着吃。这是村里一年中唯一一次吃肉的机会。过一阵子,他们会再买一头牛,一年之后再来庆祝这个节日。

他们邀请我说,如果到时候我再来的话,肯定会给我端上"非洲啤酒"(pombe,当地用香蕉酿的啤酒)和瓦拉几酒。到时候我想吃多少肉,就分给我多少!

关于卢旺达的讲座

尊敬的各位来宾:

我们今天讲座的题目是卢旺达。这是一个小国,小到你们在看很多关于非洲的书的时候,书里的地图只会用一个点来标记它。只有在这些地图的注释中,你才会发现,原来位于非洲大陆中部的这个点就是卢旺达。卢旺达是一个多山的国家。非洲的地理特点是多平原和高原,而卢旺达的特点则是除了高山,还是高山。这些山脉海拔高达两三千米,有的甚至更高。这就是卢旺达又被称为"非洲的西藏"的原因,不仅因为这里的群山,还因为它是如此的独特和与众不同。它的非同寻常不仅体现在地理层面,也体现在社会层面。一般来说,非洲国家的人口是由多部落组成的(在刚果生活着三百个部落,在尼日利亚有二百五十个部落），而在卢旺达只有一个民族，即巴尼亚卢旺达人，按照传统分为三个阶层：拥有牛群的图西族人（占人口总数的百分之十四）、务农的胡图族人（占人口数量的百分之八十五）以及当工人和仆人的特瓦族人（占人口数量的百分之一）。这种社会阶层体系——在某种程度上与印度的种姓制度类似——形成于几个世纪以前，至于究竟是在十二世纪还是十五世纪，由于没有书面文字记载，人们对此仍有争议。我们只知道，几个世纪以来，这里都有一个由出身图西族、被称为"姆瓦米"的君主统治的王国。

这个山地王国曾是一个封闭的、与世隔绝的国家。巴尼亚卢旺达人既不搞侵略征战，也不允许外国人进入他们的领地，这和以前的日本人有些像（因此，他们对其他非洲民族的梦魇——贩卖奴隶并不了解）。第一位到达卢旺达的欧洲人是1894年来到这里的德国人，旅行家、军官古斯塔夫·阿道夫·冯·格岑伯爵。值得一提的是，早在八年前的柏林会议上，殖民国家在瓜分非洲的时候，就将卢旺达给了德国人，而当时包括国王在内的所有卢旺达人甚至都不知道这件事。在这之后的许多年间，巴尼亚卢旺达人生活在一个殖民地，却浑然不知。德国人后来也对这块殖民地不怎么感兴趣了，在第一次世界大战后将其拱手让给了比利时。比利时人在很长一段时间里也没有在这儿干什么大事。卢旺达距离海岸线太远了，有一千五百多公里，但最重要的是这个国家没有什么经济价值，因为在这里几乎找不到任何重要的原材料。所以，几百年前形成的巴尼亚卢旺达人的社会制度才得以在这个群山环绕的天然堡垒中一成不变地坚持到二十世纪下半叶。这种制度具有一系列欧洲封建主义特征。国家由一位君主统治，统治者身边围绕着一群世袭或非世袭的贵族。他们共同构成了统治阶级——图西族人。他们最大的也是唯一的财富就是牛：瘤牛，这个品种的特点是头上长着长长的、像尖刀一样漂亮的角。这些牛是不能杀的，它们神圣且无与伦比。图西族人以牛奶和牛血为食（他们用长矛刺开颈动脉后，将牛血倒入用牛尿冲洗过的容器中）。所有这些事都由男人来做，因为女人被禁止与牛接触。

牛是衡量一切的标准：财富、名望、权力。一个人牛越多，他就越富有。他越富有，权力就越大。国王拥有最多的牛，他的牛群是受到专门照顾的。在皇家演讲台前举行的牛群游行是每年国家庆典的重头戏。那时会有一百万头牛从国王眼前走过。游行要持续好几个小时，牛群扬起尘土形成的云团会在王国上空飘浮很久。这些尘土形成的云团大小体现了国家的繁荣程度，而这一盛大仪式也多次在图西族的诗歌中被吟唱。

"图西族人？"在卢旺达我经常会听到人们说，"他坐在自家小屋的门槛上,看着自己的牛群在山坡上吃草。这景象让他充满自豪与幸福。"

图西族人不是牧民,也不是游牧民族,他们甚至不是养牛人。他们是这里的统治阶级,是贵族。

胡图族人的数量要多得多,他们属于地位更低的农民阶层(在印度这一人群被称为"吠舍")。图西族人和胡图族人之间是封建从属关系:图西族人是主人,胡图族人是他们的臣民。胡图族人以种地为生。他们要把一部分收成献给自己的主人,以换取主人的保护和一头用于耕作的牛(牛都被图西族人垄断了,胡图族人只能从自己的主人那里租牛)。这一切都和封建时期一样,一样的从属关系、一样的风俗习惯、一样的剥削压迫。

二十世纪中叶,这两个阶级之间逐渐产生了激烈的冲突。土地是争端的对象。卢旺达狭小,多山,人口密集。在非洲,靠放牧为生的人和靠耕种土地为生的人之间经常发生争斗。但是一般来说,非洲大陆地广人稀,其中一方可以去其他空着的地方,这样争斗就会平息。这种解决办法在卢旺达是完全行不通的,因为这里缺少可以用来迁移或者退让的空间。与此同时,图西族的牛群在不断壮大,需要越来越多的牧场。建造新牧场唯一的办法是从农民手中夺走土地,也就是把胡图族人从他们的土地上赶走。但胡图族人的生活条件已经十分恶劣了。多年来,他们的人数一直在迅速增长。更糟糕的是,他们耕种的土地越来越贫瘠。因为卢旺达山区的土层很薄,薄到每年雨季来临时,倾盆大雨就会冲走大片的土壤,在许多原来胡图族人曾经种植木薯和玉米的地方,已经露出了光秃秃的岩石。

于是,一边是象征图西族人财富和权力的巨大牛群,另一边是被压迫、被杀害、流离失所的胡图族人,他们没有空间、没有土地,要么离开,要么死亡。这就是二十世纪五十年代比利时介入时卢旺达的情况。比利时突然变得高度投入:非洲正处于一触即发的关键时刻,独立浪潮和反殖民主义正在兴起,因此必须立刻采取行动,做出决策。比利时属于那些被这场解放运动弄得最为措手不及的列强之一。布鲁塞尔并没有明确的方针,而官员们也不太清楚该怎么办。在这种情况下,他们的策略通常只有一个——拖延、推迟解决。比利时之前一直都靠图西族人统治卢旺达,利用图西族人来为自己服务。图西族人是卢旺达受教育程度最高,也最为雄心勃勃的阶级,他们现在却要求独立,而且立刻就要独立,比利时对此完全没有准备。因此,布鲁塞尔迅速改变策略:放弃图西族人,开始支持更为听话顺从的胡图族人。他们开始煽动胡图族人反抗图西族人。这种政策的效果很快就显现出来。1959年卢旺达爆发了农民起义。

卢旺达是非洲唯一以反封建革命的形式完成独立的国

家。整个非洲只有卢旺达经历了自己的巴士底狱风暴、废黜国王、吉伦特派和恐怖统治。胡图族人，这群拿着长刀、锄头和长矛的农民来势汹汹，向他们的图西族主人发起了进攻。一场滔天大屠杀开始了，非洲已经很久没有见过这样的场面了。农民们焚烧雇主的庄园，割断他们的喉咙，敲碎他们的头颅。卢旺达沐浴在一片血腥火海之中。他们开始大规模地屠宰牛，很多农民有生以来第一次可以尽情地大口吃肉。当时的二百六十万卢旺达居民中有三十万图西族人。据估计，有几万图西族人被杀害，还有几万人逃往刚果、乌干达、坦桑尼亚和布隆迪等邻国。君主制和封建制度不复存在了，图西族人失去了他们的主导统治地位。胡图族人——农民阶级夺取了政权。当卢旺达在1962年获得独立时，正是出身农民阶级的人们组成了第一届政府。当时，年轻的记者格雷戈瓦·卡伊班达成了国家领导人。那是我第一次来到卢旺达。这个国家的首都基加利当时给我的印象是一个小城镇。我在那儿找不到任何酒店，或者那儿可能根本就没有酒店。最后是比利时修女们收留了我，让我住在她们干净整洁的产科医院病房里。

无论是胡图族人还是图西族人，经历了这场革命后都仿佛从噩梦中醒来。这两个民族都经历了大屠杀，一个阶级是刽子手，另一个阶级是受害者，这种经历会在人的记忆中留下不可磨灭的痛苦痕迹。胡图族人心中的情感是五味杂陈的。一方面他们战胜了自己的主人，摆脱了封建枷锁，第一次获得了国家政权；但是从另一方面来看，他们并没有彻底击败曾经统治自己的人，没有将其消灭殆尽，而他们意识到自己的敌人尽管受到了重创，但是依然还活着，他们一定会想方设法地复仇，这种想法在他们的心中埋下了无法战胜的致命恐惧（我们得记住，对复仇的恐惧是根深蒂固的，因为自古以来，复仇法则一直支配着这里的人际关系、私人关系和氏族关系）。所以，复仇确实很可怕。因为，尽管胡图族人占领了卢旺达的山区堡垒，并在那里建立了自己的统治，但图西族的第五纵队（约十万人）仍在卢旺达境内；另外，也许更危险的是，之前被驱逐出堡垒的图西族人如今就在它周围安营扎寨。

把这里比喻成堡垒绝非言过其实。当我们从乌干达、坦桑尼亚或扎伊尔进入卢旺达时，总会有这样的感觉：我们迈入了一座大门，进入了这个矗立在我们眼前、由巍峨壮丽的群山组成的堡垒。昨天刚刚被流放到难民营的图西族人一走出他简陋的帐篷，眼前看到的就是卢旺达的群山。这里在一天中的清晨时分是一幅绝美的风景画。我经常在黎明时起床，只为了欣赏一番这独一无二的美景。在我们面前是绵延不绝的群山，山峰高耸却平缓。它们沐浴在阳光的金色画框中，呈现出如绿宝石、紫水晶和翡翠的斑斓色彩。在这幅画中，没有嶙峋的黑色岩石，没有被暴风席卷的峭壁悬崖或被刮断的树干，也没有致命的雪崩、落石或山体滑坡。都没有。卢旺达的群山散发着温暖友好的光芒，景色壮美，山中空气清澈无风，氛围宁静平和，每座山峰的线条都完美无瑕，一切是如此令人心驰神往。清晨，绿色的山谷中弥漫着透明的薄雾，就像是在阳光照耀下闪闪发光的一层轻盈飘逸的薄纱，透过它，我们可以看到桉树林和香蕉丛，看到田间劳作的人们。但图西族人首先看到的是放牧的牛群。那些他已经不再拥有的牛群，曾经是他存在的基础和生活的意义，如今却只能在他的想象中壮大，跃升为神话和传奇，成了他最大的渴望、美梦和执念。

就这样，卢旺达的悲剧上演了。这是巴尼亚卢旺达人的悲剧，这两个族群都认为自己拥有这片土地，但这片土地太狭小，无法同时容纳他们，想调和这两个族群的利益，变得像解决巴以问题一样困难。这场悲剧在慢慢发酵，一开始势头并不强，也不太明显，但随着时间的推移，"最终解决方案"[1]的诱惑变得越来越清晰，越来越迫切。

当时的情况看起来，似乎还不至于发展到那种程度。那是六十年代，是非洲最充满希望、最乐观的时代。整片大陆沉浸在满心期待和狂喜的气氛之中，没多少人关注卢旺达的流血事件。没有通讯，没有报纸，而且——卢旺

---

[1] "最终解决方案"，"二战"时期纳粹德国实施种族灭绝计划的一部分。

达？卢旺达在哪儿？卢旺达怎么去？的确，卢旺达仿佛是一个被上帝和人类都遗忘了的国家。很安静，死气沉沉，而且人们很快就会发现这里还很无聊。没有任何一条公路干线经过卢旺达，这里也没有大城市，甚至很少有人来这里。多年前我跟一个朋友、《每日电讯》的记者迈克尔·菲尔德说，我去过卢旺达，他问我："你见到总统了吗？"我回答说："没有。""那你去那儿干什么啊？"他惊讶地问道。我很多同行都认为，在这样一个国家，唯一能够吸引人的可能就是总统了。如果见不到总统，为什么要去那里呢？

的确，在卢旺达这样的地方，让人印象最深的莫过于它根深蒂固的封闭排外。我们的世界看似全球化，但其实是由成千上万、各式各样、相互之间没有任何交集的小地方组成的。环游世界就好像从一个村落走到另一个村落，每个村落都是一颗孤单存在、只为自己照亮的星星。对于大多数住在那里的人来说，他们家的门槛、他们村的尽头，最多不过是山谷的边界，就是现实世界的边缘了。再远处的世界对他们来说是不现实的、不重要的，甚至是没有必要的；而他们手边的、视线范围内的这个世界会变得越来越宏大，大到可以挡住广袤宇宙的一切。当地人和远方来客经常很难找到共同语言，因为尽管他们眼见的是同一个区域，却是从不同的视角。外来客用的是广角镜头，它给我们呈现出一幅遥远的、缩小的图景，但地平线却很长；

而当地人用的是长焦镜头,甚至是可以将最微末的细节放大的望远镜。

然而,对于当地人来说,他们自己的悲剧是真实的、痛苦的,而且未必是经过夸张放大的。卢旺达就是这样。1959年的革命将巴尼亚卢旺达人分裂为两个对立的阵营。从那时起,时间的流逝只会加剧不和谐的机制,激化冲突,导致一次又一次流血事件的发生,最终导致末日的到来。

散落在边境营地中的图西族人开始密谋并准备反击。1963年,他们从南方邻国布隆迪发起进攻,那里是由他们的同胞——布隆迪图西族人所统治的。两年后,图西族人再次攻打进来。胡图族人的军队抵挡住了入侵,作为报复,他们在卢旺达组织了一场对图西族人的大规模残酷屠杀。两万名图西族人被胡图族人的长刀大卸八块,还有人称这次被屠杀的有五万人。当时,没有任何来自第三方的观察员、任何的委员会或媒体到达这些地区。我记得,当时我们一群记者试图进入卢旺达,被执政当局拒绝了。我们在坦桑尼亚只收集到了从卢旺达逃出来的人们带来的消息,她们大多是带着孩子的妇女,惊恐万分,饥肠辘辘。男人们一般都先被杀死了,他们冲出去后就再也没能回来。非洲的许多战争都是在没有目击者的情况下隐秘进行的,在人迹罕至的地区,于寂静无声中,在全世界都不知情或者干脆被全世界所遗忘的地方。卢旺达的情况就是如此。多年来，这里一直持续着边境战争、杀戮和大屠杀。图西族的游击队（胡图族人把他们叫作"蟑螂"）焚烧村庄，屠杀当地居民。而当地居民则在胡图族军队的支持下对图西族人进行强奸和杀戮。

生活在这样一个国家中是一件难事。因为很多村镇都是各民族混居的。他们毗邻而居，路上抬头不见低头见，工作也在同一个地方。但是他们却悄悄地谋划着，算计着。在这种充满猜疑、紧张和恐惧的气氛中，古老的非洲部落传统的地下教派、秘密社团和黑帮不断滋生。每个人都属于某个秘密组织，每个人都坚信其他人肯定也有自己的秘密组织，而且肯定还是敌对的秘密组织。

卢旺达和南方邻国布隆迪是一对孪生的难兄难弟国家。它们有着相似的地理和社会结构以及共同的数百年历史。它们的命运直到1959年才出现分化：在卢旺达，农民阶级胡图族人取得了革命胜利，他们的首领掌握了国家政权；而在布隆迪，图西族人通过扩充军队和建立封建军事独裁统治维持甚至巩固了自己的统治。然而，之前一直存在的、将这两个孪生国家有机地联结在一起的机制仍在运行。卢旺达的胡图族人继续屠杀图西族人，引起了布隆迪的图西族人对胡图族人的报复性屠杀，反之亦然。1972年，布隆迪的胡图族人试图效仿他们的卢旺达兄弟，在布隆迪发动起义。起初他们杀害了几千名图西族人，而图西族人作为报复又杀害了十余万胡图族人。屠杀本身并不能让卢旺达胡图族人有所动摇，因为屠杀在两国都经常发生，然而这次屠杀规模之大令他们十分震惊，他们决定要对此做出回应。促使他们做出这种决定的还有另一个原因：在大屠杀发生时，有几十万（有时他们称有一百万）来自布隆迪的胡图族人在卢旺达避难，给这个屡遭饥荒的贫穷国家带来了一个巨大的问题：如何养活数量如此庞大的难民。

卢旺达军队首领朱韦纳尔·哈比亚利马纳将军利用了这一危急局势（他们正在杀害我们在布隆迪的兄弟；我们没有钱来养活一百万难民），于1973年发动政变，宣布自己为总统。这次政变暴露了胡图族内部的深刻矛盾与冲突。战败（最后被饿死）的总统格雷戈瓦·卡伊班达所代表的是来自该国中部地区的温和自由派胡图族人。相比之下，新的统治者出身于卢旺达西北部的氏族，代表着胡图族中激进的沙文主义一派（为了更清楚地说明这个问题，可以将哈比亚利马纳比作卢旺达胡图族的拉多万·卡拉季奇[1]）。

哈比亚利马纳自此将在卢旺达执政二十一年之久，也

---

[1] 拉多万·卡拉季奇（Radovan Karadžić, 1945— ），原波黑塞族共和国总统。

就是说一直执政到他1994年去世。他身材魁梧、强壮有力、精力充沛，他将全部的精力都集中在建立一个铁血独裁政权上。他实行一党制，党的领导人就是哈比亚利马纳自己。该国的所有公民自出生起就必须是党员。他还修正了一直沿用至今，只看一个人是胡图族还是图西族这种过于简化的区分敌我的方式。他增加了一个新的维度来丰富这种区分的标准：将他们划分为执政者和反对派。如果你是忠于政府的图西族人，你可以成为村长和乡长（但是当不上部长），但如果你批评政府，哪怕你是百分之百的胡图族人，你也会被送进大牢甚至送上绞刑架。哈比亚利马纳将军这么做是有道理的，因为反对他独裁统治的不仅有图西族人，还有很多胡图族人，他们发自肺腑地憎恨他，并竭尽全力与他抗争。所以，卢旺达的冲突不仅是阶级之间的矛盾，也是独裁与民主之间的尖锐冲突。这就是为什么基于族裔分类的整个语言及其思维方式都是具有欺骗性和误导性的。它们模糊并丢失了最深层的真相：善与恶、真相与谎言、民主与独裁，而将自己局限于单一的、肤浅的、次要的二分法中，仅有一种对比、一种对立：他价值连城，就因为他是胡图族人；或者，就因为他是图西族人，所以一文不值。

加强独裁统治是哈比亚利马纳全力以赴的首要任务，但与此同时，他在另一条平行战线上也在逐步取得进展：

国家私有化。多年来，卢旺达变成了吉塞尼（哈比亚利马纳将军的故乡小镇）一个氏族的私有财产，更确切地说，是总统夫人阿加特，她的三个兄弟萨加塔瓦、塞拉芬和泽德以及这三兄弟的一群表兄弟的私有财产。阿加特和她的兄弟们都属于阿卡祖氏族，这个名字是打开通往卢旺达神秘迷宫的许多大门的关键。萨加塔瓦、塞拉芬和泽德在吉塞尼地区拥有豪华的宫殿，他们与姐姐和将军姐夫一起掌管着卢旺达的军队、警察、银行和行政机构。这个位于遥远的非洲大陆、群山环抱的落后小国，就由这个贪婪专制的酋长家族统治着。它是如何在世界上落得如此悲惨的名声的呢？

我们前面已经提到，1959年的时候成千上万的图西族人为了保住性命逃离了这个国家。在接下来的很多年中，又有许许多多的人步其后尘从这里逃走。他们在扎伊尔、乌干达、坦桑尼亚和布隆迪的边境搭起了一片片营地，形成了苦难的流亡者的聚居点，那些生活在这里的人们心中只有一个念头——回到家乡，回到他们（如今只能在神话中见到）的牛群身边。营地的生活凄凉、贫苦、令人绝望。然而，随着时间的推移，年轻人在这里出生、成年，他们想要去做些什么，想要努力去争取些什么。当然，他们的主要目标是回到祖先的土地上。在非洲，祖先的土地是神圣的概念，它是令人神往、充满吸引力的地方，是生命的源泉。但是离开营地并非易事，这甚至是被当地政府所禁止的。乌干达是个例外，那里长年内战不断，动荡不安，混乱无序。二十世纪八十年代，年轻的社会活动家约韦里·穆塞韦尼在那里打响了一场游击战争，反抗刽子手米尔顿·奥博特的魔鬼政权。穆塞韦尼需要人支持，他很快就找到了，因为除了他的乌干达同胞以外，生活在卢旺达营地的年轻人——那些勇猛又渴望战争的图西族人也申请加入游击队。穆塞韦尼欣然接纳了他们。在森林中，在专业教官的指导下，他们在乌干达接受军事训练，后来其中许多人从国外的军官学校毕业。1986年1月，穆塞韦尼率领他的部队进入坎帕拉并接管政权。部队中的许多指挥官和士兵就是年轻的图西族人，是那些出生在难民营中、父辈们从卢旺达被驱逐出去的年轻的图西族人。

很长一段时间以来，没有人注意到在乌干达出现了一支训练有素、经验丰富的图西族复仇大军，他们心中只有一个念头，就是如何为自己的家人所蒙受的耻辱和伤害复仇。他们举行秘密会议，成立了一个名为"卢旺达爱国阵线"（Narodowy Front Ruandy）的组织，准备发动进攻。1990年9月30日夜间，他们从乌干达军营和边境的营地中消失，在黎明时分进入卢旺达境内。基加利当局措手不及，他们除了震惊，只有恐惧。哈比亚利马纳的军队很弱，士气低迷,从乌干达边境到基加利只有一百五十多公里,游击队一两天内就能到达首都。这将是不可避免的,因为哈比亚利马纳的军队没有进行任何抵抗。要不是因为一个电话,1994年那场惨绝人寰的种族灭绝大屠杀也许永远不会发生。这个电话就是哈比亚利马纳将军打给密特朗[1]总统的求救电话。

密特朗当时顶着亲非洲派施加的巨大压力。尽管大多数的欧洲列强都彻底和殖民传统决裂了,但法国是个例外。因为在漫长的殖民时代结束后,法国留下了一支庞大、活跃、组织严密的军队,军中的这些人曾在殖民统治时期做出了一番事业,在殖民地度过了(相当不错)的一生,现在他们在欧洲却成了局外人,感到自己一无是处,毫无用武之地。同时他们还坚信,法国不仅是一个欧洲国家,也是一个由法国文化和语言所联结的所有民族的共同体,总之,法国就是一个全球性的文化语言空间,可以称之为"法语圈"(Francophones)。用简化的地缘政治学语言来诠释就是:这一理念认为,如果在世界上某个地方有人攻击了一个法语国家,那就好像是在攻击法国一样。

另外,亲非洲派的官员和将领们仍然深受"法绍达事

---

[1] 弗朗索瓦·密特朗(François Mitterrand, 1916—1996),时任法国总统。

件"的影响。我想简单讲一下这个事件。十九世纪欧洲各国瓜分非洲时,伦敦和巴黎都有一种奇怪的强迫症(尽管在当时是可以理解的),他们要把在非洲大陆上的领土安排成一条直线,保持领土之间的连续性。伦敦想要一条从北到南的直线,即从开罗到开普敦,而巴黎则想要一条从西到东的直线,即从达喀尔[1]到吉布提[2]。如果我们如今在非洲地图上画出这两条垂直的线,它们会在苏丹南部、位于尼罗河畔的小渔村法绍达相交。当时在欧洲有一种信念,谁拥有了法绍达,谁就实现了它的扩张主义理想,即建立一个连绵不断的殖民帝国。于是,伦敦和巴黎之间开展了一场竞赛。两国都向法绍达派出了远征军。法国人率先到达了那里。1898年7月16日,马尔尚上尉从达喀尔出发,徒步穿越了这条艰苦的路线抵达法绍达,并在此插上了法国国旗。马尔尚的部队由一百五十名勇敢且忠心耿耿的塞内加尔人组成。巴黎城欢呼雀跃,法国人充满自豪。但两个月后,英国人也抵达了法绍达。远征军将领基奇纳勋爵这才惊讶地发现,法绍达已被占领。但他不管这一套,在那里也挂上了英国国旗。伦敦城欣喜若狂,英国人得意洋洋。当时两国都处在民族主义高涨的狂喜中。双方从一开始

---

1 达喀尔,塞内加尔共和国首都,位于佛得角半岛,大西洋东岸。
2 吉布提,吉布提共和国首都,地处非洲东北部亚丁湾西岸,扼红海进入印度洋的要冲曼德海峡。

都不愿让步。当时有许多迹象表明,第一次世界大战可能会在1898年爆发,原因就是法绍达问题。最后(说来话长),法国人不得不撤军,英国取得了胜利。法绍达事件仍然是老法国殖民者心中痛苦的一道伤口,一听说"英语圈"(Anglophones)的人在什么地方有什么动静,他们就会立刻发起攻击。

之前如此,现在也是如此。当巴黎得知,来自英语区乌干达的、说英语的图西族人入侵了乌干达的法语区领地,侵犯了法语圈的边境线,他们采取了一样的做法。

当飞机把法国伞兵送到基加利机场时,卢旺达爱国阵线的部队正在一步步挺进首都,政府和哈比亚利马纳家族正在收拾行李准备逃跑。据官方消息,这次来的法国伞兵只有两个连。但这已经足够了。尽管游击队想与哈比亚利马纳政权作战,但他们不想冒险与法国开战——他们没有胜算。因此,他们放弃了对基加利的进攻,而是留在卢旺达,占领了东北部地区。这样,卢旺达事实上就处于分裂状态了,虽然双方都认为这是一种暂时的、过渡性的状态。哈比亚利马纳希望,假以时日他将有足够的力量赶走游击队,而游击队则希望有一天法国人会撤走,然后哈比亚利马纳的统治连同整个阿卡祖氏族第二天就会垮台。

没有什么比这种既不打仗又无和平的状态更糟糕了。

因为有些人上战场是希望打赢战争并享受胜利果实。然而他们的梦想落空了，进攻必须暂停。被攻击一方的情绪更加糟糕：他们虽然幸存了下来，但已经看到了失败的阴影，预感到他们的统治可能要就此终止。所以，他们不惜一切代价想要自救。

从1990年10月（图西族人）发起进攻到1994年4月大屠杀的发生，中间经历了三年半的时间。在卢旺达统治阵营内部，赞成妥协让步、组建联合国民政府的人（哈比亚利马纳的人和游击队）与阿加特及其兄弟们所领导的狂热、专横的阿卡祖部族之间发生了激烈的争执。哈比亚利马纳本人也在躲闪、犹豫、不知所措，并逐渐失去了对事态发展的影响力。很快，阿卡祖家族的沙文主义路线占了上风。阿卡祖阵营有自己的政治思想家，他们是知识分子、学者、来自卢旺达布塔雷大学的历史和哲学教授们，如费迪南德·纳希马纳、卡西米尔·比齐蒙古、莱昂·穆盖斯拉等。正是他们制定了为种族灭绝辩护的思想理论体系，将其合法化为确保胡图族能够存续的唯一出路和唯一解决方案。纳希马纳及其同事的理论宣称图西族是一个外来种族。从尼罗河沿岸某处来到卢旺达的尼罗特人征服了这片土地上的胡图族原住民，并开始剥削、奴役并从内部瓦解他们。图西族掠夺走了卢旺达的土地、牛群、市场等一切有价值的东西，并最终夺走了他们的国家。胡图族人沦为被他们奴役的角色，世世代代活在贫穷、饥饿和屈辱中。但是胡图族人必须夺回自己的身份和尊严，在世界各民族之中占有平等的一席之地。

纳希马纳在数十篇演讲、文章和宣传册中反思他们可以从历史中学到什么。历史经验是悲惨的，让人充满沮丧的悲观情绪。胡图族与图西族关系的整个历史，是不断的集体屠杀、相互灭绝、强迫迁徙和宿怨世仇的黑暗时期。小小的卢旺达容不下两个如此针锋相对、水火不容的民族。除此之外，卢旺达的人口数量正在以惊人的速度增长。二十世纪中叶，卢旺达有二百万居民，而五十年后的今天，已经接近九百万。那么，怎样才能走出这种恶性循环，摆脱这种残酷的命运呢？穆盖斯拉表达了一个自我检讨的想法，认为胡图族人自己对此负有责任："1959年，我们犯了一个致命的错误，那就是让图西族人逃跑了。我们当时就应该采取行动，把他们从地球上抹除。"这位教授认为，现在正是纠正这一错误的最后时机。图西族人必须回到他们真正的家园，位于尼罗河畔的某个地方。他强调，"不管是活的还是死的"，让我们把他们送回到那里。因此，在布塔雷的学者们看来，唯一的办法就是"最终解决方案"：这些人必须消失，必须永远不复存在。

准备工作开始了。军队的士兵由原来的五千人扩充到三万五千人。另外一个军事打击力量是总统护卫队，这是一支装备精良的现代化精英部队（法国向他们派来了教官，法国、南非和埃及提供了武器装备）。他们的重中之重就是要建立一支由民众组成的准军事组织——"联攻派民兵"（Interahamwe，可直译为"让我们共同打击"）。来自农村和城镇的居民、无业青年和贫苦农民、在校中小学生和大学生以及政府公务员都被吸纳进这个组织，他们接受军事训练和意识形态培训，这是数量极为庞大的一群人，是真正的全民行动，他们的任务就是进行末日屠杀。与此同时，省长和副省长必须按照政府的要求，制定并提交一份反政府人员名单，这些人包括所有可疑的、不安全的、摇摆不定的人，以及各种有不满情绪的人、悲观主义者、怀疑论者和自由主义者。杂志《坎古拉》（Kangura）是阿卡祖氏族的理论机关刊物，但由于社会上大多数人都是文盲，所以他们的主要宣传机构是米尔·科林斯广播电台，后来在大屠杀期间，也是通过这个电台向民众发布命令："死！死！图西族人尸体才把坟墓填满了一半！你们动作快点，快点把坟墓填满！"

1993年年中，其他非洲国家敦促哈比亚利马纳与卢旺达爱国阵线（FNR）达成协议。根据协议，游击队将进入政府和议会，并占军队的四成。但阿卡祖氏族无法接受这样的妥协。他们不愿意失去对权力的垄断。他们意识到，使用"最终解决方案"的时刻已经到来。

1994年4月6日,一群"不明身份的肇事者"在基加利用火箭弹击落了一架正要着陆的飞机,上面坐着从国外归来的哈比亚利马纳总统,他刚刚与敌人签署了妥协协议,已是颜面扫地。他的飞机被击落是开始屠杀政权反对者的信号,主要是屠杀图西族人,但也包括许多胡图族反对派。对手无寸铁的民众发动的大屠杀持续了三个月,直到卢旺达爱国阵线的军队占领全国,他们才不得不逃走。

对受害者人数的统计数据各有不同,有的说五十万,也有的说一百万。没有人能准确计算出这一数字。最让人感到毛骨悚然的是,昨天还是完全无辜的一群人,谋杀了另一群完全无辜的人,没有任何理由,也不为任何目的。就算受害者人数没有一百万,哪怕只有一个无辜的人被残忍杀害,那不也足以证明魔鬼就在我们中间吗?而在1994年的春天,魔鬼不就正在卢旺达吗?

五十万到一百万人被杀害,这已经是一个巨大的悲剧了。想想哈比亚利马纳军队地狱般可怕的打击力量,他的那些直升机、重机枪、大炮和坦克,在三个月不间断的袭击扫射中可能会有更多的人因此丧生。但实际发生的情况并非如此。他们中的大多数人不是死于炮弹或重机枪,而是被长刀、锤子、长矛和木棍这些最原始的武器碎尸万段。因为该政权的统治者脑子里想的不仅仅是"最终解决方案"

这个目标。在通往"最高理想"——即一次性将敌人赶尽杀绝的道路上，至关重要的是形成一个全民犯罪共同体。人们大规模参与集体犯罪，罪恶感将所有民众连在一起，自此每个人都会背上杀人的良心债，每个人都知道，找自己寻仇将是他人不可剥夺的权利，并在这种权利背后看到可怖的夺命幽灵。

无论是在纳粹还是斯大林模式中，都是由专门设立的机构如党卫队和内务人员委员会来充当刽子手，犯罪也是在独立的秘密空间中实施的。而在卢旺达，要的就是让每个人都成为死亡的制造者，让犯罪成为全民参与的、普遍的，甚至最基本的行为，直到没有一双手不沾上鲜血——那些被当局视为敌人的人的鲜血。

这就是为什么后来那些惊恐万分的胡图族人在被打败后大批逃往扎伊尔，他们在那里头顶着微薄的家当四处流浪。当欧洲人在电视里看到这无穷无尽的队伍时，他们无法理解，是什么力量在推动这些骨瘦如柴的流浪者，是什么动力在驱使这些骷髅排成受刑者般的长队，不停地走着，不驻足，不休息，不吃不喝，不说不笑，眼神茫然，卑微地、顺从地行走在罪恶和痛苦的悲惨之路上。

夜之黑晶

在我们所行驶的这条路的尽头，刚好能瞥见一轮橙色的落日。它将随时消失在地平线后面，光线将不再刺目，而后黑夜会迅速降临，留下我们独自面对黑暗。我从眼角的余光注意到，驾驶这辆丰田的赛布亚越来越焦虑。在非洲，司机都会避免夜间行驶——黑夜令人不安。他们实在太害怕，所以常常会断然拒绝在日落之后开车。我曾仔细观察过不得不在夜间驾驶的司机。他们的眼睛不再笔直地注视前方，而是开始忧心忡忡地左顾右盼。他们变得神情紧张，面色凝重，额头渗出汗珠。他们在方向盘后面如坐针毡，就好像有人在朝他的车开枪。尽管道路崎岖，坑坑洼洼，但他们非但不减速，反而加快了速度，一心只想快点到达一个灯火通明、人声鼎沸的地方。

"Kuna nini[1]（出什么了事吗）？"我问道。他们从不回答，只是在飞扬的尘土和金属碰撞声中全速行驶。

"Hatari（有危险吗）？"我又问道。他们依然沉默着，不理会我。

他们在害怕着什么，在与某个我看不见也不知道的恶魔斗争。对我来说，这个夜晚的特征清晰明了：很黑，几乎是漆黑的，炎热，没有风，如果我们停下车、赛布亚关掉引擎，那周围就会是一片死寂。

但在赛布亚看来，我对黑夜简直一无所知。也就是说，我根本不明白白天和黑夜是不同的两种现实、两个世界。在白天，人类可以应对周遭的环境，可以生存，忍耐，甚至可以平静地生活；而黑夜却让人毫无防备地暴露在敌人面前，隐藏在黑暗中的力量会伺机夺走他的性命。这就是为什么白天的时候人心中的忧虑会潜藏起来，而到了晚上它就变成挥之不去的恐惧，变成纠缠不休的梦魇。在这种时候群居相伴是多么重要！他人的存在会给我们带来安慰，缓解紧张，驱散不安。

路过一个全是泥坯房的村子时，赛布亚问我："Hapa（这里）？"我们现在位于乌干达西部离尼罗河不远的地方，正往刚果方向开。天已经黑下来了，赛布亚变得非常紧张。

---

[1] 斯瓦希里语，后同。

我知道今天肯定是劝不动他继续向前开了，只能同意在这里过夜。

当地村民接待我们的时候并不热情，甚至有些不情愿，这种态度在这些地方既奇怪又令人惊讶。但是赛布亚掏出了一沓先令，钱对于这里的人来说可不是寻常能见到的，钱是充满诱惑力的，所以他们决定为我们准备一间打扫好并铺了草垫子的小泥房。赛布亚很快就睡着了，而我不一会儿就被活跃的昆虫弄醒。蜘蛛、蟑螂、甲虫和蚂蚁，许许多多这种无声无息的小东西在忙碌着，有时候你并不能看到它们却能感受到它们在爬动，它们来招惹你，搔得你痒痒的，睡着是根本不可能了。我翻来覆去了很长时间，实在是筋疲力尽了，放弃了挣扎，起身走到泥坯屋前坐下，背靠在墙上。月光皎洁明亮，夜色如银。四周一片寂静，因为这里很少会有汽车经过，而所有的动物早就被杀光吃掉了。

突然，我听到了一些窸窸窣窣的声音和脚步声，接着又听到咚咚咚赤脚走路的声音，然后又是一片寂静。我环顾四周，一开始什么也没看见。过了一会儿，窸窣声和脚步声再次响起，然后又是一片寂静。我开始在这片景物中寻找蛛丝马迹——稀疏的灌木丛、矗立在远方如伞盖般的金合欢树、孤零零的巨石。最后，我发现了一个由八个男人组成的队伍正在匆匆移动着,他们抬着一个用树枝做成的简易担架,担架上躺着一个身上盖着布的人。他们移动的方式引起了我的注意。这些人并不是直接向前走,而是蹑手蹑脚地东躲西藏,朝这边走几步,又小心翼翼地挪到那边。他们蹲在灌木丛后面观察四周的情况,然后迅速跑到下一个藏身之处。他们原地打转,绕来绕去,动作偷偷摸摸的,好像在玩越野冒险游戏。我看着他们蜷缩着的、半裸的身影,看着他们紧张的动作,看着这一切诡异的秘密行动。最后,他们消失在一道山脊后面,我的周围又笼罩在宁静明朗的深沉夜色之中。

黎明时分,我们继续赶路。我问赛布亚知不知道我们昨天留宿的那个村子里住的是什么人。"他们是安巴人,"赛布亚说。过了一会儿又说了一句,"Kabila mbaya"(大概意思是"坏人")。他不想再聊这个了,这里的人甚至避免谈论关于邪恶的话题。他们不愿迈入这个领域,以免"把狼从森林里引出来"[1]。一路上我回想着昨夜无意中目睹的事件。那些诡异地绕来绕去抬担架的人,他们的不安和匆忙,这整件事成了一个我无法解开的谜团。其中一定有什么秘

---

[1] 波兰谚语,意思是不要想或谈论可能会引起问题、冲突或危险的事情,以避免这些不好的事情变成现实。

密。但究竟是什么呢？

这里的安巴人和他们的同胞对于世界是由超自然力量所统治的坚信不疑。这些力量是具体的，可以是有名有姓的灵魂，也可以是清晰明确的诅咒。它们决定事情发展的方向和意义，决定人的命运，决定一切。因此，所发生的一切都不是偶然的，"偶然"根本不存在。我们来举一个例子：假如赛布亚开车出车祸死了。为什么恰巧是赛布亚出了车祸呢？明明那天全世界有几百万人在开车，他们的汽车都安全到达了目的地，而赛布亚就恰巧出了车祸。白人会寻找各种原因。比如，他的刹车坏了。但是这样的想法得不出任何结论，也解释不了任何事情。为什么就赛布亚的刹车坏了呢？明明那天在世界各地行驶的汽车中几百万辆车的刹车都是好的，而就赛布亚的刹车坏了。为什么会这样呢？天真的白人肯定会说，赛布亚的刹车坏了，是因为他没有事先想到检查和修理刹车。但为什么恰恰就是赛布亚没想到呢？明明那天，在全世界，几百万人……

所以可以确定，白人的思维方式无法得出任何结论。更糟糕的是，白人在确定了事故和赛布亚的死因是刹车失灵之后，写了一份报告就结案了。竟然结案了！明明从这一刻起，一切才刚刚开始啊！赛布亚死了，肯定是因为有人对他施了诅咒。这是多么显而易见啊！我们还不知道谁是肇事者，但这正是我们现在需要确定的事情！

简单地说，这一定是巫师干的。巫师是邪恶的人，他干什么事都出于邪恶的目的。这里的巫师有两种类型（但波兰语中没有对应的分类）。第一类更危险，因为他是披着人皮的魔鬼。英国人把他们称为"巫师"（英语为witch）。巫师是个危险人物。他的外表和行为都不会暴露他的撒旦本性。他不穿特殊的服装，也没有巫术工具。他不酿造药水，不配制毒药，不占卜也不下诅咒。这类巫师通过与生俱来的精神力量施巫术，这是他的人格特征。他作恶并给人们带来灾难不是因为他喜欢这么做，这么做也不会给他带来快乐。他就是这样的人。

安巴人认为，如果离得足够近，巫师只需看你一眼就可以施巫术。有时，有人会专注地、仔细地长时间盯着你看。那么他可能就是一个巫师，正在对你施巫术。但哪怕你离他很远，也丝毫不会妨碍他施巫术。他可以从很远的地方，甚至从非洲的另一端或者更远的地方施法。

第二类巫师是更温和的小魔鬼，他们的法力弱一些。如果说巫师生来就是邪恶和魔鬼的化身，那么术士（英语中称这种较弱的巫师为"sorcerer"）则是专业的巫师，对他们来说，施法是一门学问，是一门手艺，也是生计的来源。

如果想让你生病并且给你带来其他灾祸甚至死亡，巫师不需要任何辅助工具。他只需将他那邪恶的、带有毁灭性的意念指向你就够了。很快，你就会疾病缠身，起不来床，死亡也就在不远处了。但术士自身不具备这种毁灭的力量。想要毁灭你，他必须借助各种神秘的仪式或祭祀手段。比如，当你在夜里穿过茂密的丛林时失去了一只眼睛，这并不是因为你不小心踩到了一根没看见的树枝。没有任何事的发生是偶然的！这一定是因为你的敌人想要报复而去找了巫师（术士）。巫师用泥土捏塑了和你一模一样的小人儿，然后用蘸着母鸡血的刺柏枝把小人儿的眼睛挖了出来。这样，他就对你的眼睛判了刑，也就是施了诅咒。只要你在某个夜里穿过茂密的丛林，你的眼睛一定会被树枝刺伤，这就足以证明是一个敌人想要报复你并付诸了行动。现在你要做的就是确定那个敌人是谁，然后去找一位巫师，请他帮你报仇。

如果赛布亚出车祸死了，那么对于他的家人来说最重要的不是看看刹车是否出了问题，因为这根本无关紧要；最重要的是得确定导致赛布亚死亡的，是魔鬼巫师向他施的巫术，还是普通的专业术士向他施的法。因为这是一个最基本的关键性问题。只有确定了这一点，才能确定之后占卜师、长老、药师等人要进行的整个漫长而复杂的调查工作该朝着哪个方向推进。这个调查结果具有极为重要的意义！因为如果赛布亚的死是因为恶魔巫师的诅咒，那么这对赛布亚的整个家族来说都是一个巨大的灾难，因为诅咒会牵连所有家人，而赛布亚的死仅仅是一个开端，是冰山一角，等待这个家族的将是接踵而至的疾病和死亡。如果赛布亚的死是因为专业"手艺人"术士的诅咒，那么情况就不算太糟，因为手艺人只能毁灭个体，目标是单一的个人，所以赛布亚的整个家族可以安枕无忧！

邪恶是世界的诅咒，所以巫师们是邪恶的中介、载体和传播者，必须尽可能地让巫师远离我和我的族人，因为他们的存在会污染空气，传播瘟疫，毁掉生命，把生变成死。如果我有亲人去世、房子被烧毁或者奶牛死了，我被疟疾折磨得痛苦万分或者只能虚弱地卧床，那我知道，肯定有人对我施了诅咒。所以但凡我还有点儿力气，我就自己开展行动；如果我太虚弱站不起来，我同村或者氏族中的人就会开始寻找那个罪魁祸首——巫师。按照常规，这个巫师一定住在另一个村子里，来自另一个氏族或部落，和另一群人生活在一起。我们现代人对他者和外来者的怀疑与厌恶，也源于我们部落祖先的这种恐惧，他们在其他人和其他部落身上看到了邪恶的载体和不幸的根源。毕竟，痛苦、火灾、瘟疫、干旱和饥荒都不是凭空产生的，一定是有人把它们带到这里并传播的。那么是谁做的呢？肯定不是我们自己的人，不是我最亲近的人，因为我们自己人肯定都是好人：生命只有在好人之间才能延续，我身边都是好人，所以我还活着。因此，他者和外来者就是罪魁祸首。我们在为所遭受的伤害、所经历的失败寻找复仇机会的时候，会与他们发生摩擦，会陷入冲突，会爆发战争。总之，如果我们遭遇不幸，那源头一定不在我们自己身上而是在别处、在外部，在我和我的社群之外的地方，在远方、在他者那里。

我早已忘记了赛布亚，忘记了我们的刚果探险，以及那晚在安巴人村子里发生的事。直到多年之后，我在马普托无意中拿到了一本关于东非巫术世界的书，里面有一篇人类学家E. H. 温特所写的他对安巴人进行的调研报告。

温特认为，安巴人是一个非常奇特的社会群体。当然，他们和非洲大陆上的其他民族一样，很重视邪恶的存在以及巫术的威胁，所以他们对巫师也是又怕又恨。但是他们和普遍观点完全相反，他们并不认为巫师是和另外一群人生活在一起的，也不是在很远的地方对外面的人下诅咒。安巴人认为，巫师就在他们自己中间，在他们的家庭中，在他们的村庄里，混在他们的族人之中。这种信念导致安巴人的社会分崩离析，因为他们被仇恨所吞噬，被相互猜疑所摧毁，被共同恐惧所消灭：弟弟害怕哥哥，儿子害怕父亲，母亲害怕自己的子女，因为他们都有可能是巫师。安巴人摒弃了那种较为温和、能抚慰人心的观念，他们不相信敌人是外来者、是外国人、是不同信仰或不同肤色的人。不！被受虐狂想法俘虏的安巴人生活在痛苦和忧惧之中，他们深信敌人就在他们中间，和自己在同一屋檐下，同睡一张床，同吃一碗饭。另外，最大的困难就是去描述巫师长什么样子。毕竟从来没有人真正见过巫师。我们知道他们的存在，是因为看到了他们施下诅咒的后果：是他们造成了干旱，所以人们没有东西吃，火灾频繁发生，很多人罹患疾病，不断有人死去。这些都是因为巫师会片刻不停地把不幸、灾难和悲剧都降临在我们头上。

安巴人不识字，所以他们肯定没读到过作者在书中表达的一个观点：随着时间推移，战争会愈演愈烈，敌人会越来越多。而安巴人则通过自己的实践经验得出了同样的结论。他们肯定也不曾读到过，在世界上其他的地方，敌对势力会想方设法地派出自己的密探，从内部瓦解一个健康的社会群体。但是安巴人的状况正是如此。

安巴人，这个同质化的、曾经团结一心的族群，如今散居在稀疏的灌木丛中的小村庄里，尽管他们已经接受巫师就混在自己族群中的说法，但是他们经常怀疑，给他们带来不幸的巫师就悄悄藏在同族人所居住的邻村。他们向他们所怀疑的村庄宣战。被攻击的村庄开展自卫反击，随后也发动报复性的战争，你来我往，进攻者同时也是被攻击者。就这样，安巴人陷入了无穷无尽的战争之中，自相残杀削弱了他们的力量，这令他们很容易就受到外来侵略者的攻击。然而，他们只顾内战，根本没有意识到这种威胁。内部敌人的幽灵使他们瘫痪，让他们一发不可收拾地向深渊滚去。

尽管猜疑和敌意使他们分崩离析，但由此带来的悲惨命运又将他们凝聚成一个整体，导致了一种矛盾的团结。比如，如果我发现有一个巫师偷偷藏在我的村子里，他想要我的命，那么我就会搬到另一个村子，即使我的村子和这个村子正在交战，我也可以得到周到热情的接待。因为巫师的确会想方设法地折磨一个人。他可以在我们走过的小路上摆上小石头、树叶、羽毛、树枝、死苍蝇、猴子毛或杧果皮，只要我们踩到这些东西中的任何一样，我们就会生病，然后死去。每条路上都可能有类似的小玩意儿。那么我们就不能出门吗？是的，不能出门。这里的人甚至害怕走出自己的小泥屋，因为小屋门口可能就放着一块猴面包树皮或一根金合欢的毒刺。

巫师想要把你折磨至死——这就是他的目标。你没有任何解药，也不知道该如何自我保护。唯一救命的方法就是逃跑。这就是为什么我在那天夜里看到的那些人，用担架抬着病人，鬼鬼祟祟地仓皇逃跑。巫师对那个病人下了诅咒，疾病是预示死亡的信号。所以病人的亲戚们想趁着夜色把他藏起来，藏到一个巫师看不到的地方，他们想用这种方式救他的命。

尽管谁都不知道巫师长什么样子，但是我们却知道很多关于他们的事。我们知道：他们只在夜里行动；他们会去参加巫师安息日，那时他们会对我们做出审判；在我们睡觉的时候，在我们毫不知情的时候，他们已经决定了哪些不幸会降临到我们头上；他们能以非常快的速度移动到任何地方，比闪电还要快；他们喜欢吃人肉，喝人血；他们不说话，所以我们不知道他们的声音是什么样的；我们不知道他们的脸长什么样子，头是什么形状。

也许有一天，会有一个有着非凡的视力和意志的人出现，他紧紧盯着黑暗的夜色，他会看到它开始变浓，逐渐凝固，聚集成黑色的晶体，看到这些黑色晶体越来越清晰地组成了巫师那张沉默阴郁的脸。

这些人在哪里？

他们本该在这里——他们现在人在哪儿？下雨了，天很冷。密布的乌云在天边一动不动。放眼望去，到处都是泥潭、沼泽和树沼湿地。通向这里的唯一一条路也被水淹了。尽管我们开的是动力强劲的越野车，但也陷入泥泞之中，在又黑又黏的淤泥里挣扎，现在以极不寻常的倾斜角度杵在车辙、水坑和沟壑中，动弹不得。我们不得不从车上下来，冒着倾盆大雨徒步前进。我们经过了一块高耸的巨石，巨石顶上站着一群狒狒，警惕不安地望着我们。在路边的草丛中，我看到了一个人，他蜷缩着身体坐在地上，因为疟疾浑身哆嗦；他没有伸出手，也不乞讨，只是用毫无所求的眼神看着我们，甚至不带一丝好奇。

我们只能看见远处有几座被毁掉的兵营，除此之外，什么都没有。现在是雨季，到处都是湿的。

我们现在所在的地方叫"伊唐",位于埃塞俄比亚的西部,靠近苏丹边境。几年来,这里形成了一个由十五万努尔人,也就是苏丹战争中的难民组成的难民营。直到几天前,他们还在这里。而今天,这里空无一人。他们去哪儿了?他们怎么了?唯一能打破这片沼泽死寂的、我们唯一能听到的,只有青蛙的呱呱叫声,疯狂的、像蛤蟆一样的叫声,响亮,吵闹,震耳欲聋。

1991年夏天,联合国难民事务高级专员绪方贞子要去埃塞俄比亚视察伊唐难民营,邀请我一同前往。我立刻放下手头的一切事情就去了,因为能去这样的难民营是一次难得的机会。需要提一下的是,这些难民营出于种种原因一般都位于偏远落后、与世隔绝的地方,交通不便,而且通常也都禁止进入。在那些难民营中生活是痛苦悲惨的境遇,时时刻刻都处在死亡的边缘。除了一些医生和各种慈善组织的工作人员外,人们对这些地方几乎一无所知,因为世界想尽一切办法将这些遭受集体苦难的地方隔离起来,不想听到关于它们的消息。

我一直都以为,亲眼看看伊唐是一件不可能的事。因为想要到达伊唐,得先到亚的斯亚贝巴,然后在那里租一架飞机(和谁租?拿什么租?)飞到五百公里外的甘贝拉,这是伊唐周围唯一有机场的地方。甘贝拉已经位于和苏丹的交界处了，想要在那里降落，难度之高无法想象。但是我假设我们有一架飞机，也有准降许可，飞到了甘贝拉——然后该怎么办呢？在这个贫困的小城里我们该去找谁？在市中心集市的摊位上，几个赤脚的埃塞俄比亚人冒着瓢泼大雨，一动不动地站着，他们在想什么？他们在等什么？而我们在甘贝拉又从哪儿能搞到汽车，找到司机、把车从泥潭里推出来的人、绳子和铁锹呢？我们从哪儿能弄到食物呢？但是我们假设，这一切我们都有了。那我们什么时候能到达伊唐？一天够吗？我们要说服、乞求、贿赂沿途多少个警务站，才能获准继续前进？最后，当我们终于抵达目的地的大门口，警卫也可能让我们回去，因为营地里正好在流行霍乱或痢疾，或者有权放行的指挥官恰好不在，又或者没有人给你和难民营中的努尔人当翻译。或者，就像现在这样，我们在大门前面，门的另一边一个活着的人影都没看见。

苏丹是第二次世界大战后第一个获得独立的非洲国家。在此之前，它一直是英国的殖民地，由阿拉伯穆斯林的北方和黑人基督徒（与泛灵论者）的南方组成，这两大族群是被官僚制度强行拉在一起的。两个族群一直势不两立，相互之间充满了敌意和仇恨，因为多年来北方的阿拉伯人一直入侵南方，俘虏南方居民并将他们作为奴隶贩卖。

这两个相互敌对的民族怎么可能生活在同一个独立的国家之中呢？当然不能，这正是英国人的目的。当年，老牌的欧洲列强都认为，即使他们表面上放弃了殖民地，但实际上那些地方仍由他们统治。比如在苏丹，依然需要他们不断调解北方穆斯林与南方基督徒及泛灵论者之间的关系。然而，没过多久他们的帝国幻想就破灭了。早在1962年，苏丹的南北方之间就爆发了第一次内战（在此之前南方已经发生过多次暴动和起义）。当我1960年第一次去南方时，除了苏丹签证外，我还必须持有在单独一页纸上的特别签证。在南方最大的城市朱巴，一位边防警官拿走了我的签证。"这是怎么回事？"我抱怨道，"我还需要这个签证去离这儿两百公里的刚果边境呢！"这位警官不无得意地指了指自己说："在这儿我就是边境！"实际上，除了这座城市的犄角旮旯以外，喀土穆政府对这一大片广袤的土地已经没多大权力了。直到今天，情况依然如此：朱巴由来自喀土穆的阿拉伯驻军保护，而该省则由游击队掌控。

苏丹的第一次内战一直打到1972年，持续了十年之久。在接下来的十年中，脆弱不堪的和平断断续续。在此之后，喀土穆的伊斯兰政府1983年试图在全国范围内推行伊斯兰法（伊斯兰教法），这一举动将战争推上了前所未有的可怕阶段，一直持续到今天。这是非洲历史上持续时间最长、规模最大的战争，可能也是目前世界上规模最大的战争，但由于它发生在我们这颗星球最偏远的地方，并没有直接威胁到欧洲或美国等地的任何人，所以无法引起更大的关注。另外，由于该地区的通信困难和喀土穆的严格限制，媒体无法进入这场战争的战场，无法到达那些悲惨的、尸横遍野的杀戮之地，世界上大多数人根本不知道苏丹正在发生一场大战。

这场战争是在多条战线、多个层面上进行的，其中的南北冲突甚至已不再是当今最重要的冲突了。除此之外，战争的真实面貌可能会被混淆和扭曲。让我们从这个幅员辽阔的国家（两百五十万平方公里）的北方说起。北方主要是撒哈拉和萨赫勒地区，所以我们经常会把这里跟一望无际的沙漠、风化的碎石联系在一起。的确，苏丹北部是沙地和岩石，但不只如此。从亚的斯亚贝巴飞往欧洲，飞过这一地区的上空时，我们会看到一幅非同寻常的景象：在很远很远的地方，金黄色的撒哈拉沙漠一望无垠，在沙漠的正中间，会看到一大片翠绿的田野和种植园——尼罗河沿岸地带，河流在这里呈现为一道宽阔平缓的半圆弧。深赭色的撒哈拉和翡翠色的农田之间仿佛用刀割开了一条界线：没有中间地带，没有过渡的层次，种植园的最后一棵树木边上就连接着沙地的第一块土。

曾经，这些河畔田地养育了数以百万计的阿拉伯农民和生活在那里的游牧民族。但是后来，特别是从二十世纪中叶开始，苏丹独立之后，农民被他们富有的喀土穆同胞赶走了，在军队和警察的帮助下，这些富人和将军们一起占有了河边肥沃的土地，在上面建起了巨大的出口作物种植园，来种棉花、橡胶、芝麻。他们与军队将领和政府高官结成联盟，于1956年夺取了政权并一直执政至今，他们将"黑人"居住的南部地区视为殖民地，对其发动战争，与此同时压榨他们的同胞——同样来自北方的阿拉伯人。

这些苏丹阿拉伯人被掠夺了财产，赶出了家园，失去了土地，他们必须找地方生活下去，给自己找点儿事情做，找到谋生的来源。他们中的一部分人将被喀土穆政府日益壮大的军队招募入伍，还有一部分将加入人数众多的警察和官僚机构职员队伍。那么其他人呢？这一大群失去了土地和家园的人该怎么办？喀土穆政府将想方设法地把他们逼到南方去。

苏丹北方有大约两千万居民，南方大约有六千万。南方有几十个部落，他们使用不同的语言，信仰不同的宗教。然而，在南方这片多部落的海洋中，有两大族群格外引人注目，这两个民族加在一起占了该地区人口的一半。这就是丁卡人以及和他们有血缘关系的努尔人（尽管有时他们会互相对抗）。离很远就能认出这两个民族的人：他们都很高（两米左右），体型苗条，肤色黝黑。他们是一个样貌美丽、体格健壮、高贵甚至有些傲慢的种族。多年来，人类学家一直想知道他们为什么又高又瘦。他们几乎全靠牛奶摄取营养，有时还会喝他们饲养、崇拜并喜爱的奶牛的血。这些奶牛是不能被杀掉的，也不允许妇女接触它们。丁卡人和努尔人的生活均服从于这些奶牛的要求和需要。旱季时，他们和牛一起在尼罗河、加扎勒河和索巴特河附近度过；雨季时，当远处高原上的草开始变绿，他们和牛一起离开河流，向那些草场的方向前进。在这种永恒的节律中，他们往返于在上尼罗河的河岸和高原牧场之间，这仿佛是他们的一种仪式，丁卡人和努尔人的日子就这样一天天地过去。为了生存，他们必须拥有空间、无边无际的土地和开阔的地平线。如果他们被封闭起来，就会生病，瘦得皮包骨头，油尽灯枯，最终死掉。

我不知道战争是由什么引发的。那已经是很久很久以前的事了。可能是有些政府军队中的士兵偷了丁卡人的奶牛？丁卡人又去把牛抢回来？然后就开始了射杀？丁卡人被杀死了？估计就是这样吧。当然，奶牛只是一个借口。喀土穆的阿拉伯贵族们不同意南方那些放牧的跟他们享有同样的权利。南方人不想在独立的苏丹国内被奴隶贩子的儿子统治。南方要求独立，要建立自己的国家。北方决定消灭叛军。就这样，屠杀开始了。据报道，迄今为止这场战争已夺走了一百五十万人的生命。

这是一场漫长的拉锯战,战争爆发,愈演愈烈,慢慢平息,接着再次爆发。尽管已经持续了那么多年,我却从未听说有人想要为这段历史写一本书。在欧洲,关于每一场战争的书都堆满了一个个书架,档案馆里全是文件,博物馆里还有专门的展厅。在非洲,什么都没有。哪怕是持续时间最久、规模最大的战争,很快就会淹没在记忆中,被人遗忘。第二天,战争的痕迹就消失得干干净净:死了的人要马上埋掉,泥坯屋被烧了就在原地搭一个新的。

文件记录?这里从来就没有这种东西。没有写在纸上的命令,没有指挥作战图,没有密码、传单、公告、报纸和信件。这里没有写日记和回忆录的习惯(而且很多时候根本没有纸)。没有记录历史的传统。另外,谁来做这些事呢?没有收藏爱好者,没有博物馆工作人员,没有档案员,也没有历史学家和考古学家。也许这样更好,起码不会有这样的人在战场徘徊。不然他会立刻被警察注意到,然后送到监狱里并怀疑他犯有间谍罪,那么他就会被乱枪打死。这里的历史总是突然出现,如神兵天降[1],收割血染的收成,

---

1 原文为拉丁语短语deus ex machina,直译为"机械装置的神"。古希腊和罗马戏剧中,当主角有难时,舞台后的工作人员会使用一种类似起重机的装置,将一个装扮成神的演员吊到舞台上空,为主人公解决困难,并完结剧情,后特指剧本或小说中扭转乾坤的力量。

掳走牺牲者，然后消失得无影无踪。历史到底是谁？它为什么要向我们降下残忍的诅咒？多想无益，还是不要深究了。

我回到了苏丹。战争是在崇高的口号鼓舞下开始的（北方：我们必须统一国家；南方：我们必须为独立而战），随着时间的推移，这个年轻国家的悲剧演变为不同军事阶层对自己的国家发动的战争、一场武装力量对无辜人民发动的战争。因为所有这一切都发生在一个贫穷、人人饥肠辘辘的国家，如果有人拿起武器，拿起砍刀和自动步枪，首先是为了抢夺食物和填饱肚子。这是一场为了一把玉米、一碗米饭的战争。在这里，各种抢劫都格外简单，因为我们处在一个幅员辽阔、荒无人烟的国家，交通不便，通信设施薄弱，人口稀少而分散。在这样的条件下，抢劫、掠夺和强盗等行为经常都会逍遥法外，更不要说任何形式的监督和管理了。

发动这场战争的有三支武装力量。第一支武装力量是喀土穆精英集团所掌握的工具：由总统奥马尔·巴希尔领导的政府军。许多公开或秘密的警察机构、穆斯林兄弟会以及大地主的私人武装都和这支军队相互配合。

与这一统治阶级力量抗衡的是约翰·加朗上校领导的苏丹人民解放军游击队（SPLA），以及南方从苏丹人民解放军脱离出来的各种组织。

最后还有第三支武装力量：数不胜数的"民兵"。他们是出身部落的年轻人（经常是儿童）所组成的准军事团体，由各地方或部族的军阀领导，他们根据局势和利益决定，是与政府军合作，还是与苏丹人民解放军合作（民兵是非洲近年来的产物，是一支奉行无政府主义、极具侵略性并且不断增长的军事力量，瓦解着国家、军队、游击队行动和政治运动）。

所有这些军队、师团、兵团、民兵队和特种部队，这么多人，这么多年，他们究竟是为了对付谁？有时候，他们相互开战。但更多时候，他们与自己的国家作战，也就是对本国那些手无寸铁的民众发动战争，尤其是妇女和儿童。他们为什么要对妇女和儿童发动战争呢？难道这些全副武装的男人是被某种动物学上的反女性主义所驱使的？当然不是。他们袭击抢劫成群的妇女和儿童，是因为世界把援助都给了她们，一袋袋的面粉和大米、一箱箱的饼干和奶粉，这些东西在欧洲无人问津，但在这里，北纬六度到十二度之间，却比任何东西都珍贵。有时他们也不一定要从妇女手中把这些宝贝夺走。他们只需在食物运来时把飞机团团围住，然后扛起一袋袋、一箱箱的食物，运回自己的部队就行了。

喀土穆统治者多年以来一直使用饥饿作为武器来消灭

南方人民……人们挨饿并不是因为世界上没有食物。食物有的是，有时还会过剩。但是在那些想填饱肚子和那些仓满钵满的人之间，竖着一道高高的屏障——政治博弈。喀土穆政府限制为饥饿人民提供援助的航班入境。许多飞机刚飞抵目的地，就会立刻被当地军阀抢劫一空。谁拥有武器，谁就拥有食物；谁拥有食物，谁就拥有政权。这里的人不会去考虑生命的存在和精神的核心，不会考虑生命的意义和存在的本质。我们所在的是这样一个世界：人们为了能撑到明天，只能在地上爬行，想办法从泥土中挖出几粒谷物。

伊唐：

我们走到了营地。那里以前肯定是个医院，现在被毁坏得满目疮痍。是谁毁掉的呢？床四脚朝天，桌子被砸得散架了，所有的柜门都敞开着。一台新的X光机被石块砸坏了，机身弯曲，杠杆被拽掉了，带刻度盘和仪表盘的面板也被碾成了碎渣。它可能是方圆五百公里内唯一的一台X光机。现在却变成了无用的废品。是谁干的呢？他为什么要这么做？旁边还有一台发电机，也被砸得粉碎，惨不忍睹。这片广袤的土地上唯一的科技产品（当然，除了武器之外）变成了无法运转的垃圾。

我们从那里沿着河堤走到唯一一个地面还算干的广

场上。两边都是积水，散发着腐烂的气味，成群的蚊子四处乱撞。湿地和沼泽中有一些简陋的小屋，其中大多数都是空的，但有些里面也有人坐着或躺着。他们待在水里？是的，待在水里，我亲眼所见。最后，这里一共聚起了一百二十个人。有人让他们排成半圆形。他们站在那里，一言不发，一动不动。其他人去哪儿了呢？另外的十五万人难道在一夜之间集体消失了？他们去了苏丹。为什么去苏丹？领导人命令他们去的。营地里的人多年来一直挨饿，他们已经没有理解能力，没有方向感，也没有个人意志了。好在还有人对他们下达命令，这就证明有人知道他们的存在，还对他们有所要求。这些人为什么不和其他人一起离开营地？这就不得而知了。他们会自己提出请求吗？不，他们什么都不做。这么长时间以来，他们只要得到援助物资，就能活下去。如果没有援助，他们就会死。但他们昨天得到了。前天也是。所以情况真的不算太糟，所以也没什么好提要求的。

　　一个老年男子示意让我们走开。我问他是否可以照一张照片。当然可以。在这里干什么都可以。

井

有人正在叫醒我,我感到一阵小心翼翼的轻柔触碰。一张黑色的脸在俯身看着我,我看见她头上裹着的白色头巾,如此明亮,甚至闪着光芒,像沾过磷粉一般。现在还是夜里,但我四周已经开始有动静了。妇女们正在拆简陋的茅草屋,男孩们把柴草放到篝火上。在这片忙碌中,一切都在急切地进行,他们仿佛在和时间赛跑,要尽快在太阳升起和酷热来临之前把活干完。他们要把这些夜间容身的营地都清理干净,然后继续上路。这些人感受不到一丝一毫和他们所在地的连接感。他们从这儿离开后,不会留下一丝痕迹。在他们晚上经常唱的歌谣中会重复这样一句歌词:"我的故乡在哪里?哪里下雨,哪里就是。"

但现在离晚上还早着呢。他们得先为出发做准备。所以现在要做的最重要的事就是给骆驼喂足水。这需要很长时间，因为骆驼可以吸收大量的水储存起来，这是人类和其他任何生物都做不到的。然后男孩们会给骆驼挤奶，把干瘪的羊皮袋中灌满又酸又苦的骆驼奶。然后，再让一共大约两百头绵羊和山羊去井里喝水。妇女们负责看管这些羊群。人们最后才喝水，男人先喝，然后才是妇女和小孩。

地平线上出现了第一道亮光，这是一天开始的象征，也是对晨间祈祷的召唤。男人们用一捧水洗干净脸后开始祈祷。洗脸和祈祷一样，都需要全神贯注，不能有一滴水浪费，就好像神的旨意一个字都不能漏掉一样。

妇女们开始给男人们递上一杯加了糖和薄荷叶的茶，这杯提供能量的茶稠得像蜂蜜一样。当旱季没有食物的时候，这杯茶必须要足够支撑他们一整天，直到晚上再喝一杯作为晚餐。

太阳出来了，天亮了，也到了要出发的时刻。走在最前面的是由男人和男孩们牵着的骆驼群，然后是在飞扬尘土中狂奔的绵羊和山羊，在它们后面是妇女和儿童。一般来说，人和动物都是按照这样的先后顺序行进的。但这一次，在队伍的最后跟着哈米德和他的毛驴，还有我这个"拖油瓶"。哈米德是来自柏培拉的商人，我之前曾在他的招待所中过夜。当他告诉我，他要和他的表兄弟们一起去拉斯阿诺德找哥哥时，我请他带上我和他一起去。

但是柏培拉是哪儿？拉斯阿诺德又是哪儿？这两个地方都位于索马里的北部。柏培拉位于亚丁湾，拉斯阿诺德位于豪德高原。所以，我同行的旅伴们早上面向北边，也就是朝着麦加的方向祈祷，那时太阳在他们的右边，而当我们现在出发时，太阳在左边。这个世界的地理就是这样错综复杂，但上帝不允许你在这里犯错：在这种沙漠条件下，犯错就意味着死亡。到过这里的人都知道，这是地球上最热的地方。但只有真正感受过这种炎热的人才知道我在说什么。旱季的白天，特别是中午前后，简直就是地狱。我们周围的一切都在被烈火炙烤。甚至连阴凉都是热的，连风都在燃烧。仿佛附近有一颗炽热的宇宙陨石正在移动，它的热辐射将一切化为灰烬。这个时候人、动物和植物都一动不动地待着。四周笼罩在寂静、死一般的寂静、令人恐惧的寂静之中。

而此时此刻，我们正走在空无一人的沙漠中，眼前是令人眩晕的热浪，在一天中最酷热的尖峰时刻，我们直面这令人精疲力竭的炎热和炙烤的折磨，而且在这里根本找不到一个庇护所，也无路可逃。行进的队伍中没人聊天，好像全部的注意力和精力都被前进这件事所占据，尽管这只是每天的任务，是单调的日常，是活命的方式。只能偶尔听到木棍抽在犯懒的骆驼背上或者妇女们对着不听话的羊群喊叫的声音。

马上就要十一点了，队伍的脚步慢了下来，然后逐渐停下，大家各自散开。每个人都在寻找可以躲避太阳的地方。唯一的办法是跑到零散生长在这里、带着露水的金合欢下面，它们的树冠扁平、参差不齐，像一把撑开的大伞：那里有树荫，有一丝隐隐的凉意。因为除了这些树以外，到处都只有沙子。偶尔会有一些孤零零的带刺灌木丛，一丛丛焦黄杂乱的草丛和零星的灰色苔藓。只有极少数地方会有一两块凸出的石头、一些风化的巨石以及成堆的碎石。

"留在那口井边不好吗？"累得半死的我问哈米德。我们现在刚刚上路第三天，我已经没有劲儿继续往前走了。我们背靠着树干坐着，挤在一片狭窄的树荫下，树荫太小了，只能容下哈米德毛驴的头在里面，它整个身子都在阳光下炙烤着。

"不行，"哈米德说，"因为欧加登人从西边过来了，我们打不过他们。"

我在这一刻明白了，我们的行进不是简单地从一个地方换到另一个地方，在行进的同时我们也在参与战斗，在不停的危险逃亡之中，在与敌方的遭遇和冲突之中，随时都有可能陷入险境。

索马里人是一个拥有数百万人口的单一民族。他们有共同的语言、历史、文化和领土，信奉同一个宗教：伊斯兰教。大约四分之一的索马里人生活在南部，从事农业生产，种植高粱、玉米、豆类和香蕉等。但大多数索马里人是游牧民，有自己的牧群。我现在就是和他们在一起，在柏培拉和拉斯阿诺德之间的一片广袤的半沙漠地带。索马里人由几大氏族组成，其中包括伊萨克人、达鲁德人、迪尔人和哈维耶人，这些大氏族分为几十个小氏族，这些小氏族又分为几百甚至上千个亲族。这些氏族、亲族、家族的联合、结盟以及冲突构成了索马里社会的历史。

索马里人出生在旅途中、茅屋里或者直接就在空地上。他们不知道自己的出生地在哪儿，也没有任何记录。和他们的父母一样，他们既不是来自农村，也不是来自城市。他们只有一种身份，就是和自己的家庭、家族以及氏族的联系。当两个陌生的索马里人相遇时，他们都会从"我是谁"这个问题开始介绍："我是索巴，是艾哈迈德·阿卜杜拉家的，属于穆萨·阿拉耶家族，这个家族属于和伊萨克族联盟的哈塞恩·赛德氏族。"如此等等。交流这些信息需要花很长时间，但是这对他们来说非常重要，因为这两个陌生的索马里人必须通过这种方式来确定对方在哪些地方跟自己团结一致，又会在哪些地方分道扬镳，是应该跟对方亲切拥抱还是拔刀相向。而他们之间的私人关系、个人好恶并不重要，他们之间的关系是敌是友，取决于当时两个部族之间的关系。在这里不存在单独、具体的某个人，这个人只能算他所属的部族的一部分。

当男孩长到八岁时，会迎来一个巨大的殊荣：从这一刻起，他就可以和他的伙伴们一起管理骆驼群了。骆驼是索马里游牧民族最宝贵的财富。他们的财富、权力、生命，他们的一切都是由骆驼来衡量的。生命是可以用骆驼来换取的。如果艾哈迈德杀了其他氏族的人，那么艾哈迈德的族人们就得进行赔偿。如果他杀的是一个男人，就得赔一百头骆驼；如果他杀的是一个女人，就得赔五十头。不然就要开战！没有骆驼，人就活不下去。他们以骆驼奶为食，骆驼驮着他们的家。男人只有靠骆驼才能建立家庭，因为娶妻是需要给女方家补偿的，而这要用骆驼来支付。

每个家族都拥有由骆驼、绵羊和山羊组成的畜群。这里的土地是无法耕种的，干燥炎热的沙漠中什么都长不出来。所以畜群才是他们唯一的生活来源。但是动物们得喝水吃草。即使在雨季，这里的水和牧草也不多，而到了旱季，大片的牧场会完全消失，水坑和水井会变得很浅甚至完全干枯。干旱和饥饿席卷而来，牲畜们纷纷倒下，很多人也会死亡。

从现在开始，这个索马里小男孩开始认识自己的世界。他开始学着了解这个世界。那些零星的金合欢树，那些杂乱的草丛，那些孤零零的猴面包树，都成了给他提供信息的标志，告诉他，他在哪里以及该往哪里走。这些高耸的巨石、垂直的岩层、陡峭的石壁，都在为他提供线索，指明方向，不会让他迷路。但是，这片在开始时对他来说既清晰又熟悉的风景，很快就会让他失去信心。因为他会发现，还是那些地方、还是那些迷宫以及周围提供信息的标志，但它们在被干旱灼烧时和在雨季繁茂的绿色植被覆盖下看起来截然不同；那些石缝和露出地面的岩石，在清晨阳光的水平光线中呈现某种形状、深度和颜色，而在正午垂直的阳光照射下则完全不同。那时，这个小男孩就会明白，原来同一幅风景的背后隐藏着这么多变化莫测的组合，他必须知道这些变化会在何时、以什么顺序出现，它们代表着什么，在向他传递什么信息，以及在提醒他注意什么，这个小男孩都得知道。

这是他上的第一堂课：世界在说话，而且是在用好多种语言说话，我们始终需要不断地学习。但是随着时间的流逝，小男孩还会上另一节课：他在慢慢了解自己的星球，自己的地图以及地图上标记的各种小径和道路，它们来自何处又通向何方。尽管表面看上去这里除了荒无人烟的沙漠什么都没有，但实际上这片土地纵横交错着数不清的小径、足迹、驼道和通途。虽然在沙子和岩石上都看不见，但它们却深深地印刻在数百年来穿越于这片土地的人们的记忆中。正是在这里，索马里人的大冒险游戏——一场关于生存、关于生命的游戏开始了。因为正是这些小径，将把他们从一口水井带到另一口水井，指引他们从一片牧场到另一片牧场。经过几个世纪的战争、冲突、你争我抢，每个亲族、联盟和氏族都有根据自身传统认定的路线、水井和牧场。如果在雨水充沛、牧草茂盛的年份，牧群数量不多、来这里的人也不多的话，情况就还算理想。但是，只要干旱降临——而且这里干旱经常会出现——草地就会消失，水井就会枯竭！这张由大路小径交织而成的道路网，可以让各个氏族完美错开、避免狭路相逢的"路线设计"就失去了效力，变得松松垮垮，支离破碎。人们开始不惜一切代价寻找尚未干涸的水井。来自四面八方的人都会把牲畜赶到为数不多的、还有一点青草的地方。旱季成了冲突、仇恨和战争一触即发的季节。这时，人们最恶劣的品质——不信任、欺骗、贪婪和仇恨，都会暴露无遗。

哈米德告诉我，他们的诗歌经常讲述那些毁灭的氏族：他们穿过沙漠，最终无法到达一口水井。这样悲惨的旅程会持续几天，甚至几周。一开始先是绵羊和山羊倒下了，它们没有水喝的话只能坚持几天。接着就是儿童。"然后就是孩子们。"哈米德说完这句话就不再往下说了。他没提这些孩子的父母会做何反应，也没说会怎么埋葬这些孩子。"然后就是孩子们，"他重复了一遍之后又沉默了。此刻的天气热得人说话都困难。刚过中午,空气简直无法呼吸。"接着就是女人们,"他停顿了一下继续说,"没死的人也不能停留太久。要是每倒下一个人他们都停下来,那他们永远也到不了水井那儿。一个死亡会带来另一个,死亡就这样接踵而至。这个氏族走着走着就消失了。"我脑海中出现了这条看不见的小路,上面走着一队人和牲畜,越来越小,人越来越少。男人和骆驼还能再撑一段时间。骆驼三个星期不喝水也能活下去,而且能长途跋涉,它可以走五百公里甚至更远。在这段时间中,母骆驼还可以产一点儿奶。对于男人和骆驼来说,如果这片土地上只剩下他们自己,那么三个星期便是生命的极限。"这里只剩下他们自己了!"哈米德大喊道,语气中带着恐惧。因为索马里人最难以想象的就是"只剩下自己"。人和骆驼继续前行,寻找水井和水。他们越走越慢,越走越吃力,因为他们脚下的土地、头顶的太阳都在炙烤着他们,热浪从四面八方袭来,石头、沙子、空气都在燃烧。哈米德说:"人和骆驼最后会一起死掉。"当骆驼的乳房空了,变得干瘪然后裂开,人们再也挤不出骆驼奶的时候,那种情况就会发生。牧民和动物通常会竭尽全力走到阴凉的地方。后来的人们会发现他们躺在树荫下的尸体,或者躺在他们自己当时以为有树荫的地方。

"我知道这个,"我打断了哈米德,"我在欧加登亲眼见过。"当时我们开着卡车,在沙漠中到处寻找生死线上的牧民,好把他们带到位于戈代的营地。最令我们震惊的是,这些人说什么也不愿意和他们的牲畜分开,哪怕他们最终的结局一定是死亡。我当时和人道救援组织"Save"的一群年轻救援队员在那里。他们费了很大力气才把一位牧民从骆驼身上拽下来,牧民和骆驼都瘦得只剩下一把骨头,他们将这位一直骂骂咧咧的牧民带回了营地。不过,他们也不会在那里待很久的。这些牧民每天会得到三升水,用于喝水、做饭、洗衣等一切事情。他们每天有半公斤玉米作为食物,每周还会有一小袋糖和一块肥皂。索马里人会把这些全都变成自己的积蓄,他们把玉米、糖都卖给营地周围的商贩,把卖东西得到的钱存起来买新骆驼,然后逃向沙漠。

他们无法以其他方式生活。

哈米德对此并不感到奇怪。"这就是我们的天性。"他说这句话的时候没有失落,相反倒是带着一丝骄傲。天性是不可抗拒的,不能试图去改变它,也无法靠任何努力来摆脱它。天性是天主赐予的,所以是完美的。干旱、炎热、枯井和行进途中的死亡也都是完美的。没有它们,人类将无法体会到雨水带来的真切快乐、水的神圣滋味和牛奶赋予生命的甘甜。牲畜们不会懂得如何享受绿草的鲜嫩多汁和牧场的芬芳。人们不会知道站在清凉晶莹的溪水中是什么感觉。他们甚至都不会想到,这就是天堂。

下午三点,暑热变得温和些了。哈米德站起来,擦了擦额头的汗,又整理了一下头巾。他要去参加所有成年男子的集会。这种集会在当地叫"希尔"(szir)。索马里人没有等级制度。这种人人都可以发言的集会就是他们唯一的治理方式。在集会上所有人都会听取孩子们从周边打探来的"密报"。因为孩子们是不休息的。他们从一大早就去周边地区打探侦查:在这附近是否有力量强大、会对他们造成威胁的其他氏族?最近的水井在哪里,我们是否有机会第一个到达那里?前面是否安全,我们能否放心地继续前行?他们会依次对每一个问题进行探讨。在"希尔"上他们总是吵吵嚷嚷,争执、尖叫和道歉不断。但最终将做出一个最重要的决定:我们应该往哪里走。然后,所有人都会站起来,按照几个世纪之前就确立的秩序各就各位,继续上路。

在阿卜杜拉-瓦里奥村的一天

在阿卜杜拉-瓦里奥村，姑娘们总是最早起床，天刚蒙蒙亮她们就要去打水。这是个幸福的村庄，因为离水源很近。她们只需要走下陡峭的沙坡，就可以到河边。这条河是塞内加尔河，它的北岸是毛里塔尼亚，南岸是与河同名的国家——塞内加尔。我们现在所处的位置是撒哈拉沙漠的尽头，也是被称为"萨赫勒地区"的开端。萨赫勒是一片半沙漠化、半干旱的热带大草原，向南往赤道方向绵延数百公里后，就变成了潮湿的、蚊子肆虐（容易传播疟疾）的热带雨林地区。

姑娘们来到河边，用高高的金属盆和塑料桶盛满水，一个人帮另一个人把水放在头上，然后她们叽叽喳喳地爬过沙坡回到村子里。太阳升起，容器里的水捕捉到阳光，像水银一样颤抖，荡漾，闪烁。

现在，她们各自回到家中，回到自己的院子里。从清晨去河边打水开始，她们就穿戴整齐，总是一样的衣服：高支棉印花连衣裙，宽松肥大，一直垂到地面，把全身遮得严严实实。这是个信奉伊斯兰教的村庄，女性身上不能有任何让人联想到她在试图诱惑男性的着装配饰。

摆放餐具和倒水的声音就像乡村教堂里的钟声，唤醒了村里的每个人。孩子们从简陋的泥坯房中涌出来——这里也只有简陋的泥坯房。孩子多得数不过来，仿佛整个村庄就是一个巨大的幼儿园。这些小孩一跨过门槛，就开始毫不犹豫地尿尿，他们逮哪儿尿哪儿，尿得到处都是，他们有的无忧无虑、十分开心，有的还没睡醒，有的在生闷气。他们刚尿完就跑到水桶和盆边喝水。这时小姑娘们（也只有小姑娘们）才会擦脸。小男孩可想不到干这件事。然后孩子们就会四处去寻找早餐。当然这是我的想法，但实际上这里并没有早餐的概念。如果小孩们有东西吃，他们就吃。吃的可能是一块面包或者饼干、一块木薯或者一根香蕉。他从来不会一个人吃，因为孩子们所有东西都会分享。一般他们中间年纪最大的女孩子会尽量确保每个人都能公平地分到食物，哪怕每人只能分到一小块碎渣。接下来的一天他们都要不停地寻找食物。这些孩子总是饿肚子。无论何时何地，只要给他们任何东西，他们都会一口吞下去，然后立刻开始寻找下一个能吃的东西。

现在，每当我回忆起阿卜杜拉-瓦里奥村的清晨，都会想到，在那里听不到犬吠、母鸡咯咯或奶牛哞哞的叫声。是的，因为村子里没有任何动物，没有任何我们称之为牲畜的牛、猪、羊和家禽。因此，这里也没有牛棚、马厩、猪圈或鸡舍。

阿卜杜拉-瓦里奥村也没有植被，没有绿植、鲜花或灌木，没有花园或果园。人类在这里与裸露的土地、松散的沙子和碎泥块为伴。在这个炙热如熔炉的天地间，人类是唯一的生灵，无时无刻不在为生存而战，为在这片大地上活下去而战。所以，这里只有人和水。因为水在这里可以代替一切。在没有动物的情况下，是水为我们提供食物，维持我们的生存；在没有植物遮阴的情况下，是水为我们降温，水花飞溅的声音就仿佛是树叶沙沙作响。

我是来蒂亚姆和他弟弟亚马尔家做客的。他们都在达喀尔工作，我就是在那里认识他们的。他们是做什么工作的？他们什么都做。非洲城市里有一半人没有明确的职业，没有固定的工作。他们做小买卖，当搬运工，帮别人看东西，等等。到处都是他们的身影，他们随时可以提供各种服务。他们可以按照你的要求干活，拿钱，然后消失得无影无踪。或者，他们也可以一直陪在你身边。这都取决于你，取决于你花多少钱。要说起他们都干过什么工作，他们可是滔滔不绝，他们做过成千上万种工作，就没有他们没做过的！他们一直留在城市里，因为在这里能更轻松、更容易地活下去，有时甚至还能挣点钱。如果挣了点钱，他们就会买礼物回村里，看看妻子、孩子和表兄弟们。

我在达喀尔遇到蒂亚姆和亚马尔时，他俩正准备动身回阿卜杜拉-瓦里奥村。他们建议我和他们一起去，但我必须在达喀尔再待一个星期。不过，如果到那时我还想去的话，他们会在那边等着我。去那里的唯一方法是乘坐小巴。我得在黎明时分赶到汽车总站，那时才最容易找到座位。于是我一周后就去了。汽车总站是一个巨大而平坦的广场，在这个时间还空荡荡的。几个男人立刻现身在门口，问我要去哪里。我说去波多尔，因为我要去的那个村庄就在这个省。他们把我带到广场中央，把我留在那里就离开了。因为我独自一人在这个荒凉的地方，不一会儿一群冻得瑟瑟发抖的小贩（现在很冷）就聚集在我周围，使劲推销他们的商品——口香糖、饼干、婴儿摇铃，还有可以按根或按包买的香烟。我什么都不想买，但他们还是一直站在那里，没有任何事可做。白人就是异类，是一个来自别的星球的空降兵，可以饶有兴致地盯着他一直看。过了一会儿，在大门口那儿出现了一个乘客，接着又来了一个，小贩们一齐都朝他们的方向走去。

终于，一辆丰田小巴开了过来。这种车上有十二个座位，但在这里能乘坐三十多个乘客。很难描述车里满满当当的加座、焊接座和长凳的数量及排列。当车厢满员时，只要有一个人上下车，所有乘客都得配合，因为车里挤得严丝合缝，跟瑞士钟表一样精密，任何占据了一个位子的人都必须考虑到，在接下来的几个小时里，他连脚趾头都动弹不了。最难熬的是等待发车的时候，你只能坐在又闷又热的车里，直到司机认为车上乘客齐了。就拿我们这辆丰田小巴来说，我们已经等了四个小时，眼看就要出发了，但我们的司机特拉奥雷，一个高大魁梧、年轻暴躁的大块头上车后却发现有人把他放在座位上的一个包偷走了，包里面装的是他送给女朋友的一条连衣裙。这种偷窃本来在全世界都是家常便饭，但我不知道为什么特拉奥雷暴跳如雷，气急败坏，像疯了一样。我们车上所有人都往后躲，生怕他把我们这群无辜的人都撕成碎片。我再次注意到，在非洲这样一个偷窃无处不在的地方，人们对小偷的反应是非常不理智且近乎疯狂的。对一个可能只有一个碗或者一件破衬衫的穷人实施盗窃，的确是一件惨无人道的事，所以他们对偷窃的反应也会显得惨无人道。如果人群在市场、广场或大街上追到小偷，会当场把他杀死。所以，非常矛盾的就是，与其说警察在这里的任务是抓小偷，不如说是保护和解救他们。

我们先是沿着大西洋海岸行驶，路的两边是壮硕挺拔、直入云霄的猴面包树。行驶在这些树中间，仿佛行驶在曼哈顿的摩天大楼之间。猴面包树在树中的地位，就好像是大象在动物界的地位，没有树可以匹敌。它们来自另一个地质时代、另一种环境、另一种自然界。没有任何东西可以和它们相比较。它们为自己而活，有自己独立的生物程序。

驶过这片绵延数公里的猴面包树林之后，我们开上了向东去的道路，朝着马里和布基纳法索方向行驶。特拉奥雷在达加纳把车停了下来。这里有几家小餐馆，我们将在其中一家吃午饭。大家六到八人一组，围成一圈坐在餐馆的地板上。在每个圆圈的中间，餐馆的小伙子放下一个金属盆，里面装有半盆淋着棕色辣酱的米饭。我们开始吃饭：每个人依次把右手伸到盆中，抓起一把米饭，挤出多余的酱汁，然后把这团压实的米饭放进嘴里。大家吃得很慢，很认真，也都遵守秩序，不让任何人吃亏。在这个仪式中非常讲究礼仪和适度。尽管大家都很饿，米饭又有限，但没有人破坏秩序、加快吃饭速度或者作弊。当我们把大盆里的米饭吃完后，那个小伙子又端来一桶水，每个人再按顺序喝一大杯，然后洗手、付钱、离开、上车。

不一会儿，我们又开车上路了。下午我们到达了一个叫"姆布巴"的地方。我在这里下车，接下来我还有十公里的土路要走,要踩着滚烫的沙子,顶着灼人的烈日,穿过干燥炎热的大草原。

阿卜杜拉-瓦里奥村的早晨。孩子们已经散落在村子中的各个角落了。成年人从泥坯屋中走出来,男人们在沙地上铺上小地毯开始晨间祷告。他们沉浸在自己的世界里,专心致志地祷告,任凭孩子们追跑打闹,妇女们忙忙碌碌。这个时间太阳已经升起,照亮了大地,照进了村子。人们也立刻感觉到了它的存在,感觉到了炎热。

接下来,早晨的拜访问候开始了。所有人都要相互拜访,但这些仪式都在院子中进行,不会进到别人的泥坯房中。因为房子只是用来睡觉的地方。蒂亚姆在祈祷结束后开始去拜访离他最近的邻居。他走向他们,双方开始一问一答地寒暄。"你睡得好吗?""我睡得很好。""你妻子睡得好吗?""也很好。""孩子们睡得好吗?表兄弟们呢?""都很好。""你的客人睡得怎么样?""也很好。""你做梦了吗?""做了。"如此等等。这样的对话要持续很长时间,甚至我们问得越久、交流得越详细,就代表我们越尊重对方。我们在这个时候无法自由地在村子里走动,因为我们必须和遇到的每一个人都进行这种一问一答、无穷无尽的问候交流,而且每个人都要单独问候,不能集体问候所有人,那样做是不礼貌的。

我一直陪着蒂阿姆完成了这套礼仪。我们花了很长时间，才把所有人都拜访了一圈。同时我发现，其他人也按着他们的"清晨轨道"完成这个仪式，村子里熙熙攘攘，都是在参加这个盛大的仪式，四处传来"你睡得好吗？"以及令人满意的积极回复"我睡得很好"。走在这样一个村子里，你会发现在这些村民的传统中，甚至在他们的想象中，并不存在将空间划分、区隔或分段的概念。整个村庄没有围墙、栅栏或围栏，没有防护网或沟壑，没有任何分界线。他们的空间是一体的、共享的、开放的，甚至是透明的；不挂窗帘，不设屏障、阻隔和围墙，不对任何人设置限制，也不阻拦任何人。

现在，有一部分人去田里干活了。田地很远，从这里甚至看不到。村子附近的土地早就变得荒芜贫瘠，只有沙土和灰尘。只有在几公里外的地方才能种点东西，还得盼着雨水降临，这样土地能有所收成。人类在这里有那么多的土地，但能耕种的却很少。锄头是他们唯一的工具，他们没有犁，也没有耕畜。我看着那些下地干活的人。他们每人带一瓶水，作为一天唯一的饮食。当他们到达那里时，天气已经非常炎热了。他们在地里种什么呢？木薯、玉米、旱稻。这些人的智慧和经验告诉他们，不能干太多活，要慢慢来，要多休息，要节省体力。这是因为他们的身体很虚弱，营养不良，没有力气。如果有人拼命干活，不辞辛苦，那么他就会变得更加虚弱。疲惫无力的人很容易患上疟疾、肺结核以及上百种热带疾病，这些疾病中有一半都是致命的。这里的生活是无休止的艰难挣扎，反复探索，尝试在生存和毁灭之间找到一个脆弱不堪、岌岌可危的平衡点。

妇女们从早上就开始准备一顿饭。我说"一顿饭"，是因为他们一天只吃一顿饭，没法用"早餐""午餐""晚餐"这样的词；他们也不是在固定的时间吃饭，什么时候饭做好了，就什么时候吃。但通常是在下午晚些时候，而且吃的都一样。和周围其他地方一样，在阿卜杜拉-瓦里奥村人们吃的是淋有辣椒酱的米饭。村里有穷人也有富人，他们之间的差别不在于菜色是否丰富，只在于米饭数量的多少。穷人只有一小口，而富人可以吃冒尖的一碗。但这只是在丰年才会出现的情况。常年干旱把所有人一起推向谷底，穷人和富人都只吃一点点，只要饿不死就行了。

准备这顿饭要占用妇女一天中的大部分时间，确切地说是所有的时间。因为她必须在早晨出发去找柴火。任何地方都找不到柴火，因为树已经被砍光了。想在大草原上寻找一些木块、木片和小树枝是一项艰巨的任务，要花费很多时间。当妇女终于把一捆柴火背到家时，她还得再去打水。阿卜杜拉-瓦利奥离水很近，但在其他地方，人们往往要走上好几公里才能打到水，在旱季，她们还要等上几个小时水罐车才会有水运来。有了柴火和水,她就可以开始做饭了。但并不总是这样:有时候她必须先去市场上买米,因为她很少有足够的钱买些大米储存起来。等她做好这些事,就到中午了,随之而来的是几个小时令人虚弱的高温,一切都静止了,一切都变得迟钝呆滞,气若游丝。围着火炉和锅的忙碌也停止了。这个时候,整个村子似乎都被遗弃了,没有任何生命的迹象。

有一次,我攒足了力气,挨家挨户地走访。当时是正午。所有泥坯房中的黄泥地上、垫子上、铺位上都躺着一言不发、一动不动的人们,个个满头大汗。整个村子就像海底的潜艇:它就在那里,但不发出任何信号,无声无息,一动不动。

下午我和蒂阿姆去了河边。高高的砂石岸之间,浑浊、黑铁色的河水流淌着,没有任何的绿地、种植园或者灌木丛。当然,可以在这里修建运河,灌溉沙漠。但是这件事要由谁来做呢?做这件事要花多少钱呢?为什么要做这件事呢?河水就这么自顾自地流淌着,不被人关注,也没什么用处。我们往沙漠深处走了很远,回来时天都黑了。村子里没有一盏灯光。这里也没有人点篝火,因为他们不想浪费柴火。没有人家里有电灯或手电。当没有月亮的黑夜降临(比如今晚),这里一片漆黑什么都看不到。只听得到声音，一会儿这边有人在说话，一会儿那边有人在呼喊，还有人在讲故事。他们说的话我都听不懂，但是他们的话越来越少，声音越来越轻，因为村子里的人要趁着夜里的一丝凉意，慢慢进入梦乡，睡上几个小时。

冲出黑暗

在非洲,清晨和黄昏是最惬意的时刻。太阳要么还没有开始燃烧,要么已经不再灼人——让你可以生存,可以活着。

我们要去距离亚的斯亚贝巴二十五公里处的萨贝塔瀑布。在埃塞俄比亚开车得不停地妥协:所有人都知道,这里的道路狭窄老旧,人挤人、车贴车,十分拥挤;所有人也都知道,他们得自己在路上给自己找地儿,不仅要挤进去,还得动起来,最重要的是要到达目的地。每个司机、牧民或行人每过一会儿就要面对一个障碍、一个困难、一个需要解决的问题:如何开过去而不与对面驶来的汽车相撞,如何赶着牛羊骆驼而不踩到儿童或者匍匐在地上的乞丐,如何过马路而不被卡车撞死,如何不被牛角牴伤,如何不撞倒一个头上顶着二十公斤重物的妇女,等等。但是这里没有人大嚷大叫,没有人动怒,也没有人骂骂咧咧,每个人都很有耐心,像在无声地表演他们的回转滑雪动作和芭蕾舞单脚尖转圈,他们避让,错身,回旋,绕开,在这里转弯,在那里错开,最重要的是——向前移动。如果路上出现了瓶颈,大家会齐心协力、心平气和地处理;如果发生了大拥堵,每个人都会着手一起解决,一毫米一毫米地。

浅浅的河水冲过开裂的石头河床,越来越低,直到它突然抵达一处陡峭的悬崖,从那里飞流直下。这就是萨贝塔瀑布。为了从游客那里赚点钱,一个八岁左右的埃塞俄比亚小男孩当着游客的面脱光衣服,光着屁股坐进湍急的河水,顺着河底的碎石滑向悬崖的边缘。当他在咆哮的深渊上方及时刹住时,聚集的人群发出两声惊呼:第一声是恐惧,第二声是如释重负。小男孩站起来,转过身去,伸了个懒腰,冲着游客们撅起屁股。这个动作不是蔑视,也没有冒犯的意思。恰恰相反,他的神情中充满了自豪,像是让我们这些看热闹的人放心:要是像他一样,屁股晒得黝黑——你们看!——就可以滑过布满尖锐碎石的河床而不让自己受伤。的确,他的皮肤看起来就像登山靴的胶面一样坚硬。

第二天，我去了亚的斯亚贝巴的监狱。在入口处铁板搭的屋顶下，有一群人正在排队等着进去探监。政府没有钱给警察和监狱看守定做制服，所以那些衣衫褴褛、赤脚在门口徘徊的年轻人就是监狱看守。我们必须承认他们手中握有权力，能决定是否让我们进去；我们必须相信这一点，并且得等他们讨论完。这座由意大利人修建的老监狱曾是亲苏派的门格斯图政府用来囚禁和审讯反对派的地方，现在，当局将门格斯图身边的亲支近派，包括中央委员会成员、各大部部长、军队将领和警察长官等都关在这里。

大门上那颗带有锤子和镰刀的大五角星还是门格斯图当年挂上去的，监狱的院子中则立着一座马克思的半身像（这是苏联的习俗，在古拉格的入口处悬挂斯大林的肖像，里面则矗立着列宁的雕像）。

门格斯图政权在执政十七年之后于1991年夏天垮台。领导人自己在最后一刻乘飞机逃往津巴布韦。曾经由他领导的军队的命运也是跌宕起伏。在苏联的帮助下，门格斯图建立了撒哈拉以南非洲最强大的军队。这支军队有四十万士兵，还拥有火箭和化学武器。在北部山区（厄立特里亚、提格雷）和南部山区（奥罗莫）的游击队员们对这支军队发起了战争。1991年夏天，他们将政府军逼退到了亚的斯亚贝巴。游击队员都是赤脚的男孩，有的还是小孩子，他们衣衫褴褛，饥肠辘辘，武器装备十分简陋。欧洲人开始陆续从这座城市逃跑，他们认为游击队攻打进来后一定会发生可怕的屠杀。但是当时发生了另一件事，这件事可以拍成一部名为"伟大军队的灭绝"的精彩电影。在听说他们的首领逃跑后，这支全副武装的强大军队在几小时内就崩溃了。这里的居民惊讶地看到，这些一直饿着肚子、士气殆尽的士兵们瞬间变成了乞丐。他们一手拿着卡拉什尼科夫冲锋枪，另一只手伸出来向居民讨要食物。游击队几乎不费吹灰之力就占领了首都。什么坦克、火箭炮、飞机、装甲车和大炮，门格斯图部队的士兵们全都不管了，他们只管自己，要么徒步，要么骑骡子、坐公共汽车返回自己的村庄，回到自己的家园。如果你在当时恰好开车经过埃塞俄比亚，你会在许多村庄和城镇里看到年轻、强壮、健康的男子无所事事地坐在家门口或路边小破酒馆的凳子上，他们都曾是门格斯图将军伟大军队的士兵，这支原本要征服非洲的军队，却在1991年夏天的一日之间崩塌得支离破碎。

我采访的这个囚犯名叫希梅利斯·马曾吉亚，曾是门格斯图政府的意识形态专家之一，作为政治局委员、中央委员会秘书，主管意识形态事务，可以说是埃塞俄比亚的苏斯洛夫[1]。马曾吉亚今年四十五岁,精明睿智。他回答问题时字斟句酌,十分小心。他身上穿着一件颜色鲜艳的运动衫。在这里,所有囚犯都穿"便装",因为政府也没有钱给囚犯制作囚服。狱警、囚犯都一样,都穿自己的衣服。我问其中一名狱警,这样囚犯们看起来和街上的平民百姓没有区别,难道他们不会趁机逃跑吗?他困惑地看着我说:"逃跑?在这里,他至少还有一碗汤喝,出狱后他就得和全国人民一样挨饿。他们是犯人,但他们不是疯子!"

马曾吉亚的黑眼睛中透着焦虑,甚至恐惧。他的眼珠一直在动,转个不停,仿佛是在被困的陷阱中疯狂地寻找出路。他说,门格斯图的逃跑让他们所有人,包括他最亲近的人都大吃一惊。门格斯图夜以继日地工作,他对物质财富丝毫不感兴趣,他在意的只有绝对权力。能统治国家对他来说就足够了。他思想固化,不肯做任何妥协让步。马曾吉亚将肆虐全国多年的恐怖大屠杀说成是一场"权力斗争"。他认为"双方都在杀人"。马曾吉亚是如何评价自己所参与的最高权力核心的工作呢?这个如今已经垮台的政权造成了多少苦难、毁灭和死亡?(在门格斯图的命令下,有三万多人被射杀,但也有人说是三十万人。)我记

---

[1] 米哈伊尔·苏斯洛夫(1902—1982),苏联政治家,曾在最高权力核心担任要职,负责意识形态工作。

得，在二十世纪七十年代末的某个早上，当我开车经过亚的斯亚贝巴时，被杀害者的尸体横陈街头（这仅是一夜之间造成的）。马曾吉亚回答得非常富有哲理：历史是一个错综复杂的过程。历史会犯错误，会迷茫，会探索，有时会走进死胡同。只有未来才能判断功过，才能找到正确的标准。

马曾吉亚和其他四百零六个与前任执政者有关的人（他们都属于埃塞俄比亚权贵集团）在这里被关了三年，他们不知道接下来等待他们的是什么。继续监禁？审判？枪决？还是重获自由？但现任政府也在问自己同样的问题：如何处置这些人？

我们坐在一个很小的房间中，以前这里可能是值班室。没有人监听我们的谈话，也没有人要求我们什么时候要结束。这里和整个非洲一样，处处都是杂乱无序的，人们进进出出，旁边桌子上的电话一直响，也没有人接听。

在谈话的最后，我提出想去看看关押囚犯的地方。他们把我领进了一个院子，四周都是有长廊的二层小楼。长廊连接着所有牢房，所有牢房的门都是朝向院子的。院子里挤满了人，一大群犯人在那里放风。我望着他们的脸，他们是一群留着胡须、戴着眼镜的大学教授以及他们的助手和学生。他们当中有许多门格斯图政权的支持者，他们大多是恩维尔·霍查所建立的阿尔巴尼亚版社会主义的拥护者。地拉那[1]与北京决裂后,埃塞俄比亚的亲霍查派在亚的斯亚贝巴街头向亲中派开火。几个月来,街上血流成河。门格斯图逃走后,他军队中的士兵各自逃回了家乡,只有学者们留了下来。他们轻而易举就被抓了起来,关在这个拥挤的院子中。

有人从伦敦带回了一本1993年夏天出版的索马里季刊《索马里文学文化杂志》(*Hal-Abuur, Journal of Somali Literature and Culture*)。我数了数,这十七位索马里作者,都是知识分子、学者和作家,他们中有十五人生活在国外。非洲的知识分子大多居住在非洲以外的地方,如美国、伦敦、巴黎、罗马,这是非洲一个严重的问题。在他们自己国家中,留下的只有最底层:一大群无知、贫苦、被榨干了最后一滴汗水的农民;在上层是腐败官僚的政府和傲慢的军队(乌干达历史学家阿里·马兹鲁伊称他们为"流氓军")。没有知识分子,特别是没有知识分子中产阶级,非洲如何发展,如何参与到世界的伟大变革之中?而且,如果一位非洲学者或作家在自己的国家受到迫害,他一般都不会去非洲大陆其他国家寻求避难,而是会立刻前往波士顿、洛杉矶、斯德哥尔摩或日内瓦。

---

[1] 地拉那,阿尔巴尼亚首都。

我在亚的斯亚贝巴的时候去了那里的大学，这也是这个国家唯一一所大学。我去大学的书店看了一下，这也是全国唯一的书店。书架上空空如也，一本书都没有，一本杂志都没有，真的什么都没有。非洲大多数国家的情况也都是如此。我记得之前在坎帕拉有一家很好的书店，在达累斯萨拉姆甚至有三家，现在，哪儿都没有，一家也没有。埃塞俄比亚的面积有法国、德国和波兰加起来那么大。在这里居住着五千多万人，再过几年将会超过六千万，再过十几年会超过八千万。

也许那时候，能有个人，哪怕开一家书店呢？

有空的时候，我会去非洲大会堂闲逛，这座宏伟壮丽的建筑位于亚的斯亚贝巴的一座山上。1963年5月，第一届非洲国家首脑会议就是在这里召开的。我曾在这儿见到了纳赛尔[1]、恩克鲁玛、海尔·塞拉西、本·贝拉[2]和莫迪博·凯塔[3]。这些人都是当时的大人物。如今，在当年他们开会的大

1　贾迈勒·阿卜杜尔·纳赛尔（Gamal Abdel Nasser，1918—1970），曾于1958年至1970年任埃及共和国第二任总统。
2　艾哈迈德·本·贝拉（Ahmed Ben Bella，1918—2012），阿尔及利亚国父，曾于1963年当选首任总统。
3　莫迪博·凯塔（Modibo Keïta，1915—1977），马里国父，非洲民族解放运动代表人物之一。

厅中，几个男孩正在打乒乓球，一个女人在卖皮夹克。

非洲大会堂是帕金森定律最淋漓尽致的呈现。多年前，这里只有一栋建筑，而如今有好几栋。每当我来到亚的斯亚贝巴都会看到同样的景象：在非洲大会堂周围正在建造一些新的建筑。每一座都比前一座更宏伟、更豪华。埃塞俄比亚的制度一直在改变，一开始是封建贵族制度，然后是马列主义制度，现在是联邦民主制度；非洲也一直在改变，变得越来越贫苦。但这一切都无关紧要——非洲大会堂，这个主要权力机构的所在地，会不受任何制约地扩建下去。

非洲大会堂的走廊、房间、会议室、办公室中，从地板到天花板都堆满了文件。柜子和分类文件架里塞满了各种文件，从抽屉中溢出来，从架子上掉下来。办公桌被拥挤地摆放在一起，桌子后面坐着来自全非洲各地的漂亮姑娘。

她们是秘书。

我在找一份名为《拉各斯行动计划》(*Lagos Plan of Action for the Economic Development of Africa 1980—2000*)的文件。1980年，非洲领导人齐聚拉各斯，商讨如何帮助非洲大陆摆脱现有危机，如何拯救非洲。为此，他们制订了这个行动计划，这个如圣经、如灵丹妙药般的宏伟发展战略。

我多次寻找，也问了很多人，但都没有结果。大多数人根本没听说过什么行动计划。有的人只是听过这个名字，其他的就不知道了。还有些人听说过并且知道更多的信息，但没有这份文件。他们能给我提供关于如何提高塞内加尔花生种植数量的决议、如何在坦桑尼亚消灭茨蝇的决议、如何减少萨赫勒地区的干旱的决议，等等。但是如何拯救非洲？他们没有这样的行动计划文件。

还是在非洲大会堂中，我曾经进行过几次采访。其中一次是对联合国开发署副署长巴巴索拉·钦斯曼的访谈。他来自塞拉利昂，年轻有为，精力充沛。他是那些被命运之神眷顾的非洲人中的一个，是新的国际阶层——在国际组织中拥有席位的第三世界成员国——的代表。他在亚的斯亚贝巴有一套（公务）别墅，在弗里敦[1]有一套（私人）别墅（租给了德国大使馆），在曼哈顿有一套私人公寓（因为他不喜欢住酒店）。还有豪华轿车、司机和仆人。他明天在马德里开会，三天后又去纽约开会，一周后又去悉尼开会。这些大会的主题总是相同的，确切地说永远只有一个主题，那就是如何缓解非洲居民挨饿的问题。

那次访谈气氛愉悦，内容有趣，钦斯曼说："非洲并非

---

[1] 弗里敦，塞拉利昂的首都。

停滞不前，非洲一直在发展，非洲不只是一片饥饿的大陆。

"这个问题是一个更广泛的全球性问题：一百五十个欠发达国家向二十五个发达国家不断施压，而这些发达国家正处于衰退之中，人口增长也停滞不前。

"促进非洲的区域发展极为重要，但落后的基础设施建设是发展的障碍。这里缺乏交通运输工具，路况差，没有卡车或大巴，公共交通系统落后。

"这种落后的交通网络导致非洲大陆百分之九十的村镇与世隔绝，村民们无法接触到市场，也就无法赚到钱。

"我们这个世界的悖论就在于，如果我们把运输、处理、储存和保存食物的费用都算上，那么在苏丹等国的一些难民营中，难民一顿饭的费用（一般来说是一把玉米）比在巴黎最昂贵的餐厅吃一顿饭的价格还要高。

"在获得独立三十年后我们终于开始懂得，教育对发展至关重要。识字的农民的经济效率是文盲农民的十到十五倍。不需要任何投资，教育本身就会带来物质财富。

"最重要的就是要采取多维度发展：地区的发展、当地社群的发展，发展要靠相互扶持而不是相互竞争。"

来自坦桑尼亚的约翰·门鲁说：

"非洲需要能用新方式思考的新一代政治家。现在的政治家必须下台。他们想的不是发展，而是如何继续掌权。

"非洲的出路在哪里？在于创造新的政治环境：一，采取对话原则作为约束；二，确保公民参与公共生活；三，尊重基本人权；四，开始民主化。

"能做到这一切，新的政治家就会自己成长起来。这些新的政治家会有清晰明确的愿景——这是我们今天最缺乏的。

"危险的是什么？是民族狂热主义。它会令民族原则具有宗教的维度，成为宗教的替代品。这才是最危险的！"

苏丹人萨迪格·拉希德是非洲经济委员会的主任之一。他说：

"非洲必须觉醒。

"必须阻止非洲的边缘化。但我不知道能否成功。

"我担心非洲社会是否能够采取自我批评的态度，因为这将决定很多事情。"

有一天，我和一位年长的、在这里定居多年的英国人A先生对此进行了探讨。我们谈到，与其他文化不同的是，欧洲及欧洲文化的力量正是在于它具备批判能力，特别是自我批判能力；在于它分析和求索的艺术，在于它不断的追问找寻和它的躁动不安。欧洲思想承认自己的局限性，接受自己的不完美，秉持怀疑态度并提出问题。在某些文化中缺少这种批判精神。更有甚者，他们骄傲地认为自己的一切都很完美；总之，他们不对自己进行批判。他们把一切罪恶归咎于他人，归咎于其他力量（如阴谋、间谍和各种形式的外来统治）。他们认为所有批评都是恶意攻击、歧视以及种族主义，等等。这些文化的代表将批评看作是对他个人的侮辱，认为是在故意贬低他们，甚至视为一种凌辱。如果你告诉他们城市很脏，他们就会认为你是在说他们很脏，说他们的耳朵、脖子、指甲很脏。他们没有自我批评精神，他们背负着满腔的怨恨、自卑、嫉妒、愤怒、烦恼和狂躁。这使得他们长久以来在文化上、结构上都无法取得进步，无法在自身内部产生变革和发展的意愿。

非洲的各种文化（因为非洲有许多种文化，就像非洲有许多种宗教一样）是否属于不能触碰、缺乏批判精神的文化？萨迪格·拉希德等非洲人已经开始思考这个问题，希望找到非洲在这场大陆竞赛中落后的原因。

欧洲所看到的非洲是什么样的？饥荒，瘦得皮包骨的儿童，干裂的土地，城市贫民窟，大屠杀，艾滋病，无家可归的难民，没有衣服，没有药品，没有水和面包。

于是，全世界都急忙过来援助。

和过去一样，今天的非洲仍被当作客体，是某颗星星的投影，是殖民者、商人、传教士、人类学家和各种慈善机构（光在埃塞俄比亚就有八十多个慈善机构）的领地和场所。

另外，除了刚才提到的这一切，非洲只为自己而存在，是一片永恒的、封闭的、单独的大陆，是一片由香蕉果园、奇形怪状的木薯田地、丛林、广袤的撒哈拉、慢慢干涸的河流、日渐稀疏的森林、病态畸形的城市所组成的大地，是世界上一片充满了某种躁动不安的强烈电流的区域。

我在埃塞俄比亚一共穿越了两千公里。这里道路空旷，荒无人烟。除了山，就是山。在这个季节（欧洲是冬天），山也是绿色的。在阳光下，它们高耸入云，气势磅礴。到处寂静无声。但是只要你停下来，坐在路边认真地听，就会听到在很远的地方，有一些单调而高亢的声音。那是周围山坡上孩子们的歌声，他们在捡柴火，看管羊群，给牛割草。这里听不到大人的声音，仿佛这里只是孩子们的世界。

这也的确是孩子们的世界。未满十五岁的儿童占非洲总人口的一半。所有的军队中都有很多儿童，难民营里大多数也是儿童。田野里，是孩子在种地；市场上，是孩子在做生意；在家里，孩子扮演着最重要的角色——他们负责背水。当所有人还在睡梦中的时候，小男孩们已经冲出黑暗，冲向泉水边、池塘和河流边去挑水。现代科技成了这些小家伙们的好帮手，因为便宜、轻便的塑料桶就是现代科技给这些孩子们带来的馈赠。这种塑料桶在十几年前彻底改变了非洲人的生活。在热带地区，水是活下去的条件。由于这里没有排水系统，而且到处都缺水，所以人们必须长途跋涉去找水，有时甚至要走好几公里。几个世纪以来，人们一直使用沉重的陶罐或石罐来运水。非洲没有轮式运输工具，所有东西都靠人们自己来拿，最常见的就是顶在头上。以前按照家庭分工，都是妇女们顶着这些水罐，小孩子根本搬不动这样的大罐子。而且在这个贫穷的世界里，每家每户通常也都只有一个这样的容器。

但是塑料桶出现了。奇迹出现了！这是一场革命！首先，它比较便宜（尽管在有些家庭中它是唯一值钱的东西），大概两美元一个。但最重要的是，它很轻。而且它有不同的尺寸，即使是一个小孩也能背回好几升水。

所有的孩子要去背水。在这里，我们会看到几十个孩子一边嬉戏打闹，一边去远处的泉水边打水。这对一个筋疲力尽的非洲妇女来说是莫大的安慰。她的生活发生了翻天覆地的变化。她现在多出了多少时间来照顾自己、照顾家庭啊！

塑料桶的好处说不完道不尽。其中最重要的还有一点，它可以替人排队。人们等着排队取水（水罐车运来的水），有时候可能要站上半天。站在熊熊燃烧的烈日下排队是一种酷刑折磨。以前，人们不能把陶罐放在这儿，自己去阴凉处，因为珍贵的罐子会被偷走。但现在，人不用自己排队了，而是把塑料桶摆在那儿，自己就可以去阴凉处、去市场或者去拜访朋友。开车经过非洲时，我们经常可以看到五颜六色的塑料桶排成一个长达几公里的队伍，等待着水的出现。

我们接着说孩子们。你只要在村庄、小镇，哪怕只是在田野中刚刚停下脚步，就会立刻出现一群孩子。他们身上的衣服破破烂烂，就是围着一些破碎的布条。他们唯一的财产、唯一的食物就是一个装着一点儿水的小葫芦。每一小块面包或者香蕉都会在一瞬间被他们一口吞进肚子里。饥饿对这些孩子来说是一种常态，是一种生活方式，是第二天性。但是，他们问你要的不是面包或水果，他们甚至也不会要钱。

他们想要一支笔。

圆珠笔一支十美分。是的，但是他们去哪儿弄来十美分呢？

他们都想去上学，都想学习。他们其实有时也会去上学（乡村学校就在一棵巨大的杧果树下），但他们学不会写字，因为他们没有可以写字的东西，没有笔。

在贡德尔附近（从亚丁湾经吉布提向奥贝德、特尔萨夫、恩贾梅纳[1]和乍得湖方向走,就能到达这座埃塞俄比亚国王和皇帝们的城市),我遇到了一个人,他正往南走。这是关于他能说的最重要的一件事。他从北向南走。对了,他这么走是为了寻找他的弟弟。

他赤着脚,穿着打满补丁的短裤,背上搭着一件可能是衬衫的东西。除此之外,他还有三样东西:一根流浪者的棍子;一块布,他早上用这块布当毛巾,酷热的中午用来盖在头上,晚上睡觉的时候盖在身上;还有一个斜挎在身上、带锁的木制水壶。他没有钱。如果沿途有人给他一口吃的,他就吃,如果不给,他就饿着。他一生都在挨饿,饥饿对他来说不是什么新鲜事。

他往南走,因为他弟弟当初离开家后就是往南走的。这是什么时候的事儿呢?很久了(我以前和会说几句英语的司机聊天,他形容任何过去的时间都会用"很久了")。这个人也走了很久了。他是从厄立特里亚的克伦附近的村子出来的。

他知道怎么向南走:在上午的时候一直朝着太阳走。他碰到人就会问,认不认识所罗门(他弟弟的名字)。人们对这样的问题并不感到惊讶。整个非洲都在移动,在去往某个地方的路上,流浪。有些人在逃离战争,有些人在逃

---

[1] 恩贾梅纳,乍得共和国首都。

离干旱,有些人在逃离饥荒。他们逃亡、流散、迷路。这个从北往南走的人只是滚滚人潮中一滴无名之水,奔走在这片黑色大陆的道路上,有的人是因为害怕死亡,而有的人是希望能在太阳照耀的大地上找到容身之所。

他为什么想找他的弟弟?"为什么?"他不理解这个问题。原因显而易见啊,这件事本身就是原因,无须解释。他耸了耸肩。也许他觉得他碰到的这个人很可怜,尽管穿得光鲜亮丽,但这个人比他少了一样重要的珍贵之物,所以比他更可怜。

他知道自己在哪儿吗?他是否知道,我们现在坐的这个地方已经不是厄立特里亚,而是另一个国家埃塞俄比亚了?他笑了,他笑起来就像一个知道很多事情的人。不管怎么样,有一件事他是知道的,那就是对他来说,在非洲这里没有边界,也没有国家,只有一片灼热的土地,他在这片土地上寻找兄弟。

就在同一条道路上——但我们必须往山下走,到两座陡峭的山坡中间的裂缝深处——德布雷利巴诺斯修道院就矗立在那里。教堂内又冷又黑。在刺眼的阳光下行驶了几个小时后,眼睛需要很长时间才能适应这里的环境。过了一会儿,墙壁上的壁画逐渐清晰可见,我看到身着白衣的埃塞俄比亚朝圣者,脸朝下趴在铺着垫子的地板上。在一个角落里,一位年老的僧侣用已经消亡的吉兹语唱着圣歌,声音如梦中呓语,时而低得几乎听不见。在这种凝神静默的神秘氛围中,一切都仿佛超越了时间,超越了度量和重量,超越了存在。

不知这些朝圣者在那里趴了多久,因为我白天进出了好几次,他们一直都趴在垫子上一动不动。

一整天?一个月?一年?还是一辈子?

冷却的地狱

飞行员还没关上引擎,人群就已经朝飞机这边涌过来了。我们一走下搭好的舷梯,那群人立刻将我们紧紧围住。他们气喘吁吁,你推我搡,拼命拉扯我们的衣服。他们的声音尖锐刺耳,用英语大声喊着:"有护照吗?护照?"然后用同样吓人的声音接着喊:"有回程机票吗?"还有人尖声叫道:"有疫苗吗?疫苗?"这些突袭般的询问很激烈,让我慌了神,被他们推推搡搡、挤得喘不过气来的我开始犯下一个又一个错误。有人问我要护照,我就乖乖地把护照从包里拿出来。然后立刻就有人从我手里把护照抢走了,没了人影。当有人要求我出示回程票时,我又拿出来给他们看。然后一下子机票也没影儿了。疫苗接种手册也是一样,有人从我手里拽走它以后我就再也没见过了。我没有任何证件了!我该怎么办?我该向谁投诉、找谁帮忙?那些在舷梯边围着我的人群突然散了,也消失了。只剩下我一个人。过了一会儿,两个年轻人向我走来。他们自我介绍说:"我们是扎多和约翰,我们会保护你。没有我们,你会死的。"

我什么都没问。我首先想到的就是,这里可热得真吓人啊!现在是下午,潮湿的空气一动不动地笼罩着,厚重、滚烫,让我喘不过气来。我现在只想离开这里,到一个稍微凉快一点儿的地方去!"我的证件呢?"我开始烦躁地、绝望地大喊大叫。我气急败坏,人在这样的酷暑中会变得紧张、愤怒且激动。"冷静一下,"等我上了他们停在机场门口的汽车,约翰说,"一会儿你就都明白了。"

我们行驶在蒙罗维亚[1]的街道上,道路两旁是房屋被烧毁后留下的焦黑残骸。这些房屋被烧毁后什么都不会剩下,因为所有东西——包括砖块、铁板和没被烧掉的房梁,都会被洗劫一空。城市里有好几万从丛林中逃出来的人,他们无家可归,就等着手榴弹或炸弹炸毁某栋房屋。那时,他们就会立即扑向这些猎物。他们把所有材料都扛走,用来自己搭建简易低矮的小屋、茅草屋,或者就是一个遮阳挡雨的棚子。我们可以想象一下,这个从一开始就只有简易低矮的小房子的小镇,现在因为这些临时搭建的简陋建

---

[1] 蒙罗维亚,利比里亚共和国首都。

筑而变得更加破败不堪,看起来就像一个流浪者搭的临时营地,他们在这里停留一会儿,躲过中午烈日灼烧的这段时间后,就会继续上路,尽管他们并不知道要去哪里。

我请扎多和约翰把我送到旅馆去。我不知道在这里有没有的选,但他们一言不发地把我带到了一条街上,那里有一栋破旧的小楼,招牌上写着"爱尔玛森酒店"。进入旅馆要先穿过一个酒吧,约翰一打开门,我就没法往里走了。在刻意用半明半暗的彩色灯光营造出的暧昧氛围和闷热的空气中,站着许多妓女。用"站着"根本不足以形容我眼前的景象。在这间小酒吧里,大约有一百个女孩子紧紧地挤在一起,她们满头大汗、疲惫不堪,一个贴着一个无法动弹,十分煎熬。别说有人想走进去了,就是连一只手都伸不进去。这里的运行机制是这样的:如果从街上来了一个客人,他把门打开后,酒吧里的压力就会把一个女孩从里面挤出来,直接推进客人的怀里。过一会儿就有下一个女孩接替她的位置。

约翰退了出来,去找其他的入口。在小小的货币兑换点里坐着一个年轻的黎巴嫩人,看起来和气又开朗,他就是老板。这些女孩子和这破败不堪的楼都是他的。这栋楼墙壁上长满了光滑黏腻的霉斑,一条条黑色的污渍从墙上流下来,像是一队队寂静无声、瘦骨嶙峋的怪物和鬼魂。

"我没有证件。"我和这个黎巴嫩人实话实说,而他听

冷却的地狱

了只是笑笑说："没事，这儿没几个人有证件。证件是什么？"他哈哈大笑，然后他又意味深长地看了一眼扎多和约翰。看来，我对他来说就像个外星人。在这个名为"蒙罗维亚"的星球上，人们想得更多的是如何活到第二天，谁会在意证件呢？"四十美金一晚，"他说，"不包吃的。在拐角的叙利亚女人那儿可以吃饭。"

我立刻邀请扎多和约翰一起去那儿吃饭。那位心怀疑虑的老妇人一直盯着门口，在她这里只有一道菜——肉串配米饭。她一直盯着门口是因为她不知道走进来的这些人是来吃饭的客人还是来抢劫的强盗。她把盘子给我们端过来的时候问："我该怎么办？"她已经失去了所有活下去的心气和钱财了。"我的生活完了。"她说这句话的时候，语气中甚至没有绝望，她说这句话只是为了让我们知道这件事。她这里一个人都没有，天花板上挂着的风扇一动不动，苍蝇飞来飞去，门口时不时会出现一个乞丐伸手乞讨。肮脏的窗外，乞丐们围坐在一起，眼睛都盯着我们的盘子。这些乞丐中有的是衣衫褴褛的男人，有的是瘸腿的女人，还有的是被炸得缺胳膊少腿的孩子。我们坐在桌子旁边，看着眼前的盘子，不知道该怎么办。

我们沉默了好一会儿，终于我忍不住问了我的证件。扎多说，就因为我所有证件齐全，所以才让机场的工作人员很失望。他们最喜欢的是什么都没有的人。因为，这些

"野航线"总会带来很多"蓝鸟"[1]。这里可是一个到处是黄金、钻石和毒品的国家。很多蓝鸟根本没有签证或者都不知道疫苗接种证明是什么东西。所以机场工作人员可以从他们身上赚钱：蓝鸟们花钱买通他们，就可以入境。机场的人就靠这些人生活，因为政府没钱给他们发工资。我也必须把自己的证件"赎"回来。扎多和约翰知道该去哪儿和该找谁办这些事，他俩可以解决这个问题。

那个黎巴嫩人把钥匙给我送了过来。天黑了，他要回家了。他建议我也回旅馆，还告诉我晚上不能一个人在城里走。我回到旅馆，从侧门上楼去我的房间。在楼下入口处和楼梯上，有几个身材高大的人跟我搭讪，承诺说他们夜里会保护我。他们边说，边伸出了手。我从他们的眼神中看出来，如果不给他们点儿什么东西，晚上等我睡着的时候，他们就会来割断我的喉咙。

在我的房间里（房号107），唯一一扇窗户对着一个阴暗的天井，从里面散发出令人作呕的恶臭。我打开了灯。墙壁、床、桌子和地板都是黑的。都是黑压压的蟑螂。在这个世界上，我曾经跟所有能想象到的昆虫一起生活过，

---

[1] "蓝鸟"在波兰语中指不负责任、靠谋取别人的利益为生的人，这里指的是那些非法越境的人，想来这里靠骗人赚钱。他们没有合法证件，所以必须贿赂机场工作人员。

冷却的地狱

甚至可以忽视它们的存在，我也接受了一个事实，那就是我们生活在亿万只苍蝇、蟑螂和扁虱中间，生活在数不清的黄蜂、蜘蛛、蜈蚣和猩红虫的巢穴中间，生活在浩浩荡荡的牛虻和蚊子，以及贪婪的蝗虫的云团中间。但这一次我惊呆了，不仅仅是因为蟑螂的数量——尽管数量也令人震惊——还有它们的尺寸。每一只蟑螂都巨大无比，像小乌龟一样，黑黑的，闪着亮光，长着刚毛和胡须。它们怎么会长这么大个儿呢？它们吃什么？它们巨大的体型吓得我双腿发软。这么多年来我可以不假思索地拍死各种蚊子、苍蝇、跳蚤和蜘蛛，但现在我面临着一个全新的问题：我该怎么对付这样一群庞然大物呢？如何解决它们？把它们杀死。可是怎么杀，用什么杀？想到这里，我的手不禁开始颤抖。它们太大了。我觉得我下不去手，我甚至不敢尝试。另外，这些蟑螂体型这么庞大，我确信如果我俯身倾听，就会听到它们发出的声音。毕竟，许多像它们一样庞大的生物都会发出各种声音：吱吱声、鸣叫声、呼噜声、咕噜声。但是为什么这些蟑螂不是这样的呢？普通蟑螂太小了，我们可能听不见，但我眼前这些庞然大物呢？它们不会发出声音吗？或者有什么动静吗？然而房间里只有一片绝对的寂静——封闭、无声、神秘。

但是我发现，每当我试图凑过去听一听，它们就会迅速后退，挤作一团。我又重复了几次这个动作，它们的反应也是一样的。很明显,蟑螂厌恶人类,因为厌恶所以后退躲避,它们认为人类是非常恶心的一种生物。

我可以添油加醋,描述它们如何因我的出现而愤怒,如何朝我移动,如何攻击我,如何向我扑来,而我如何变得歇斯底里,浑身发抖,震惊不已,但这些都不是事实。实际上,如果我不接近它们,它们就没有反应,偶尔才会动一下,好像睡着了。有时,它们会从一个地方爬到另一个地方。有时,它们会从缝隙中爬出来,然后又躲进去。除此之外,它们什么都没做。

我知道,我将度过一个难熬的不眠之夜(因为除了这些蟑螂,房间里又闷又热),所以我从包里拿出了关于利比里亚的笔记。

1821年,美国殖民协会(American Colonisation Society)的代表罗伯特·斯托克顿所乘坐的轮船停在了我现在住的旅馆不远处(蒙罗维亚位于大西洋岸边一个形状和赫尔半岛[1]差不多的半岛上)。斯托克顿用枪顶着当地部落首领彼得国王的太阳穴,逼迫他以六支火枪加一箱串珠的价格出售土地,美国殖民协会计划将那些获得自由身份的棉花种植园

---

[1] 赫尔半岛(Półwysep Helski,简称为Hel),位于波兰北部格但斯克湾的狭长半岛。

奴隶（主要来自弗吉尼亚州、佐治亚州和马里兰州）安置于此。斯托克顿所代表的美国殖民协会具有自由和慈善的性质。协会的成员认为，对奴隶制所带来的伤害的最好补偿，是将曾经的奴隶送回他们祖先的故乡——非洲。

从那时起，每年都有船只将一群群重获自由的奴隶送回这里，他们从那时起便在这个今天名为"蒙罗维亚"的地区定居。他们并没有形成一个庞大的社会群体。当他们在1847年宣布利比里亚共和国成立时，只有六千人口。他们的人口数量可能从未超过一万人，还不到全国人口的百分之一。

这些定居者（他们自称"美国利比里亚人"）的命运非常跌宕起伏。就在昨天他们还是黑人贱民，是美国南部各州种植园中没有任何权利的奴隶。他们大多不识字，也没有工作。多年前，他们的祖先从非洲被掳走，戴着手铐被运到美国，在奴隶市场上被贩卖。而现在，他们这些不幸者的后代——不久前自己也还是黑人奴隶——发现自己再次来到了非洲，来到了他们祖先的土地，来到了属于他们的世界，来到了和他们同宗同源、相同肤色的伙伴中间。按照美国自由派白人的意愿，现在他们被带到这里，一切都要靠自己，听天由命。他们现在该采取什么行动呢？他们会怎么做？他们并没有像他们的恩人期待的那样去亲吻非洲大地，也没有投入生活在这里的非洲人的怀抱。

鉴于他们的过往经验,这些美国利比里亚人只知道一种社会类型,那就是奴隶制,当时在美国南部的种植园中只有这种制度。因此,他们踏上这片新的土地后,第一件事就是重新建立一个类似的社会,只不过当初是奴隶的他们,现在成了主人,而他们要征服和统治的当地其他社会群体将成为奴隶。

利比里亚是奴隶秩序的延伸,这里的奴隶制是按照奴隶们自己的意愿所建立的,他们不想废除这种不公正的制度,而是渴望能够保存、发展和利用这种制度来为自己谋取利益。显然,他们被禁锢的头脑、被奴隶制经历深深伤害的心灵和"生而为奴,一生戴枷"[1]的思想,不会也无法想象出一个人人自由的世界的模样。

利比里亚大部分地区被丛林所覆盖。这些热带丛林茂密、潮湿、蚊虫肆虐(容易传播疟疾)。居住在这里的都是贫弱的小部落(那些力量雄厚、有强大的军事及国家结构的民族部落一般都生活在开阔平坦的大草原上。丛林中恶劣的卫生和交通条件导致国家和军事机构无法形成)。现在,来自大洋彼岸的外来者开始进入原本属于当地土著居民的地区。双方的关系从一开始就是敌对的,剑拔弩张的。

---

[1] 这句援引自波兰浪漫主义时期著名作家亚当·密茨凯维奇在《塔杜施先生》(*Pan Tadeusz*)中的名句。

而且美国利比里亚人宣称,只有他们才是这个国家的公民。他们不承认其他人(也就是其余百分之九十九的人口)具有这种身份和权利。根据他们所制定的法律,其他人只是部落成员,是没有文化的野蛮人和异教徒。

一般情况下,这两个社会群体生活的地方相距遥远,他们之间极少有接触。新主人们紧紧守着海边的领地以及他们在那里建立的定居点(蒙罗维亚是最大的定居点)。直到利比里亚建国一百年后,他们的总统(当时是威廉·塔布曼)才第一次走进内陆。来自美国的新移民不能通过肤色和体型将自己与当地人区分开来,他们就想方设法用其他方式来强调自己的与众不同和优越感。在利比里亚这种酷热难耐的气候条件下,哪怕是在平常的日子里,男人们也会穿着燕尾服和针织短衬衫,戴着圆顶礼帽和白色手套。女人们大多时间都待在家中,但如果上街的话(蒙罗维亚在二十世纪中叶之前没有沥青马路或人行道),她们就会穿上硬挺的克里诺林裙衬,戴上厚厚的假发和饰满假花的礼帽。所有这些上流社会的人都住在独栋的房屋中,这些房屋完全是按照美国南部白人种植园主的豪宅的样子复制的。美国利比里亚人还将自己封闭在当地非洲人无法进入的宗教世界中。他们是虔诚的浸礼会和卫理公会教徒。他们在新土地上建造了简易教堂,所有的空闲时间都在教堂中度过,在那里唱赞美诗,时不时聆听布道。随着时间的推移,这些教堂也成了他们社交聚会的场所，成了不对外开放的俱乐部。

早在十九世纪中叶，在阿非利卡人[1]在非洲南部实行种族隔离制度很多年之前，黑人奴隶的后代——利比里亚的统治者们——就已经发明并实行这种制度了。自然环境和密不透风的丛林在当地人和新来者之间筑起了一道天然的隔离界线，在他们之间形成了一个无人居住、也不属于任何一方的空间。但这还不够。在蒙罗维亚这个狭隘偏执的小世界中是禁止与当地人密切接触的，特别是绝对不能和当地人通婚。他们做这一切都是为了要让"那些野蛮人知道自己的位置在哪儿"。为此，蒙罗维亚政府为每个部落（共有十六个部落）划定了他们居住的领地，这就是比勒陀利亚的白人种族主义者几十年后才为非洲人建立的典型的"黑人住宅区"（homeland）。所有对此表示反对的人都会受到严厉惩罚。蒙罗维亚向发动起义和抗议的地方派遣了镇压的军队和警察。这些起义民族的首领会被当场斩首，反抗民众会被杀害或囚禁，他们的村庄会被摧毁，庄稼会被付之一炬。跟旧世界的做法一样，所有这些远征、入侵和局部战争的目的只有一个——抓奴隶。因为美国利比里亚人需要干活的人手。其实早在十九世纪下半叶，他们就

---

[1] 阿非利卡人，旧称"布尔人"。

开始雇佣奴隶在自己的农场和作坊里干活。他们还把奴隶卖到比奥科岛、圭亚那等其他殖民地。终于，在二十世纪一零年代末，国际媒体揭露了利比里亚官方实施奴隶制的行径。在国际联盟的调查和不断施压下，时任总统的查尔斯·金只能辞职，但实际上这种行径还在继续秘密地进行。

这些黑人外来者从到利比里亚定居的第一天起，就在考虑如何维护和巩固他们在这个新国家中的统治地位。首先，他们不允许当地人参与政府管理，剥夺他们的公民权利。当地人可以生活在这里，但是只能居住在指定的部落地区。然后，他们一发不可收拾，发明了一党制政府。在列宁出生的前一年，也就是1869年，真辉格党（True Whig Party）在蒙罗维亚成立，该党在利比里亚垄断政权一直到1980年，达一百一十一年之久。全国执行委员会（National Executive）作为该党的领导层、政治局，从一开始就决定着一切：谁将担任总统，谁将进入政府，政府将奉行什么政策，哪家外国公司将获得特许权，谁将被任命为警察局长，谁将担任邮政局长，等等。哪怕是最细微的事情和最低层级的管理都由委员会决定。这个政党的领导就是共和国的总统，或者也可以反过来说，共和国总统就是党的领导人，因为这两个职位是一样的。只有加入这个党，才能有所成就。反对这个党的人要么被关进监狱，要么流亡在外。

二十世纪六十年代，我曾见过一次威廉·塔布曼，当时他是这个党的领导人以及国家总统。

那是1963年春天在亚的斯亚贝巴举办第一届非洲国家首脑会议的时候。塔布曼当时快七十岁了。他一生中从来没坐过飞机——他害怕。会议召开前一个月，他从蒙罗维亚乘船出发，驶往吉布提，然后从那里乘火车前往亚的斯亚贝巴。他身材矮小，开朗爱笑，嘴里经常叼着雪茄。一次，他用长久的放声大笑作为对棘手问题的回答，笑声结束后他开始大声打嗝，然后大口喘气，出现抽搐性的呼吸困难。他浑身发抖，眼睛里含着泪水。提问的人又担心又害怕，赶紧闭嘴不敢再接着问。塔布曼掸了掸衣服上的烟灰，又平静下来，就躲到了一团浓浓的雪茄烟雾后面去了。

他担任了二十八年利比里亚总统。他属于现在已经很少见的那种独裁者，他们像管理继承的庄园一样统治自己的国家：他们认识每个人，他们决定所有事。（塔布曼的同龄人莱昂尼达斯·特鲁希略曾在多米尼加共和国统治了三十年。在他执政期间，教会一直组织集体洗礼，由特鲁希略亲自为在多米尼加共和国出生的孩子主持洗礼。长此以往，他成了所有被他统治的人的教父。中央情报局找不到愿意暗杀这位独裁者的人，因为没有人愿意对自己的教父下手。）

塔布曼每天要接待六十多个人。国内的所有职务都由他亲自任命，谁将拥有特权，让哪些传教士入境，都由他来决定。他把所有地方都派上自己的人，他还拥有一支私人警察部队，向他汇报各个村子里发生的事情。但这里也没什么事情发生。这是一个被非洲大陆遗忘的边缘小国。在蒙罗维亚的沙土街道上，在破破烂烂的小房子的阴影中，胖胖的女商贩在打盹，被疟疾折磨的狗在路上游荡。有时总统府门口会有一群举着大横幅的人走过，上面写着："向利比里亚总统WVS.塔布曼博士致以最崇高的感谢，正因他无与伦比的卓越领导，国家取得了巨大进步。"各省的乐团也经常在大门口演唱歌颂总统丰功伟绩的赞歌："塔布曼是我们所有人的父亲/全民族的父亲/他为我们修路/他为我们引水/塔布曼给我们食物/给我们食物/耶耶！"在岗亭里躲避烈日的士兵们为这些高声歌唱的拥护者们鼓掌。

最让人敬畏的就是总统身边总有神灵庇护，总能够赋予他超凡的力量。如果有人想给他一杯有毒的饮料，这个装着毒饮料的杯子就会在空中变成碎片。如果有人想向他开枪，子弹会在射出后融化。总统有一种可以让他在每一届大选中都获胜的灵丹妙药。总统还有一台机器，通过这台机器他可以看见在任何地方发生的任何事，所以反对是没有意义的，因为总会被他提前发现。

塔布曼于1971年去世。他的好朋友、副总统威廉·托尔伯特接替他成为总统。塔布曼有多爱权，托尔伯特就有多爱钱。他就是行走的腐败。他贩卖一切能贩卖的东西，黄金、汽车，有空的时候他还卖卖护照。整个精英阶层——美国黑人奴隶的后代——都以他为榜样。对于那些在街上呼喊着乞求面包和水的人，托尔伯特的做法是下令向他们开枪。他的警察枪杀了几百个人。

1980年4月12日，一群士兵冲进总统府，把躺在床上的托尔伯特大卸八块。他们掏出托尔伯特的内脏，把他扔到院子里喂狗和秃鹫。当时有十七名士兵，以二十八岁的中士塞缪尔·多伊为首。多伊是个几乎不怎么识字的年轻人。他来自丛林深处的小部落——克兰族。像他这种因为贫穷而离开村子的人，多年来一直都在蒙罗维亚打工赚钱。利比里亚首都人口在三十年中（1956年至1986年）从4.2万增长到42.5万。这个人口数量的飞跃发生在一个没有工业和公共交通系统的城市，只有很少的房屋通了电，自来水更少。

从丛林到蒙罗维亚，需要艰难跋涉许多天，穿过没有道路的热带地区。这条路只有年轻力壮的人才能走。当他们历尽千辛万苦终于来到城市中，却发现这里一无所有，没有工作，也没有栖身之所。从来到这儿的第一天起，他们就成了"盲流"，一支无所事事、在所有主要街道和广场上晃荡的失业青年大军。这支失业大军的存在是非洲大陆发生暴乱的原因之一，因为各地军阀就是从他们之中招募士兵的。军阀们只需要出非常低廉的价格，有时甚至只是承诺给他们饭吃，就可以雇佣他们组建自己的部队，用来争夺政权、组织政变和发动内战。

多伊和乌干达的阿明一样，也曾是"盲流"大军的一员。他还和阿明很像的一点就是同样受到了命运的眷顾，加入了军队。我们可以想到，他获得了很高的军衔。但是，他还有更大的野心。

对于利比里亚来说，多伊的政变不仅仅是普通的政权交替，不仅仅意味着政权从一个腐败的独裁官僚手中到了一个半文盲军人手中。这同时也是一场血腥、残酷且荒谬的革命，是非洲丛林中被半奴隶制压迫的民众反对他们憎恨的（曾经在美国种植园中当奴隶的）统治者的革命。所以这仿佛是在奴隶世界内部发生了一场政变，现在的奴隶反抗压迫他们的前奴隶。这场斗争证明了一个最悲观、最具悲剧性的论点，即在某种意义上，哪怕只是在精神或文化意义上都是无法从奴隶制中走出来的。或者说，摆脱奴隶制是极其困难的，是一场持久战。

多伊立刻就宣布自己为总统，紧接着就下令处死托尔伯特政府的十三名部长。处决持续了很久，全程都在围观群众的众目睽睽之下进行。

新总统越来越频繁地公开自己被暗杀的经历。他说自己一共经历过三十四次暗杀。他把所有的暗杀者都枪决了。但是他还活着并且继续统治国家，就证明有魔法和不可战胜的力量，也就是村中的巫师在庇护他。哪怕有人对他开枪，子弹射出后也会停在半空中然后落在地上。

关于他的统治没什么可说的。他执政十年，国家陷入了停滞状态。利比里亚没有灯光，商店关门，仅有的几条公路上也没有了交通往来。

确切地说，多伊不太知道自己作为一名总统该做什么。他长了一张稚气未脱的娃娃脸，于是买了一副金丝边大眼镜，为的是让自己看起来威严又富足。他很懒，整日待在官邸中和自己的下属玩跳棋。他还经常待在院子里，那是总统护卫队卫兵的妻子们生火做饭或洗衣服的地方。他和她们聊天、开玩笑，时不时还把她们中的某一个带上床。他不知道下一步该做什么，也不知道在杀了这么多人之后如何才能使自己免遭报复，他只能看到一条出路，那就是让自己部落的克兰族人围在自己身边。于是，他把他们集体召唤到蒙罗维亚来。现在，政权已经从富有的、国际化的、统治了这里很久的美国利比里亚人（他们在此期间设法逃离了这个国家）手中交到了贫穷、大字不识、被新局势所震惊的森林部落克兰族人手中，他们突然从用树皮树叶搭建的茅屋中走出来，第一次见到了城市，见到了汽车和鞋子。他们认为，唯一的生存之道就是恐吓或消灭他们真正的以及潜在的敌人——所有的非克兰族人。因此，这一小撮昨天还生活在悲惨黑暗中的人们，想要紧紧抓住像金蛋一样掉在他们手中的财富和权力，开始用恐怖震慑这个国家。他们打人、施虐、绞杀，他们施暴不需要任何理由。"他们为什么打你？"邻居们问一个满身瘀青的人。这个不幸的人回答说："因为他们说，我不是克兰族人。"

在这种情况下，全国都期待着有机会摆脱多伊和他的手下，就毫不奇怪了。救星是一位叫查尔斯·泰勒的人，他曾是多伊的手下，但总统坚称泰勒偷走了他一百万美金。泰勒后来去了美国，在那里他卷进了一些纷争，后来进了监狱，但他成功逃脱后突然出现在了象牙海岸[1]。在1989年12月，他带着六十名手下开始对多伊发动战争。多伊本可以轻而易举地消灭泰勒，但他却派出了一支由赤脚的克兰族人组成的军队，这支本该去和泰勒作战的军队在刚离开蒙罗维亚不久后就开始抢劫，所到之处都遭到他们的掠夺。关于这支强盗队伍来了的消息迅速传遍了丛林，人们害怕极了，他们为了能够得救，纷纷开始逃向泰勒。泰勒的军队迅速壮大，短短六个月就逼近了蒙罗维亚城下。泰勒的兵营中因为谁应该占领城镇、战利品归谁等问题爆发了争

---

[1] 科特迪瓦，原文中使用的是Wybrzeże Kości Słoniowej，直译为象牙海岸，因为科特迪瓦国名为"Côte d'Ivoire"，在法语的意思是"象牙的海岸"。

吵。参谋长普林斯·约翰逊也曾经是多伊的手下，他与泰勒决裂，组建了自己的军队。现在，由多伊、泰勒和约翰逊所领导的三支军队在城里为夺权互相厮杀。蒙罗维亚变成一片废墟，处处都是燃烧的火海，街头尸横遍野。

最终，西非国家进行了干预。尼日利亚派出了一艘登陆艇，并于夏季抵达蒙罗维亚港口。多伊得知后，决定去拜访尼日利亚人。他带上了自己的护卫队，乘坐一辆奔驰车前往港口。1990年9月9日，总统乘车穿过这座饱受战火折磨的城市，如今这里满目疮痍，被洗劫一空，荒无人烟。当他到达港口的时候，约翰逊的人已经在这里等着他。他们开火了。总统的所有警卫都被打死。他的腿中了几枪，也跑不掉了。约翰逊的人抓住他，把他的手绑在后面，拖着他去受刑。

约翰逊特别在意广告宣传，所以他吩咐一定要认真拍摄行刑的画面。我们看到屏幕上约翰逊坐在那里喝着啤酒。一个女人站在旁边，给他扇扇子并擦掉他额头上的汗（天气非常热）。被绑着的多伊坐在地上，满身鲜血。他的脸惨不忍睹，几乎看不到眼睛。周围都是约翰逊的手下，他们专心致志地看着这位被酷刑折磨的独裁者。这支已经在全国进行了半年抢劫和杀戮的部队，看到鲜血横流的景象，还是一次又一次地陷入狂喜和兴奋。年轻的男孩们相互推搡着，都想挤过去大饱眼福。多伊坐在血泊中，赤身裸体，

冷却的地狱

全身都是鲜血、汗水和为防止他昏迷而泼在他身上的水，他的头被打肿了。"普林斯，"多伊含混不清地说（他对约翰逊直呼其名，因为他们曾经是战友。多伊、泰勒和约翰逊，这些相互残杀、毁灭国家的人，他们曾经都是战友），"你让他们把我手上的绳子解开，我什么都说，你们把绳子给我解开！"看来是他们把他的手绑得太紧了，让他感受到了比子弹射到腿上还难忍的疼痛。约翰逊用一种当地的、克里奥尔式的方言[1]冲着多伊大吼大叫，大部分都听不懂，但是有一句听懂了：他让多伊交出他的银行账户。在非洲，每当他们抓到一个独裁者，整个调查、殴打和酷刑折磨都围绕着一件事展开，那就是他的私人银行账户在哪里。用当地人的话说，政客就是犯罪团伙头目的代名词，这些人以贩毒和贩卖军火为生，然后把钱存进海外账户。因为他们知道自己的仕途不会长久，到时候肯定得逃亡，得有钱活下去。

"把他耳朵割下来！"当约翰逊发现多伊不想说（尽管多伊表示他想说！），气急败坏的他大喊道。士兵们把总统推倒在地，用脚踩住他，然后割掉了他一只耳朵。立刻传出了多伊震耳欲聋的惨叫。

"另一只耳朵！"约翰逊大叫。现场一片哗然，每个人

---

[1] 克里奥尔语是指掺杂一些其他语言语法的杂糅混合语言。

都激动不已，争论不休，每个人都想割下总统的耳朵。多伊的哀号声再次传来。

他们把总统扶起来。多伊坐在地上，后背被一名士兵的皮靴抵着，他满头鲜血，没有耳朵，摇摇晃晃坐不稳。现在约翰逊是真的不知道下一步该怎么做了。命令他割掉鼻子？砍掉他的手？或者一条腿？他是真的不知道了。他开始觉得无聊了。"把他带走！"他命令士兵把他带走，那些士兵会继续折磨多伊的（也都拍了下来）。被折磨的多伊又活了几个小时，最后失血过多而死。我在蒙罗维亚时，这盘总统受刑的录像带是媒体市场能引起最大关注的东西。但是当时城里几乎没有录像机，而且还经常断电。为了观看这场酷刑（整部录像长达两小时），人们不得不去找他们富裕一些的邻居，或者去那些连续播放这盘录像带的酒吧。

那些书写欧洲的作家，生活十分惬意。比如，作家可以待在佛罗伦萨（或者把主人公放在那儿）。这就行了，剩下的就交给历史。他在那里有取之不尽的主题，比如那些设计出佛罗伦萨教堂的建筑师们的得意之作，创作出非凡雕像的雕塑家，买得起文艺复兴时期华丽别墅的富有资产阶级，等等。作家可以待在同一个地方，也可以去城里转一圈，就能把这一切描写出来。"我站在主教堂广场上，"作者可以这样写，然后用好几页纸的篇幅来描述丰富的物品、艺术的奇迹、人类智慧和品位的结晶,这些都围绕在他身边,随处可见,供人沉浸其中。他接着写:"现在,我穿过二区和阿尔比齐区,步行去米开朗琪罗博物馆,我得去看看那个浮雕:《楼梯上的圣母》(Madonny delia Scala)。"多么幸福,只要走走看看,便已足够。他周围的世界自己就会流淌于笔尖之下。一次短暂的散步可以写上整整一章。这里的一切是如此丰富多样,取之不尽。我们就说说巴尔扎克。或者普鲁斯特也行。在一页又一页的表格、登记簿和画册中记录着各种各样的物品,出自成千上万的家具工匠、木雕匠、锡匠和石匠,他们靠自己熟练灵活、细致入微的巧手,在欧洲建造出城市和街道,搭建起房屋并布置了内部装潢。

蒙罗维亚让外来者置身于截然不同的环境之中。沿街几公里都是从外面看起来一模一样、简陋破旧的房屋,你几乎察觉不到从一条街走到了另一条街,从一个街区走到了另一个街区,因为在这种气候下,你很快能感受到的只有疲倦,你只有看到提示,才知道自己已经从城市中的一个地方来到了另一个地方。室内摆设也是一样(除了少数名门望族的别墅),一样贫穷,一样单调。只有桌子、椅子或者凳子,一张金属双人床,给孩子铺的草垫或者塑料垫,墙上挂衣服的钉子,几幅小画(一般都是从画报上剪下来的)。一口煮饭的大锅,一个熬酱的小锅,喝水喝茶的杯子。洗脸的塑料盆，在逃难的时候（现在战争频繁爆发，经常需要逃难），还可以作为女人们顶在头上的行李箱。

这就是所有东西了吗？

差不多了。

最简单、最便宜的盖房子的方法就是用镀锌波纹金属板。门用帆布帘代替，窗洞很小，在当地漫长又烦人的雨季里，房子上会再盖几块木板或厚纸板。这样的房子在白天像一个火炉，墙壁散发着热气，仿佛要燃烧起来，屋顶被照得发出嗞嗞的响声，快要熔化了，所以从黎明到黄昏，没有人敢走进屋里去。天刚蒙蒙亮，黎明的第一道曙光就会把所有还在睡梦中的居民叫醒，把他们抛到院子里和大街上，在那里一直待到傍晚。他们汗流浃背地走出来，一边挠着蚊子和蜘蛛叮咬的包，一边看看锅里是否还有昨天剩下的米饭。

他们看看街道，看看邻居的房子，没有好奇，没有期待。

也许需要做点什么。

但是，做什么呢？

我早上去了酒店旁边的卡雷大街。这里是市中心的商业区。但是在这条街上走不了多久，因为所有的墙根底下都坐着一群群的"盲流"——那些无所事事、腹中无食，没有任何前途也没有机会谋生的年轻人。他们时不时会过来搭讪,问我是从哪儿来的,他们可以当我的向导,或者让我帮他们搞定去美国的奖学金。他们甚至不屑于要美元来买面包,他们的志向很远大,要去美国。

走了一百米后,我就被一群乞讨的小男孩围住了,他们个个脸庞浮肿,眼神疲惫,还有的缺胳膊少腿。他们曾是查尔斯·泰勒"童子军联盟"(Small Boys Units)的士兵,曾是泰勒最可怕的一支部队。泰勒挑选小男孩入伍并给他们发放武器,同时还会给他们发放毒品。当这些小男孩被毒品控制时,他就把他们推到战场上去打仗。神志不清的小孩子们就像神风特攻队的队员一样,迎着子弹,脚踩地雷,奋不顾身地扑向战火之中。当他们彻底被毒瘾控制而无法打仗的时候,他们就没用了,泰勒会把他们赶走。他们有的到达蒙罗维亚后,就染上了疟疾或者霍乱,要么被豺狼吃掉,在沟渠里或垃圾堆旁结束自己短暂的一生。

不知道多伊为什么会去港口(这么做是自寻死路)。他可能忘了自己是总统。其实,他十年前当上总统也是巧合。他和十六个和他一样的士官一起冲进了托尔伯特的总统官邸,想问问他们什么时候才能拿到拖欠的军人工资。他们没有遇到卫兵,托尔伯特也睡着了。他们趁机用刺刀捅死了他。然后,这群士官中最年长的多伊就取代了托尔伯特的位置，成了总统。以前在蒙罗维亚没人把士官当回事，而现在这里的每个人都开始向他鞠躬，为他鼓掌，挤过去和他握手。他很享受这种感觉。他很快也学会了几件事：如果人群开始给他鼓掌，他就应该举起双手，向他们问好并做出胜利的手势；在出席各种晚宴的时候他不能穿迷彩军服，而应该穿深色双排扣西装；如果哪里出现了反对者，那么就应该立刻把他抓住，然后杀掉。

但是，有些事他却没学会。比如，他不知道，如果他曾经的战友泰勒和约翰逊要从他手里夺走国家、占领首都并围攻他的官邸时，他该怎么办。泰勒和约翰逊都有自己的帮派，他们俩之间也在互相竞争，都想要夺取（一直握在多伊手中的）政权。当然，他们俩的这种渴望与任何的改革、民主或保卫主权完整都无关。他们只在乎钱掌握在谁的手中。这些钱一直在多伊手里，已经十年了。他们认为，太久了。而且他们也都直言不讳，在数十次的采访中他们都反复提到："我们只想除掉塞缪尔·多伊，第二天就会天下太平。"

多伊无言以对，他只是觉得迷茫。他本该有所行动——不管是发动军事行动还是和平解决——但他什么都没做。他在自己的官邸中闭门不出，这个城市中的激烈战斗已经持续了三个月了，他却对周围发生的事情几乎一无所知。现在有人向他报告说，尼日利亚军队已经抵达港口。

冷却的地狱

他作为共和国总统，应该正式提出官方问询，为什么这些外国军队进入了他国家的领土。他本来可以要求这些部队的指挥官到他的官邸来说明情况。但是多伊并没有这样做。他骨子里的侦察兵军官的天性觉醒了，他得自己去看看，那里到底发生了什么！他坐上汽车，驶向港口。但是他真的不知道约翰逊已经占领了这个地方，准备抓住他碎尸万段吗？而且一个国家的总统开车去向外国军队的首领报告，这不是本末倒置吗？

或许他真的不知道吧。又或许他知道，但是现实和他想象的不一样，他根本没有认真思考，不动脑子就这么做了。历史往往是因为"不动脑子"而产生的，是人类的愚昧产下的私生子，是阴暗、愚蠢和疯狂的胚胎。在这种情况下，历史是由那些不知道自己在做什么，或者根本不想知道自己在做什么的人创造的，他们嫌弃又愤怒地把这种可能性（思考/动脑子）拒之门外。我们看到他们是如何走向自己的毁灭，如何给自己设下捕兽夹，如何把绳子套在自己脖子上，然后还要反复认真检查捕兽夹是否牢固、绳子是否结实、圈套是否有效。

多伊生命的最后时刻让我们看到，历史在某一点、某一刻彻底崩塌。威严高傲的女神在这一刻变成了一个满身鲜血、悲惨又荒谬的小丑。这里的情况就是如此：约翰逊的手下用子弹打伤了总统的腿，令他无法逃脱。他们抓住他，打断并绑上了他的双手。他们还要再折磨他十几个小时。这一切都发生在这个拥有合法政府的小城中。这时候部长们在哪里？其他官员在干什么？警察又在哪里？总统在一座刚刚被尼日利亚士兵占领的大楼旁受刑，这些士兵不是来蒙罗维亚保护合法政府的吗？他们为什么袖手旁观？他们为什么无动于衷？而且，在离港口几公里远的地方有几百名总统护卫队的士兵，他们唯一的任务和存在的意义就是保护国家元首。本来国家元首去港口是要进行一个简短的会谈，但现在几个小时过去了，都没见到总统的人影。他们难道不好奇，总统出了什么事、去了哪里吗？

再回到约翰逊审讯总统的画面。约翰逊想知道总统的银行账户在哪儿。多伊在呻吟，他在一个小时前被十几颗子弹打中了，伤口疼痛难忍。不知道他嘴里在含混不清地说什么。在说他的银行账户号码吗？或者说他到底有没有账户？气急败坏的约翰逊立刻命人割掉他的耳朵。为什么？他这么做理智吗？约翰逊难道不知道，这样一来多伊的耳道充血，就更难和他对话了？

很明显，这些人在遇到复杂情况的时候是不知道如何应对的，他们解决不了任何事，然后还会把事情一件一件地搞砸。到那时候恼羞成怒的他们又想要补救。但这一切是可以靠尖叫、欺凌和杀害他人来解决的吗？

冷却的地狱

多伊死后，战争仍在继续。泰勒和约翰逊双方仍在交战，与此同时他们俩也都在和利比里亚军队的余部作战，几个非洲国家的干预部队又在和他们所有人作战，这些名为"西非维和部队"（ECOMOG）的干预部队想要在利比里亚建立秩序。经过漫长的战争后，西非维和部队占领了蒙罗维亚及城市周边地区，该国的其他地区归泰勒和其他军阀所有。在首都你可以四处走动，但是开了二三十公里后，路上就会出现来自加纳、几内亚或塞拉利昂的士兵哨岗。他们会拦住所有人——不能再往前走了。

再往前走就是地狱，哪怕是那些全副武装的士兵也不敢去。因为那里是利比里亚军阀的地盘。在利比里亚还有很多这样的军阀，在非洲其他地方也是如此，他们在这片大陆上被称为"战争的主人"，也就是军阀。

军阀，他们曾是军官、部长或者政党活动家，以及其他争权夺利、冷酷无情、不择手段的人。他们趁着国家危亡的时刻（他们这些人就是始作俑者），想要为自己分一杯羹，为自己划分一块非正式的迷你国，进行独裁统治。他们往往利用自己所属的氏族或部落来达到这一目的。军阀们是非洲部落和种族仇恨的播种者。但他们对此从不承认。他们总是宣称自己所领导的运动或政党是具有全民性质的，无非就是"解放某地运动""民主保卫运动"或者"独立保卫运动"什么的。这些口号下面其实什么都没有。

名字取好了,军阀们下一步要做的就是招募军队。这件事非常容易完成,因为在每个国家、每个城市,都有成千上万饿着肚子、没有事做的男孩子,他们梦寐以求的就是加入某个军阀的部队。因为军队首领不仅会给他们武器,同样重要的是,还会让他们有归属感。通常,长官们不会给他们发工资,只会告诉他们,你们现在有武器了,自己去养活自己吧。有这句话就足够,他们就知道下一步该干什么了。

武器也很容易得到,因为很便宜,而且到处都是。另外,军阀们都有钱。他们要么从国家机构(他们以前都是部长或将军)那里掠夺钱财,要么通过占领国家有经济价值的地区,比如矿山、工厂、待砍伐的森林、海港、机场和机场等地方来牟利。比如,利比里亚的泰勒、安哥拉的萨文比[1]就占领了有钻石矿的地区。非洲的许多战争都可以称为"钻石战争"。钻石战争在刚果的开赛省和塞拉利昂都持续了很多年。不仅矿山能够带来财富,道路和河流也能带来丰厚的收入,因为他们可以在那里设立哨岗,向每个经过的人收取过路费。

对军阀们来说,为贫穷挨饿的人民所提供的国际援助是取之不尽、用之不竭的利益来源。他们缺多少粮食、缺

---

[1] 若纳斯·萨文比(Jonas Savimbi, 1934—2002),安哥拉政治家。

冷却的地狱

多少油，就从每次到达的援助物资中拿多少。因为这里的规矩就是：谁有武器谁先吃。他们拿剩下的，饥民们才能吃。对于国际组织来说问题在于，如果不让这些强人先拿，载有援助物资的交通工具就不会被允许入境，饥民就会饿死。所以他们只能期待，军阀拿了他们想要的之后，还能有些剩下的粮食被送到挨饿的人们手中。

军阀既是非洲大陆许多国家在后殖民时代陷入危机的起因，也是其结果。如果我们听说非洲某个国家开始衰落，那么可以肯定的是，那里马上就会出现军阀。在安哥拉，在苏丹，在索马里，在乍得，到处都有军阀，到处都有他们的统治。军阀是干什么的？理论上，他们要与其他军阀作战。但事实未必如此。更多时候，军阀就是在掠夺本国无辜弱小的民众。军阀和罗宾汉正好相反：罗宾汉劫富济贫，而军阀则从穷人那里攫取财富，用来让自己变得富有以及养活自己的帮派。在我们眼前的这个世界中，有的人被贫困夺走了生命，有的人因贫困变成了恶魔。前面一类是受害者，后面一类则是刽子手。这里只有这两类人。

受害者就在军阀身边，唾手可得。他们不用去远方寻找，周围村镇的居民都是。军阀手下那帮赤裸上身、穿着破旧运动鞋的小混混一直在自己"老大"的地盘上晃荡，寻找食物和战利品。对于这群心狠手辣、常常饿肚子、犯毒瘾的可怜虫来说，一切都是猎物。一把米、一件旧衣服、一块毯子、一个陶罐，所有有价值的东西都是他们想要的，这些东西让他们激动不已，眼睛发亮。但人们也都吸取了教训，有经验了。只要有消息说军阀的队伍正在逼近，整个街区的人就会收拾东西开始逃跑。欧洲人、美国人在电视上看到的正是这些排着几公里长的大队逃跑的人们。

这些逃跑的人们大多是妇女和儿童。军阀混战影响最大的是最弱小的人，是那些没有能力保护自己的人。他们不能也没有东西可以用来自保。这些妇女头上顶着一个包袱或一个盆，里面装着生活必需品，比如一袋大米或小米、一把勺子、一把刀和一块肥皂。除了这些一无所有。这个包袱、这个盆，就是她们的全部财产、全部身家性命、一生的积蓄，她们就带着这些东西迈入二十一世纪。

军阀数量还在不断增加。他们是新生力量，新的统治者。他们把国家最好的部分、最富裕的地方据为己有，因此，国家哪怕不灭亡，也会变得贫穷落后、不堪一击。这就是为什么国家之间要联合起来自卫，要结成联盟为生存而战。这也是非洲很少发生国家间战争的原因，因为各国由于相同的苦难联结在一起，他们是坐在同一辆车上的人，都在为自己国家的命运而担忧。另一方面，各国内战不断，军阀割据混战，掠夺人口、资源和土地。

有时候军阀们也会意识到，一切可以被掠夺的东西都被他们抢光了，曾经的利益来源也已被消耗殆尽。于是，他们开始了所谓"和平进程"。他们召开"交战各方会议"，签署协议并确定选举日期。对此世界银行将向他们提供各种贷款和信贷。这样，军阀们将比以前更加富有，因为他们从世界银行那里得到的，可比从挨饿的兄弟那儿得到的多得多。

约翰和扎多来到我住的宾馆，他们要带我去城里。但是在走之前我们得去喝一杯，因为这里从早上已经热得让人喘不上气了。时间还很早，但酒吧里也挤满了人，有非洲人、欧洲人，还有印度人，他们害怕在街上走动，在这里会感觉安全些。这些人里面坐着一个我之前认识的人——詹姆斯·R.，一位退休的殖民地官员。他在这里做什么呢？他没有回答，只是笑笑，比画了一个意义不明的动作。在黏乎乎、歪七扭八的桌子旁坐着两个无所事事的妓女。她们皮肤黝黑，睡眼惺忪，但很漂亮。酒吧的主人、那个黎巴嫩人从吧台后探出身子在我耳边说："这些人都是贼。他们想搞到钱以后去美国。他们都是钻石贩子，用很便宜的价格从军阀手里把钻石买过来，然后用俄国佬的飞机运到中东。""俄罗斯人？"我惊讶地问。"对，"他说，"去机场吧。俄罗斯的飞机就停在那儿，然后就会把这些钻石都运到中东去，运到黎巴嫩、也门、迪拜和其他地方。"

在我们聊天的时候，酒吧里突然就空了。室内显得宽敞多了。"发生什么事了?"我问那个黎巴嫩人。"他们看到你带着照相机了。他们宁愿离开这儿,也不愿意被拍到。"

我们也走出了酒吧,身上立刻就被潮湿滚烫的空气黏住了。没人知道现在该去哪里。屋里热,外面也热。坐也不行,躺也不行,开车也不行。这种高温可以消灭一切能量、感触和好奇心。人们在想什么?想的就是怎么熬过这一天。好吧,上午已经过去了。哎哟,中午又来了。终于快到黄昏了。但是黄昏的时候也不会让人觉得舒服点儿,觉得不那么难熬。黄昏的时候还是一样闷热黏腻。晚上呢?晚上笼罩在一片潮湿闷热的雾中。夜里呢?夜里我们就裹在又湿又热的被单里。

幸好很多事情都可以在宾馆附近解决。首先可以把钱换了。市面上只流通一种面额的货币——五利比里亚元一张的纸币,大约相当于五美分。街边的小桌子上摆着一捆捆等待兑换的五元纸币。要是买东西,你得带一整袋子钱。但在这里交易很简单:在第一张小桌旁换了钱,在下一张小桌旁就可以买汽油。汽油都是装在一升的瓶子中出售的,这里的加油站都关了,只有黑市。我观察人们都买多少汽油。他们因为没钱,只买一升或者两升。约翰很有钱,他一下买了十升。

我们出发了。我想看看约翰和扎多要向我展示什么。

首先，他们得让我看一些厉害的东西。所有厉害的东西都是美国的。开出蒙罗维亚几公里后，我的面前开始出现一片巨大的钢铁森林。眼前，除了电线杆就是电线杆。从这些高大的巨型铁杆上又长出伸向更高处的分支、支架、天线网络和电线。我一度以为，我们是在一个科幻世界之中，在一个封闭的、神秘莫测的外星世界。这是"美国之音"广播电台面向欧洲、非洲和中东的转播站，于卫星时代之前，在第二次世界大战期间建造的。现在这个转播站已经停用了，废弃了，长满了铁锈。

然后，我们开车前往城市的另一边，在那里我眼前出现了一片广袤的大平原。在一望无际的绿色平原上，一条水泥跑道穿越而过。这就是罗伯茨机场——非洲最大的机场，也是世界上最大的机场之一。此时，空空荡荡的机场破旧不堪，已经关闭了（只有我所降落的小城里的那个小机场还在开放）。机场大楼已经被炸毁了，跑道上布满了大大小小的坑，都是子弹和炸弹留下的印记。

终于，我们要前往这里最大的场所、国中之国——费尔斯通橡胶种植园。但想要到达那里并非易事，因为我们会遇到越来越多的军队哨所。每个哨所前都设有路障，我们必须停车。停下来等。等一会儿才会有一个士兵从岗亭里面走出来。这些哨所有时候是岗亭，有时候只是一堆沙袋。哨兵开始盘问：你们是谁？为什么来这儿？他的动作缓慢，话很少，面无表情，眼神意味深长，若有所思又犹豫不决，这些应该都是为了显示他哨兵的身份和职能，为了体现他的严肃和权威故意做出来的。"我们能往前开吗？"他在回答之前，会先擦擦脸上的汗，再把枪背正，然后又开始从各个角度观察我们的车，如此等等。约翰最终决定我们还是先回去，因为我们晚上也到不了地方，天黑了所有的路都要封了，到时候就不知道该怎么办了。

我们又回到了城里。他们带我来到一个广场，地上散落着被炸毁的塔布曼总统雕像的碎片，现在上面已经长满了绿色植物。当时是多伊下令炸毁这座雕像的，以表明那些从美国回来的奴隶后代的统治已经结束了，现在是被压迫的利比里亚人民掌权了。在这里，如果有东西被摧毁或者弄坏，就会被留在原地。我们在路上会见到撞到树上的、生满铁锈的半截车身，那肯定就是多年前，一辆汽车撞上了一棵树，至今它的残骸还在。如果一棵树倒在路上，他们也不会移动它，他们会避开田野，踩出一条新路。没建完的房子也不会接着建了，被毁坏的房子以后也都是这副被毁的样子。这座纪念碑也是如此。他们不会考虑重建，但也不会把这些碎片移走。毁坏这个行为本身就意味着事情的结束，哪怕还留有物质痕迹，那它也不再有意义，不再有分量，不再值得人们的关注。

我们继续向前走了一点儿，到了离海港更近的地方，在那里的一片空地停下车。我们面前是一座臭气熏天的垃圾山。我看到老鼠在里面窜来窜去，秃鹫在垃圾山顶上盘旋。约翰跳下车，消失在旁边几座风一吹就会倒的茅草屋之间。我们跟在他后面。我吓得浑身发抖，因为那些老鼠大摇大摆地在我们的腿边穿梭。我捏着鼻子，不敢喘气。终于，约翰停住了脚步，手指着垃圾箱旁一堆腐烂的东西，嘴里在说着什么。"他说，"扎多帮我翻译，"那些人把多伊的尸体扔在这儿了，就在这里的某个地方。"

为了呼吸点儿新鲜空气，我们开车来到了圣保罗河岸边。这条河是蒙罗维亚和军阀世界的界河。河上有一座桥，在蒙罗维亚一侧，是绵延不断的茅草屋和难民营。这里还有一个大集市，是热情似火的女商贩们五彩缤纷的王国。河对岸的人，那些来自军阀地狱的人，那些来自被恐怖、饥饿和死亡统治的世界的人，可以过河来这里买东西，不过他们在上桥前要把武器留下。我曾经见过，有人在走过桥后，就留在了这边，尽管他们心中还有怀疑、还不确定，惊讶于正常世界竟然是真的存在的。我也见过，他们伸出双手去感受，仿佛这是有形的、可以触摸得到的。

我在那里还见到一个人，他全身赤裸，但是肩上背着一把卡拉什尼科夫冲锋枪。人们都躲着他，绕着他走。他可能是个疯子吧，一个背着卡拉什尼科夫冲锋枪的疯子。

慵懒的河流

在雅温得[1]，一位年轻的多明我会传教士正在等我，他的名字叫斯坦尼斯瓦夫·居尔居勒。他要带我去喀麦隆的森林。"但是，"他说，"我们得先去贝尔图阿。"贝尔图阿？我不知道这个地方在哪儿。我从没去过那里，甚至不知道有一个叫"贝尔图阿"的地方存在。我们的地球，我们的星球，是由成千上万个地方组成的，这些地方都有自己的名字（而且在不同的语言中，这些地名有不同的写法或读法，这就让地名的数量变得更为庞大），这些地名多得数也数不清，人在旅行之中甚至连其中的一小部分都记不住。或者还可能像经常发生的那样，我们的记忆中充满了地名、地区名和国名，我们却不能将这些地名、地区名和国名与

---

[1] 雅温得，喀麦隆共和国首都。

任何的画面、景色或风景，任何的事件或面孔联系起来。而这一切又会被我们弄错、搞混，在记忆中变得模糊不清。我们以为索多里绿洲在利比亚，其实在苏丹；以为特费镇在老挝，其实在巴西；以为小渔港加利在葡萄牙，而它其实在斯里兰卡。世界的统一性，在经验现实中难以实现，却存在于我们的大脑中，存在于我们层层交织、混乱纠缠的记忆中。

从雅温得到贝尔图阿要一路向东，朝着中非共和国和乍得的方向开三百五十公里，这条路穿过平缓的绿色丘陵，两侧是咖啡、可可、香蕉和菠萝种植园。像在非洲其他地方一样，我们一路上遇到了很多警务站。斯坦尼斯瓦夫每次都会停下车，把头探出车窗说一句："贝尔图阿主教区！"这句话瞬间就会产生神奇的效果。任何与宗教有关的东西——与超自然力量、仪式与精神世界有关的东西，尽管看不见、摸不着，但却仍然存在着，而且比物质世界中的任何存在都更为深刻——在这里都被严肃对待，会立刻引起人们的重视、尊敬和一点点恐惧。每个人都知道，试图与更高级、更神秘、更强大、更不可知的事物抗衡，都会以失败告终。实际上它还涉及更多的问题，关于存在的起源与本质。这些年来我所接触到的非洲人的思想都带有浓厚的宗教色彩。他们经常会用法语问我："您相信上帝吗？"我永远都会等这个问题的出现，因为我知道它一定会出现，因为我已经被问过许多次了。我还知道，这个向我提问的人此时将会目不转睛地望着我，观察我面部每一个细微的抽动。我知道这一刻的严肃性，知道它所蕴含的意义。我知道，我的回答将决定我们之间的关系，当然也会决定提问者对我的态度。当我说"是的，我相信"的时候，我看到他脸上如释重负的表情，看到紧张和疑惧从这个场景消散，它打破了肤色、地位和年龄的壁垒，拉近了我们的距离。非洲人重视且喜欢在这个更高的精神层面上进行交流，对于这种交流，他们往往无法用语言来表达或定义，但每个人都本能地、自发地感受到它的存在和价值。

一般来说，"上帝"并不是指某一个特定的神，有名字，有人们能描述的样貌和特征。它更多的是对"至高存在"的坚定信念，相信他是造物主和统治者，为人类注入了一种精神实质，让人类超越了无意识的动物和无生命的事物。这种对至高存在的谦卑而虔诚的信仰，使得它的使者和世俗代表也会特别受到尊敬。这种特权延伸到了各种不同的教派、信仰、教会、集会中各个阶层的所有神职人员，而天主教传教士只是其中的一小部分。因为在非洲，有数不胜数的伊斯兰教毛拉和隐士，几百个基督教教派以及各个教派的牧师神父，以及各种非洲神明和崇拜的神职人员。尽管存在着一些竞争，但他们之间的包容度之高让人震惊，而他们也都得到了这些质朴民众的普遍认可。

慵懒的河流

所以，斯坦尼斯瓦夫神父只要停下车和警察说一句"贝尔图阿主教区"，他们就不会检查证件、搜查汽车、索要贿赂，只是面带微笑地挥挥手表示：可以继续往前走了。

我们在贝尔图阿的教区廷里过了一夜后，驱车前往一百二十五公里外一个叫"恩古拉"的村庄。但在这里用"公里"来衡量距离是会误导人的，公里数代表不了什么。如果开上一条路况良好的沥青马路，那么开一个小时就到了；但如果是荒无人烟的旷野，就需要一天的车程，雨季甚至需要开两三天。这就是为什么在非洲人们一般都不会问"要开多少公里"，而是问"要开多长时间"。这时我会不由自主地看看天空，如果太阳高照，那么三四个小时就够了，但如果天空乌云密布，再遇上瓢泼大雨，就真的不知道我们什么时候才能到达目的地了。

恩古拉是传教士斯坦尼斯瓦夫·斯坦尼斯瓦韦克负责的教区。现在，他在前面开着他的车为我们带路。要没有他，我们肯定到不了那里。在非洲，如果偏离了为数不多的几条主要道路，就会迷路。没有路标、标识和指示牌，没有精确的地图，而且同一条路也会因为季节、天气、雨水情况以及这里经常发生的火灾的范围而有所不同。

唯一的救星就是居住在这里的人，他无比熟悉周遭的情况，并且能够读懂这里的自然景观，而这一切对你来说只是一堆无法传达任何信息的符号，就像中国汉字一样深奥难懂。我们之间会出现这样的对话："这棵树告诉了你什么？""什么都没有。""什么都没有？！它明明在说，你现在必须左转，不然你就会迷路。""那这块石头呢？""石头？也什么都没说。""什么都没说？！你看不见这块石头就是让你立刻右转的标识吗？而且你得拐一个大弯，因为再往前走就是无人荒野和死亡了。"

就是这个毫不起眼的当地人，这个赤着脚的自然景观解读专家，这个能够准确快速地读懂自然界那些神秘的象形文字的人，成了你在这里的向导和救命恩人。他们每个人的脑海中都有自己的"小地理学"，有一幅私人珍藏的描绘周遭世界的画卷，这些知识和技巧是无价之宝，能让他们在最可怕的风暴中、在最深邃的黑暗中找到回家的路，让自己获救，然后继续活下去。

斯坦尼斯瓦韦克神父在这里已经许多年了，他可以毫不费力地带着我们穿过这些错综复杂的迷宫，然后到达他的教区。这里像一个破败不堪的营地，里面有一个乡村学校，但因为没有老师，已经关闭了。其中一间教室就是斯坦尼斯瓦韦克神父住的地方，里面有一张床、一张桌子、灶台和一盏油灯。旁边的教室是祈祷堂。在这个营地旁边是已经倒塌的教堂的废墟。现在，斯坦尼斯瓦韦克神父的主要工作就是要建一座新教堂。这是一场拉锯战，是一项

慵懒的河流

持续数年的工作，因为没有钱、没有工人、没有建筑材料，也没有交通工具。全部希望都在神父那辆旧车上，这辆车可千万不能坏、不能散架、不能熄火。要不然，建教堂、传福音以及拯救灵魂等一切工作都得暂停。

后来，我们开上了几座小山的山顶（山下是平原，覆盖着大片绿色的茂密森林，一望无际，就像大海，就像大西洋），来到了一个淘金者的定居点，他们正在蜿蜒曲折、慵懒流淌的恩加巴迪河底寻找宝藏。已经是下午了，这里没有黄昏，黑夜会在瞬间降临，所以我们就先去了这些淘金人工作的地方。

深深的峡谷底部流淌着一条河流。浅浅的河床中是沙粒和砾石。河底的每一寸都被翻过了，到处都是大大小小、漏斗形的坑洞。在这个战场上，一群群黑皮肤的人赤裸上身，满身汗和（河）水，个个像着了魔一样神情恍惚。因为这个地方有自己的氛围，充斥着刺激、欲望、贪婪和黑暗赌场游戏的气息。似乎有一个看不见的轮盘正在附近某处转动，在反复无常地旋转。但最重要的是，在这个峡谷中可以听到锄头沉闷的敲击声，筛子摇动沙石发出的沙沙声，以及人们在谷底工作时发出的单调声响，既不是呼喊也不是吟唱。我们看不到这些寻宝者找到了什么，只能看到他们拿起了什么东西，然后又把什么东西放在一旁。他们摇晃着一些木槽，向里灌水，把水滤出去，在灯下观察手中的沙子，然后将这些东西抛进河里。

有时他们也会找到点儿东西。只要看看峡谷的山顶和两侧的山坡就知道了。就在那里，在杧果树的树荫下、在金合欢和棕榈树巨大的伞盖下是阿拉伯人的帐篷。他们是来自撒哈拉、邻国尼日尔、恩贾梅纳和努比亚[1]的黄金商人。他们身着白色的阿拉伯长袍，缠着雪白的头巾，悠闲地坐在帐篷门口，边喝茶，边用造型精美的水烟壶抽着水烟。时不时就会有一些健壮的黑皮肤的淘金者从人满为患的谷底爬上来找他们。淘金人蹲在阿拉伯人面前，拿出一张小纸片，然后把它展开。皱巴巴的纸片上有几粒金色的沙子。阿拉伯人面无表情地看着这些金沙，心里在掂量计算，然后说出一个价格。这个身上沾满泥污的喀麦隆黑人，这片土地和这条河的主人，虽说这是他的国家、他的金子，但是没有争论，也没有为更高价格而争吵的必要。因为其他阿拉伯人肯定也是出这点儿钱。这里都一个价，是垄断了的。

黑夜降临，峡谷变得空旷寂静，看不到下面的情况了，现在只有一片漆黑，一个灯火熄灭的深渊。我们来到一个

---

[1] 努比亚，位于埃及南部与苏丹北部之间尼罗河沿岸的地区。

名叫"科洛明"的定居点。这是个临时拼凑起来的简陋小镇，等到河里的金子被淘尽，定居者们会毫不犹豫地离开这个地方。一座座茅草屋、一个个简易棚紧紧相连，这些贫民窟小巷子会和一条主街交会，那条街上有酒吧和商店，晚间和夜生活就在那里开始。这里没有电。到处点的都是煤油灯、烛台、蜡烛，地上燃烧着碎木块和木屑。这些光芒在黑暗中所映照出的一切都是闪烁摇曳的。借着这亮光，会看到这里闪过一个人影，那里出现一张人脸，一只眼睛亮了一下，一只手伸了过去。这块板子原来是屋顶，那个闪着光的是一把刀，还有一块不知哪儿来的、也不知干什么用的木板。这里的任何东西都没法连接在一起，组成一个整体。你只知道周围的这片黑暗在移动，它有形状，还会发出声音。在光线的帮助下，可以看到它的内部世界，但光一旦熄灭，一切就会消失。在科洛明，我看到过几百张面孔，听到了几十次对话，遇到了许多行走着的、忙忙碌碌的或者坐着的人。但是，这些画面都是出现在摇曳闪烁的灯火中的，都是零散的、一闪而过又不断变化的，所以我无法将任何一张面孔与任何一个人物联系起来，也无法将任何一个声音与我在那里遇到的任何一个具体的人联系起来。

早上我们向南开，前往大森林。但是我们得先过这条横穿丛林的卡代伊河（这是桑加河的一条支流，在永比和博洛博汇入刚果河）。按照这里的惯例，东西一旦坏掉，就没人修了。我们的渡船看起来就像一个只能报废的东西。不过，有三个小男孩在附近玩耍，他们知道如何让这个庞然大物运转起来。所谓渡船，其实是一个巨大的长方形的扁平金属箱。在它的上方，一条钢缆横跨河面。男孩们转动吱吱作响的曲柄，利用牵拉绳索的技巧，慢慢地、非常非常慢地将渡船（连同我们和汽车）从河的一侧运到对岸去。当然，只有在水流缓慢得像要快睡着了的时候，才能这么做。不然，只要水流抖动一下，我们就会被卡代伊河、桑加河和刚果河卷入大西洋。

接下来的旅程，就是驾车一头扎进大森林，我们沉浸其中，向它的底部滑去，陷入迷宫、隧道，陷入一片奇异的、绿色的、朦胧昏暗、难以洞穿的幽冥世界。这座热带大森林是任何欧洲森林和赤道丛林都无法比拟的。欧洲的森林美丽而繁茂，但都是中等规模，树木也都是中等高度的。哪怕是最高的白蜡树或橡树，你也觉得自己能爬到树顶。赤道丛林则像纷乱复杂的大毛线团，树枝、树根、灌木、藤蔓盘根错节，交织成一个巨大的结；是紧紧纠缠在一起、密不可分、生生不息的生物系统，是绿色的宇宙。

大森林和它们都不一样。它宏伟庄严，树木一般都有三五十米高，有的甚至更高，那些树高大，笔直，松散地

慵懒的河流

分布着，彼此之间保持着明显的距离，它们从地下长出来几乎就毫无遮挡。现在，我们行驶在大森林之中，行驶在这些高耸入云的红杉、桃花心木、沙比利树和绿柄桑之间，仿佛走进了一座宏伟的主教座堂、潜入了埃及金字塔的内部，或者突然站在第五大道的摩天大楼中间。

但行驶在这样的道路上往往十分遭罪。有些路段坑坑洼洼、崎岖不平，根本没法开，汽车就像被暴风雨拍打得东摇西晃的小船，每走一米都是折磨。唯一能轻松应对这种路面的汽车是那些装有强大发动机的大家伙。法国人、意大利人、希腊人和荷兰人就是用这种汽车把这里的木材运出去，送到欧洲的。由于这片大森林被昼夜不停地砍伐，它的面积在不断减少，树木也在不断消失。在这里你会越来越经常看到大片空旷的林地，地上是刚刚被砍掉的粗大树桩。电锯运转时发出的刺耳声音极具穿透力，在几公里外都听得到。

在这片森林中，所有人都显得很渺小，但是还有比我们更矮小的人，那就是一直居住在这里的当地居民。我们很少能见到他们。沿途会经过他们的茅草屋，但却看不到任何人。茅草屋的主人应该都在森林深处。他们捕捉鸟类，采集浆果，追逐蜥蜴，寻找蜂蜜。每家每户门前的杆子上都挂着猫头鹰羽毛、食蚁兽的爪子、蝎子的尾巴或者蛇的牙齿。这些小物件的排列组合方式是一种奥秘，是在告诉别人，去哪里可以找到这户的主人。

夜里，我们看到了一座朴素的乡村教堂，教堂旁边有一座破房子，那是神父的宿舍。我们到达目的地了。其中一间房里亮着一盏煤油灯，微弱的光芒飘忽不定，穿过敞开的大门，照在门廊上。我们走了进去。里面又黑又静。过了一会儿，一个又瘦又高、穿着浅色神父长袍的男人走了出来。这是扬神父，他来自波兰南部。他消瘦的脸上都是汗，大大的眼睛仿佛在喷火。他得了疟疾，十分难受，很明显他还在发烧，可以想象他的身体里正在抽搐发抖。他看起来痛苦疲惫，有些无精打采，说话声音很小。他想要招待我们一下，但从他艰难的一举一动以及浑身颤抖看得出，他没有什么可以拿来招待客人，也不知道该怎么招待。一位年老的村妇走了进来，开始给我们热米饭。我们喝了点儿水，一个男孩又拿来了一瓶香蕉啤酒。我问："神父，您为什么要待在这里呢？为什么不离开呢？"我仿佛看到他身体中的某个部分已经黯淡、熄灭了。他回答说："我不能走。必须得有人看守教堂。"边说边抬起手，指了指窗外的那团黑影。

我去旁边的房间躺下睡觉，但是怎么也睡不着。突然我的脑海里出现了侍僧的祷告词：我们在天上的父……愿

慵懒的河流

你的旨意……但请拯救我们脱离凶恶。[1]

早上,我们昨晚见到的那个小男孩用锤子敲打着一个挂在铁丝上的有凹痕的金属轮毂。这个轮毂代替了教堂里的钟。斯坦尼斯瓦夫和扬两位神父主持了晨间弥撒,参加这场弥撒的只有我和那个小男孩。

---

[1] 出自天主教经文《主祷文》(*Pater Noster*)的开头部分,原文为拉丁文:"Pater noster, qui es in caelis... Fiat voluntas tua...sed libera nos a malo..."

迪乌夫太太回家

起初,没有任何迹象预示接下来会发生什么。黎明时分的达喀尔火车站空无一人。铁道上只有一列将在上午开往巴马科[1]的火车。这里往来的火车原本就很少。整个塞内加尔只有一条通往马里首都巴马科的国际线路,也只有一条通往圣路易斯的短途国内线路。前往巴马科的火车每周有两班,前往圣路易斯的火车每天有一班。所以火车站里经常一个人也没有。甚至连窗口售票员都很难找到,这个售票员可能同时也是火车站站长。

当太阳照耀在城市上空时,第一批乘客才刚刚出现。他们不慌不忙地在车厢里找一个位置坐下。这里的铁轨更窄,火车车厢比欧洲的小,包厢也更加拥挤。但是大家都

---

[1] 巴马科,马里共和国首都。

有座位。包厢里除了我，还有我刚才在站台上遇到的一对来自格拉斯哥的苏格兰年轻情侣，他们穿越西非，从卡萨布兰卡去了尼亚美[1]。我问他们，为什么从卡萨布兰卡去尼亚美？他们回答不出原因，只说当初就是这么决定的。他们表示，他俩能一起去就足够了。我又问他们，在卡萨布兰卡看到了什么？他们说没有什么。我又问他们达喀尔呢？他们也说没看到什么。他们对观光旅游并不感兴趣。他们只想开车旅行。除了开车就是开车。对他们来说，这条非比寻常的路以及他们二人在这条路上的经历才是最重要的。他俩长得很像，肤色都很白，这种肤色在非洲看起来几乎是半透明的，他们都是栗色的头发，脸上都有很多雀斑。他们说的是带有苏格兰口音的英语，所以我能听懂的不多。有段时间一直是我们三人坐在包厢里，就在火车要开动前，一位胖胖的、精力充沛的妇女加入了我们，她穿着一件宽大鲜艳的泡泡袖"布布裙"（boubou，当地传统的长及脚踝的连衣裙）。"迪乌夫太太！"她自我介绍说，然后就舒服地坐在座位上。

我们出发了。火车先是沿着达喀尔旧殖民区的边缘行驶。这是一座美丽的海滨城市，色彩柔和，风景如画，坐落在海滩和平台之间的半岛上，有点像那不勒斯，也有点

---

[1] 尼亚美，非洲中西部尼日尔共和国的首都。

像马赛的别墅区,还有点像巴塞罗那精致的郊区。这时映入我们眼帘的是:棕榈树、花园、柏树、三角梅。阶梯步道、树篱、草坪、喷泉。巴黎精品店、意大利酒店、希腊餐厅。然后火车越开越快,驶过了这座示范城市,这个飞地和梦幻之城,突然在一瞬间,包厢里变暗了,窗外传来轰鸣声、撞击声和令人毛骨悚然的尖叫声。我走到窗边,埃德加(那个年轻的苏格兰人)正在拼命想要把它关上,试图阻止灰尘、垃圾和碎屑涌到车厢里。

发生什么了?郁郁葱葱、开满鲜花的花园消失了,好像沉入了地下,眼前展开一片沙漠,但这是一片挤满了人、茅草屋和窝棚的沙漠,沙地上蔓延开一大片破败不堪的区域,一大片混乱的贫民窟,是那种典型的、环绕在大多数非洲城市周围的(用汽油桶等东西凑合搭建的)"贫民棚户区"(bidonville)。这种棚户区非常狭窄拥挤,货摊密密麻麻,有的甚至撞到了一起,唯一能够摆摊的空地就是路堤和铁轨。所以天刚蒙蒙亮,这里就开始热闹起来了。妇女们把货品摊在地上,把那些香蕉、西红柿、肥皂和蜡烛放在盆里、托盘里和小凳子上。她们肩并肩站着,胳膊肘蹭着胳膊肘,在非洲向来是这样。这时,火车来了。它疾驰着呼啸而来。那时所有人发出惊呼,在一片恐慌和忙乱中抓住一切能抓住、来得及抓住的东西,拔腿就跑。他们没办法提前躲开,因为不知道火车到底什么时候会来,他们也看不到从远处开来的火车,因为火车会突然拐弯,所以他们能做的只有一件事:在最后一刻、最后一秒钟,当凶猛的铁家伙已像火箭一样冲向他们时,他们才会逃生。

我看到车窗外惊慌逃跑的人群、惊恐万分的面庞、出于自保下意识伸出的手,我看见人们摔倒、滚下路堤、吓得抱住头。这一切都发生在卷起的沙尘、飞舞的塑料袋、碎纸、破布和纸板中。

这一幕持续了很久,直到我们的列车穿过"市场",把这片狼藉的混乱、滚滚飞扬的尘土,还有那些正在试图恢复秩序的人们都留在了身后。我们驶入了一片宽阔平坦、宁静无人的草原,上面生长着金合欢和黑刺李。迪乌夫太太说,当火车横冲直撞、仿佛要把他们的市场炸成碎片的时候,是埋伏等待的小偷们最理想的时刻。他们趁着混乱,藏在飞扬的尘土后面,扑向散落在地上的货物,偷走一切能偷走的东西。

"那些小偷可聪明了!"迪乌夫太太说话的语气中甚至带着几分赞许。[1]

我和那两个第一次来到非洲大陆的苏格兰年轻人说,在过去的二三十年中,非洲城市的性质已经发生了改变。刚才他们所看到的,一个美丽的地中海达喀尔和一个可怕

---

[1] 在原文中,迪乌夫太太与作者的对话均使用的是法语。

的沙漠达喀尔，就很好地说明了这些城市所发生的变化。以前，城市曾经是行政、商业和工业中心，是功能性的产物，承担着生产和创造的任务。这些城市一般规模较小，只有在那里工作的人才会住在那儿。如今，这些昔日中心所保留下来的，也只是新城市中的一个碎片、一个小片段，只构成其中的一小部分，哪怕在人口稀少的小国，这些新型城市也迅速膨胀，发展成庞然大物。当然，全世界范围内的城市都在加速发展，人们总是将城市与轻松便捷的生活联系在一起，但对于非洲来说，还有其他因素加剧了过度城市化。首先就是七八十年代非洲大陆的大规模旱灾。田地干涸，牲畜死亡，几百万人因饥荒而丧命。还有几百万人逃命去了城市。城市提供了更大的生存机会，因为这里会分发海外援助物资。非洲交通非常不便，又极为昂贵，道路无法通到农村，村民们必须去城市才能获得援助。但是，一个氏族一旦放弃自己的土地、失去自己的牛群，就没办法再重新获得它们了。那些走出去的人，从此之后就要永久地依赖海外援助，只有援助不被停止，他们才能活下去。

城市还因其表面的安宁和在那里可以获得安全的幻想吸引着人们。特别是在那些频繁爆发内战和军阀割据的国家中。弱小、无力自保的人们逃往城市，期盼那里可以给自己提供更多活下去的机会。我还记得索马里内战时，在肯尼亚东部的那些小镇，比如在曼德拉、加里萨，每当夜幕降临，索马里人就会赶着自己一群群的牲畜，从牧场来到这些城镇的周围，聚集在那里。夜里，这些城市仿佛戴上了一圈闪亮的光环。那是这些牧民们点燃了煤油灯、牛油灯和火把。他们靠近城镇就会感到更加安宁，更加安全。黎明时分，这个光环熄灭了。索马里人纷纷散去，带着他们的牧群继续前往更遥远的牧场。

干旱和战争就这样让村子里的人都走光了，把他们都赶到了城市里去。这一进程持续了许多年。数以百万计、千万计的人都走上了这条去城市的路。在安哥拉和苏丹，在索马里和乍得，都是如此。事实上，在所有地方都是如此。"去城里吧！"这里面既包含想要获救的希望，也是绝望的本能反应。因为在那里没有人在等待他们，也不是别人邀请他们去的。他们在恐惧的驱使下，拼尽全力前往那里，只想找个地方躲起来，找个能得救的地方就行了。

我想到了我们在离开达喀尔时曾经过的一片游牧地，想到了居住在那里的人们的命运。他们的生活是临时的，他们从不问任何人、也不问自己生存的目的和意义。如果卡车不来送食物，他们就会饿死。如果运水车不来送水，他们就会渴死。他们没有任何可以在城市里干的事情，也没有可以回的村子。他们不种田、不养殖、不生产。他们不在任何地方学习。他们没有地址，没有钱，没有证件。

他们都失去了家园，许多人失去了家人。他们无处可去，找不到可以听自己倾诉痛苦的人，也没有可以指望能帮到自己的人。

现在，全世界越来越重要的问题不是"如何让这些人吃上饭"，因为食物是充足的，有时候只是需要组织和运输。但是，要拿这些人怎么办？要如何处理地球上这数以百万、千万计的人口？如何利用他们尚未被开发的能量？他们的力量真的没有人需要吗？在人类大家庭中，这些人的地位是什么？是正式的家庭成员？还是受到伤害的亲戚？又或者是令人厌恶的入侵者？

火车渐渐慢下来，我们即将开进一个车站。我看到，一大群人朝着车厢的方向拼命地跑过来，像是要钻到车轮下自杀一样。他们是卖香蕉、橙子、烤玉米和椰枣的妇女和儿童。他们挤到车厢窗前，用托盘把自己卖的东西排成一排，高高举过头顶，所以我看不到他们的身子，也看不到他们的脸，只能看到争先恐后的一排排香蕉，被一堆堆椰枣和摆成金字塔形状的西瓜推挤着，把橙子挤得滚落到一边。

迪乌夫太太那硕大的身躯立刻把整个窗子都挡住了。她在那些在月台上方晃来晃去的水果蔬菜堆中挑来挑去，大声地讨价还价。她一会儿转过身向我们展示一串青香蕉，一会儿又把一个熟透的木瓜给我们看。她一边用她那胖胖的手掂着这些战利品，一边用胜利的口吻说："在巴马科？得贵五倍！在达喀尔？得贵十倍！行了！"她把买来的水果放在地上和架子上。买东西的人并不多，这个水果大集在我们眼前晃来晃去，几乎无人问津。我在想，这些围着我们火车的人靠什么为生呢？下一趟火车要几天后才会开来。附近也看不到任何村庄。那么他们平时把东西卖给谁？谁又会和他们买东西？

火车开动了，迪乌夫太太满意地坐下了。但是她这次坐下来，让人明显感觉她占的地方更多了。她不仅仅是坐在座位上，确切地说应该是整个人瘫在了座位上，仿佛她决定把她的身体从我们看不见的、一直束缚着她的紧身胸衣中解放出来，让它可以喘口气，获得自由。包厢被这位身材壮硕、气喘吁吁又大汗淋漓的女士占满了，她的肩膀和腰、她的胳膊和腿占据了我们的领地，把埃德加和（他的女朋友）克莱尔挤到了一个角落，而我被挤到了另一个角落，几乎都快没有地方坐了。

我想去包厢外面活动一下腿脚，但是发现这根本无法实现。现在是祈祷的时间，走廊里到处都是跪在地毯上、有节奏地向前弯腰的男人。走廊是他们唯一可以祈祷的地方。但是乘坐火车还存在一个教规的问题：因为伊斯兰教规定，信徒们应该面向麦加祈祷，而我们的火车却在不停地扭动、转弯、改变方向,有的时候火车转弯,导致虔诚的信徒们只能用后背对着圣地。

火车不停地拐弯转向,但我们眼前的景色却一直没有变过。始终是干燥炎热的萨赫勒平原,时而是浅棕色,时而是被太阳炙烤后的深棕色。上面时不时地从沙石中冒出一丛丛像稻草一样干枯、带刺的黄色草丛,还零散地生长着一些粉红色的小檗和淡蓝色的柽柳。此处常见的带刺金合欢在这些灌木、草丛和土地上撒下稀疏的淡影。安静,空旷。炎热的白天冒出的白色热气在轻轻颤抖着。

火车在一个大站坦巴昆达坏了。有阀门爆裂了,机油的细流顺着路堤流了下去。当地的小男孩们急忙跑来往瓶子和罐子里灌油。这里不会浪费任何东西。如果有粮食洒落,他们会把每一粒都捡起来;如果煮水的锅裂开了,他们会一口一口地把水喝完,不让一滴水流走。

我们得到通知,将在这里停靠很长一段时间。火车周围很快聚集了许多来自镇上的看热闹的人们。我建议那对苏格兰情侣和我一起下车转转、聊聊。他俩坚决地拒绝了。他们不想和任何人见面,也不想和任何人说话。他们不想认识任何人,也不想去任何人家里拜访。如果有人靠近,他们会立刻转过身去,并保持距离。他们可能最想要快点逃走。他们这样的态度,是因为在这段不长的时间里曾有过不好的经历。他俩认为,只要和别人聊天,那个人一定会想从他们这儿得到什么好处。别人向他们索要的东西也五花八门,有的想让他们帮忙解决奖学金,有的想让他们帮着找工作,有的想要钱。来找他们说话的人不是父母病了,就是要养活弟弟妹妹,而他自己已经好几天没吃饭了。他们经常会听到重复的抱怨。他们不知道该怎么回应,对此手足无措。最后,心灰意冷的他们一致决定:不联系、不见面、不说话。他俩直到今天也一直遵循着这个原则。

我和他们说,这些人之所以会提出这些诉求,是因为许多非洲人都认为白人什么都有。而且不管怎么样,他们肯定比黑人拥有的要多得多。对非洲人来说,如果一个白人出现在他面前,就好像是一只会下金蛋的鸡站在面前。他必须抓住这个机会,不能错过。而且这里的很多人的确一无所有,他们什么都需要,他们有太多渴望得到的东西了。

而且其中还存在着巨大的习俗差异和完全不同的期待。

非洲文化是交换文化。你给了我什么,那么我就有责任还给你点什么。这还不仅仅是一种责任,这关乎我的尊严,我的荣誉,我的人格。在交换的过程中,人与人之间的关系达到了最高境界。两个年轻人的结合,通过他们的后代,延长了人类在地球上的存在并确保了物种的延续,而这种关系也是通过氏族间的交换行为而产生的:女人被用来交换她的氏族不可或缺的各种物品。在这样的文化中,一切都具有礼物的性质，礼物是需要回赠的。一个人收了礼物而没有回赠是会受到良心谴责的，甚至会给他带来不幸、疾病或死亡。所以，收到礼物就是一种信号，一种刺激，让人们立刻就要采取回报行动，迅速回到平衡状态：我收到礼物了？我也回赠了！

当一方不理解交换可以在不同层次的价值上进行的时候，就会产生很多误解。比如，我们可以用象征性价值来交换实物价值，反之亦然。如果一个非洲人主动走向苏格兰人，那么这个非洲人对这两个苏格兰人付出了自己的真心和关注，向他们提供了信息，提醒他们要注意小偷，保证了他们的安全，这些都是送给他们的丰盛礼物啊。所以，这个慷慨的非洲人现在期待回报，回赠，希望自己的期待可以被满足。可是他却疑惑不解地看到：苏格兰人脸色难看，甚至还转身就走了！

晚上的时候，我们继续向前行驶了。天气稍微凉快了一些，我们终于可以喘口气。火车一路向东开，越来越深入到萨赫勒的深处、非洲的深处。这条铁路线带我们经过了高迪里、迪博利和一个更大的城市，现在已经到了马里的凯耶斯。每到一个车站，迪乌夫太太都要购物。车厢里已经堆满了橙子、西瓜、木瓜和葡萄。现在她又在买雕花凳子、铜质烛台、中国毛巾和法国香皂。她一直都带着胜利的语气高声说:"女士们先生们,你们看看!这在巴马科得多少钱?得贵五倍!在达喀尔呢?十倍!天啊!多划算啊!"然后一整排的座椅都被她一个人占了。我没地方坐了,苏格兰人只剩下一小块空地,他们对面从地到天摆满了水果、洗衣粉、衬衫,一捆捆风干的草药,一袋袋种子、小米和大米。

我有些困了,我感觉仿佛是发烧后出现了幻觉,我觉得迪乌夫太太变得越来越硕大,她的身体充斥着越来越多的地方。她那宽大的布布裙迎着窗外吹进来的风变得越来越鼓,像是鼓起的帆船风帆,在摇摆着,飘荡着。她就要回到巴马科的家中,对自己买到的这些便宜东西非常自豪。她心满意足,带着胜利的喜悦占满了整个包厢。

我看着迪乌夫太太,看着她无处不在的身影,她无限的活力,她可以占有整个空间,并且不必对此感到歉意——我意识到非洲发生了多么大的变化。我还记得多年前坐这趟火车的情景。当时我自己在一个包厢里,没有人敢来打破欧洲人的这份宁静和舒适。而如今,巴马科一个摊位的老板娘、来自这片土地的一位女性,眼皮都不眨一下就可以把三个欧洲人挤出车厢,告诉他们,这里没有给他们的位置。

凌晨四点,我们到达了巴马科。车站人山人海,月台上站着拥挤的人群。一群兴奋的小男孩冲进了我们的车厢。

那是迪乌夫太太的队伍,他们都是来帮太太搬东西的。我走下火车,听到了一个男人的喊叫。我从人群中挤过去,看到一个法国人穿着被撕破的衬衫坐在月台上,一边呻吟一边咒骂。他刚一下车,所有东西就在一瞬间被抢走了。他手里只剩下了皮箱的提手,现在他正挥舞着这块被扯烂的人造革碎片咒骂着全世界。

盐与金

在巴马科，我住在一家名叫"接待中心"的招待所里。这家招待所是两位西班牙修女开的，房间价格低廉——一张床，一顶蚊帐。蚊帐是这里最重要的东西，如果没有它，肯定会被蚊子咬死。（人们一想到非洲，就会想到狮子、大象或蛇这类惊险的情况，但这里真正的敌人是那些肉眼看不清或根本不可见的。）接待中心的不足之处是十间客房要共用一个淋浴。更糟糕的是，淋浴间几乎被一个年轻的挪威人独占，他来此之前并不知道巴马科究竟有多热。非洲内陆的气候总是白热化的。这里是高原，一切都暴露在无情的阳光之下，太阳仿佛就悬挂在地球的正上方，似乎只要一不小心走出阴凉地，你就会被烧成灰烬。对于刚刚来到这里的欧洲人来说，还要面临心理考验，他们知道自己身在烈火地狱深处，远离海洋，远离气候温和的土地，这种距离感、封闭感和禁锢感让一切更加难以承受。所以这个感觉自己快被焖熟的挪威人才待了几天，就决定什么都不要了，立刻回家。但是他得等飞机。他认为，他得一直在淋浴间冲凉才能活到回家那一天。

的确，这里在旱季的时候热得让人喘不过气来。我居住的街道从清晨就沉浸在一片死寂中。人们一动不动地坐在墙边、过道里、大门口。他们坐在这里的桉树和金合欢树的树荫下，坐在巨大的、枝繁叶茂的杧果树下，坐在高高的、鲜艳怒放的三角梅下。他们坐在毛里求斯人开的酒吧前的长凳上，坐在街角商店门口的空箱子上。虽然我曾很多次长时间地观察他们，但我却无法确切地说出他们这么坐着是在干什么。因为他们实际上什么都不做。他们甚至互相之间不交谈，就像那些在医生诊室门前等了好几个小时的人——虽然这样比较不大恰当，因为医生最终会来的，而这里却没有任何人会来。这里没人来，也没人走。空气颤动着，流动着，像大锅里烧开的水一样不安地滚动着。

有一天，两位修女的一位同胞来到这里，他的名字叫豪尔赫·埃斯特万，来自瓦伦西亚。他在瓦伦西亚有一家旅行社，经常来非洲西部，收集用来打旅游广告的资料。豪尔赫性格开朗，乐观风趣，精力充沛，是个天生的旅行家。

他在任何地方都像在自己家一样自在，在哪儿都觉得舒适快乐。他来我们这儿只玩了一天。他对烈日毫不在意，燃烧的热量仿佛给了他能量。他把包打开，里面满满地装着相机、镜头、滤镜和胶卷。然后，他开始上街溜达，与坐在那里的人们交谈，开着玩笑，又向他们承诺着什么。然后，他把佳能相机放在三脚架上。他拿出一个声音很响的足球裁判口哨，吹了起来。我向窗外望去，但是根本不敢相信自己的眼睛。街上一下子就挤满了人。一瞬间，大家围成一个大圆圈开始跳舞。我不知道这些小孩子是从哪里冒出来的。他们手里拿着空水罐，有节奏地敲打着。所有人都跟着节奏，一边拍手、一边跺脚地跳着舞。人们都醒过来了。他们热血沸腾，活力四射。可以看出，他们是多么享受这种舞蹈，多么开心能够找到生命的活力。在这条街上，在他们的周围，在他们自己身上，有东西活了起来。房子的墙壁在摇摆，阴影也苏醒过来。越来越多的人加入了跳舞的行列，跳舞的队伍不断扩大，节奏也越来越快。围观的人群也跳起舞来，整条街都跳起舞来，所有人都跳起舞来。七彩的布布裙、洁白的阿拉伯长袍、湛蓝的头巾，都在舞动。这里没有沥青或者鹅卵石铺地，所以他们头顶上立刻就腾起了厚重呛人的黑烟，一朵朵滚烫的黑云、到处飞扬的尘土仿佛一场引起骚动的大火，吸引了旁边一条街上更多的人。一下子整个街区都在最可怕、最炎热、最难以忍受的正午热浪中跳舞，嬉笑，狂欢！

他们是在玩耍吗？不，他们可不是在玩儿。这是一件更大、更崇高、更重要的事情。只要看看这些跳舞之人的脸就知道了。他们全神贯注，聆听着孩子们用铁罐敲打出的喧闹节奏，聚精会神地保持步伐一致，摇晃臀部，倾斜肩膀，摆动头部。但他们是如此的笃定坚决，他们把这一刻看得非常重要，因为这一刻他们可以表达自己，参与其中，证明自己的存在。那些一天天无所事事、昏昏欲睡的人们，在此刻变得如此夺目、重要。他们存在着，他们创造着。

豪尔赫一直在拍照片。他需要呈现人们在非洲城市的街道上跳舞、欢迎客人、发出邀请的照片。直到觉得累了他才结束拍摄，然后他做了一个手势向舞者们表示感谢。舞者们停下了舞步，整理好自己的衣服，擦去额头的汗珠。他们相互交谈，评价着刚才的舞，哈哈大笑。然后他们纷纷散去，寻找阴凉或者回到家中。街上又陷入了一片寂静、炙热的空旷之中。

我来巴马科，是想来看看图阿雷格人的战争。图阿雷格人是永恒的流浪者。其实我也不知道能否这样称呼他们。流浪者是在世界上四处流浪，寻找属于自己的地方、家园和故乡的人。图阿雷格人有自己的家园，数千年来他们所生活的撒哈拉内部就是他们的故土。只是他们的家和我们的不太一样。他们的家没有房顶，没有门窗，周围没有任何篱笆和院墙。图阿雷格人厌恶一切阻隔和遮挡，他们会拆掉每一道障碍，折断每一道围栏。他的家园是无边无界的，是成千上万公里的炽热沙漠和岩石，是广袤而危险的贫瘠土地，是所有人都害怕并试图绕过的地方。他们这片荒漠家园的边界是撒哈拉和萨赫勒的尽头，沙漠结束后是一片片绿色的农田，那里是图阿雷格人的敌人们所定居的村庄和田园。

两个民族之间的战争已经持续了几个世纪。因为撒哈拉经常出现严重干旱，所有水井都消失了，图阿雷格人不得不带着骆驼群走出沙漠，走向绿地，走向尼日尔河和乍得湖边，给自己的牧群饮水和喂食，顺便自己也找点东西吃。

定居在这里的非洲农民把图阿雷格人的到来视为野蛮入侵、袭击、挑衅和践踏。他们和图阿雷格人之间的仇恨非常可怕。图阿雷格人不仅烧毁他们的村庄、抢夺他们的牲畜，还把这些村民变成自己的奴隶。图阿雷格人认为自己是浅肤色的柏柏尔人，而黑皮肤的非洲人是卑劣无耻的次等人种。而村民们则认为图阿雷格人是强盗、寄生虫、恐怖分子，但愿撒哈拉可以把他们全部烧死。定居在这片土地上的班图人抗击了两种殖民势力：一种是外来的，由欧洲通过巴黎强加在他们身上的殖民主义，另一种是图阿雷格人在这里施行了几个世纪的、非洲内部的殖民主义。

一个是定居在此的农业民族班图人，一个是活跃的、四处游走的图阿雷格人，这两个民族的思想一直以来都是截然不同的。对于班图人来说，他们力量乃至生命之源是土地，是他们的祖先所居住的地方。班图人一般将死者埋葬在家园附近的田野里，甚至就埋在他们居住的小屋的地板下面。这样，死去的人以一种精神存在的方式，继续参与活在世上的人们的生活，保佑他们，给他们提出建议或进行干预，为他们赐福或施以惩罚。部落和家族的这片土地不仅是维持生计的来源，还具有神圣的价值，人们从这里来，最终也要回到这里去。

图阿雷格人则是游牧民族，属于无边无垠的广袤疆土，是撒哈拉的利索夫人[1]和哥萨克，他们对祖先的态度和班图人截然不同。他们认为，人死了就从活着的人的记忆中消失了。图阿雷格人将死去的人留在沙漠中随便一个地方，但是有一点他们要谨记，就是不要再回到那里去。

数百年来，在非洲这个地区，在撒哈拉人和定居在

---

[1] 利索夫人，由亚历山大·利索夫斯基（Aleksander Lisowski）于1607年创建的波兰轻骑兵志愿雇佣军。

萨赫勒及绿色大草原上的部落之间,一直存在着一种被称为"无声贸易"的商业形式。撒哈拉人卖盐,用来换取金子。图阿雷格人和阿拉伯人的黑人奴隶将这些盐(在热带地区,盐尤其是无价之宝,是抢手的热门货)从撒哈拉内陆带到尼日尔河,交易就在那里进行。"当黑人们到达河边,"十五世纪的威尼斯商人阿尔维塞·卡达莫斯托曾写道,"他们每个人都会把自己带来的盐放在地上堆成一个小山,在上面做上记号,然后离开留在那里的一排排盐山,顺着来时的方向再走上半天的路程回去。这时,另一个部落的黑人们也来到这里,他们从不向任何人露出真容,也不和任何人说话。他们都是乘大船来到这里,应该是从某些岛上来的。他们上岸后看到盐,会在每个小盐山旁边放上一定数量的黄金,然后离开,把盐和黄金都留在那儿。当他们离开后,那些把盐带到这里的人会再回到这里,他们如果看到那里的黄金足够多,就把黄金拿走留下盐;如果他们认为不够,就既不拿黄金,也不拿盐,再次返回。这时那群乘船来的人又回到这儿,把旁边已经没有黄金的盐山搬走,而在那些又有盐又有黄金的地方,要么他们就再放上一些他们觉得合理数量的黄金后把盐拿走,要么就不拿。他们就这样进行交易,互不相见,也不说话。这种情况持续了很长很长的时间,虽然整件事听起来非常不可思议,但我向你们保证,这是真的。"(由尤安娜·希曼诺夫斯卡翻译。)

我在从巴马科开往莫普提[1]的大巴车上读到了这段威尼斯商人的有趣描述。我的朋友们都说:"去莫普提吧!"也许我可以从那里去廷巴克图,那里已经在撒哈拉的门槛上,是图阿雷格人的土地了。

图阿雷格人正在消失,他们的生活方式即将走向尽头。持续的严重干旱在把他们推向撒哈拉沙漠之外。以前,他们中的一些人靠抢劫商队为生,现在商队非常少了,而且都是全副武装的。他们不得不迁徙到更好的、有水的地方去,但是所有这样的地方都已经被占了。图阿雷格人生活在马里、阿尔及利亚、利比亚、尼日尔、乍得和尼日利亚,在其他撒哈拉国家也开始出现他们的身影。他们不承认自己是任何国家的公民,也不想服从任何人的政府及统治。

现在还有大概五十万或者一百万图阿雷格人。

从来没有人统计过这个一直在行走之中、拒绝任何社会交往的神秘民族的人口数。他们独自生活,不仅仅是身体,他们的精神也隐藏在那片难以抵达的撒哈拉之中。他们对外面的世界丝毫不感兴趣。他们从没想过要去看看维

---

[1] 莫普提,马里中部城市,坐落在尼日尔河及其支流巴尼尔河汇合处的三个小岛上,被称为撒哈拉深处的"渔都"。

京人的海是什么样的,或者去旅游,去看看欧洲或美洲。有一次,一个被他们抓住的欧洲旅行家告诉他们,自己要去尼日尔,他们惊讶地问这个欧洲人:"你去尼日尔干什么?你自己的国家没有河吗?"尽管法国曾占领撒哈拉半个多世纪,但图阿雷格人并不想学习法语,无论是对笛卡尔还是卢梭,巴尔扎克还是普鲁斯特,他们都完全不感兴趣。

汽车上坐在我旁边的,是一个来自莫普提、名叫迪亚瓦拉的商人,他不喜欢图阿雷格人,甚至害怕他们。他很高兴军队在莫普提成功地对付了他们。"对付"的意思是指有一部分图阿雷格人被杀了,另一部分被赶回了沙漠区,在那里他们很快就会因缺水而死掉。我们到达目的地后(这辆车开了整整一天),迪亚瓦拉让他的表弟穆罕默德·科内带我去看图阿雷格人留下的印记。莫普提是尼日尔河上的大港口(尼日尔河是非洲三大河流之一,仅次于尼罗河和刚果河)。两千年来,欧洲一直对尼日尔河的流向以及它汇入哪个湖泊、哪条河流还是哪片海洋存在争议。发生这些争议的原因是尼日尔河的奇特流向。它的开端位于非洲西海岸几内亚附近,流入非洲内陆,流向撒哈拉沙漠的中心地带,然后像遇到了无法逾越的巨型沙漠屏障一样,突然掉头流向南部,在今天的尼日利亚靠近喀麦隆的地方,流入几内亚湾。

从莫普提所在的高岸俯瞰,尼日尔河是一条宽阔的、棕褐色的、缓缓流淌的河流。周围是一片灼热的沙漠，而在这里的岩石河床中突然出现如此巨大的水量，这是多么不同凡响的景观啊！另外，尼日尔河与撒哈拉沙漠的其他河流不同，它从不干涸，在无边无际的沙漠中一条大河奔流不息，人们对这幅景象充满了崇敬和虔诚，他们认为河水是神奇且神圣的。

穆罕默德·科内是一个小伙子，他没什么正经工作，什么活都干，是个典型的"盲流"。他有个朋友叫蒂马·杰内博，有一条木船（他后来给了我一张蒂马的名片，上面写着：蒂马·杰内博，木船，马里莫普提BP76号）。蒂马送我们渡河，因为是逆流而行，他划得很吃力。他把我们送到了河对面的一个小岛上，那里有刚刚被毁掉的茅草屋：这是图阿雷格人留下的，他们袭击了马里的渔村。"看吧，我的哥们儿，"穆罕默德的口气俨然已经和我非常熟悉了，他声音中带着悲痛继续说，"这些都是图阿雷格人犯下的罪行！"我问他，在哪里能遇到那些图阿雷格人，穆罕默德听了笑了起来，笑声中还有一丝怜悯，因为他觉得这个问题好像是在问他，在这里最简单的自杀方式是什么。

从莫普提到廷巴克图的路是最难走的。穿越沙漠的道路被军队封锁了，因为沙漠深处的某个地方正在发生战争。虽然可以进入他们所在的地区，但需要好几周的时间。

所以，马里航空公司的一架小型飞机只能不定期飞行，每周或每个月飞一次。这个地方没有衡量时间的标准，没有参照点，没有形状，也没有节奏。时间就这样消散，流逝，难以把握。我通过贿赂莫普提机场的负责人得到了一个座位。飞机飞过撒哈拉沙漠上空，地上的景象如同月球表面，是那么的不现实，充满了神秘的线条和标志。很明显，沙漠在向人诉说着什么，传达着某种信息，但是该怎么去理解它们呢？沙地上突然出现又突然消失的两条直线意味着什么？还有那些圆圈，一连串对称的圆圈意味着什么？还有那些Z字形、破碎的三角形和菱形，那些弧形和扭曲的线条又代表什么呢？它们是失踪的商队的痕迹？人类定居点？营地？但人类在这片嗞嗞作响的滚烫平板上怎么生活呢？他们是通过哪条路到达那里的，又从哪条路可以逃生？

我们在廷巴克图降落，迎面就是守卫跑道的高射炮的炮管。廷巴克图是一座建在沙地上的小镇，这里的房子都是用黏土盖的。黏土和沙子的颜色一样，所以城市看起来就像是沙漠的一个有机组成部分，是在撒哈拉沙漠上形成的一块块长方体凸起。天气热得人几乎没法行动。太阳让人血流不畅、浑身发软、头晕目眩。在狭窄的沙土街道和小巷中，我没看见一个人影。不过，我还是找到了一栋挂着牌匾的房子，上面写着：海因里希·巴尔特从1853年9

月到1854年5月曾居住于此。巴尔特是世界上最伟大的探险家之一，他曾独自在撒哈拉沙漠中行走了五年，并在日记中记录了这片沙漠的情况。他遭遇了强盗和疾病的折磨，好几次危在旦夕。有一次他割断了自己的血管，喝下自己的血才没被渴死。他回到欧洲以后，没有任何人欣赏他的壮举。他为此十分痛苦，再加上他在旅途中的艰辛跋涉，体力耗尽，1865年，在他四十四岁时便去世了。他无法理解，人类的想象力为什么无法到达他在撒哈拉所跨越的那条界限呢？

看哪，耶和华驾着轻快的云

我走进去的时候，里面已经挤满了信徒。所有人都跪着，但是背对着礼拜堂，身体一动不动地靠在朴素的（没有靠背和前桌的）长条凳上。他们低着头，闭着眼。四处寂静无声。

之前帮我搞定进门许可、现在陪着我的人低声说："他们在主的面前，虔诚地忏悔自己的罪行，希望能够减轻主的愤怒。"

我们当时在哈科特港，这座城市位于炎热潮湿的尼日尔三角洲。我们去的教堂属于一个名为"使徒信心会"的教派，是在尼日利亚南部活动的几百个基督教派之一。再过一会儿，主日礼拜就要开始了。

不属于这个教派的人要想参加这样的仪式绝非易事。我在其他城市和其他教派都曾经试着碰碰运气，但都没有成功（我在这里会把"教派""教众""集会"和"教会"这几个词交替使用，因为在非洲就是这么用的）。这些教派所实施的政策中有一些自相矛盾的地方，一方面，每个教派都试图拥有尽可能多的信徒，但另一方面，在接纳信徒之前，又要经过漫长而谨慎的程序、仔细的审核以及慎重的挑选。这不仅是出于教义上的严格要求，物质方面的原因也很重要。这些教派的总部大多设在美国、安的列斯群岛和加勒比地区，或者在英国。财政补贴、医疗和教育援助正是从这些地方流向它们在非洲的分支机构和传教会。所以，在贫穷的非洲愿意加入教派的人比比皆是。但这些教派会注重确保他们的信徒有适当的社会地位和物质基础。所以，他们不会接纳那些一分钱没有或者天天饿肚子的人。能成为教派成员是一种荣耀。在非洲有几千个这样的教会，而它们的信徒有几百万。

我环顾了一下教堂内部。这是一个宽敞的大厅，就像一个巨大的飞机库。墙壁上有宽阔的格栅，这样新鲜空气就可以进来，考虑到阳光照在房顶的波纹金属板上散发出令人窒息的热量，穿堂风可以让人觉得舒适一些。我在任何地方都没看到祭坛，也没有任何雕塑或绘画。在礼拜堂内的高台上，有一个几十人的管弦乐队，分为小号和大鼓两个大组。管弦乐队后面的台子上有一个唱诗班，有男有女，大家都穿着黑色衣服。大厅中央是一个桃花心木制成的巨大讲坛。

现在走上讲坛的神父是一个大概五十多岁、头发花白、胖胖的尼日利亚人。他把手撑在讲坛的边缘,看着他的信徒们。信徒们也都不再跪着了,他们站起来后坐在长凳上,专心致志地望着神父。

礼拜仪式从唱诗班演唱的《以赛亚书》中的选段开始,挑选的片段是上帝宣布他将用一场大旱来惩戒埃及人:

> 看哪!耶和华乘驾快云,临到埃及,埃及的偶像在他面前战兢……
>
> 海中的水必绝尽,河也消没干涸。
>
> 江河要变臭,埃及的河水都必减少枯干,苇子和芦荻都必衰残。
>
> 靠尼罗河旁的草田,并沿尼罗河所种的田都必枯干。庄稼被风吹去,归于无有。
>
> 打鱼的必哀哭,在尼罗河一切钓鱼的必悲伤,在水上撒网的必都衰弱。[1]

这段话是专门挑选的,为的就是要激起信徒心中的畏惧之情,让他们有对末日的恐惧。因为来的都是当地人,

---

[1] 摘自《以赛亚书》。本章节中所有《圣经》选段均来自"和合本"中译本。

都是属于这片土地的人,在这里,雄伟的尼日尔河分流成几十条小河,以及无数蜿蜒的支流和河道,形成了非洲最大的三角洲。尼日尔河织成的这张大网赋予了世世代代生活在这里的人们生命和生活,《圣经》中描述的河水干涸消失的景象能让他们想到最可怕的预兆,可以激起他们最强的畏惧。

现在,神父打开了一本很大的红色硬皮装《圣经》,等了好一会儿之后开始念:

> 耶和华的话又临到我说:"耶利米,你看见什么?"
> 我说:"我看见一根杏树枝。"

他看了一眼下面的人,继续念:

> 耶和华的话第二次临到我说:"你看见什么?"
> 我说:"我看见一个烧开的锅,从北而倾。"
> 耶和华说:所以你当束腰,起来将我所吩咐你的一切话告诉他们。不要因他们惊惶。

神父把《圣经》放在一旁,用手指着下面的人,大声喊道:"我不怕你们!我来这里,不是为了怕你们,而是为了告诉你们真相,来净化你们的!"

从他布道的第一刻起,从他说的第一句话起,气氛就很严肃,充满了指责、愤怒、讽刺和暴躁。因为他接着说:"基督徒首先必须是纯净的,内心的纯净。你们是纯净的吗?你纯净吗?"(手指着教堂里坐在远处的人,因为他没有具体地指某个人,所以在那附近坐着的所有人都好像是做坏事被抓个正着,纷纷卑微地低下头去。)

"也许你觉得你是纯净的?"(他的食指又移向了大厅里坐在另外一边的人,站在那里的人也都低下头,难为情地把脸埋了起来。)"不,你不纯净!你离纯净还差得远呢!你们没有一个人是纯净的!"他毫不留情地说完,像是取得胜利了一样。就在这一刻,管弦乐团开始奏乐,小号、长号、圆号和号角齐鸣,还有震耳欲聋的鼓声以及合唱团混乱的吟唱。

"你们肯定想,你们都是基督徒,是不是?"过了一会儿,神父接着说,这一次他的语气中带着嘲讽,"我敢发誓你们是这么想的。你们对此都很笃定。你们每个人走在路上,都会骄傲地挺起胸膛大声宣布:'我是基督徒!你们看看我,你们羡慕吧!看,基督徒来了!货真价实、如假包换的基督徒,世界上没有比我更真的基督徒了!'你们就是这么想的,对吧,我太了解你们了!基督徒!哈哈哈哈……"他突然爆发出一阵让人紧张的尖刻又响亮的笑声,那笑声意味深长,连我都开始被大厅里的气氛感染了,觉得后背一阵发麻。

人们迷茫、羞惭、愧疚地站着。他们如果不被承认是基督徒的话,他们是谁?他们该怎么办,该去哪儿?每一句话都越来越沉重地压在他们身上,把他们砸到地里,碾成尘埃。站在这些全神贯注、忧心忡忡、呆立着的人群中,我不能太频繁地左顾右盼。我是个白人已经够显眼了。但是我用余光看到,站在我旁边的妇女们满头大汗,交叉在胸前的双手抖个不停。她们最害怕的就是,神父千万不要从她们之中指出一个具体的人,剥夺她的尊严和信仰,不再允许她自称为基督徒。我感觉,站在讲坛上的神父对他们有巨大的、催眠般的统治权,有权宣布最严厉、最严苛的判决。

神父又问:"你们知道,成为一名基督徒意味着什么吗?"那些一直卑微地低着头的人忽然骚动起来,他们期待能够听到答案、建议、秘诀或者定义。"你们知道这意味着什么吗?"神父又重复了一遍这个问题。能感受到信徒们之中升起了一种紧张的气氛。在他们还没听到答案之前,管弦乐队先响起来了。大号、巴松管、萨克斯管响彻云霄,震耳欲聋的鼓声也响起来了。神父在旁边的扶手椅上坐下,头靠在手上,休息了一会儿。乐队安静下来,神父重新站上了桃花心木讲坛。

"成为一名基督徒,"神父说,"意味着要听从主的声音。听，主在问：'耶利米，你看见什么？'"

"主"这个字刚一说完，信徒们就唱了起来：

主啊，
你是我们的主，
哦，是的，是的，是的，
哦，是的，
你是我们的主。

人群开始随着律动摇摆舞动，地板上腾起了一团团灰尘。然后所有人在钦巴龙扬琴的响亮伴奏中高声唱起《诗篇》中的《赞美耶和华》。

紧张的气氛有所缓和，人们也放松了些，喘了口气，但是没过多久，神父又开始说话：

"但是你们听不见主的声音。你们的耳朵堵住了。你们的眼睛看不见，因为你们有罪。罪让你们耳聋眼瞎。"

所有人鸦雀无声。在坐满了人的大厅中，所有人都一动不动，只有一些年轻、挺拔、身材健硕的男人小心翼翼、蹑手蹑脚地走动，他们穿着一模一样的深色衣服、白色衬衫，系着黑色领带。我之前数了一下，一共有二十个人。我第一次遇到他们是在通往教堂院子的大门口，他们正在

看哪，耶和华驾着轻快的云

检查进来的人是谁。然后在礼拜开始前，他们分散地站在大厅里，这样他们每个人都可以观察到教堂的不同区域。他们观察、问询并指引。他们的动作和行为绝对谨慎并且坚决明确。没有非洲式的杂乱无章和吊儿郎当，恰恰相反，他们坚定、警觉、训练有素。他们掌控全局，让人感觉，这就是他们的任务。

听完神父说罪是挡在通往基督教徒理想的道路上的障碍，他们每个人都有罪，每个人存在的本身就是在不停地制造罪恶，教堂中笼罩的寂静有了深刻的意义。这些人都来自伊博族，而传统的伊博宗教与大多数其他非洲社会一样，并不知道"罪"这个概念。这与基督教神学和非洲传统中对罪的不同理解有关。在非洲传统中，没有形而上的、抽象的恶以及恶本身的概念。一个行为具备恶行的特征是指：首先，这个行为要被发现；其次，社会或其他人认为它是恶行。这样的标准不是价值论范畴的，而是实际的、具体的：对他人造成伤害的行为才是恶。世上不存在邪恶的意图，因为只有在它具体化、具有主动的形式时才是恶。只有"恶行"是存在的。

如果我们诅咒敌人大病一场，那么我们不是在作恶，没有任何罪。只有当敌人真的生病了，才能证明我行恶了，我可能给他植入了某种疾病（因为非洲人认为疾病的起因不是生理性的，而是敌人对我们施了诅咒）。

然而，最重要的一点或许是，未被发现的恶不是恶，所以也就没有罪恶感。只要没人用手指着我说我是个骗子，我就可以一直行骗，而且良心丝毫不会受到谴责。基督教传统将负罪感内化：我们的灵魂是痛苦的，我们的良心是煎熬的，我们被忧虑所困扰。在这种状态下，我们会感受到罪的重负，罪的刺痛，像火一样灼烧着我们。在个人不是为自己而存在，而只是作为集体的一部分而存在的社会中，情况就不一样了。集体消除了个人的责任，所以个人没有罪，也就没有罪恶感。罪恶感是随着时间的推移产生的：我做错了事，觉得自己犯了罪，它困扰着我，现在我在寻找一种自我净化的方式，要去忏悔、去赎罪、去把这个罪抹掉。所有这些都是一个过程，需要时间。按照非洲人对这个问题的理解，是不存在这样的时间的；在非洲的时间中是没有给罪留位置的。因为如果没有被发现，人就没有做什么恶事，或者，当罪恶被揭露出来，它会立刻受到惩罚，与此同时就会被消灭。在这里，罪与罚并行不悖，它们构成了一个不可分割的整体，它们之间不留任何空地、没有任何空间。在非洲的传统中，拉斯柯尔尼科夫的困境和悲剧是不可能发生的。

"罪让你们耳聋眼瞎，"神父又一次强调，他的声音开始轻微发抖，"但是你们知道，等待那些不听、不看的人是什么吗?那些认为他们可以远离主生活的人?"

他再次伸手去拿那本《圣经》,一只手高高举起,仿佛是一根天线,天主的话会顺着它从天上流淌下来,他大喊道:

> 耶和华对我说:"你将他们从我眼前赶出,叫他们去吧!他们问你说:'我们往哪里去呢?'你便告诉他们:'耶和华如此说:定为死亡的,必至死亡;定为刀杀的,必交刀杀;定为饥荒的,必遭饥荒;定为掳掠的,必被掳掠。'耶和华说:'我命定四样害他们,就是刀剑杀戮,狗类撕裂,空中的飞鸟和地上的野兽吞吃毁灭。'"

震耳欲聋的鼓声又响起来了。但是唱诗班和管弦乐团却没有出声。接着又是一片寂静。所有人都站了起来,高高地扬起脸。我用余光看到他们脸上汗水横流。我看到他们紧张的神情、绷紧的脖子、高举的双手,摆出一种充满戏剧性的姿势,部分是在乞求救赎,部分是下意识的自卫,仿佛预料到有一块巨石随时会滚落在他们身上。

我想,来参加这场礼拜的人应该都在经历着某种内心冲突,甚至可能是一场戏剧,但是我也不知道他们能理解多少。他们大多是来自非洲工业城市的年轻人,是尼日利亚新兴的中产阶级。他们这个阶层以欧美精英为榜样，而这些欧美精英都是信仰基督教的。接受这一点后，他们希望了解这种文化和信仰，与其本性产生共鸣和身份认同。于是，他们加入这些基督教派中的一个，教派接纳了他们，但是却提出了他们本土文化所不熟悉的教义和伦理要求。其中一项就是关于"罪"的教义，他们以前并不知道这种过错和负担。但现在作为新信仰的信徒，他们必须承认罪的存在，所以就要吞下这种苦涩的、令人反感的物质。而且，他们还要立刻想办法从根本上摆脱它，这才意味着成为一名真正的、纯净的基督徒。神父全程都让他们意识到，他们必须付出巨大而痛苦的代价。他布道就是为了威胁和羞辱。而他们也急切地接受自己作为罪人的处境，背负着最严重的罪孽，他们被将要降临的天罚吓坏了，随时准备披上忏悔的麻布衣。

他们急切地接受神父所有的指责和嘲讽，是因为他们认为，能够站在教堂里、参加这些给予他们共同感、归属感的教会活动，付出一切代价都是值得的。伊博人不愿意并且害怕落单，他们认为孤独是一种诅咒和谴责。而教派成员的身份可以让他们避免落单：许多非洲社群都有自己的秘密团体，类似某种民族共济会，是秘密的、封闭的、极具影响力的重要团体。很多非洲的教派都会效仿这种传统的机构或组织的模式，营造一种秘密的、排他的氛围，制定自己的标志、口号以及特殊的教规。

在做礼拜时我不能环顾四周,所以对于当时发生的很多事情我都不是靠观察看到的,而是感受到的。我的视线范围内只能看到周围站着的几个人,其他人我都看不到,但是我却真切地感受到了他们的存在。因为教派制造出的这种气氛是如此的凝重,充满了丰沛激动的情感,无处不在又令人为之动容,所以这种气氛一定渗透到了每个人心里并深深地触动了他。而在这里的人们有那么多自发的、投入的、活跃的情感,那么急切的愿望、紧张的意志以及自由表达的感情,所以哪怕他们在我们身后、在遥远的地方,我们也可以清晰真切地感受到这一切。

当这个宗教仪式结束后,我就走出了教堂,但每一步都要迈得小心谨慎,因为这一大群人把自己的脸挡住不让别人看见,又一动不动地跪下了。四处一片寂静。唱诗班没有歌唱,乐团没有奏乐。神父站在讲坛后面,疲惫不堪,双眼紧闭,一言不发。

奥尼查的大坑

奥尼查！我一直想去奥尼查看看。有些地名仿佛带有魔力，总是让人联想到引人入胜、多姿多彩的事物——廷巴克图、拉利贝拉、卡萨布兰卡。奥尼查也属于这类地方。它是尼日利亚东部的一个小城，那里有全非洲乃至全世界最大的集贸市场。

在非洲，集贸市场和我们所说的购物中心或者百货商场有非常明显的区别。购物中心是一座固定的场馆，具有建筑的形态，布局有规划，有相对稳定的商户以及顾客群体。它有永久性的指示标志——知名品牌的招牌、大商店的牌匾、五颜六色的广告和装饰性的陈列。集贸市场则完全是另一个世界。它是热闹的、自发的、即兴的，是民间的节日，是露天的音乐会。这里首先是女性的领地和王国，是她们生存的核心部分。无论她们是住在村里还是镇上，她们一回到家就开始想去赶集的事儿了——去买点或者卖点什么，或者既能买点什么，还能卖点什么。一般来说，集贸市场都很远，去一趟得花上至少一整天，所以她们在来去的路上（大家总是一群人一起去）就有时间聊天，交流意见和闲话。

市场是什么？是做生意的地方，也是见面聚会的地方。是从单调的日常生活之中逃离，是片刻的喘息，是社交活动。妇女们会穿上自己最好的衣服去赶集，在此之前她们还会精心地互相做发型。因为在购物的同时，还有一场时装表演在片刻不停地开展着，这是一场不露声色、随意即兴的演出。因为当你仔细看看那些妇女们在卖或者在买的东西，就很难不产生这样的印象：这些买卖的商品出现在这儿只是她们建立或维系关系的一种借口罢了。你看吧，有的妇女在卖三个西红柿，有的卖几根玉米，有的卖一小锅米饭。她们能从这些东西中获得多少利润？换来的钱又能买什么？但她们就是一整天都在市场上坐着。来仔细看看其中一位：她一直坐着和自己两边的妇女们聊天，她们争论着什么，然后她看着摩肩接踵的人群，发表自己的看法，对他们品头论足。过一会儿，她们饿了就会相互交换自己带来的货品和吃的，她们坐在原地吃掉那些她们拿来出售的东西。我曾经在马里的莫普提的一个鱼市上观察过她们。一个沙土地小广场上有大概两百多个妇女，她们每个人面前摆着几条小鱼。我没看到任何人想过去买她们的鱼，甚至没有人看一眼或者问问价格。但那些妇女们心满意足地坐在那里，快乐地、大声地讨论着什么，全部注意力都在她们自己身上，仿佛忘了全世界。我想当时要是有一个顾客出现，肯定会让她们很不耐烦，因为他破坏了她们的欢乐时光。

大市场就意味着摩肩接踵的人群。人贴人，人挤人，推推搡搡，甚至会喘不过气来。放眼望去，如同一片大海，一片由玄武岩雕刻而成的黑压压的人头和五颜六色的艳丽服饰组成的大海。

然后这里还会有卡车直接开进来。它们是来运送货物的。为了避免撞死人或轧坏东西，这些卡车在行驶过程中要遵循既定的规范。首先，卡车会向庞大的人群中间开进一米，然后缓慢地向前移动，一厘米一厘米，一次一点点。站在或坐在卡车前进路线上的妇女们，就把自己的东西装进篮子里、盆里或者长长的裙摆里，然后推推在她们身边或坐或站的邻居们，一言不发又顺从地从卡车的保险杠前移开，一秒钟后又回到自己刚才的位置上，就像被船头拨开的浪花一样。

非洲的市场是所有一切的大型堆积场。一个名副其实的劣质品和廉价货的大矿。堆积如山的老掉牙的噱头和俗不可耐的冒牌货。这里没有任何值钱的东西，没有什么具有真正的吸引力，没有一件东西能让你赞叹、心动、渴望拥有。一边是一堆堆一模一样的红的黄的塑料桶、塑料盆，另一边是成千上万一模一样的T恤衫和帆布鞋，还有一座座各种颜色的棉布、闪着光的尼龙连衣裙和西服上衣堆成的金字塔。只有在这种地方你才能充分体会到，世界是如何被这些毫无用途的次品所淹没，淹没在俗气、廉价的仿冒品，和那些既无品位也无价值的物品的海洋中。

去奥尼查的机会终于来了。我坐上车就开始想象那里的一切，在我的脑子里，它已经变得比世界上最大的集贸市场还要大上几倍。我的司机叫奥门卡，他属于在石油盆地的财富中长大的那一类人，他们又聪明又狡猾，知道钱意味着什么，也知道怎么让乘客把钱掏出来。我们认识的第一天，告别时我没有给他钱，他走的时候连再见都没说。我当时觉得很糟糕，因为我不喜欢冷漠、拘谨的人际关系。第二天我给了他五十奈拉（当地货币），他说了再见，甚至还冲我笑了笑。我仿佛受到了鼓舞，接下来的一天我又给了他一百奈拉。他在说了再见后，又和我握了握手。之后一天我在告别时给了他一百五十奈拉，他说了再见，微笑着向我发出真诚的问候，还用力握了握我的手。然后我又提高了价码，给了他二百奈拉。他和我说了再见，冲我微笑，和我握手，问候我的家人，还用关切的口吻询问了我身体怎么样。我不想没完没了地讲这个故事。长话短说，反正我一直把大把大把的奈拉抛向他,到最后我们简直难舍难分。奥门卡的声音总是因为感动而颤抖,总是眼含热泪对我发誓,会永远做我真诚的朋友。我得到了我想要的东西,而且还收获了真诚、热情和善意。

回到我和奥门卡前往奥尼查的旅程。我们从贝宁湾一路向北,先经过阿巴镇,然后又经过了奥韦里和伊希亚拉。这些地区的乡村到处是绿色植被,疟疾肆虐,空气潮湿,人口稠密。这里有的人开采石油,有的人种植木薯,有的人采摘、售卖椰子,有的人卖自家用香蕉和小米酿的酒。所有人都做买卖。在非洲的确可以将人们分为不同的群体:农民与牧民、军官与公务员、裁缝与机械工,但有一点更为重要,那就是他们有一个共同点,有一个将他们联结在一起的特征——他们所有人都做买卖。

非洲社会与欧洲社会的一个差异就在于,欧洲社会有分工,有明确严谨定义的关于职业、专业的法律规定在运行。这些规定在非洲只起到很小的作用。在这里,特别是如今,一个人可能尝试几十种不同的工作,做各种各样的营生,但一般都做不长,而且有时候也不太用心。总而言之,在非洲很难找到一个不参与做生意——这项最热闹、也最充满激情的工作——的人。

而奥尼查正是一个汇集点,所有大大小小的商业之路都通向此处,在此交会。

奥尼查让我着迷的原因还有一个，据我所知，这里是唯一一个创造和发展了自己文学的市场：奥尼查市场文学。有几十位尼日利亚作家在奥尼查生活、创作，他们的作品由当地几十家拥有印刷厂和书店的商业出版社出版。他们的文学创作类型各种各样：有爱情小说、诗歌、小品（之后会在市场上的很多小剧场演出）、林荫道戏剧[1]、民间闹剧和歌舞杂耍表演等。其中有很多是具有教育意义的故事书和自助手册，比如《如何相爱》或者《如何从爱中抽身》，还有一些小说，比如《玛贝尔，转瞬即逝的蜜糖》或者《爱情游戏，后来总会让人失望》。所有的这些作品都是为了让人感动，让人痛哭流涕，而且要教会人们一些道理，并且无私地给出一些建议。奥尼查的作家们认为，文学必须要让人受益，他们市场上有一大群想要读精彩故事并从中寻找智慧的读者。如果有人没钱买这些手册（或者根本不识字），他们可以用非常低廉的价格来听"转述"，因为这里到了晚上，在卖橙子和洋葱的摊位的阴凉下，常常会举办作家之夜朗读会。

公路在离奥尼查还有几公里的地方拐了一个平缓的弯，我们朝着城镇的方向驶去。在这条路的拐弯处，车辆都慢

---

[1] 一种法国通俗喜剧。

慢停了下来，看得出来，前面开始堵车了，而且从这个方向进城，这里是唯一的入口。这条路名叫"奥古塔路"，它的尽头就是那个著名的市场，但这条路很长很长。眼下我们只能停在几辆卡车后面，陷入漫长的拥堵。半小时过去了，然后一个小时又过去了。当地的司机显然对这种情况已经非常熟悉，他们都不慌不忙地在旁边的沟渠中躺下了。但是我很着急，因为我当天还要赶回三百公里外的哈科特港。路很窄，只有一条车道，我们的车被夹在其他车中间，根本动弹不得。于是，我一个人往前走，想去看看前面堵车的原因。中午总是特别炎热，我拖着沉重的双腿往前走。终于，我走到了目的地。城里的街道两旁是覆盖着波纹金属板房顶的低矮小房子和商店，在宽大露台的树荫下，裁缝们踩着缝纫机，妇女们洗濯、晾晒着衣服。其中有一个地方人山人海，摩托车轰鸣，热闹非凡，尖叫声和呼喊声不绝于耳。我挤进人群，看到街道中间有一个巨大的坑。这个坑又大又宽，有几米深。大坑的内壁很陡峭，坑底是一个浑浊的泥塘。这条街非常狭窄，根本无法绕过这个大坑，每个想要开车进城的人都得先开进这个深渊，然后在这趟浑水中挣扎，盼着有人能把他从这个大坑中拉出去。

现实也的确就是这样的。坑底，有一辆满载着花生的大卡车，半个车身都泡在水中。一群赤裸着上身的男孩子正在往下卸货，他们背着一袋袋的花生从坑底爬到街上。

另一群人正在往卡车上系粗绳，想要把车从大坑里拉出来。还有一些人在水里前前后后地忙碌着，想要把木板和横梁垫在车轮下。一些累得没有力气的人爬上来在休息。上面站了一排妇女在售卖热气腾腾的饭菜，有浇着辣酱的米饭、木薯饼、烤山药、花生汤等。还有些妇女在卖当地的柠檬水、朗姆酒、香蕉啤酒等。还有一群小男孩在卖香烟和口香糖。终于，当一切都准备就绪，花生也都被扛上来后，一群人开始把卡车往上拉。有些男孩在口号声中拉着绳子，有些男孩用自己的胳膊推着卡车侧面，卡车较着劲，慢慢向后退，最后几乎直立起来。但是最终在大家的齐心协力下，卡车还是被拽了上来，重新站在了沥青路上。围观的人们都鼓起掌来，互相高兴地拍着后背，周围的孩子们开心得手舞足蹈。

没过多久，另一辆等在队伍中的汽车又落入了坑底。我发现，这次把车拉上来的完全是另一拨人。他们带着自己的绳子、绳索、木板和铁锹。刚才那些把第一辆车拉上来的人已经走开了。这次的工作非常艰难复杂，因为掉进去的是一辆巨大的重型"贝德福德"卡车。他们必须一点一点、分几次把它拉上来。每一次拉拽工作暂停后，他们都要讨论很久，看看哪种拉车方法最有效。这辆卡车在不断地打滑，发动机像疯了一样咆哮着，货箱非常危险地向一侧倾斜。

每开进去一辆车，大坑就会变得更深。坑底已经变成了又稀又黏的泥浆，当车轮在里面转动时，溅起的泥浆和碎石飞到周围的人身上。我想，我们估计要排上两三天，才能轮到我们开到这个大泥坑里面去。我很好奇，到时候帮我们把车拉上来的"救援队"会收多少钱呢？但现在更重要的问题是，怎么才能快点从这个陷阱中出去？我已经不去想奥尼查的市场了，不去想那精彩纷呈、丰富多彩的市场文学了。我现在只想从这里离开，我必须得回去。但是，我首先得去看一看那条坑坑洼洼、拥挤不堪的奥古塔路附近的情况。我开始询问打听，看看周围的人都怎么说。

我立刻发现，大坑的周围已经成了当地生活的中心，吸引着好奇的人们，激发着他们的主动性和行动力。这条原本睡眼惺忪、死气沉沉的郊区小巷，这条到处是打盹的无业游民、流浪汉、得了疟疾的狗和乞丐的小巷，突然间因为这个不幸的大坑，变成了充满活力、热闹非凡的街区。大坑给失业者带来了工作，他们组成了救援队，靠从坑里拉车赚钱；给那些挑着锅卖饭菜的妇女们带来了顾客。正因为这个大坑的存在阻碍了交通，堵塞了街道，让周围一直都空空荡荡的商店里出现了很多客人，他们都是开车到这儿的司机和乘客；那些街头摆摊卖香烟和冷饮的小贩也都有了买主。

而且，我注意到，周围的小房子上都出现了歪歪扭扭写着的两个字："住宿。"很明显是刚刚才用手写上去的，这是给那些还在排队等着进坑的、必须在这儿过夜的司机和乘客们准备的。周围的汽车修理厂也重新焕发了生机，司机们正好利用停在这里的时间，修理一下自己的车，给车轮打气，给电池充电。裁缝、鞋匠也都开始有活干了，理发师也出现了，我还看见一群村医走来走去地推销他们的草药、蛇皮和公鸡羽毛，随时准备为每个人治病。在非洲，人们都是在行走中从事这些职业的，他们走街串巷寻找顾客，一旦出现机会，比如像奥尼查这个大坑，就会立刻聚集在那里。与此同时，社交生活也变得丰富起来，大坑周围成了人们碰面、聊天和谈事的地方，对于孩子来说，这里就是游乐场。

对于前往奥尼查的司机们来说是个诅咒的大坑，变成了奥古塔路以及周围所有我叫不上名字的街区的居民们的救赎。这只能证明一点，任何有害的事物都有其捍卫者，因为任何地方都会有一些靠它滋养的人，有害的事物对于他们来说是机会，有时甚至是生存的机会。

人们很长时间都没有去修这个大坑。我知道这件事是因为在多年后，当我在拉各斯兴奋地向我的朋友讲述这段在奥尼查的经历时，他却不以为然地说："奥尼查啊？那里一直都是这样的。"

厄立特里亚的景象

阿斯马拉，早上五点。天还黑着，很冷。突然，城市上空同时响起两种声音，一个是独立大街上主教堂低沉有力的钟声，另一个是大教堂不远处的清真寺中宣礼师绵长悠扬的呼唤。几分钟的时间里，所有的空间都被这两种声音填满了，它们融合在一起并不断加强，形成了和谐的、胜利的宗教二重唱，打破了沉睡街道的寂静，也唤醒了街上的居民。钟声时而高扬时而低沉，仿佛一首洪亮的伴奏，一段昂扬有力的快板，融入《古兰经》热烈的经文，藏在黑暗中的宣礼师用它召唤着信徒们开始这一天的第一次祈祷。

我快被这晨间音乐震聋了，又饿又冷地走过空荡荡的街道，朝汽车站走去：我打算今天去马萨瓦。即使在巨大的非洲地图上，阿斯马拉和马萨瓦之间的距离也只有指甲盖那么宽,而实际上这段距离也不长,只有一百一十公里。但是这一段路,要坐五个小时大巴车,这期间车会从海拔将近两千五百米的地方下降到海平面:马萨瓦所在的红海边。

厄立特里亚是非洲最年轻的小国,有三百万人口,阿斯马拉和马萨瓦都是它的主要城市。过去厄立特里亚不是一个独立的国家,它先是土耳其的殖民地,后来又成了埃及的殖民地,二十世纪又先后沦为意大利、英国和埃塞俄比亚的殖民地。1962年,在此实行军事占领长达十年之久的埃塞俄比亚宣布厄立特里亚为埃塞俄比亚的一个省,对此厄立特里亚人发动了非洲大陆历史上时间最长的战争——持续了三十年的反埃塞俄比亚解放战争。当海尔·塞拉西在亚的斯亚贝巴执政时,美国人帮助他与厄立特里亚人作战,而自从门格斯图推翻塞拉西皇帝并亲自掌权后,俄罗斯人又帮助他与厄立特里亚人作战。在阿斯马拉的大公园里可以看到这段历史的遗迹,那里有一个战争博物馆。馆长名叫阿福尔基·阿雷芬内,是一个热情好客的年轻人,他以前是游击队员,现在是诗人和吉他手。阿福尔基先向我展示了美军的迫击炮和大炮,然后又展示了一系列PPSh-41冲锋枪、地雷、"喀秋莎"[1]和苏联迫击炮。

---

1 即BM-13型火箭炮。

"如果你去过德布雷塞特的话，"他说，"这些就根本算不了什么。"

去德布雷塞特可不是一件容易的事，因为很难获得许可，但最终我还是见到了它的真容。德布雷塞特距离亚的斯亚贝巴有几十公里。去那儿一路上都是土路，要经历一系列军事哨所。最后一个哨所的士兵打开大门后，会看到一个坐落于平缓丘陵上的小广场。这里的景色是世界上独一无二的。放眼望去，从我们面前一直到遥远而朦胧的地平线处，是一片平坦无树的平原，上面是密密麻麻的军事装备。各种口径的大炮排成的长阵，一望无际的大中型坦克，林立的高射炮和迫击炮，以及几百辆装甲车、坦克车、移动电台和两栖战车绵延了几公里。而在山丘的另一侧，则是巨大的飞机库和仓库，飞机库里藏着尚未组装好的"米格"飞机的机身，仓库里装满了一箱箱弹药和地雷。

最令人震惊和难以置信的就是这些武器的巨大数量，成千上万吨机枪、山地榴弹炮和武装直升机就这样不可思议地在这里堆积如山。这些武器都是勃列日涅夫送给门格斯图的礼物，在多年间一直从苏联流入埃塞俄比亚。它们的数量之大，可以说全埃塞俄比亚也找不出有能力使用这些武器百分之十的人！这么多的武器，你可以直接征服整个非洲，用这些大炮和"喀秋莎"把非洲大陆烧成一片废墟。我游荡在这座钢铁之城死一般寂静的街道上，每个地方都有黝黑氧化的炮管注视着我，每个角落都有坦克履带上巨大的金属齿在咧着嘴笑，我想到了那个人，那个计划征服非洲、在这片大陆发动闪击战的人，建造了德布雷塞特这座军备墓园。这个人到底是谁呢？是莫斯科驻亚的斯亚贝巴的大使？乌斯季诺夫元帅？还是勃列日涅夫本人？

阿福尔基有一次问我："你去过提拉阿沃洛吗？"是的，我去过提拉阿沃洛。那是个世界奇迹。阿斯马拉是一座美丽的城市，拥有意大利地中海式的建筑风格，气候温暖宜人，四季如春。提拉阿沃洛就是阿斯马拉的豪华住宅区。那里的别墅都沉浸在花团锦簇的花园中。皇家棕榈树、高大的树篱、游泳池、郁郁葱葱的草坪和装饰性的花坛，各式各样的植物、丰富的色彩和香气在这里交相呼应，这里就是人间天堂。在战争年代，当意大利人从阿斯马拉离开后，提拉阿沃洛区被埃塞俄比亚和苏联的高级将领们占领。无论是气候还是舒适度，索契、苏呼米或者加格拉都无法与提拉阿沃洛相比。所以，那些被禁止前往蔚蓝海岸或卡普里的红军总参谋部成员，有一半都在阿斯马拉度假，同时还帮助门格斯图部队打击厄立特里亚游击队。

埃塞俄比亚的军队广泛使用凝固汽油弹。想要躲避这种炸弹袭击，厄立特里亚人挖了有顶盖的防空洞、伪装的走廊和避难所。多年后他们建立了第二个地下国家。这里的"地下"就是字面意思，他们建立了一个位于地下的、外人无法到达的国家，一个秘密的、隐秘的厄立特里亚，在那里他们可以从一个地方移动到另一个地方，而敌人却发现不了他们。厄立特里亚人骄傲地强调，厄立特里亚战争不是丛林战争，不是军阀进行毁灭、掠夺的战争。他们在自己的地下国家有学校和医院，有法庭和孤儿院，有修理厂和兵工厂。在这个文盲的国家中，每个战士都要会读会写。

厄立特里亚人曾经的骄傲，如今却成了他们的问题和悲剧。因为战争在1991年结束了，两年后，厄立特里亚成了一个独立的国家。

这个小国是世界上最贫穷的国家之一，却拥有一支十几万年轻人组成的军队，这些年轻人受过相对较高的教育，但没人知道该拿他们怎么办。国家没有任何的工业，农业处于衰败状态，城镇都成了废墟，道路也都被炸毁了。十万士兵每天早上醒来都无所事事，最重要的是也没有饭吃。其实这里不仅士兵过的是这样的生活，那些普通老百姓、他们的同胞兄弟的命运也都大抵如此。你只要在午饭时分在阿斯马拉的街头走一走就会看到这样的画面：这个年轻国家中为数不多的政府机构的工作人员会急匆匆地走进附近的小餐馆吃饭。但是大批的年轻人没有地方去，他们找不到工作，也没有钱。他们在街头四处闲逛，或者站在街角，坐在长凳上，无所事事，饥肠辘辘。

大教堂的钟声慢慢安静下来，宣礼师的声音也越来越轻，如火般耀眼的太阳从也门山后面升起，我们的大巴车来了，是一辆非常老旧的菲亚特，车身上坑坑洼洼、锈迹斑斑，颜色已经无法辨认了。车沿着两千五百米高的陡峭山路开动了。我不准备描述这条路。司机让我——车上唯一的欧洲人——坐到了他旁边的位置。这是一个年轻、机灵又细心的司机。他知道行驶在这条路上意味着什么，知道路上布满危险的陷阱。这条一百公里的路上有几百个转弯，确切地说这条路全是弯道，而且行车道非常狭窄，到处是松散的碎石，一路上也没有任何的遮挡和护栏，就这样开在悬崖之上。

在很多山路的转弯处，你如果没有恐高症而且敢往下看的话，就能看到大客车、卡车、装甲车的残骸以及各种牲畜的骨架，可能是骆驼，也可能是骡子或驴子，躺在深不见底的悬崖底部。有的残骸和尸骨看起来已经时间久远了，但另一些让人毛骨悚然，一看就是刚刚掉下去的。司机和乘客们配合默契，显然是一个步调一致、运作流畅的团队：当我们开进弯道时，司机会长呼一声"咿呀"，乘客们听到这个信号，就会往相反的方向倾斜，给汽车增加配重，让它不至于失衡坠下悬崖。

每隔一段时间，在弯道处就会出现一个颜色鲜艳的科普特祭坛，上面装饰着彩带、浮夸的人造假花和朴素现实主义风格的圣像，祭坛周围有几个瘦骨嶙峋的僧侣在打转。当汽车减速，他们会把陶碗伸向车窗，请乘客给他们投下些硬币上供，因为这些僧侣会为人们祈祷一路平安，起码平安到达下一个弯道。

每公里都有不同的风景，每座山后都会呈现不同的景观，不断有新的景色出现在我们眼前，大地炫耀着自己魅力的宝库，想用它的美震撼我们。因为这条路是那么的可怕，同时又是那么绚丽。我们看到山崖下有一个定居点，藏在开花的灌木丛中。另一处有一个修道院，在黑色高山的掩映下，苍白的院墙如同一道白色的火焰。那边又出现了一块看上去重达百吨的巨石，被劈成了两半，倒在绿色的草地之中，要多有力的雷电才能把它劈开啊！别的地方，又出现了一片田地，石头零星地散落在上面；但在另一处，石头都聚在一起，整齐地密集排列着，这意味着那里是穆斯林的墓园。这边像一幅经典的风景画，湍急的溪流闪烁着银色的光芒，而在那边，巨大的山崖形成高耸入云的天堂之门、错综复杂的迷宫和庄严高大的石柱。

随着我们越走越低，像在疯狂的旋转木马上不停地转，在生与死的边缘小心保持平衡，我们也感觉越来越暖和，后来甚至感到很热，直到最后，我们仿佛被一把巨大的铲子抛了出去，扔进了一个炽热的炼钢炉中：我们到达马萨瓦了。

但在离小城还有几公里的时候，山路就结束了，道路变得笔直而平坦。我们开上去的时候，司机像变了一个人，他消瘦的身体开始变得松弛，面部肌肉也放松下来，变得更为温和。他微笑着，伸手从旁边一堆磁带中拿起一盒，插入录音机中。从破损的、沾满了沙子的磁带中传出了一个当地男歌手沙哑的声音。旋律有着东方韵味，曲调高昂，充满思念和感伤。"他在唱，她的眼睛像两弯月亮，"听得入迷的司机向我解释说，"还有，他爱这双月亮一样的眼睛。"

我们开进了这座像废墟一样的城市。道路两旁是堆积如山的炮弹壳。房屋的墙都被烧坏了，坍塌了，树干上插着许多碎片。一个女人在空荡荡的街道上走着，两个男孩在一辆被毁坏的卡车的驾驶室里玩耍。我们开到了市中心一个长方形的沙地小广场。周围到处是破旧的低矮平房，墙壁被粉刷成绿色、粉色和黄色，墙皮开裂，油漆剥落。在一个角落里的树荫下，有三个老人在打盹。他们坐在地上，头巾滑下来遮住了眼睛。

厄立特里亚有两种高度、两种气候和两种宗教。在阿斯马拉所在的高原地区，气候凉爽，提格雷尼亚人就居住在那里。全国大部分人口都属于这个族群。提格雷亚尼人是基督徒，属于科普特教派。厄立特里亚的另一部分是炎热的半荒漠低地，位于苏丹和吉布提之间的红海沿岸。这里生活着信奉伊斯兰教的牧民族群（基督教对热带地区的耐受性较差，伊斯兰教更能适应这种气候）。马萨瓦这座港口城市位于这片炎热的半荒漠低地。马萨瓦和阿萨布所在的红海地区，以及吉布提、亚丁和柏培拉所在的亚丁湾，是地球上最炎热的地带，如同人间地狱。因此，当我从巴士上下来时，感觉有一团火焰撞在身上，热得喘不过气。我觉得围住我的这团火焰马上就要让我窒息，必须找个地方躲起来，不然过不了多久就会晕倒。我开始环顾这座已经被毁的城市，开始寻找标识，寻找生命的迹象。我没有看到任何招牌，只能绝望地向前走。我知道走不远，但还是继续向前艰难地走着，先抬起左腿，然后再抬起右腿，仿佛要把它们从一片深不见底、吸力极强的沼泽地里拉出来。终于，我看到了一个酒吧，门口挂着一块帆布门帘。我掀开门帘，走了进去，重重地摔倒在离我最近的一张长凳上。我的耳朵嗡嗡作响，好像热气越来越浓，越来越可怕。

在黑暗中，在空荡荡的酒吧深处，我看到一个黏乎乎、脏兮兮的破吧台，上面躺着两颗人头。从远处看，那是两颗被砍下来的人头，像是有人把它们摆在这儿后就离开了。是的，很明显就是这样，因为这两颗人头一动不动，没有任何生命迹象。我实在没力气去想这两颗头是谁带来的，以及为什么把他们留在这里。我的全部注意力都被旁边柜台里的一箱瓶装水吸引了。我用仅存的一点力气，费劲地走到那里，开始一瓶接一瓶地喝水。就在这时，两颗头中的一颗睁开了眼睛看着我，看我在干什么。但是因为天气太热了，这两位女服务员（两颗头）甚至没有哆嗦一下，她俩依然一动不动，仿佛两只蜥蜴。

我已经找到了水和阴凉的地方，就静静地等到正午时分的火球熄灭后，出去找一家旅馆。看得出来，过去马萨瓦的富人区一定都是热带阿拉伯风格和意大利风格结合的华丽建筑。但是现在，在战争结束几年后，大部分房屋仍是一片废墟，人行道上堆满了砖块、垃圾和玻璃。在城里一个主要十字路口，有一辆被烧毁的俄罗斯T-72大型坦克。显然，人们没有办法把它移走。厄立特里亚没有可以吊起它的起重机，没有可以把它拖走的平台，也没有可以熔炼它的钢厂。你可以把一辆大型坦克运到像厄立特里亚这样一个国家，也可以用坦克发射炮弹，但是当这辆坦克坏掉或者有人把它烧毁，就不知道该把这个报废的家伙怎么办了。

在非洲,在树荫下

旅程的终点到了。无论如何,是我一直在写的这段旅程的终点。现在是在回家的路上,在树荫下稍做休息。这棵树生长在一个名叫"阿福多"的村子里,村子位于埃塞俄比亚沃勒加省的青尼罗河附近。这是一棵高大壮硕、枝繁叶茂的杧果树,四季常青。在非洲的高原上、在一望无际的萨赫勒草原上旅行的人都会看到一幅不断重复、令人震惊的画面:被太阳炙烤的沙地上,覆盖着枯黄的野草的平原上,零星散落着几个干枯的灌木丛,每隔一段时间,就会出现一棵孤独的、枝繁叶茂的大树。它那一抹绿色是那么茂盛、新鲜、郁郁葱葱,在遥远的地平线上形成一个清晰浓重的圆点。尽管周围一丝风也没有,但它的叶子轻轻摆动,闪闪发亮。在这片如月球表面般毫无生气的景色中怎么会有一棵树呢?它为什么刚好就生长在这个地方呢？为什么只有一棵呢？它从哪里汲取养分？有时，我们开车要开很远一段路，才能遇到另一棵这样的树。

　　以前这里可能生长着许多树木，生长着一整片森林，但后来都被砍伐、烧毁了，只有这一棵杧果树保留了下来。附近的所有人都想拯救它，因为他们知道，它活着有多么重要。因为每一棵孤树周围都有一个村庄。所以，如果从远处看到这样一棵树，就可以放心地朝它走去，因为我们知道在那里会遇到人，能有点儿水喝，也许还会有点儿吃的。这些人救了这棵树，因为没有这棵树他们也无法活下去：在烈日下，人需要阴凉才能生存，而树就是这片阴凉的保管员和提供者。

　　如果村子里有老师，那么这棵树下就是教室。早上，全村的孩子都会跑来树下。这里不分年级，也不按年纪，谁想来都可以来。老师把一张打印在纸上的字母表贴在树干上，用树枝指着字母，孩子们盯着字母跟读。他们必须把这些字母记在脑子里，因为他们没有纸，也没有笔可以写字。

　　每当中午来临的时候，天空被晒得发白，所有能跑来树荫下的都躲在下面：孩子、老人，如果村里有牲畜，那些牛和羊也会来。要想熬过正午时分的炎热，在树下可比在自己的泥坯屋里待着好多了。屋子里又窄又闷，在树下地方宽敞些，还有凉风拂过的希望。

下午的时间是最重要的,村里的长者们那时会聚集在树下开会。杧果树下是唯一一个可以让他们聚在一起讨论的地方,因为村里没有更大的房间。人们非常积极,也十分乐于参加这种集会,非洲人的本性是集体主义的,他们渴望并需要参与集体生活中的一切。所有的决定都是集体做出的,纠纷和争吵需要共同解决,比如谁能得到多少耕地是要通过决议的。按照传统,任何决议都必须经过全体一致通过。如果有人有不同意见,占多数的人就会一直劝说他,直到他改变立场为止。这种情况有时会无休止地持续下去,因为这些讨论的一个特点就是没完没了。如果村里有人发生了争吵,树下的法庭不会追求真相,也不会决定哪一方占理,他们会承认双方都有道理,然后解决冲突,让双方达成和解。

当白天结束,夜幕降临,开会的人们就要暂停会议,各自散去。因为在黑暗中是不能进行讨论的,讨论的时候必须能看到说话人的脸,要看到他嘴里说的和他眼睛说的是否一致。

这时,妇女们聚集到树下,男人们和对一切都好奇的孩子们也会过来。如果他们有柴火,就会点起篝火;如果有水和薄荷,他们就会泡一杯浓浓的茶。最愉快的时光开始了,这也是我最喜欢的时光:讲述一天中发生的事情,这些故事是现实和想象的结合,有欢乐的,也有恐怖的。

比如，今天早上有一个黑乎乎的、像疯了一样的动物在灌木丛中发出声音，那是什么？飞过山顶又消失了的奇怪的鸟是什么？孩子们把鼹鼠赶进了洞穴，然后他们挖开洞穴一看，鼹鼠不见了，它去哪儿了？随着故事的发展，人们开始回忆起很久很久以前，老人们告诉他们，的确有一只奇怪的鸟飞过后就不见了，还有人记得他的曾祖父告诉他，很久以前的确有一个黑乎乎的东西在灌木丛里发出很吵的声音。很久以前是多久以前呢？是记忆的极限。因为记忆的极限在这里就是历史的极限。在此之前，什么都没有。在此之前，什么都不存在。历史是可以被记住的东西。

除了北部的伊斯兰地区，在非洲都没有文字，这里的历史是口口相传的传说，是在杧果树下不经意间创造出的神话，在深邃的黑夜中，只能听到长者颤颤巍巍的声音在讲述，因为妇女和儿童都在静静地聆听。这个晚间时光之所以重要，是因为人们在这个时刻会思考自己是谁，从哪儿来，会意识到自己的特殊与不同，会确定自己的身份。这也是和祖先交流的时光，祖先们虽然已经离去，但一直在指引他们，保佑他们不受邪恶的伤害。

晚间树下的寂静只是表面现象。实际上，这片寂静中充满了各种不同的声音和响动。它们来自四面八方，来自高高的树枝之上，来自周围的灌木丛之中，来自地下，来自天上。在这种时候，我们最好待在一起，彼此靠近，我们感受到他人的存在，就可以感受到慰藉和勇气。非洲人每时每刻都感觉活在威胁之中。在这片大陆上，大自然呈现丑陋凶恶的形态，戴上复仇的恐怖面具，为人类设下陷阱和圈套，让人们生活在不确定、恐惧和惊慌之中。在这里，一切都被放大了好几倍，以肆无忌惮、歇斯底里的夸张形式出现。如果这里有暴风雨，雷电会撼动整颗星球，闪电会把天空撕成碎片；如果下起倾盆大雨，一道坚固的水墙从天而降，顷刻间就会把我们淹没，把我们砸入地下；如果出现干旱，那么一滴水也不会留下，我们会被渴死。这里没有任何东西可以缓和自然与人类的关系——没有妥协，没有中间状态，没有循序渐进。一直以来，只有斗争，战斗，生死之战。非洲人是一群从出生到死亡都身处前线的人，始终与这块大陆极其恶劣的自然环境作斗争，他能活着，能生存下来，就是他最大的胜利。

傍晚时分，我们一同坐在大树下，一个姑娘递给我一小杯茶。我听着这些人的讲述，他们坚毅的面庞闪着光芒，如同乌木雕刻而成，融入了静止的黑暗之中。我不太能听懂他们说的话，但他们的声音是那么的严肃认真。他们在说话的时候，认为自己是要对本民族的历史负责的。他们必须将历史完整保留并继续发展。没有任何人能说"你们去读一读关于我们历史的书吧"。因为从没有人写过这样的历史书，根本不存在这样的书。除了现在在这里讲述的历史，其他历史都不存在。这里永远不会出现欧洲那种"科学历史"或"客观历史"，因为非洲的过去没有文件或记录，每一代人都是一边听着别人传授给他的版本，一边对这个版本进行修改，不断地改变、转变、修订和修饰它。但正是通过这种方式，历史摆脱了档案的沉重，摆脱了数据和日期的严格要求，历史在这里呈现出最纯粹的、如水晶般晶莹剔透的形式——神话。

在这些神话中，所有日期和对时间的机械衡量——日、月、年——都由其他表述方式来代替，比如"很久以前""很久很久以前"或者"久到没有任何人记得以前"。一切都可以根据这些表述来安置并排列在时间的层次中。只不过，这种时间不是线性发展的，而是像我们的地球一样，匀速地旋转。在这样的时间观中是不存在"发展"的概念的，取而代之的是"持续"。非洲是永恒的持续。

天色渐晚，所有人纷纷回到自己的家中。夜晚开始了，夜晚是属于鬼魂的。比如，女巫是在哪里聚集呢？大家都知道，她们是在树枝上、藏在茂密的树叶后面召开她们的会议并进行讨论的。最好不要去打扰她们或者躲在树下，因为她们最讨厌别人偷听偷看。她们报复心非常强，一定会来报仇，给人类植入疾病、制造痛苦并传播死亡。

所以直到黎明，杧果树下都是空的。黎明时分，太阳和树影会同时出现在地面上。太阳把人们叫醒,人们会立即开始躲避它,寻求树荫的庇护。这很奇怪,但人类的生命的确依赖于像阴影这样短暂而脆弱的东西。这就是为什么提供阴翳的树不仅仅是一棵树,更是生命本身。如果雷电击中树顶,杧果树被烧毁,这里的人们就没有地方可以躲避阳光,也就没有地方可以聚集在一起。由于没法聚在一起,他们将无法决定任何事情、解决任何问题。但最重要的是,他们将无法讲述自己的故事,因为只有傍晚在树下聚会时,才能将这些故事口口相传。所以,他们很快就会失去对昨天的了解,失去对昨天的记忆。他们将成为一群没有过去的人,换句话说,他们将成为一群没有身份的人。他们将失去那些将他们团结在一起的东西,他们将散去,各奔东西,形单影只。但是孤独在非洲是不可能的,一个孤独的人一天也活不过去,他注定会死。因此,如果闪电击碎了一棵树,生活在树荫下的人们也会死去。不是有这样一句俗语吗:一个人不可能比他的影子活得更长。

除了树荫以外,第二重要的就是水了。

"水是一切,"生活在马里的多贡族智者奥格特美力曾经说,"土地从水中来,光从水中来,血液也从水中来。"

"沙漠会教会你一件事,"一位来自尼亚美的撒哈拉游商曾告诉我,"有一样东西会比女人更让你渴望和热爱,那就是水。"

树荫和水，这两样东西都是流动的、不确定的，都是出现之后不知道何时何地就会消失得无影无踪。

两种生活，两种境遇：每个第一次来到美国那种大超市或者无边无际的购物中心的人，都会被堆积在那里琳琅满目的商品所震惊，人们还会惊叹，在那里有人类发明和制造出来的一切物品，然后这些物品会被装车运走、打包堆好、摞高，让人觉得顾客不需要操心任何事情，有人之前已经帮他们把所有事情都想到了，现在一切都已经准备就绪，唾手可得。

而一个普通的非洲人的世界完全是另一副模样，这是一个贫穷的、最朴素的、最基本的世界，精简到只有几样物品：一件上衣、一个碗、一把粮食和一口水。这个世界的丰富性和多样性不是以物质、实体、看得见摸得着的形式来表达的，而是体现在它赋予最普通事物的象征价值和意义，那些事物太普通了，以至于外人难以理解并且不易察觉。比如，一根公鸡的羽毛可以成为黑暗中照亮道路的灯笼，一滴橄榄油可以成为抵挡子弹的盾牌。最微小的事物都具有象征性和形而上的意义，因为人们就是这么决定的，他们通过自己的选择，将事物提升到另一个维度、另一个更高的领域——进入超然的存在。

我曾经在刚果获得过一个接触秘密的机会：我获准参观一所男孩启蒙学校。在结束了在这所学校的学习后，他们就成了成年男子，有在氏族会议上投票的权利，可以组建自己的家庭。欧洲人参观这种在非洲人生活中至关重要的学校时，一定会很震惊，会难以置信地揉揉眼睛。怎么可能呢！这里明明什么都没有！没有课桌，没有黑板。只有几丛带刺的灌木，几片干枯的草丛，地上没有地板，只有灰得发白的沙子。这难道是个学校？然而，年轻人们却十分自豪、严肃。他们获得了巨大的荣光。因为这里的一切都建立在严肃的社会契约之上，是深刻的信仰：根据传统的规定，这些男孩现在所在的地方，是给予他们生命的氏族学校所在地，因此具有特权、尊严，甚至是神圣的地位。一件微不足道的事情因为我们的决定而变得重要起来。我们的想象力赋予了这件事神圣的意义，并将之提升到一个崇高的地位。

关于这种神圣化，伦希纳[1]的黑胶唱片就是一个很好的例子。伦希纳是一个住在赞比亚的四十多岁的妇女。她在塞伦格镇的街上做买卖，并没有什么特别之处。当时还是六十年代，黑胶留声机在世界各地都随处可见。伦希纳就有这样一台唱片机和一张破旧不堪、听坏了的唱片。唱片里是丘吉尔1940年发表的演讲，他在演讲中号召英国人民

---

[1] 艾丽丝·伦希纳（Alice Lenshina，1920—1978），赞比亚的宗教领袖和活动家。

要在战争中英勇奉献。这位妇女在自己家的院子中架好这台留声机,转动唱臂。刷成绿色的金属喇叭中传出一些嘶哑、低沉、轰隆隆的杂音和咕噜噜冒泡的声音,其中夹杂着某个悲情声音的回声,但是无法听懂他在说什么,那些声音也组不成一句有意义的话。后来,越来越多的人聚集到这里,伦希纳向他们解释说,这是神的声音,神任命她为自己的使者,所有人要对她绝对服从。大批的人群开始涌向她。她的信徒们通常是身无分文的穷人,他们以超出人类想象的努力在灌木丛中为她建造了一座神庙,并开始在那里祈祷。每次仪式开始时,丘吉尔震耳欲聋的男低音让他们陷入狂喜和恍惚。但是非洲的统治者们为这种宗教感到羞耻,肯尼思·卡翁达总统派出军队镇压伦希纳,在伦希纳的宗教场所杀害了几百名无辜民众,坦克将那座泥土建造的神庙碾成了粉末。

欧洲人在非洲看到的只是它的一部分,通常只看到外部表层,而且还不是最有趣的一部分,甚至只是最不重要的那一部分。他们的目光从非洲的表面滑过,而不会深入其中,仿佛不愿相信每一样事物的背后和内部都可能隐藏着秘密。但是欧洲文化并没有让我们做好准备深入探索其他世界和文化的源头。包括欧洲文化在内,过去种种文化交流的戏剧性就在于,在交流的最初阶段,活跃的往往都是一些最恶劣的人——强盗、士兵、冒险家、罪犯、奴隶贩子。偶尔才会出现心地善良的传教士、狂热的旅行家和学者，但是几个世纪以来，那些来自世界各国的无恶不作的掠夺者们已经创造并定下了基调、标准和气氛。当然，他们没想过要去了解其他的文化，寻找和其他文化的共同语言，尊重其他文化。大多数情况下，他们都是阴暗、迟钝的雇佣兵，缺乏教养和细腻丰富的情感，他们很多都是文盲。他们只对征服、掠夺和屠杀感兴趣。在经历了这一切之后，这些文化之间非但没有相互了解、亲近和交融，反而变得相互敌视，或者好一点的情况就是彼此漠不关心。这些不同文化的代表们，除了那些恶棍以外，相互之间都保持着距离，避免接触，彼此之间充满疑惧——跨文化关系被一帮无知的人垄断了。因此，人与人的交往从一开始就根据最原始的标准——肤色——来决定。种族歧视成为意识形态，人们据此来确定自己在世界秩序中的位置。白人和黑人，在这种关系中双方都感觉很难受。1894年，英国人卢加德率领一支小分队深入西非，准备征服博尔古王国。他想先见见博尔古国王。但是一位特使向他迎面走来并通知他，他们的统治者不能接见他。这位特使在与卢加德交谈时，不断向脖子上挂着的竹筒吐口水，因为吐口水被认为是一种自我保护和净化的方式，可以避免他们和白人接触所导致的伤害。

种族主义、对他人的仇恨、蔑视和灭绝他人的欲望，根源于非洲的殖民关系。早在几个世纪以前，这一切就已经在那里被发明出来并且付诸实践。直到二十世纪，极权主义制度将这些残酷而可耻的做法移植到了欧洲。

粗鄙的无知者垄断了文化交流，这还导致了另一个后果，那就是在欧洲语言中没有发展出能够充分描述其他非欧洲世界的词汇。由于欧洲语言的某种贫乏性，非洲生活中的很大一个领域仍然没能被深入了解，甚至没有被接触到。如何形容幽暗、绿色、闷热的丛林深处？成百上千种的树木和灌木都叫什么名字？我知道一些植物的名字，比如"棕榈""猴面包树""大戟"，但它们都不是生长在丛林中的。那些长在乌班吉和伊图里、有十层楼高的参天大树叫什么？这里随处可见的、不断攻击和叮咬我们的各种昆虫叫什么？你有时候会找到一个拉丁语学名，但这能向普通读者说明什么呢？这还仅仅是涉及植物学和动物学领域的。关于这些人的心理、信仰和思想的巨大领域呢？每一种欧洲语言都是丰富的，但只是在描述自己的文化、介绍自己的世界时才是如此。当某种欧洲语言试图进入另一种文化的领地并进行描述时，就会暴露出自身的局限性、欠发达程度以及在语义上的无能为力。

非洲的情况千差万别，它们多种多样，千变万化，也相互矛盾。如果有人说"那里在打仗",他说的是对的。而另一个人说"那里一片宁静",他说的也是对的。因为一切都取决于时间和地点。

在前殖民时期——其实这也并非很久之前——非洲曾有一万多个小国、王国、民族联盟和联邦。伦敦大学历史学家罗纳德·奥利弗在其著作《非洲的经验》(*The African Experience*,1991年于纽约出版)中指出了一个常见的悖论:人们约定俗成地说欧洲殖民主义者瓜分了非洲,"但是怎么能用'分'这个词呢?"奥利弗非常不解,"这明明是用火与剑进行的残酷统一!从一万多个缩减到了五十个!"

但是,这种马赛克,这幅由石子、骨头、贝壳、木块、铁片和树叶组成的闪闪发光的拼贴画,其多样的元素还是保留下来了。我们越是凝神细观,就越能看到画中的组成元素在眼前变换位置、形状和颜色,形成一个多变的、丰富的、令人眼花缭乱的奇观。

几年前,我和朋友们在坦桑尼亚腹地的米库米国家公园一起过平安夜。那天晚上很暖和,晴朗无风。在丛林中的一片空地上,在开阔的天空下,摆着几张桌子。桌上有炸鱼、米饭、西红柿和当地的自酿啤酒。我们点燃了蜡烛、灯笼和油灯。气氛轻松愉悦。有笑话,有笑声,还讲了很多故事,在非洲,这样的场合总是如此。那天一起过节的有坦桑尼亚政府的部长、大使、将军以及氏族首领们。凌晨十二点已经过了。我突然感觉到,一个厚重的巨大黑影在灯火通明的桌子后面摇曳着,发出咕咚咕咚的声音。没过多久,这个声音变成了轰隆巨响,而且很快就出现在我们背后——在深沉的黑夜中,出现了一头大象的身影。我不知道,你们之中是否有人曾经和大象四目相对,我说的不是在动物园或者马戏团,而是在非洲的丛林中:在这里,大象是最危险的霸主。人们看到大象会魂飞魄散。这是一只离群的孤象,这种大象通常是一个狂躁的袭击者,它会冲向村庄,踏平泥坯屋,杀死人和牲畜。

大象真的非常大,目光锐利,一言不发。我们不知道它硕大的脑袋里面在想什么,不知道它下一秒会做什么。它站了一会儿,开始在桌子中间走动。桌旁一片死寂,所有人都吓呆了,一动不敢动。你不能跑,因为一跑会惹怒它。而且它跑得很快——没有人能从大象面前跑掉。但如果就这么一动不动地坐着,你也暴露在它的正面攻击之下,这个庞然大物的腿随时可能把我们擀成肉饼。

大象继续溜达着,一会儿看看摆满食物的桌子,一会儿看看油灯,一会儿又看看忧心忡忡的人们。从它的动作看得出,它在犹豫,无法做出决定。就这样一直持续了很久,久到看不到尽头,仿佛一切静止在冰封的永恒中。我在某个时刻捕捉到了它的目光。它认真严肃地看着我们,眼神中有一种深刻的、不可动摇的阴郁。

最后，大象绕着我们的桌子和空地走了几圈，丢下我们走开了，消失在黑暗之中。当重物砸地的轰隆声停止后，黑暗中一片寂静，一个坐在旁边的坦桑尼亚人问我："你看到了吗？""看到了，"我仍心有余悸地回答他，"一头大象。""不，"他回答道，"非洲的灵魂总是以大象的形象出现。因为任何动物都是无法战胜大象的。狮子不行，水牛不行，蛇也不行。"

大家默默地回到了自己的泥坯屋，男孩们吹熄了桌上的灯。此时仍是黑夜，但是非洲最闪耀的一刻也越来越近——黎明将至。

后记：深入内陆的旅程

文_杰夫·戴尔

假设我们要发射一艘宇宙飞船，目的是与银河系某个遥远角落的居民建立文学联系。如果我们只能带上一位当代作家，你会选谁？我会投票给雷沙德·卡普希钦斯基，因为他为我们这个星球上的生活提供了最真实、最不带偏见、最全面且最生动的记录。

在三十年的时间里，卡普希钦斯基一直是波兰通讯社的巡回外派记者。在此期间，他亲历了二十七次革命和政变。尽管他尽职尽责地完成任务，但他也像个不嗑药就嗨的"疯记者"，时常突然与华沙失去联系，消失得无影无踪，投身于"丛林，乘独木舟顺尼日尔河漂流，与游牧民穿越撒哈拉"。1966年在尼日利亚，他"行驶在一条据说没有白人能活着回来的路上。我开车去看看白人能不能活着回来，因为我必须亲自体验一切"（《足球战争》）。这种冲动招致了上级的责备,命令他"停止这些可能以悲剧收场的冒险"。

想都别想。《太阳的阴影》是一部非洲冒险故事的合集,开篇几页就带我们回到1962年的达累斯萨拉姆(坦桑尼亚首都),当时他听说乌干达即将独立。他和朋友里奥立刻动身前往坎帕拉(乌干达首都),途经塞伦盖蒂草原,那里野生动物成群。这一切"令人难以置信。我们仿佛看到了世界的诞生,那一刻天地已经形成,水、植物和野生动物也已存在,但亚当和夏娃还未出现"。他们没有地图,迷了路,迎面撞上一个庞大的水牛群——"似乎延伸到了地平线"。他们不顾一切继续前行。气温越来越高。"灼人的热浪开始颤抖,波动。"卡普希钦斯基开始出现幻觉。

当他们来到一间偏僻茅屋时,卡普希钦斯基已经"半死不活"。他瘫倒在床铺上,却发现自己的手悬在一条眼镜王蛇上方几英寸处。他僵住了。里奥小心靠近,用一个巨大的金属汽油桶猛砸那条蛇。卡普希钦斯基也扑向汽油桶,随即"小屋变成了地狱。我从未想过一个生物体内能蕴藏如此巨大的力量,如此可怕的、滔天的、宇宙般的力量"。最终蛇死了,他们成功抵达了坎帕拉。卡普希钦斯基仍然神志不清,不仅因为中暑,还因为——后来发现——他患上了疟疾。脑型疟疾。他刚从疟疾中恢复过来,又染上了肺结核……这一切都在短短二十页中发生!

必须承认，卡普希钦斯基很懂得如何渲染。每隔几页，他就被"汗水浸透"。在撒哈拉沙漠，太阳"像尖刀一样扎下来"。走出阴凉地，你"会被烧成灰烬"。在蒙罗维亚，蟑螂大得"像小乌龟"。这些是否有所夸张？卡普希钦斯基自己提醒我们，存在这种可能性，他说自己"可以添油加醋"描述蟑螂的故事，但决定不这样做，因为"这些都不是事实"。

不过，这种可能性始终存在。经历只是起点——有些作家比其他人需要更多体验。加缪曾指出，不必离开书桌也能过上充满冒险的生活。而在另一个极端，登山家乔·辛普森（Joe Simpson）只有在攀附于个人经验的悬崖时才能写作。但偶尔，你会遇到尼采所说的"非常罕见但令人愉悦的情况：一个才智卓越的人，同时具备与这种才智相称的性格、爱好和经历"。卡普希钦斯基就是这样一个人。

我们常常不清楚他是在回顾四十年前发出的报道，还是刚刚才写下这堆惊人的经历。时间线被故意模糊，叙事被打散。在同一页内，不同的时态争夺着主导地位；他的文字既有动荡的即时感，又带有历史的反思。二十世纪六十年代在非洲一隅发生的事，仿佛是多年后利比里亚或卢旺达命运的缩影。

有人将《纽约客》作家、"《卫报》首作奖"得主菲利普·古雷维奇（Philip Gourevitch）与卡普希钦斯基相提并论。古雷维奇的《向您告知，明天我们一家就要被杀》(*We Wish to Inform You that Tomorrow We Will Be Killed With Our Families*)是出色的报告文学，但卡普希钦斯基的成就属于另一个高度。作为一位拥有伟大创造力的作家，他远远超越了他所处理的素材。他的书或许根植于个人经历，但也充满了惊人的离题旁述和插叙文章——关于如何酿造白兰地，关于亚美尼亚书籍的历史，关于一切的一切。这些旁述始终与作品的构思紧密相连。在他游牧般的生活中，他描述了真实的远方——如《生命的另一天》(*Another Day of Life*)开篇著名的安哥拉"板条箱之城"——这些地方像卡尔维诺的《看不见的城市》一样奇幻。在埃塞俄比亚，他遇到了一个人，"他正往南走。这是关于他能说的最重要的一件事。他从北向南走。"仿佛 J. M. 库切小说里的角色迈克尔·K 闯入了《太阳的阴影》。成群的迷你小说中的角色短暂出现又离去："整个非洲都在移动，在去往某个地方的路上，流浪。"

他的文字在简练之中有诗意——正午的昏睡中，一个村庄"就像海底的潜艇：它就在那里，但不发出任何信号，无声无息，一动不动"——而且常常滑稽得令人捧腹。恐怖与荒诞的闹剧交替上演，而无论哪种情绪，一种无限的惊奇感始终主导着一切。他是无畏的见证者，也是充满活力的文体家。

《太阳的阴影》与布鲁斯·查特文的《歌之版图》(*The Songlines*)或许有表面相似之处，但对比之下，它也揭示了布鲁斯·查特文的本质：富人版的卡普希钦斯基。卡普希钦斯基深谙他所见一切的政治内涵。他的勇气——无论是实际行动还是文学创作——建立在他对"同情"与"政治"复杂关系的深刻认识之上：政治如何使同情变得复杂，而同情反过来又如何影响政治。他，一个白人，在非洲国家摆脱殖民枷锁的时刻出现在那里。但他也来自一个屡遭邻国的帝国主义野心蹂躏的国家。他懂得"一无所有，徘徊在未知中，等待历史说一句公正的话"(《足球战争》)是什么滋味。这也正是他在非洲、在地球上最底层的人群中间感到自在的原因之一。

尽管与当地的普通人打成一片，他仍是外来者，这使得他"寻找共同语言"的努力更为迫切。对卡普希钦斯基来说，代表人类想象力最高成就的不是曼哈顿或巴黎的拉德芳斯，而是一个"怪异的"非洲棚户区——"没用一块砖、一根钢筋或一平方米玻璃，就建造了一整个城市！"在这些贫苦民众的慵懒之中，诞生了一种极其惊人的创作力。同样，他从未淡化自己目睹的腐败或暴力——相反，这些现象的普遍性使得善良的存续更加珍贵。作为回报，他总是给出他从历史中渴望的东西："一句公正的话。"

"人类值得钦佩之处多于可鄙之处"——这是加缪在

《鼠疫》中演绎的伟大真理。从《足球战争》(*The Soccer War*)那段经历死里逃生后,卡普希钦斯基更为简洁地表达了这一点:"这个世界充满垃圾,但突然间,诚实和人性又出现了。"在《太阳的阴影》中,他表达得更简单、更微妙。总结他与一位司机的交往时,卡普希钦斯基最终实现了他渴望的人际关系——不仅仅是一种经济关系,而是充满"温柔、温暖和善意"的关系。他并非天真或多愁善感:那份善意是真诚的、发自内心的——但也只能用金钱换来。这种经历会阻碍他看到非洲的精神吗?本书的最后一页给出了答案,以一种震撼人心的方式。

人名、地名、专有名词译名对照[1]

(按字母顺序排列)

A

Aba 阿巴

Abam 阿巴姆

Abdullah, Ahmad 艾哈迈德·阿卜杜拉

Abdullah, Jamshid bin 贾姆希德·本·阿卜杜拉

Abdallah Walio 阿卜杜拉-瓦里奥村

Abdullahi 阿卜杜拉希

Abeokuta 阿贝奥库塔

Abiriba 阿比丽巴

Acholi 阿乔利人

Addis Abeba 亚的斯亚贝巴

Afodo 阿福多

Afrykaner 阿非利卡人

Agathe 阿加特

Aguiyi-Ironsi, John Thomas 约翰·托马斯·阿吉伊-伊龙西

Aidan 艾丹

Akazu 阿卡祖

Akintola, Samuel 塞缪尔·阿金托拉

Akyi 阿克伊

Bashir, Omar 奥马尔·巴希尔

Albert 阿尔贝特

---

[1] 译名已有通译的常见人名、地名不在注释范围内。

Amba 安巴人

Amharowie 阿姆哈拉人

Amin, Idi 伊迪·阿明

Amiranty 阿米兰特群岛

Amu, Kwesi 奎西·阿穆

Ankole 安科累王国

Annobón 安诺本岛

Araye, Mussa 穆萨·阿拉耶

Arefaine, Aforki
阿福尔基·阿雷芬内

Arusha 阿鲁沙

Asmara 阿斯马拉

Ashanti 阿散蒂

Assab 阿萨布

Azikiwe, Nnamdi
纳姆迪·阿齐克韦

B

Baako, Kofi 科菲·巴克

Baganda 巴干达人

Balewa, Abubakar Tafawa 阿布巴卡尔·塔法瓦·巴勒瓦

Bamako 巴马科

Banyaruanda 巴尼亚卢旺达人

Bari 巴里(部落)

Barth, Heinrich
海因里希·巴尔特

Bauchi 巴乌奇

Bello, Ahmadu 艾哈迈杜·贝罗

Bella, Ben 本·贝拉

Bende 本代

Benin 贝宁城

Berber 柏柏尔人

Berbera 柏培拉

Bertoua 贝尔图阿

Bizimungu, Casimir 卡西米尔·比齐蒙古

Bokassa 博卡萨

Bolobo 博洛博

Borgu 博尔古

Buch, Hans Christoph
汉斯·克里斯托弗·布赫

Buganda 布干达

Bunyoro 布尼奥罗

Burton 伯顿

Busoga 布索加(部落)

Butare 布塔雷

C

Ca'da Mosto, Alvise
阿尔维塞·卡达莫斯托

Carrey Street 卡雷大街

Casbah 卡斯巴

Carlo 卡洛

Cessna 赛斯纳

Chisiza 奇西扎

Chinsmane, Babashola
巴巴索拉·钦斯曼

Colomine 科洛明

Convention People's Party
人民大会党

Crummwell, Alexander
亚历山大·克鲁梅威尔

D

Daarood 达鲁德人

Dagana 达加纳

Dahlak 达赫拉克群岛

Dahomej 达荷美

Dar es-Salaam 达累斯萨拉姆

Debre Sina 德卜勒西纳

Debre Zeit 德布雷塞特

Dessie 德希埃

Diawara 迪亚瓦拉

Diboli 迪博利

Dinka 丁卡人

Dir 迪尔人

Diuf 迪乌夫

Djenepo Thiema 蒂马·杰内博

Doe, Samuel 塞缪尔·多伊

Dogong 多贡人

Dora 朵拉

Doyle, Ian 伊恩·杜瓦勒

Du Bois, W.E.B.
W.E.B.·杜波依斯

Durban 德班

Dżalita 格里特群岛

Dżuba 朱巴

E

Edu 埃杜

El-Mahara 马哈拉

El Obeid 奥贝德

Enugu 埃努古

Epi 艾皮

Esteban, Jorge
豪尔赫·埃斯特万

Etearchus 埃铁阿尔科斯

F

Field, Michael 迈克尔·菲尔德

Fernando Po 费尔南多波岛

Freetown 弗里敦

Fulani 富拉尼人

G

Gagra 加格拉
Galie 加利
Gambela 甘贝拉
Ganda 干达人
Garang, John 约翰·加朗
Garissa 加里萨
Garvey, Marcus 马库斯·加维
Gatundu 加图杜
Gaudiry 高迪里
Ghazal 加扎勒
Gifatun 吉夫顿岛
Gisenyi 吉塞尼
Gluckman, Max
马克斯·格拉克曼
Gode 戈代
Godwin 戈德温
Gondar 贡德尔
Götzen, Gustav Adolf von
古斯塔夫·阿道夫·冯·格岑
Grzimek, Bernhard
伯恩哈德·格日梅克
Gurgul, Stanisław
斯坦尼斯瓦夫·居尔居勒

H

Habyarimana, Juvenal
朱韦纳尔·哈比亚利马纳
Hala 哈拉
Hamed 哈米德
Hararghe 哈勒尔盖
Haud 豪德
Hawiye 哈维耶人
Hoxha, Enver 恩维尔·霍查

I

Ibadan 伊巴丹
Ibeke 伊贝凯
Ibo 伊博族
Igbere 伊贝雷
Ihiala 伊希亚拉
Ikoyi 伊科伊
Independence Avenue 独立大道
Issaq 伊萨克人
Itang 伊唐
Iteso 伊特索人

J

Jan 扬
Jankara 扬卡拉
Jarek 雅莱克

Jinja 金贾

Johnson, Prince 普林斯·约翰逊

Jorubowie 约鲁巴人

K

Kabbogozza, Lule
卢莱·卡波戈扎

Kadei 卡代伊

Kaduna 卡杜纳

Kakwa 卡夸族

Karadžić, Radovan 拉多万·卡拉季奇

Karamodżong 卡拉莫琼人

Kariakoo 卡里亚库

Karume, Abeid 阿贝德·卡鲁梅

Kasai 开赛

Katonda 卡通达

Kaunda, Kenneth
肯尼思·卡翁达

Kayibanda, Grégoire
格雷戈瓦·卡伊班达

Keïta, Modibo 莫迪博·凯塔

Keyes 凯耶斯

Kenyatta, Jomo 乔莫·肯雅塔

Keren 克伦

Kerkena 克肯纳群岛

Kigali 基加利

King, Charles 查尔斯·金

Kinondoni 基农多尼

Kitchener 基奇纳勋爵

Debre Libanos 德布雷利巴诺斯

Komory 科摩罗群岛

Kone, Mohamed
穆罕默德·科内

Konkoti 孔科提

Koptowie 科普特人

Krahn 克兰族

Kumasi 库马西

Kwale 夸莱岛

L

Leshina, Alice 艾丽丝·伦希纳

Lagos 拉各斯

Laird, John 约翰·莱尔德

Lalibela 拉利贝拉

Lampione 兰皮奥内岛

Lango 兰戈人

Las Anod 拉斯阿诺德

Las Palmas 拉斯帕耳马斯

Laurelli, David 达维德·劳雷利

Leo 莱奥

Lisowscy 利索夫人

Lugard, Frederick John Dealtry
弗雷德里克·约翰·迪尔特里·卢加德

M

Madera, Emilio
埃米里奥·马德拉
Mafia 马菲亚岛
Magomeni 马盖马尼
Makarios 马卡里奥斯
Maputo 马普托
Marchard J. D. J. D. 马尔尚
Marthy 毛尔蒂
Marwa 玛尔瓦
Masiro 马西罗
Maskareny 马斯克林群岛
Masswa 马萨瓦
Massey Street 梅西大街
Matoke 马托克
Mau-Mau 茅茅人
Mazengia, Shimelis
希梅利斯·马曾吉亚
Mazrui, Ali 阿里·马兹鲁伊
Mboumba 姆布巴
Mengistu, Haile Mariam
门格斯图·海尔·马里亚姆

Mengo 蒙戈
Menru, John 约翰·门鲁
Mikumi 米库米
Miriam 米莉亚姆
Mirele, Tadesse 塔德塞·米雷勒
Mkunazini 穆库纳兹尼
Mombasa 蒙巴萨
Mondlane 蒙德拉内
Mopti 莫普提
Moshi 莫希
Mount Kenya 肯尼亚山乐队
Mubende 穆本德牧场
Mugesira, Leon 莱昂·穆盖斯拉
Murchinson 默奇森瀑布
Museveni, Yoweri
约韦里·穆塞韦尼
Mwami 姆瓦米

N

Naggar, Feliks
菲利克斯·纳加尔
Nahimana, Ferdinand
费迪南德·纳希马纳
Nandi 南迪
New Africa Hotel 新非洲大酒店
Ngabadi 恩加巴迪

Ngubi 恩古比
Ngura 恩古拉
Nguru 恩古鲁山脉
Niamey 尼亚美
Njamena 恩贾梅纳
Nkporo 尼克波罗
Nkrumah, Kwame
克瓦米·恩克鲁玛
Nouakchott 努瓦克肖特
Nubia 努比亚
Nuer 努尔人
Nujoma 努乔马
Nyerere, Julius Kambaraji
朱利叶斯·坎巴拉吉·尼雷尔
Nzeogwu, Chukuma
丘库马·恩泽库

O

Oaza Sodori 索多里绿洲
Obwanor, Cuthbert
卡斯伯特·奥布瓦诺尔
Ocean Road 大洋路
Ogaden 欧加登/欧加登人
Ogata, Sadako 绪方贞子
Ogotemmeli 奥格特美力
Oguta Road 奥古塔路

Ohafia 奥哈菲亚
Ohuku 奥乎库
Okafor, R. R. 奥卡福尔
Okpara, Michael
迈克尔·奥克帕拉
Okello, John 约翰·奥凯洛
Okello, Tito 蒂托·奥凯洛
Okotie-Eboh, Festus
费斯图斯·奥科蒂-埃博赫
Oliver, Ronald 罗纳德·奥利弗
Omenka 奥门卡
Onitsha 奥尼查
Onom 奥诺姆
Onyebuchi, Nizi
尼奇·奥涅布希
Oromo 奥罗莫
Osadebay, Denis
丹尼斯·奥萨德巴伊
Oshogbo 奥绍博
Ouadane 瓦丹
Oweri 奥韦里

P

Patel 帕特尔
Pigalle 皮加勒
Pemba 奔巴岛

Port Harcourt 哈科特港
Pretoria 比勒陀利亚
Pritchard, Evans 埃文斯·普里查德
Progresso 普罗格雷苏

R

Radio Mille Collines 米尔·科林斯广播电台
Rasheed, Sadig 萨迪格·拉希德
Ridgeways 里奇韦

S

Sabeta 萨贝塔
Sagatawa 萨加塔瓦
Sahlu 萨赫鲁
Said, Hasean 哈塞恩·赛德
Salim 萨利姆
Sangha 桑加
Sango 桑戈语
Savimbi, Jonas 若纳斯·萨文比
Sebuya 赛布亚
Semakula 塞马库拉
Senegambia 塞内冈比亚
Seraphin 塞拉芬
Serenge 塞伦格

Sherbro 歇尔布罗岛
Singewenda, Stone 斯通·辛格文达
Soba 索巴
Sobat 索巴特
Soglo 索格洛
Sokotra 索科特拉岛
Soroti 索罗蒂
Speke 斯皮克
Staff, Leopold 莱奥波德·斯塔夫
Stanisławek, Stanislaw 斯坦尼斯瓦夫·斯坦尼斯瓦韦克
Stockton, Robert 罗伯特·斯托克顿
Subotnik, Henryk 亨里克·苏博特尼克
Suchumi 苏呼米
Szymanowska, Joanna 尤安娜·希曼诺夫斯卡

T

Takoradi 塔克拉迪
Tamale 塔马利
Tambakunda 坦巴昆达
Taylor, Charles 查尔斯·泰勒

Tefe 特费
Teferi 特费里
Tersaf 特尔萨夫
Thiam 蒂亚姆
Thomson 汤姆森
Tigre 提格雷
Tigrynia 提格雷尼亚人
Tira Avolo 提拉阿沃洛
Tirana 地拉那
Tolbert, William 威廉·托尔伯特
Toro 托罗王国
Traore 特拉奥雷
Trembecka, Helena
海莱娜·特伦贝茨卡
Tristana da Cunha
特里斯坦-达库尼亚岛
Trujillo, Leonidas
莱昂尼达斯·特鲁希略
Tubman, William 威廉·塔布曼
Twa 特瓦人

U
Ubangi 乌班吉

V
Via Independencia 独立大街

Victa 维克塔

W
Waragi 瓦拉几
Winter, E. H. E. H. 温特
Wollega 沃勒加
Wollo 沃洛

Y
Yamar 亚马尔
Yambo, Joe 乔·扬波
Yumbi 永比

Z
Zado 扎多
Zed 泽德
Zulu 祖鲁人